PÉCHÉ DE CHAIR

DANS LA MÊME COLLECTION

À PARAÎTRE

LIZ HOLLIDAY

PÉCHÉ DE CHAIR

CRACKER

*Traduit de l'anglais
par Matt Mouley*

FLEUVE NOIR

Titre original :
The Big Crunch
de Liz Holliday

· CRACKER © Granada Television and Jimmy McGovern
· Photo de couverture de Robbie Coltrane dans le rôle de Fitz :
© Granada Television
· © Liz Holliday 1995 from a screenplay by Ted Whitehead
· © 1999, Éditions Fleuve Noir pour la traduction française
ISBN 2-265-06651-6

A la mémoire de ma mère.
Fais de beaux rêves, maman.

Je tiens à remercier tous les compères habituels —
ils se reconnaîtront. Je tiens également à exprimer
ma gratitude aux Friday Nighters — et tout particulièrement à Rose E. et son fardeau surhumain ;
sans oublier Amber. Ensuite (mais non les
moindres), les membres de ma famille : merci à
Pat et Bob, et Maureen, Edwin, Alex, Christopher
et Tristan. Et pour finir, mille mercis à Peter,
Andy, Rebecca et Kerri, de chez Virgin, qui m'ont
assuré tout leur soutien à travers une mauvaise
passe.

1

Les arbres se dressaient au-dessus de sa tête, piliers végétaux d'une grandiose et verte chapelle : Norma s'enfonçait furtivement dans les bois, sachant parfaitement ce qu'elle allait y trouver.

L'idée même était insoutenable, aussi l'avait-elle chassée précipitamment de son esprit. Elle empoigna plutôt son appareil photo d'une main ferme, tandis qu'elle s'efforçait de se rapprocher d'eux, dans la plus grande discrétion.

Et puis, soudain, ces bruits…

Cette petite garce, cette ingrate, haletait et gémissait de plaisir, là, au grand jour !

Norma s'approcha pas à pas. Et puis, elle l'entendit à son tour, lui aussi ; son timbre grave, en d'occasionnels grognements, entrecoupait les geignements lascifs de la jeune fille.

Il n'y avait aucun doute, il s'agissait bien de la voix de Kenneth. Kenneth. Son beau-frère. Le mari de sa meilleure amie. Son…

Soudain, d'un arbre tout proche, un oiseau prit son envol dans un bruit de crécelle. Norma se figea aussitôt. Cependant, ils ne semblaient nullement l'avoir entendue approcher. Elle tendit alors le bras afin d'abaisser une branche qui lui obstruait la vue. Ils étaient là : cette petite salope était accroupie contre un arbre, calée dans une fourche constituée de larges et tortueuses racines. Elle hoquetait, poussait de petits cris, tout en implorant en vain le nom du Seigneur, tandis que Kenneth était en train de…

Tandis que Kenneth…

L'idée même était insoutenable. Norma brandit son appareil photo puis pressa inlassablement le déclencheur, tandis que Kenneth faisait *cela* avec une jeune fille dont il aurait pu être le père.

« Tu ne veux pas vraiment me quitter », dit Fitz. « Ce que tu désires, c'est m'infliger cette habituelle séance d'humiliation. Très bien ! Tu auras ce que tu demandes. »

La lame glissait sur son visage. Il observait, impassible, son reflet dans le miroir, tandis qu'il se rasait. *Que dire ensuite ? Qu'est-ce qui pourrait bien la convaincre ?*

Pas de promesses.

« Je suis désolé : ma vie est un gâchis. J'ai tout fichu en l'air. Pour ce qui est des émotions, je ne vaux pas un clou, je sais ; je suis incapable d'exprimer mes sentiments, je suis obligé de les enrober de boniments pompeux ou alors, ils se manifestent dans l'excès. »

Voilà qui était mieux. Une bonne accroche. Cela prendrait avec Judith.

« Sur le plan intellectuel, je ne suis qu'un hypocrite, capable de diagnostiquer, disséquer et traiter les anomalies et défauts de toutes les personnalités — hormis la mienne, bien entendu. »

Dieu sait le nombre de fois où elle le lui avait répété. C'était un vieux tour d'avocat : renvoyer la balle au client en lui retournant ses propres paroles. Toutefois, elle était rusée, sa Judith. Et il se pourrait bien qu'elle voie clair dans son jeu. Il enchaîna promptement.

« Physiquement, je ne suis qu'une ruine croulante. Mon foie me tiraille comme si on l'avait jeté au milieu d'une meute de loups. J'ai l'impression qu'on m'a passé les poumons au papier de verre et l'estomac au vitriol. Quelquefois — oui, je dois le reconnaître —, je me demande si la

Grande Faucheuse n'est pas venue me chercher pour une dernière balade, six pieds sous terre. »

Son esprit fut soudain transpercé par le souvenir vif de ces quelques heures, tragiques, passées à l'hôpital, après qu'il eut perdu connaissance, lors de la fête de son fils, Mark. Il n'y avait, en réalité, qu'une seule chose qu'il tenait absolument à lui dire. Mais c'était de loin la plus difficile. Il contempla son reflet dans le miroir, se défiant de soutenir son propre regard. Puis, il s'aspergea le visage d'eau, avant de s'essuyer précautionneusement. Il n'y avait pas moyen d'y couper.

« Je t'aime, Judith. » Mais cela sonnait creux, trop plat, trop cru. Il fallait qu'il soit plus convaincant. « Ces mots : « je t'aime », c'est la truffe que l'on découvre après avoir fouillé la merde avec son museau. » Voilà qui était mieux. Et puis, s'il lui promettait ensuite — Oh, mon Dieu ! Si seulement il parvenait à la persuader qu'il le pensait vraiment… « Je vais changer, tu sais. Je vais essayer, en tous les cas. » Bien. Peut-être valait-il mieux ne pas trop insister là-dessus, cependant. Une petite touche d'humour, à présent ? Quelque chose qui montrerait qu'il était toujours lui-même, qu'il n'avait pas perdu la Fritz…

« Tu sais, le mariage n'est pas une petite course de plat, au printemps, à York. C'est une course d'obstacles de six mille mètres à Newton Abbot, sur un terrain lourd et en plein brouillard de novembre. »

Cela devrait tenir la route. Tout serait comme au bon vieux temps, lorsqu'elle riait aux éclats de ses plaisanteries, qu'elle accueillait avec enthousiasme ses provocations, et se montrait indulgente à l'égard de ses rancœurs.

« Voilà qui est mieux. Est-ce là un sourire que je vois percer sur ton visage ? Tant que je pourrai t'arracher un sourire, je saurai que tu ne m'auras pas vraiment quitté. Pas là. » Il posa sa main sur son cœur. C'était quelque peu théâtral mais d'une efficacité redoutable et, avec un peu de chance, cela lui rappellerait peut-être la dernière fois où ils avaient fait l'amour. Ce n'était pas arrivé depuis déjà de fort longues semaines. Ç'avait été le pied. Il s'était surpassé.

« Non, je t'en prie, ne pleure pas, à présent. Je sais que l'on peut résoudre les choses entre nous, Judith. »

Le ronronnement d'un moteur — non, de deux moteurs — interrompit soudain son monologue. Puis, les bruits se turent. Il se tourna vers la fenêtre et écarta le rideau pour apercevoir Judith s'extraire de sa voiture tandis qu'un homme descendait d'un autre véhicule. Ils se serrèrent la main avant de se diriger vers la maison.

« Merci ! » dit Fitz, en jetant un regard vers les cieux. (Pendant une fraction de seconde, il n'y eut aucune ironie dans son geste.) « Je te revaudrai ça. Demande après moi la prochaine fois que tu passes au pub, au Basketmaker's Arms. »

Il longea la chambre, dont la porte, restée ouverte, laissait entrevoir le lit défait. Il dévala les escaliers précipitamment. Il n'avait pas dormi à la maison depuis que Judith était partie. Sur le palier, au milieu des escaliers, il dut éviter un verre de whisky, à moitié vide, et des serviettes éparpillées ; non sans une profonde culpabilité, il se rappela qu'il avait oublié d'arroser ses plantes.

Judith pénétra dans la maison par la porte principale alors qu'il n'avait pas encore franchi les dernières marches. Il la vit froncer le nez, comme devant une odeur nauséabonde, et il remarqua, en même temps qu'elle, le cendrier plein à ras bord sur la table de l'entrée et l'enchevêtrement d'emballages carton à emporter.

Peu importe, peu importe, se dit-il. Cela lui prouverait simplement à quel point il avait besoin d'elle.

Le type pénétra dans la maison à sa suite. Il portait un attaché-case ainsi qu'un bloc-notes.

— La cuisine est par ici, dit Judith. (Elle tenait des

paperasses dans la main. Dans la pénombre du corridor d'entrée, ses cheveux paraissaient bien plus noirs que de coutume. Elle montra du doigt…) Voici le bureau, et là, le salon.

L'homme acquiesça avant de quitter la pièce.

Un agent immobilier, pensa Fitz. *A tous les coups !* Mais c'était impossible ! Ce ne pouvait être possible !

Il sourit à Judith. Elle le toisa avec froideur. Bon Dieu, il l'aimait pour cela, pour cette maîtrise de soi, qu'elle parvenait à conserver en toutes circonstances. C'est l'attraction des contraires, se dit-il, le positif et le négatif, la lumière et les ténèbres. Il y avait toujours la possibilité qu'en se rencontrant ils se neutralisent, se désintègrent dans une brève explosion et disparaissent sans laisser de trace. Mais il choisit de ne pas y croire. Il préférait penser qu'ils se complétaient parfaitement, comme la mer s'enroulant sur le rivage d'une île, se définissant l'une par l'autre.

Tout ce qu'il avait à faire, c'était le lui démontrer. Il effectua un effort significatif sur lui-même pour descendre les marches d'une manière posée, alors qu'il aurait voulu les dévaler précipitamment. Il se devait de conserver sa dignité. Au point où ils en étaient, Judith préférerait cette attitude à une débauche d'émotions. Il se mit à parler tout en avançant vers elle. Comment cela débutait-il, au fait ?

— Tu ne veux pas vraiment me quitter. Ce que tu désires, c'est m'infliger cette habituelle séance d'humiliation. Très bien ! Tu auras ce que tu demandes. (Judith lui déclara quelque chose mais il poursuivit sans y prêter attention. A présent qu'il avait démarré, il fallait que ça sorte, qu'il lui fasse comprendre son point de vue.) Ecoute, je peux prononcer mon petit discours, coller au texte… (Mon Dieu, mais cela ne collait pas du tout à son texte. *Comment est-ce que cela continuait ? Quelle était la suite ?*) Je suis désolé : ma vie est un gâchis. (*Elle avait dit quelque chose. Mais quoi ?* Tout en poursuivant son speech, il se repassait ses propos dans sa tête.) J'ai tout fichu en l'air. (Et soudain, il saisit toute la portée de ses paroles. Déjà, Judith s'était tue.) Ma vie est un gâchis, annonça-t-il au milieu du brusque silence. (Et puis…) Comment ?

Mais il avait parfaitement entendu, et il ne pouvait plus l'ignorer à présent : elle voulait vendre la maison, séparer les biens, le quitter pour de bon.

— Je suis tout à fait capable de prendre soin de Katie et je compte sur toi pour en faire autant en ce qui concerne Mark.

Sa voix était atone, si bien qu'il se demanda si elle n'avait pas répété son petit discours.

— Comment ? répéta Fitz, toujours pas décidé à comprendre.

Les choses n'auraient jamais dû se passer de cette façon ; cela n'allait pas du tout comme il l'avait prévu.

— Je garde Katie et toi, tu gardes Mark. (Elle avait du mal à conserver son calme. Sa respiration était précipitée et son visage s'était légèrement empourpré. Elle brandissait ses papiers devant elle, comme un bouclier.) C'est le marché !

Elle était d'une rationalité si incisive, comme si elle avait déjà tout réglé à l'avance. Cependant, il ne comptait pas se laisser bousculer. Pas cette fois. Non, il allait recoller les morceaux et ne plus jamais lui donner la moindre raison de se plaindre. Un jour, ils en riraient même de bon cœur, lui et Judith et Mark, et — oui —, aussi Katie, sa petite poupée. Il y croyait dur comme fer lorsqu'il ouvrit la bouche :

— Oh, je vois, à toi les lacs, les montagnes somptueuses et les vallons des hauts plateaux. Et pour moi, la décharge de produits toxiques. Cela te paraît juste ?

Bien sûr que c'était injuste ! hurla une voix dans sa tête. Mais comment pouvait-on être assez stupide au point de penser que sa vie, sa femme, ou quoi que ce soit qui vous arrivait au cours de votre existence pouvait se révéler juste.

Judith agita les papiers sous son nez. Ils avaient une teinte parcheminée, des allures officielles et étaient légèrement froissés.

— Si tu consens à signer ces papiers, tout peut s'arranger à l'amiable.

Elle avait retrouvé son calme. Fitz prit conscience qu'elle recollait de nouveau à son texte, celui dont elle avait fourni un échantillon précédemment. Elle baissa les bras et ses documents vinrent se suspendre à ses côtés.

Eh bien, lui aussi pouvait prendre part à ce petit jeu.

— Le mariage n'est pas une petite course de plat, au printemps, à York, Judith, annonça-t-il.

Souris ! Judith, pensa-t-il. *Souris ! Fais-le pour moi. Fais-moi savoir que je peux encore l'emporter.*

Mais il avait chuté au premier obstacle.

— Tu n'es pas drôle, dit Judith.

Elle brandit les papiers une nouvelle fois, comme pour ponctuer ses paroles.

Drôle ? pensa Fitz. *Non, je ne suis pas drôle. Mon âme se consume, et tu oses te dresser devant moi, avec tes paperasses, comme si, dans un putain de jargon légal, elles étaient censées détenir tous les secrets de l'univers.*

Il se saisit de la feuille du dessus et la regarda avec gravité pendant un moment. La fin de son univers… Telle était la signification de ces mots étranges.

Eh bien, qu'ils aillent donc se faire foutre, alors ! Il s'enfonça la feuille dans la bouche après l'avoir froissée.

Judith poussa un soupir. Elle se tourna vers l'agent immobilier, occupé à prendre les mesures du salon.

— Est-ce que vous pourriez revenir à un autre moment ? Il est sur le point de devenir méchant.

Méchant, pensa Fitz. *Je ne le suis aucunement* — mais avant qu'il ait pu mener sa pensée à son terme, l'agent immobilier s'était frayé un chemin entre Judith et lui. Il jeta un regard nerveux à Fitz.

Vas-y, pensa Fitz à son intention. *Vas-y, petite fouine de rien du tout, ou je vais vraiment te montrer à quel point je peux devenir méchant.*

Il se mit à grogner comme un chien de garde hargneux. L'agent se précipita vers la porte et faillit même se jeter contre elle. Judith lui emboîta le pas et Fitz se lança également à sa poursuite. Le type ouvrit la porte avec maladresse et culbuta à l'extérieur. Il dérapa sur les graviers et se retourna avant de jeter un regard craintif en direction de Fitz, qui sourit et accéléra le pas.

— Montez dans la voiture et partez, dit Judith, pressant l'agent immobilier de déguerpir.

Elle voulait le quitter ? Elle espérait peut-être un bon petit divorce bien civilisé, hein ? pensa Fitz. Bon sang, mais il bouillonnait de colère. Il aurait souhaité pouvoir dire quelque chose, afin d'éviter de la perdre ; mais il avait l'impression que s'il ouvrait la bouche, des flammes en jailliraient pour les engloutir tous les deux. Il fallait bien qu'il tente le coup pourtant.

Elle le dévisagea et il lut dans ses yeux qu'il l'avait déjà perdue. Qu'elle aille donc au diable alors ! Refouler ses sentiments ? Se comporter en être civilisé ? C'était bon pour les fiottes, les agents immobiliers et les psychothérapeutes — Fitz ne put s'empêcher de relever ce petit écart avec quelque amusement, tandis que l'image de cette lavette de Graham, un ancien amant de Judith, disparaissait prestement dans un recoin sombre de son grenier mental, où elle y serait conservée en toute sécurité —, et autres petits chiens-chiens à sa maman.

— Tu es bien trop civilisé, Fitz, s'écria-t-il, en s'assurant que Judith, qui grimpait dans sa voiture, l'entendait. Tu dois laisser ta colère jaillir, s'exprimer, la libérer, c'est la seule façon d'en finir.

C'était le baratin classique du psychologue, le genre de trucs qu'il débitait dans le temps à ses mornes clients de la classe moyenne, avant que le boulot qu'il effectuait pour la police ne fournisse un débouché plus valorisant à ses talents. Il était convaincu que Judith apprécierait : après tout, elle avait suffisamment fait en sorte qu'il aille — comment disait-elle déjà ? — « voir quelqu'un ».

Elle le fixait du regard à travers la vitre de sa voiture. Elle n'avait pas l'air de tellement apprécier.

Dur, dur.

Le véhicule de l'agent démarra.

Et voilà, pensa-t-il. *Vas-y donc ! Quitte-moi ! Prends ma fille ! Vends ma maison…* Ses yeux s'écarquillèrent devant la pancarte : A VENDRE, au bout du chemin. Ils ne lui avaient même pas demandé son avis avant de l'installer.

Tant mieux. Cela signifiait qu'il n'avait nul besoin de leur demander leur permission pour l'arracher. Il avança jusqu'à la pancarte et se mit à tirer dessus vigoureusement. Sa fureur fut exacerbée par l'effort.

— Ne renie pas ta colère, hurla-t-il pour lui-même, seul à présent. (Il s'abattait sur l'enseigne de tout son poids.) Je vais te tomber dessus comme un chien enragé. (Il tirait de plus en plus fort, savourant l'effort physique. Ses oreilles bourdonnaient, son sang bouillonnait.) Ton courroux est un molosse en mal d'une balade. Jette-lui un bâton, donne au chien un os à ronger ! (Il haletait.) C'est ta seule façon d'être libre un jour.

D'une brusque saccade, il était enfin parvenu à arracher le panneau, juste au moment où Judith, sortant en marche arrière du jardin, passait près de lui, dans sa voiture.

Il fit volte-face, brandissant la pancarte comme il aurait fait d'une affiche dans une manifestation, avant de prendre en chasse le véhicule sur la route.

— Salope ! hurla-t-il. Mégère ! (Judith fit pivoter sa voiture. Un instant, elle sembla même sur le point de s'arrêter. Fitz vit qu'elle le regardait à travers la vitre latérale, et il songea qu'elle allait descendre pour venir lui parler. Mais évidemment, il était déjà trop tard, n'est-ce pas ? N'est-ce pas qu'il était trop tard ? Aussi ne fut-il pas surpris de la voir accélérer et repartir.) Harpie ! cria-t-il, derrière la voiture qui s'éloignait. Furie ! Sorcière ! (Sans même en avoir conscience, il brandit le panneau au-dessus de sa tête, et il en ressentait le poids sur les articulations de ses épaules tandis qu'il éructait :) Ma femme !

Puis, soudain, l'enseigne lui avait échappé des mains : elle planait, pieu en avant, au-dessus de la route, et il ressentait, à présent, le contrecoup de tous ses efforts. Cela lui montrerait bien. Cela lui…

Le pieu percuta le pare-brise arrière. La vitre explosa. Les pneus crissèrent sur l'asphalte.

Mon Dieu, pensa-t-il, *j'aurais pu la tuer.* Il aurait voulu la prendre dans ses bras, comme si elle venait de traverser un terrible accident, et lui dire que tout cela était fini, que personne ne lui ferait plus jamais de mal. Qu'il ne lui ferait plus jamais de mal.

Judith descendit de la voiture. Elle fulminait. Elle marcha à grandes enjambées jusqu'à l'arrière du véhicule, avant même qu'il ait pu esquisser le moindre mouvement, et elle fixa le panneau du regard pendant une seconde.

Maintenant, se dit-il. *Dis quelque chose maintenant. C'est ta dernière chance.* Mais pour une fois, il ne put prononcer la moindre parole.

Judith se saisit de la pancarte et la jeta au sol.

— Ça suffit, Fitz, dit-elle. (Sa voix évoquait quelque chose qui allait bien au-delà de la résignation, bien au-delà du mépris, peut-être même bien au-delà de la colère. Et assurément, Fitz en prit conscience, quelque chose bien au-delà de lui et qui le reléguait définitivement dans les oubliettes du passé.) Je t'enverrai la facture, déclara-t-elle avant de faire volte-face.

Elle grimpa dans la voiture et démarra. Fitz regardait le véhicule s'éloigner. Par la force des choses, les voisins étaient sortis, pour assister au spectacle.

Eh bien, qu'ils en soient témoins, si ça leur chante, pensa Fitz. Cela n'avait plus d'importance pour lui. D'ailleurs, plus rien n'avait de l'importance pour lui, à présent.

2

Kenneth Trant embrassa la communauté du regard. C'étaient de braves gens, se dit-il. Il les avait réunis par la grâce de Dieu, pour servir sa volonté. A présent, il se tenait devant eux, dans un halo de lumière iridescente, perçant à travers le vitrail derrière son dos, sa famille à ses côtés — sa femme, Virginia, son frère, Michael et sa belle-sœur, Norma —, prêt à leur disposer à tous réconfort et savoir.

— Là-dehors... dit-il. Là-dehors, il y a la haine, le désordre et la démence. (Il contempla attentivement l'assemblée, afin de décider du moment opportun pour continuer. Ils étaient les gens de Dieu, mais ils étaient également les siens : il les subjuguait de la voix et du regard. Ce n'était point de l'orgueil et il admettait volontiers que ces gens étaient venus à lui par la grâce du Seigneur. Sa voix ondoyait afin de leur apporter une parcelle du message que Dieu lui avait octroyé.) Des gens sans but, qui errent tels des aveugles ; des gens sans espoir, affamés, assurément dans un monde de brumes.

Il fit une pause pour les laisser méditer ses paroles, tandis que son regard glissait le long de l'assemblée. Des jeunes et des personnes plus âgées, des fortunés et des démunis, tous venus à lui lorsqu'il avait débuté son ministère. Il y avait Dean, qui le regardait, comme assoiffé de reconnaissance. Un roseau brisé, ce Dean, mais un enfant de Dieu comme tous les autres, un de ceux que Kenneth devait conduire vers la lumière du Seigneur. Et quelque part il devait y avoir… *Ah !* Elle était là. *Joanne.* Un des dons les plus sacrés que Dieu lui avait accordés.

— Ici, il y a la communauté, l'amour et la paix, dit-il.

Il sentit l'humeur de la congrégation s'améliorer, légèrement, tandis qu'il allégeait leurs épaules du fardeau de la vie. Seul Dean ne paraissait toujours pas à son aise. Il levait ses mains devant son visage, se servant de ses pouces et de ses index comme d'une sorte d'objectif. Il scrutait Kenneth au travers. Le pasteur s'était plusieurs fois interrogé sur la signification de ce geste : mais il n'avait pas besoin de le comprendre. Le Seigneur ne lui en demandait pas tant, mais simplement qu'il traite Dean avec compassion.

— La paix pour ceux qui s'en remettent au Seigneur, conclut-il. Amen.

— Amen, répondit la foule, en écho.

Il jeta un regard autour de lui comme pour décider qui choisir, mais il avait déjà pris sa décision.

— Joanne, dit-il. Accepterais-tu de lire ?

Joanne se leva. Elle était élancée et blonde comme un ange, avec ses cheveux courts, aussi resplendissants que de l'or sous la lumière du soleil. Kenneth se prit à rêver de caresser ses cheveux, à ses doigts se nouant sur ses mèches, tandis qu'il pénétrait au plus profond d'elle, à la lueur dans ses yeux tandis qu'il l'emportait en ce lieu que Dieu leur avait réservé à tous deux. Cela était juste. Elle était le don que le Tout-Puissant lui avait accordé, la voie que le Seigneur lui avait indiquée pour l'aider à dompter les ténèbres de son âme.

Il se rassit. Il était des choses auxquelles il valait mieux ne pas penser. Pas ici, dans la maison de Dieu. Virginia lui murmura un compliment à propos de son sermon. Il marmonna une vague réponse mais il ne pouvait détacher son regard de Joanne.

— La charité pardonne toutes choses, a foi en toutes

choses, espère en toutes choses, endure toutes choses, dit-
elle, de sa voix claire et innocente.

Il avait tout de suite su qu'il devait lui faire rejoindre la
communauté dès la première fois où il l'avait entendue lire
en assemblée, à l'école. La sauver, avant qu'elle ne quitte
son établissement et soit en dehors de sa sphère d'influence.

Il s'adossa à sa chaise. Un instant, il lui sembla avoir
entr'aperçu Norma le fixer d'un regard étrange, au lieu
d'écouter attentivement Joanne. Il faudrait qu'il lui en
touche un mot plus tard. C'était un mauvais exemple pour
la congrégation, et il ne le tolérerait pas. Puis, il chassa
l'idée de son esprit, et se concentra sur la lecture de
Joanne.

— La charité ne faillit point. Qu'il y ait des prophéties
et elles échoueront. (Elle hésita, sans raison apparente aux
yeux de Kenneth.) Qu'il y ait des langues et elles se
tairont ; qu'il y ait le savoir et il disparaîtra... (Sa voix
vacilla une nouvelle fois ; à ce moment-là, Kenneth s'aperçut que Dean dévisageait Joanne, à travers la lentille
constituée de ses doigts. Kenneth allait intervenir quand la
jeune fille reprit sa lecture.) Car notre savoir n'est que par-
cellaire, et nos prophéties ne sont que partielles.

Elle jeta un coup d'œil à Dean avant de reporter son
attention sur son livre. Dean la scrutait toujours à travers
ses doigts. Joanne lança à Kenneth un regard suppliant. Il
se délectait de cette expression dans ses yeux, qu'il
connaissait si bien. Aussi laissa-t-il ce moment durer une
seconde ou deux, avant de déclarer...

— Merci, Joanne. Tu lis avec grâce.

Elle lui sourit, pleine de gratitude. Dean n'avait cessé de
l'observer. Eh bien, il y avait une manière aisée d'y remé-
dier...

— Dean, accepterais-tu de finir le chapitre ? demanda
Kenneth. (Dean détourna son morne regard vers Kenneth,

puis dressa les mains afin de l'observer au travers.) Dean ?
répéta Kenneth.

Le garçon ne paraissait pas saisir. Kenneth était sur le
point d'abandonner lorsque Michael se pencha en avant
pour dire…

— Dean ? Lis ! (Dean laissa retomber doucement ses
mains sur ses genoux. Il n'y avait là rien d'étonnant. Dans
sa charité chrétienne, Michael avait fourni au garçon un
travail à l'usine d'emballages. Il savait comment faire comprendre à Dean ce qu'il attendait de lui.) Lis le livre. Fais
ce que monsieur Kenneth te demande.

Les mains de Dean s'agitèrent sur ses genoux, comme
s'il voulait les placer de nouveau devant son visage ; mais
il n'en fit rien. Il se saisit de sa Bible et se mit à lire.

— Mais lorsque surviendra la perfection… (Dean
hésita). Alors, ce qui est divisé sera anéanti… (Kenneth
écoutait la voix de Dean vibrer jusqu'à lui. C'était l'un de
ses passages favoris, car il offrait la paix de la connaissance
absolue, pour pallier la terrible incertitude avec laquelle il
vivait chaque jour.) Lorsque j'ai atteint l'âge d'homme, j'ai
laissé derrière moi les enfantillages. Et à présent, nous
contemplons notre image dans un miroir obscur.

L'obscurité, pensa Kenneth. *Oui, mon regard est voilé
par l'obscurité.* Quelquefois, il lui semblait que sa percep-
tion avait été consumée par sa terrible clairvoyance : l'univers était entier en lui-même, sans la nécessité de Dieu.

Il le savait, mais il ne voulait pas le croire. Pas dans son
âme, là où le Seigneur le sonderait pour savoir s'il était
méritant. C'était bien son unique réconfort. Il leva les yeux
promptement. Joanne le regardait intensément. Il détourna
vivement la tête, sachant qu'il refusait ainsi son unique cer-
titude dans un univers de brume.

Joanne détestait la réunion dans le hall de l'église, qui
suivait immanquablement la séance de lecture de la Bible.

C'était si mondain, ces gens qui papotaient, agitant des tasses de thé et des biscuits sucrés en tenant des propos sans grand intérêt, les mères de famille tâchant de maîtriser des gamins turbulents, cette obligation de trouver des choses à dire à des gens qui ne l'intéressaient pas le moins du monde. Elle détestait devoir faire mine d'être un membre de la congrégation comme les autres. Mais, par-dessus tout, elle ne supportait pas de voir Kenneth avec son épouse. Virginia, de son petit nom.

Ils étaient en train de parler à deux femmes âgées. Kenneth souriait à Virginia — il prononça quelque chose à propos de leur lune de miel — et ce fut, pour Joanne, comme un couteau planté dans le cœur. Puis, il enlaça son épouse de son bras. La jeune fille perçut ce geste comme un signe manifeste de leur appartenance mutuelle, et ce fut comme s'il remuait le couteau dans la plaie.

Non que Joanne ne puisse comprendre. Il lui avait bien expliqué que le vœu qui le liait à sa femme était sacré devant Dieu ; néanmoins, le Seigneur ne lui demandait pas de mener une vie sans réconfort. Elle savait tout cela, mais elle ne pouvait s'empêcher d'être rongée par le ver de la jalousie.

Dean dit quelque chose. Joanne lui sourit. Il était un peu lent, et quelque peu dérangé de la tête. Ce n'était certes pas une pensée très charitable mais elle n'y pouvait rien. Il se tenait trop près d'elle. Elle mit son sac à dos devant elle, mal à l'aise, consciente de la façon dont il la dévisageait : comme un petit chiot reluquant son nouveau maître.

Dans le coin de son champ de vision, elle aperçut Kenneth embrasser un nouveau-né.

— Je suis si heureux que vous l'ayez emmené, dit-il, portant le petit dans les airs jusqu'à ce qu'il émette un gazouillis de joie. (Kenneth était bon avec les enfants.) Personne n'est trop jeune pour débuter, hein ?

C'est ce qu'il lui avait déclaré lorsqu'il l'avait invitée à rejoindre la communauté. A l'époque, déjà, elle savait qu'il la considérait comme quelqu'un de particulier.

Quelque chose n'allait pas. Dean la fixait toujours, dans l'expectative. Elle n'avait pas capté un seul des mots qu'il avait prononcés. Il venait de lui réciter un passage de la Bible, tiré des *Corinthiens*, le passage qu'il avait lu devant l'assemblée.

— Tu ne contemples pas le monde dans un miroir obscur, dit-elle avant de glousser. Tu le vois à travers tes doigts.

Dean tenait ses mains devant lui, la dévisageant à travers le double L dessiné par ses doigts.

— Je te vois, annonça-t-il, comme si cela avait une quelconque signification. Tu me vois.

Oui, pensa Joanne. *Je te vois. Super.*

Virginia avait délaissé la compagnie de Kenneth pour faire la quête dans la salle.

Peut-être qu'à présent elle pourrait en profiter pour lui parler. Certes, pas de ces paroles si particulières qu'ils avaient échangées, étant seuls. Elle voulait simplement entendre le son de sa voix, et savoir qu'il ne parlait qu'à elle. Mais il passa près d'elle, en compagnie d'une autre jeune fille, sans s'arrêter.

— Je suis si content que tu aies réussi l'examen du premier coup, disait-il. Est-ce que cela ne démontre pas le pouvoir de la prière ?

Il se retourna vers la porte. Joanne savait pertinemment que Norma l'observait, mais elle ne put s'empêcher de se tourner pour lui faire face. Il ne sourit point. Avant qu'elle eût prononcé la moindre parole, il s'en alla. Cela n'avait plus d'importance, toutefois. Ses yeux avaient su dire tout ce qu'elle attendait de lui.

Sa belle-sœur, Norma, dressa la tête au-dessus du cercle de conversation auquel elle était mêlée, pour transpercer Joanne de son regard. Joanne lui rendit un sourire. *Je n'ai rien fait,* sembla-t-elle vouloir lui répondre, comme par télépathie. *Rien du tout.*

Michael Trant se tenait debout aux côtés de Kenneth. Ce dernier présentait ses salutations à tous les membres de la communauté, tandis qu'ils quittaient le bâtiment. Michael était fier de son aîné, et admirait cette faculté qu'il avait de connaître le nom de tous les membres de la congrégation, ainsi que la simplicité des rapports qu'il entretenait avec eux — il n'était jamais avare de paroles : félicitant celui-ci pour son succès, présentant à celui-là ses condoléances pour une perte cruelle et, finalement, remontant les bretelles à ce dernier pour avoir manqué une ou deux des prières collectives, tout cela sans la moindre trace de tension. Virginia ouvrit la porte en verre du hall de l'église. La brise emporta son parfum jusqu'à Michael : un tourbillon de rose et de musc. Elle le regarda une seconde à travers des paupières lourdes, mais il savait qu'elle ne le voyait pas vraiment. Toutes ces années de mariage, et elle n'avait toujours d'yeux que pour Kenneth. Et en réalité, qui pouvait la blâmer ?

— C'est ma tournée, dit-elle, puis elle fit tinter dans les airs les sous de sa boîte à collecte.

La lumière du soleil fit étinceler ses cheveux d'un blond vénitien. Kenneth lui sourit avec amour. Puis il l'embrassa.

Ils étaient bons l'un pour l'autre, pensa Michael. Cela le réjouissait. Il écarta la mèche noire et souple qui lui pendillait devant les yeux, en souhaitant être quelqu'un de meilleur — comme Kenneth, peut-être — afin de pouvoir penser cela sincèrement.

Norma suivit Virginia en dehors du hall de l'église. Michael lui sourit. Il l'aimait désespérément.

— Je dois ramener Dean au chantier, dit-il. Assure-toi qu'il sache s'occuper lorsque je ne serai pas là-bas.

— Est-ce que ce sera long ? demanda Norma.

— Quelques heures.

Michael fit semblant de ne pas remarquer que Norma, comme Virginia, portait davantage d'attention à Kenneth qu'à lui-même.

Kenneth se tourna vers lui.

— Je te verrai au matin, déclara-t-il. (Sa voix, affûtée par des années passées à parler et lire la Bible en public, était sonore et claire.) 8 heures précises.

Michael sourit aussitôt.

— Oui, répondit-il. (Puis il traversa la cour, vers la camionnette où Dean l'attendait.) Oui, ajouta-t-il par-dessus son épaule. J'y serai.

A ses propres oreilles, sa voix sembla faible et bre-douillante.

Il souriait encore lorsqu'il parvint à la camionnette. Il savait que bien des gens trouvaient Dean étrange, mais cela ne le gênait pas. Il suffisait de savoir le prendre.

Le garçon était en train de parler à Joanne, une des filles — Michael se dit que le terme « jeune femme » était sans doute plus approprié — que Kenneth avait amenées à la communauté. Michael prit soudainement conscience que Norma l'observait.

Il se sentit tout d'un coup coincé entre elle et la fille et cela le rendit nerveux.

D'un autre côté, c'était là une opportunité de montrer qu'il pouvait s'entendre avec les gens aussi bien que Kenneth.

— Bien, jeune homme, dit-il, en administrant un léger coup de poing sur l'épaule de Dean. Fais donc preuve de détermination.

Dean entreprit de faire son signe avec ses doigts. Michael lui attrapa les mains et ils se chahutèrent ainsi pen-dant un moment. Puis ils grimpèrent tous deux dans la camionnette.

Tandis que Michael s'éloignait au volant de son véhicule, il aperçut Norma dans son rétroviseur. Elle parlait à Kenneth.

« La charité pardonne toutes choses, a foi en toutes choses, espère en toutes choses, endure toutes choses », pensa Michael.

Mais certaines choses étaient presque trop dures à supporter, charité ou non.

Norma vint dire au revoir à Kenneth et le regarda droit dans les yeux ; elle ne pouvait guère faire davantage.

Joanne attendait près des marches, avec l'air innocent d'un petit enfant ; mais elle ne pouvait tromper Norma. Elle savait que cette petite garce effrontée n'attendait que le moment où elle pourrait se retrouver seule avec Kenneth.

Il n'y avait rien qu'elle puisse faire à présent, mais tandis qu'elle traversait la cour jusqu'à sa voiture, Norma ne put s'empêcher de penser à la scène dont elle avait été témoin : eux deux, au fond des bois. Elle ignorait comment Joanne y était parvenue, mais d'une façon ou d'une autre, elle avait corrompu Kenneth.

C'était cela, pensa Norma tout en ouvrant maladroitement la porte de sa voiture. Joanne l'avait séduit, elle avait corrompu ses saines préoccupations pastorales en quelque chose de mauvais et de sordide. Elle glissa sur le siège du conducteur, avec l'intention de rentrer chez elle. Mais de l'autre côté de la route, Kenneth faisait signe à Joanne de grimper dans sa voiture. La jeune fille lui sourit puis s'exécuta. Il monta à son tour dans le véhicule.

La voiture démarra en douceur et s'éloigna.

Norma entreprit de les suivre. Sur le volant, ses mains étaient crispées au point que les articulations en étaient devenues blanches.

3

Ah, l'école ! Les plus beaux jours de votre vie, d'après ce que l'on raconte, songea Fitz, tandis qu'il attendait à la sortie de l'école primaire de Markham Road. Pas en ce qui le concernait, en tous les cas. Ces foutus jésuites avaient été trop vifs du martinet pour cela. Enfin, il devait certainement y avoir des gens pour qui cela avait été les plus beaux jours de leur vie.

Lui, pour l'instant, était davantage préoccupé par un mariage qui battait de l'aile, par sa fille qu'il risquait de ne plus jamais revoir, et par son corps, qui faisait de son mieux pour rester en un seul morceau après quatre décennies de sérieux abus.

Les jésuites, eux, étaient bien loin de ce genre de considérations. Peut-être avaient-*ils* raison, finalement, à propos de ces beaux jours passés à l'école. Quels qu'*ils* aient été…

Il se vautra paresseusement sur la barrière, pour se dorer à la chaleur du soleil tout en regardant les gamins se précipiter hors de la cour de récréation. Les plus jeunes étaient souvent attendus par leurs mères. Les plus âgés grimpaient dans le car de ramassage scolaire.

Au désespoir de voir quelqu'un qu'il connaissait, Fitz finit par interpeller un garçon qui passait devant lui en courant.

— Excuse-moi… Excuse… (Le garçon lui lança un regard mi-méprisant, mi-effrayé.) Petit pourceau, marmonna Fitz.

Juste au moment où ces mots lui échappaient, il aperçut une des amies de Katie.

Il s'étonna lui-même de l'avoir reconnue. Tous ces enfants lui paraissaient identiques.

— Rosie, l'appela-t-il. Rosie, attends. (La fille se retourna. Elle était élégante et tirée à quatre épingles dans son uniforme scolaire, et assez jolie, avec son air de femme-enfant. Rien à voir avec sa petite Katie, néanmoins. Pas même une once de ressemblance.) Est-ce que tu aurais vu Katie ? demanda Fitz. Est-elle restée derrière ? Elle n'a pas football ce soir ?

— Elle n'est plus ici, maintenant, dit Rosie.

Elle semblait surprise par sa question.

— Comment ça ? Elle est malade ?

Ce devait être cela. Une gastro-entérite, ou bien une grippe.

— Elle est partie.

Alors ça ! songea Fitz. C'était vraiment ridicule. Il inspira une grande bouffée d'air et fit un effort pour ne pas étrangler celle qui venait de lui annoncer la nouvelle. D'autant plus qu'elle n'avait que dix ans. Malgré tout, sa voix fut plus dure qu'il ne l'aurait souhaité.

— Comment ça, elle est partie ?

— Dans une autre école, déclara Rosie, tout en commençant à s'éloigner.

— Quoi ?

Il n'avait pu retenir cette exclamation de colère.

Rosie se retourna pour lui jeter un coup d'œil hésitant avant de poursuivre sa route vers son bus.

Fitz lui emboîta le pas.

— Attends, Rosie.

Elle savait quelque chose — Judith n'aurait certainement pas pu soustraire Katie à toutes ses amies. Une fois encore la fille se retourna. Ses yeux écarquillés trahissaient son embarras. Elle gravit la marche du bus. Fitz commença par vouloir la suivre, puis il se dit qu'il y avait mieux à faire.

— N'aie pas peur, dit-il, en s'efforçant de prendre un ton apaisant — mais ce n'était pas vraiment son fort. C'est moi. C'est moi.

Il aurait aussi bien pu lui dire : « C'est moi, Belzébuth, le diable sous forme humaine en personne. » C'était, d'ailleurs, peut-être ce que Judith lui avait dit à son sujet.

De toutes les manières, elle ne se retourna pas. Le conducteur du car jeta à Fitz un regard froid avant de presser le bouton de la porte automatique. Celle-ci se referma en sifflant sous le nez de Fitz, l'obligeant à faire un pas en arrière.

Il s'éloigna, les yeux plissés sous la lumière du soleil.

— Bon, de toutes les façons, c'était une école de merde ! s'écria-t-il à haute voix, pour qui pourrait l'entendre.

Mais personne n'était là pour l'écouter.

Virginia Trant se passait les doigts dans les cheveux, tout en s'observant dans un miroir, afin de s'assurer que chaque mèche s'insérait le mieux possible dans une coiffure qu'elle voulait à la fois naturelle et impeccable. Norma se tenait près d'elle, les mains crispées sur un peigne, dont elle ne faisait pas usage. Son visage, reflété dans le miroir, était pincé. Quelque chose n'allait pas. Cela avait été évident depuis que Norma était arrivée à la maison. Virginia le savait. Norma le savait aussi. Cependant, aucune des deux n'avait fait la moindre allusion à ce sujet.

— Ils s'en sont sortis sans encombre ? demanda Virginia, s'efforçant sans succès d'emprunter un ton léger.

— Oui !

— Kenneth est si pointilleux quand il s'agit de ponctualité, poursuivit Virginia, faisant mine de ne pas avoir remarqué le timbre glacial de la voix de Norma.

Lorsqu'elles étaient plus jeunes, Norma avait été bien mordue de Kenneth. Il fut une époque où cela avait même inquiété Virginia, mais tout ça remontait à bien longtemps — elle était à présent bien trop confiante dans l'amour de Kenneth pour s'inquiéter de ce qui n'avait, de toutes les manières, jamais été autre chose qu'un rêve. Néanmoins, chaque fois que Norma avait le cafard, Virginia dénigrait subtilement Kenneth. Comme si elle tentait de dire à son amie qu'elle n'avait pas manqué quelque chose de si merveilleux après tout — ce qui était un mensonge, mais pas si gros en fin de compte.

— Il…

Norma l'interrompit.

— Michael était prêt à 7 heures, et il attendait.

Elle donnait l'impression d'être tellement en colère et sur la défensive que Virginia savait qu'elle devait faire quelque chose pour l'aider. Elle se retourna lentement, essayant de trouver la manière de le dire le plus gentiment possible.

— Norma ? dit-elle. Est-ce que tout…

— Ginny, dit Norma, sans même la regarder.

Michael, songea Virginia : il devait y avoir un rapport avec Michael. Il était tout à fait taillé pour une aventure extra-conjugale : toujours dans l'ombre de son frère, jamais très sûr de lui. *Pauvre Norma,* se dit Virginia. Elle devait aider son amie, mais pour cela il fallait qu'elle parvienne à la faire parler ; et il n'existait pas de façon délicate de poser des questions.

Elle attendit un moment avant de demander :

— Est-ce que tout va bien… Entre toi et Michael ?

Norma parut surprise.

— Michael ? Oui. Oui…

Pauvre chérie, songea Virginia. Elle n'avait certainement pas réalisé que quelqu'un s'était rendu compte… Il

ne tenait qu'à elle que Norma sache qu'elle pouvait compter sur sa compassion… Et non pas sa pitié.

Norma prit une inspiration avant de poursuivre :

— Non, il s'agit de… de…

Les mots lui restèrent coincés en travers de la gorge.

Virginia lui saisit le bras.

— Norma, qu'est-ce qui ne va pas ? (Celle-ci demeura
silencieuse. Elle traversa la pièce jusqu'aux portes vitrées
et ouvertes, à travers lesquelles le soleil couchant baignait
la pièce de sa lumière. Elle s'effondra contre le montant de
la porte. Virginia se demanda si elle était en train de pleurer. Elle se leva pour venir à la rencontre de son amie.)
Norma, que se passe-t-il ? demanda-t-elle, sachant qu'elle
devait trouver un moyen de la faire parler.

Norma se retourna. Ses yeux étaient secs et ses lèvres
pincées. Sans prononcer la moindre parole, elle fit glisser
son sac de son épaule et se mit à le fouiller. La lumière du
soleil étincela sur sa bague tandis qu'elle sortait une enveloppe de photos. Virginia ne comprit pas tout de suite, puis
elle se dit qu'il devait s'agir de clichés de Michael en compagnie d'une autre femme. Elle saisit la première photo des
mains de Norma, tout en se demandant qui avait bien pu les
prendre.

Aussi ne comprit-elle pas immédiatement ce qu'elle
était en train de regarder.

Kenneth.

Cette fille, Joanne, de la congrégation.

*En train de faire quelque chose d'innommable, en plein
jour. En plein jour !*

Virginia sentit qu'elle se mettait à trembler. Elle parvint
à s'asseoir sur une des chaises de jardin. Norma la contemplait, non avec pitié, mais avec compassion.

Mais, tout cela revenait au même.

Norma déposa une nouvelle photographie sur la table,

puis une autre. Virginia sentit le monde autour d'elle som-
brer dans les ténèbres et se refermer sur elle.

— Si seulement cela avait pu être quoi que ce soit
d'autre, déclara-t-elle. Si seulement quelqu'un me l'avait
dit…

— Je suis désolée, dit Norma.

Sa voix était douce.

— Depuis combien de temps est-ce que tu le sais ?

Virginia avait du mal à articuler ses mots.

— Je n'étais pas sûre, mais j'avais des soupçons.

— Depuis combien de temps avais-tu des soupçons ?

C'était idiot mais cela lui permettait de gagner quelques
secondes… Sa gorge était serrée, sa bouche sèche et quelque chose au plus profond d'elle-même, qui aurait voulu se
mettre à hurler, devait être tenu en laisse.

— Depuis qu'elle vient à l'église.

— Je me sens si stupide. (Ces paroles étaient totalement
ridicules et déplacées. Norma ne répondit pas. Elle était
assise et se contentait de l'observer avec sa *fichue* compassion.) Si tu avais des soupçons, peut-être que d'autres en
avaient également ? Qui d'autre est au courant ? Michael ?

— Il m'a dit qu'il n'en savait rien.

Pendant un instant, cela lui sembla être une trahison plus
infâme encore que celle de Kenneth.

— Tu lui as dit ? (Le ton de la voix de Virginia trahissait sa blessure.) Tu lui as montré ces… (Norma demeura
silencieuse. Les mots étaient inutiles. L'embarras peint sur
son visage en disait bien assez.) Il sait. Et qui d'autre
encore ? (C'était plus qu'elle n'en pouvait supporter.) Sale
petite garce, hurla-t-elle, avant d'abattre ses poings sur la
pile de clichés.

Sur son alliance, un rayon de soleil se refléta en une
morne lueur.

4

Joanne détestait son uniforme scolaire. Elle ajusta son sac sur son épaule tout en tentant de profiter de la chaleur du soleil qui baignait son visage ; cependant, elle ne pouvait oublier sa jupe qui flottait contre ses jambes nues et dont l'élastique lui frottait la taille.

Ce ne serait plus très long, songea-t-elle. Bientôt, elle pourrait quitter l'école et passer tout son temps avec lui.

Alors, tout le monde saurait à quel point il l'aimait, et qu'elle était beaucoup plus qu'une simple écolière. N'étaient-ce pas ses propres paroles ? N'avait-il pas déclaré qu'elle lui avait été envoyée par Dieu lui-même ? Bientôt, tout le monde saurait…

Une voiture se rabattit à côté d'elle. Elle ne l'avait pas même entendue approcher. Elle se pencha et scruta la vitre avec circonspection, s'attendant à ce que le conducteur lui demande son chemin.

L'épouse de Kenneth lui rendit son regard.

— Eh bien, monte ! déclara Virginia. C'est quand même mieux que le car de ramassage scolaire.

Elle souriait, mais son ton avait quelque chose d'étrange : il fallut un instant à Joanne pour se rendre compte que la femme était trop gentille, et sa main était alors déjà posée sur la poignée de la portière. Elle chercha une bonne excuse pour refuser de monter, mais n'en trouva pas. Elle rendit à Virginia son sourire et se glissa à ses côtés, sur le fauteuil du passager.

Un peu plus loin sur la route, Virginia déclara :

— La charité pardonne toutes choses, a foi en toutes choses, espère en toutes choses, endure toutes choses.

Sa voix était mélodieuse et haletante. Joanne considérait qu'elle récitait ce verset d'une façon désastreuse, mais néanmoins, elle sourit légèrement à la femme plus âgée. La vive lumière du soleil soulignait les minuscules rides autour des yeux de Virginia.

Quelqu'un devrait lui dire qu'elle porte trop d'ombre à paupières, songea Joanne, *surtout avec ses sourcils épilés de cette façon.*

Elle balaya aussitôt cette idée : c'était insignifiant et indigne d'elle.

— Tu as lu ces paroles avec tant de grâce l'autre jour, déclara Virginia.

— Merci. (Virginia prit à gauche. Joanne fronça les sourcils, se demandant si elle connaissait un raccourci, ou quelque chose dans ce style. Elle remua légèrement sur son siège, mais avant même qu'elle ait pu prononcer un mot, Virginia ajouta :) Et ces paroles sont si belles, n'est-ce pas ?

— Oui… (C'était un raccourci, voilà tout. Virginia se tourna vers elle et sourit.) Oui, ce sont de si belles paroles, ajouta Joanne.

Elle acheva sa phrase, en essayant de ne pas trop laisser transpirer d'inquiétude dans sa voix.

Elle savait où elles étaient à présent.

Avec assurance, Virginia prit une autre route à droite, et puis à gauche, avant de s'élancer sur le large chemin de gravier qui menait à la demeure qu'elle partageait avec Kenneth.

Joanne n'avait encore jamais envisagé les choses sous cet angle. *Son* Kenneth partageait cette maison avec *cette* femme.

Elle se demanda s'il lui avait déjà annoncé la vérité. Peut-être, songea-t-elle, était-il à la maison. Il était même

possible qu'il ait confié à Virginia la tâche d'aller la chercher. Après tout, il aurait souhaité que Joanne soit là lorsqu'il expliquerait tout à sa femme.

Elle était à peu près certaine qu'il s'agissait de cela,
mais il valait certainement mieux qu'elle sache exactement
ce qu'il en était avant de le voir.

— Est-ce que monsieur Trant est à la maison ?

— Monsieur Trant n'est pas à la maison, annonça
Virginia. (Elle ne regarda pas Joanne. Elle crachait ses mots
rapidement, comme des balles de mitraillette.) Monsieur
Trant est à Bristol, avec son frère, pour aider leur mère à
emménager dans la maison de leur sœur. Monsieur Trant
ne sera pas de retour avant demain. (Elle tourna enfin son
visage vers Joanne.) Ainsi qu'il a dû t'en informer, j'en
suis convaincue, dit-elle pour ponctuer ses paroles. (Elle
observa Joanne du coin de l'œil puis sourit avec malice,
comme une chatte. Elle sortit de la voiture puis se retourna
avant de se pencher vers Joanne.) Tu ferais mieux de venir
à l'intérieur, déclara-t-elle.

Dean aimait faire plaisir à M. Michael. Avant qu'il s'en
aille ce matin-là, M. Michael lui avait demandé se s'assurer
que les vieilles boîtes soient mises dans la broyeuse.

— Vous mettez les boîtes sur le tapis roulant puis tirez
sur la manette. Le tapis roulant se met à gronder et à rouler,
en emportant les boîtes avec lui, et il les conduit jusqu'au-
dessous des broyeurs. Alors, vous poussez le bouton et les
broyeurs font : « chak, chak, chak », comme un énorme animal en train de manger son dîner.

Au début, lorsque Dean était venu travailler au chantier,
il avait été effrayé par les bruits de la broyeuse et il avait
dû faire son signe spécial en direction de la machine pour
qu'elle ne lui fasse aucun mal. M. Michael n'aimait pas
que Dean fasse ça et de toutes les façons, Dean savait, à

présent, que la machine ne pouvait pas lui faire de mal, du moment qu'il suivait les instructions de M. Michael.

C'est pourquoi il avait mis toutes les boîtes usagées dans la broyeuse et puis il s'était mis à passer le balai, exactement comme M. Michael lui avait dit. *Bientôt fini,* songeat-il. *Bientôt, bientôt, bientôt fini.* Fuiiit, faisait la brosse tandis qu'il la poussait devant lui. Fuiiit, fuiiit, fuiiit, et puis c'était fini.

Néanmoins, il était bien trop tôt pour rentrer à la maison. Il grimpa les escaliers jusqu'au bureau puis s'empara de feuilles dans la boîte de papier brouillon. Il avait ses propres feutres. M. Kenneth les avait offerts à Dean pour son anniversaire. Dean n'aimait pas beaucoup M. Kenneth. Il avait peur de lui. Par contre, il appréciait les feutres. Ils étaient épais et avaient de jolies couleurs vives. Il prit une bande dessinée dans son casier puis se mit à en recopier les dessins.

Dean aimait bien copier les choses, oh ça oui !

Virginia avait du mal à s'arrêter de trembler. Elle observa une seconde Joanne, debout au milieu du salon, et qui avait au moins la décence de ne pas essayer de croiser son regard.

Son salon. Le sien et celui de Kenneth. Qu'est-ce que cette sale petite gosse dévergondée pouvait bien savoir de vingt années passées en commun, à construire quelque chose d'aussi idéal que ce que Kenneth et elle avaient créé ?

Elle s'avança vers le bureau. Les hauts talons de ses chaussures s'enfonçaient dans l'épaisse moquette que Kenneth et elle avaient choisie, ensemble. Elle ouvrit le tiroir d'un coup sec puis s'empara de l'enveloppe de photos.

Elle passa à côté de Joanne, en la frôlant, et s'avança jusqu'à la table du salon.

— J'ai quelque chose à te montrer, déclara-t-elle, se faisant un point d'honneur à se retourner pour dévisager la jeune fille.

Joanne se contenta de la regarder d'un air maussade, avant de la suivre.

Virginia disposa les photos sur la table aussi vite qu'elle le put, malgré ses tremblements spasmodiques. Elle pouvait contempler son reflet sur la surface polie et laquée du meuble. Elle n'avait probablement pas trop mauvaise mine. Elle était contente d'avoir pris le temps de retoucher son maquillage avant de partir à la recherche de la jeune fille.

Elle sentait sur son corps le souffle de cette petite garce, le poids de ses yeux.

— Regarde-les ! s'exclama Virginia.

Mais Joanne s'y refusait. Elle hoqueta et ferma les yeux de toutes ses forces. Virginia ne supportait plus de voir cette traînée devant elle ; toute cette parodie d'innocence spontanée masquait à peine le malin plaisir qu'elle avait de ruiner tout son bonheur, de le lui arracher pour la laisser seule et dépossédée. Elle saisit Joanne par le col et tenta de la forcer à ouvrir les yeux.

— Regarde-les ! (Joanne luttait contre son emprise, essayant de détourner son visage des preuves de son horrible méfait.) Qu'est-ce qu'il y a ? demanda Virginia. Tu ne peux même pas les regarder ? Tu les trouves répugnantes ? (Elle agrippait la fille bien trop fermement. Elle pouvait sentir sa chair fine sous son pull d'école. Pourtant, elle s'en fichait bien. Plus rien ne lui semblait avoir la moindre importance. Elle colla son visage tout contre celui de Joanne.) Elles te donnent la nausée ? Parce que, laisse-moi te dire… Tu m'entends ? Laisse-moi te dire que moi, elles me rendent malade, malade à en crever.

Elle repoussa Joanne, plus violemment qu'elle n'en avait l'intention, mais pas autant qu'elle l'aurait souhaité.

Puis, elle s'assit sur le canapé et se mit à pleurer. Ce n'était pas son intention, mais elle ne maîtrisait plus la vague de désespoir qui venait de s'abattre sur elle. Elle plongea son visage dans ses mains et laissa ses larmes couler à flots, se moquant de ce que Joanne pouvait penser.

Après un certain temps, Joanne dit avec douceur et comme si ces mots étaient censés être réconfortants…

— Non. (Virginia la sentit s'asseoir à l'autre extrémité du canapé. Elle retira ses mains de son visage. A présent, c'est elle qui se sentait incapable de faire face à la jeune fille.) Ce n'est pas répugnant. Ce n'est pas dégoûtant. C'est uniquement les photos qui donnent à la chose cet aspect-là.

La voix de Joanne était toujours douce et raisonnable.

Espèce de manipulatrice ! songea Virginia.

— Comment peux-tu dire une chose pareille ? commença-t-elle, puis de nouveau ses larmes coulèrent à flots et elle ne put ajouter la moindre parole.

— Nous nous aimons.

— Il t'a dit qu'il t'aimait, n'est-ce pas ?

Virginia savait qu'elle aurait dû s'y attendre, cependant il lui sembla que les ténèbres qui l'entouraient, menaçant de l'étouffer, ne faisaient que se refermer davantage sur elle.

— Il m'aime, en vérité. Et je l'aime aussi, dit Joanne.

Elle se pencha légèrement en avant. Pendant un atroce instant, Virginia s'imagina que la fille allait lui prendre la main. A ce moment-là, il lui semblait que Joanne avait une foi aveugle en ce qu'elle disait.

— Tu le crois, n'est-ce pas ?

Elle ne pouvait dissimuler la douleur dans sa voix. Elle prit une longue aspiration, hachée, puis détourna la tête pour se moucher.

Aussi déplaisant que cela pouvait être d'avoir à écouter la jeune voix ingénue de Joanne déchirer son univers en morceaux, elle n'en perdait pas pour autant sa dignité. Non qu'il y eût quelque substance dans ses propos — ce discours sur l'amour — mais la trahison, elle, la blessait profondément. Et aussi de savoir que ce qu'elle partageait avec Kenneth ne pourrait plus jamais être pareil. Elle regarda dehors, à travers les portes vitrées, dans le jardin. Le temps était d'une splendeur incroyable. Il aurait dû pleuvoir, se dit-elle.

Elle tenta d'ignorer la voix de Joanne, mais elle ne pouvait y échapper.

— C'est vrai. Nous nous aimons sincèrement, déclarat-elle, devenant de plus en plus excitée au fur et à mesure qu'elle parlait. (De nouveau, Virginia fut prise d'une infime compassion à l'égard de Joanne, pour elle et son amour sans espoir, sans aucun espoir.) Nous voulons vivre ensemble. Nous voulons nous marier.

— Vous marier !

Virginia se retourna pour faire face à Joanne, se moquant éperdument de son visage maculé de larmes.

— Oui. Parce que…

— Il est déjà marié ! déclara Virginia avec hargne.

La pitié était une chose, mais cela devenait franchement ridicule.

— Il obtiendra le divorce.

— Le divorce ! (Virginia ne parvenait plus à conserver un ton posé. Pendant une seconde, elle observa cette… enfant, qui avait lu avec tant de grâce devant la communauté, et qui, à présent, la regardait avec nonchalance, reniant littéralement tout ce en quoi leur foi consistait.) Le mariage est un saint sacrement, finit-elle par déclarer. Tu ne crois quand même pas que Kenneth pourrait…

Mais un seul regard sur le visage de la jeune fille suffisait pour comprendre qu'elle croyait dur comme fer que Kenneth le ferait. De nouveau, Virginia ressentit de faibles sentiments de pitié à l'égard de la fille ; mais Joanne se contentait de la toiser avec assurance. Enfin, Virginia ne supporta plus sa vue. Elle sentait un torrent de colère et de pitié frémir en elle, et elle sut que si elle ne se décidait pas à faire quelque chose rapidement, elle finirait par faire souffrir la jeune fille. Elle détourna la tête.

— Dieu te protège. (Elle se tourna de nouveau vers Joanne, assise, et toujours aussi posée.) Mais certainement tu dois bien voir qu'il ne le fera jamais, au grand jamais…

— Il le fera, trancha Joanne. (Elle se passa la langue sur les lèvres. Durant un instant, on n'entendit plus que des battements de cœur. Puis, elle poursuivit :) Pour le bébé.

5

Virginia servit le thé dans sa plus belle porcelaine chinoise. Des sandwiches au jambon. Du Earl Grey. Des petits gâteaux. On pouvait puiser un certain réconfort dans des habitudes et des objets familiers ; d'autre part, quand bien même le monde autour d'elle s'écroulait, elle était encore capable d'apprécier ces petits délices. Elle versa le thé. Joanne lui sourit, puis porta sa tasse à ses lèvres avant d'avaler une gorgée de la boisson. Aucune d'elles n'avait prononcé la moindre parole. Qu'y avait-il de plus à dire ?

Joanne prit un sandwich et commença à le grignoter. Entre elles s'étendait un silence quasi palpable. Virginia sirota une gorgée de son thé ; lorsqu'elle reposa la tasse, sa main tremblait tellement que la porcelaine grinça contre la sous-tasse.

Elle observait Joanne, essayant de s'imaginer la jeune fille à travers le regard de Kenneth : cette peau douce à la teinte crème dorée, ces grands yeux ; mince et svelte, avec juste un soupçon de hanches et de poitrine. Mais elle était jeune. Et c'est cela qui faisait la différence, évidemment. Le seul argument contre lequel Virginia ne pouvait rien.

Joanne prit un autre sandwich. *Eh bien,* se dit Virginia, *elle mange pour deux.*

Cette pensée lui donna envie de hurler.

Joanne. Kenneth. Accolés contre un arbre. En plein jour.

La jeune fille louchait sur les petits gâteaux. Virginia les

avait faits pour la quête de charité pour la recherche contre
le cancer.

— Puis-je ?

— Je t'en prie, sers-toi, répondit Virginia. (De nouveau,
il y eut un silence.) Tu m'excuseras, finit-elle par dire,
comme si elle avait besoin de l'assentiment de Joanne dans
sa propre demeure.

Elle quitta la pièce d'un air hésitant, puis se figea. *Que
faire ? Que faire ?* Elle se saisit du téléphone et composa
un numéro de tête.

— Allez. Allez, réponds, siffla-t-elle dans le combiné.
(A l'autre bout du fil, la voix de Norma se fit entendre.)
Elle est ici, annonça Virginia. Elle est… (Elle aurait voulu
dire : *elle est enceinte*, mais elle était incapable de prononcer ces mots.) Elle est ici, assise dans le salon. Je ne sais
pas quoi faire…

Elle était de nouveau sur le point d'éclater en sanglots ;
mais elle ne voulait pas que Norma l'entende pleurer. Une
fois avait suffi. Norma lui déclara alors qu'elle allait venir
la rejoindre et Virginia sut que tout se passerait bien.

Il fallut à Fitz une bonne demi-heure et trois cabines
téléphoniques en ruine avant qu'il n'en découvrît une en
état de marche. Et encore, elle était disposée près d'une
étendue de béton, surplombée par un pont. Juste au bord
d'une large avenue que les gamins des environs utilisaient
comme une piste de skate-board. La cabine empestait un
mélange de sueur et de crasse, de bière éventée et d'urine,
si particulier à ces téléphones publics, et le sol était maculé
d'une substance à laquelle Fitz préférait ne pas songer.

Il engouffra son corps massif dans la cabine, s'efforçant
de trouver un endroit sec pour y poser ses pieds.

— Des cabines téléphoniques extensibles pour tous,
c'est mon avis, grommela-t-il. Et des téléporteurs spatio-
temporels à tous les coins de rue.

La cabine avait été récemment décorée par les maque-
reaux locaux. Fitz arracha une des cartes scotchées sur la
paroi de la cabine tout en composant avec vigueur le
numéro de téléphone des parents de Judith.

« La garantie de l'amour en toute sécurité, telle est la
devise d'une plantureuse poitrine », lut-il à haute voix.

Vraiment barbant. Le dessin était si petit et tellement
mal fait que l'on ne distinguait pratiquement rien. Il se
saisit d'une autre carte.

« D'érotiques massages avec les pieds. »

C'était déjà légèrement mieux ; ceci dit, le pied semblait
davantage appartenir à une des horribles sœurs plutôt qu'à
Cendrillon elle-même. A l'autre bout du fil, le téléphone
continuait à sonner.

« Viens jouer dans ma garde-robe, c'est ouvert tard. »

C'était de loin le pire. Peut-être que s'il se lassait un jour
de la psychologie, il pourrait trouver du travail comme
écrivain pour le bordel du coin.

— Mais où sont donc passés nos bons vieux classiques
de français ? dit-il, méditatif. « J'use de liens et taquineries
jusqu'à ce que l'on me supplie », lut-il sur un ton on ne
peut plus langoureux. (Quelqu'un était en train de lui parler
dans le combiné. Depuis combien de temps déjà ?) Bon
sang, mais ça ne vous arrive donc jamais de dire bonjour
lorsque vous décrochez le téléphone ? demanda-t-il.

— Si c'est pour un coup de téléphone graveleux, vous
pouvez…

Avec un peu de retard, Fitz reconnut enfin la voix du
père de Judith.

— Non, ce n'est pas un coup de fil cochon, répondit-il,
tout en songeant que le vieux n'y aurait pas perdu au
change.

— Oh, alors c'est vous, n'est-ce pas ? déclara la voix.

De froide quelques instants auparavant, elle était sou-

dainement devenue glaciale, lui parvenant à travers le combiné comme une brise polaire.

— Oui, en effet, il s'agit bien de moi : celui qui fut
jadis l'époux de votre fille, s'écria Fitz.

La communication fut aussitôt coupée.

Fitz darda un regard furieux sur le combiné.

— Comme vous êtes charmant. Vous n'avez pas immédiatement raccroché parce que vous pensiez d'abord être
tombé sur un bon coup ? N'est-ce pas, espèce de vieux
pet !

Il recomposa hargneusement le numéro.

— Oui, répondit presque aussitôt le père de Judith.

— Allô, c'est encore moi, Vlad, le boucher de
Transylvanie, à l'appareil, annonça Fitz. (Il entendit comme
un sifflement. Cela n'aurait pu être qu'un bruit de friture sur
la ligne, mais Fitz savait qu'il s'agissait en fait du père de
Judith, exprimant ainsi son exaspération. *Foutre !* songea-
t-il. Il aurait dû s'attendre à ce que le vieux saligaud soit
incapable de reconnaître de l'ironie lorsqu'il venait à en
entendre. Il aurait aussi bien fait d'épouser une Américaine,
tant qu'à faire. Fitz se lécha la lèvre inférieure.) Est-ce
qu'elle est là ? Parce que si c'est le cas, j'aimerais…

— Elle n'est pas ici.

— Dans ce cas, où est-elle donc ?

— Elle est avec des amis, déclara la voix, dont le ton
approchait rapidement du zéro absolu.

— Elle n'a aucun ami, déclara Fitz.

— Charmant.

— Je veux dire : pas d'amis à elle. (Fitz s'efforçait de
conserver son calme.) Ce sont *nos* amis.

Fitz imaginait le vieux shnock, assis dans sa petite
maison impeccable, touchant sa petite retraite d'instituteur
bien comme il faut, tapotant son stylo contre son carnet
d'adresses tandis qu'il songeait à une nouvelle excuse pour
empêcher Fitz de parler à sa femme. Il était grand temps

que quelque chose secoue cette complaisance banlieusarde, décida Fitz soudainement.

— Donnez-moi simplement le numéro où je peux la joindre, déclara-t-il. (Il sentait la rage commencer à bouillonner en lui. Il n'y avait plus moyen de la retenir à présent.) Je veux ma femme, je veux ma fille, espèce de vieux salaud !

— Cela ira comme cela, merci bien, annonça le père de Judith, sur le ton d'un instituteur face à un élève de troisième indiscipliné, un mercredi après-midi où les jeux ont été annulés en raison du mauvais temps.

Fitz pouvait s'estimer sacrément heureux que le vieux n'ait pas raccroché et il en était tout à fait conscient.

— Je suis désolé, déclara-t-il. (Mais sa voix trahissait un ton sarcastique. Pour qui ce petit prétentieux moins-que-rien se prenait-il de toutes les manières ?) C'est de ma faute. J'ai perdu mon calme. Voyons, surveille ton langage, Fitz ! (Il disposa un de ses poignets devant le microphone et le frappa maladroitement, mais avec grand bruit, de son autre main, tenant le combiné.) Voilà, je me suis tapé le poignet.

— Est-ce que vous seriez en train de vous moquer de moi, jeune homme ? Parce que si c'est le cas…

— Non, non, déclara Fitz, tout en pensant exactement le contraire. (Certainement, espèce de vieux shnock, mais à présent que vous le mentionnez, ce n'était pas forcément la meilleure idée du moment.) Non, je voudrais simplement pouvoir parler à Katie, tout au moins.

— Elle est allée au parc. Et je vous arrête avant que vous n'ayez le temps de formuler la question, je ne vous dirai pas lequel.

Il reste encore une chance, songea Fitz.

— Alors, est-ce que vous voudriez bien faire passer un message ? Demandez-lui de m'appeler à la maison. Vous pensez pouvoir faire ça ?

Il n'y pouvait rien. Malgré tous ses efforts, la colère continuait à suinter dans ses paroles.

— Je verrai ce que je peux faire.

La voix du vieil homme s'était faite tranchante.

— Je vous en prie. (Fitz entendit un cliquettement et la communication fut coupée.) Merci. Vous êtes trop gentil, déclara Fitz à la brise passagère. Voilà un argument en faveur du parricide, s'écria-t-il tandis qu'il se précipitait hors de la cabine, claquant la porte derrière lui. C'est bien mon avis, en tous les cas !

*
**

La jeune fille ne paraissait pas étouffée par les remords. Elle était assise, retirant lentement l'emballage d'un des petits fours de Virginia. Norma comprenait parfaitement à présent comment elle avait pu venir à bout des nerfs de Virginia. Elle-même essayait de faire parler Joanne depuis une dizaine de minutes. Mais, durant tout ce temps, la jeune fille n'avait pas prononcé une parole.

Norma sentait que Joanne commençait à la faire, elle aussi, sortir de ses gonds.

— Est-ce que tu as prévenu tes parents ? (Pas de réponse.) Que vont-ils donc penser de tout ça ? (Toujours pas de réponse. Norma songea à abandonner. Mais un seul coup d'œil au visage crispé de Virginia lui suffit pour comprendre qu'elle ne pouvait se permettre une chose pareille.) Qu'est-ce qu'ils vont dire de tout ça ? demanda-t-elle avec colère.

Joanne contemplait ses doigts, tandis qu'ils effritaient un gâteau, dont les miettes tombaient sur ses genoux.

— Les as-tu prévenus ? demanda Virginia. (Sa voix était douce, presque suppliante.) Leur as-tu dit ?

Joanne tourna enfin son visage vers elle. Il était de marbre.

— Non, dit-elle.

— Mais tu ne peux pas continuer ainsi, s'écria Virginia.

Elle semblait presque s'inquiéter du sort de la jeune fille. Norma se sentit gagnée par une vague d'irritation. Quelquefois, Virginia poussait la charité trop loin.

— Kenneth le fera.

— Kenneth !

Virginia se tourna vers Norma, proprement outrée.

— Il leur parlera en premier.

La voix de Joanne perçait l'air de ce début de soirée, telle une couronne d'épines. Elle paraissait à mille lieux de se rendre compte de l'absurdité de ses paroles, ou de l'effet désastreux qu'elles avaient sur Virginia. C'était dans ces moments-là que Norma réalisait à quel point elle détestait la jeune fille.

— Est-ce que je peux me servir des toilettes ? poursuivit la lycéenne, sur le même ton que si elles avaient discuté de la disposition des fleurs dans l'église.

Virginia regardait dans le vide. De sa main droite, elle faisait tourner inlassablement son alliance autour de son doigt.

— Oui, répondit Norma. C'est à l'étage, vers la…

— Je sais où c'est, trancha la jeune fille.

Elle agit ainsi délibérément, songea Norma. *Elle fait tout ce qui est en son pouvoir pour nous blesser.*

Tandis que la jeune fille traversait la pièce, Virginia lança un regard horrifié à Norma. Avant qu'aucune d'elles n'ait pu prononcer la moindre parole, la jeune fille s'arrêta et fit volte-face.

— Peut-être que vous avez raison, après tout. Peut-être que je devrais d'abord en parler à mes parents, déclarat-elle. (Pendant un instant, Norma pensa qu'elle s'était finalement rendue à la raison.) Kenneth leur parlera par la suite.

Puis, elle se retourna et quitta la pièce.

— Elle sait où c'est, déclara Virginia.

Le ton de sa voix était terne.

Norma s'approcha et s'assit sur le canapé à ses côtés.

— Ginny…

— Elle sait. Elle sait où c'est. (Virginia se mettait à parler de plus en plus vite.) Elle est déjà venue ici. Il l'a emmenée ici. Ici même. (Elle se mit à tourner sa bague avec de plus en plus de vigueur.) Je suppose qu'il a dû l'emmener à l'étage. A l'étage, dans notre chambre. Je suppose qu'ils ont…

Elle était pratiquement hystérique.

— Ginny, s'écria Norma d'une voix tranchante. Tais-toi ! Et à présent, écoute-moi…

En vain. Virginia prit une grande et profonde inspiration.

— Je me suis toujours efforcée d'être une bonne chrétienne, mais… Oh, mon Dieu, aidez-nous. Aidez-nous… (Elle se retourna et lança un regard à Norma.) Aide-moi, dit-elle de nouveau.

Joanne appréciait la salle de bains des Trant. Il y faisait chaud et le tapis y était extraordinairement épais. Les serviettes étaient grandes et douces ; assez grandes pour faire deux tours autour de son corps, ainsi que Kenneth l'avait fait remarquer lorsqu'il en avait enroulé une autour d'elle. Et puis, il l'avait soulevée dans ses bras et portée jusqu'à sa chambre, où il avait finalement déroulé avec délicatesse la serviette de son corps. Tel un don, avait-il déclaré, tandis que sa langue glissait le long de sa poitrine. Tel un don du Seigneur.

Elle sourit en repensant à cette scène puis s'essuya les mains. Enfin, elle se souvint qu'elle devait redescendre pour faire face de nouveau à Virginia et Norma et son sourire s'évanouit. Elles lui en voulaient tellement. Il fallait qu'elle parvienne à les convaincre que, finalement, tout irait pour le mieux.

Et pourtant, lorsqu'elle commença à descendre les escaliers, sa bouche était tendue par l'angoisse et elle serrait la rampe si fort que les articulations de sa main en étaient devenues blanches. Elle fit une pause dans le tournant de l'escalier. Elle percevait la rumeur des voix en provenance du salon. Elles étaient en train de parler d'elle. Elle en était absolument certaine. Elle s'efforça de comprendre ce qu'elles se disaient, mais en vain.

Elle poursuivit alors sa descente. Virginia Trant l'attendait en bas. Elle se tenait à l'autre bout du couloir, entre la porte d'entrée et une armoire. Ses yeux étaient dilatés et cerclés de cernes rougeâtres à la lumière évanescente du soleil couchant.

Elle lança un regard de braises à Joanne, qui dut se forcer à lui rendre son regard. Elle aurait voulu décamper à toutes jambes, pour retourner à la maison ; ou mieux encore, pour se retrouver en toute sécurité entre les bras de Kenneth et jouir de son étreinte, loin de ces furies, ces intrigantes. Mais Virginia avait déclaré que Kenneth était parti à Bristol, et de toutes les manières, Joanne n'avait pas l'intention de le laisser tomber, en faisant preuve de faiblesse devant cette femme, qui — Kenneth le lui avait répété à plusieurs reprises — n'avait d'épouse que le nom. Aussi défia-t-elle le regard de Virginia, quand bien même son cœur martelait sa poitrine, et malgré l'horrible goût métallique dans sa bouche.

— Est-ce que tu te rends compte de ce que tu lui as fait ? Tu vas gâcher sa vie, déclara Virginia. (Certainement pas, songea Joanne. Je le rendrai heureux. Heureux comme jamais tu n'as pu le rendre. Mais avant qu'elle ait pu prononcer le moindre mot, Virginia poursuivit :) Tout ce qui t'importe est le bébé. Tu te fiches bien de ce que tout cela aura comme conséquences… (Joanne ouvrit la bouche pour essayer de dire quelque chose mais Virginia ne lui en laissa pas la chance.) Tu vas ruiner sa carrière, il va devoir partir d'ici, il ne retrouvera jamais plus son travail. Et sa famille…

Virginia se précipita vers elle. Un instant, Joanne crut qu'elle allait la frapper, mais elle se contenta de lui coller son visage sous le nez. On aurait dit que sa bouche s'ouvrait et se refermait comme celle d'une marionnette, si bien que Joanne eut l'impression que les paroles qu'elle prononçait n'étaient pas vraiment les siennes.

— Espèce de sale putain égoïste ! cria Virginia. Tu l'as fait délibérément, n'est-ce pas ? Tu savais très bien ce que tu faisais, tu l'as séduit. Tu es venu te joindre à la communauté et puis… (Sa voix faiblit. Joanne se dit qu'elle aurait dû en profiter pour dire quelque chose, afin d'essayer de lui faire comprendre la réalité. Mais le point de vue de cette femme était si tronquée que Joanne savait pertinemment qu'elle ne pourrait jamais lui faire entendre raison.) Oh, mon Dieu, la communauté ! s'exclama Virginia.

Elle se détourna avant de plonger son visage dans ses mains.

D'une certaine façon, les larmes de la femme effrayèrent Joanne davantage que ne l'avait fait sa colère. Elle devait trouver un moyen de s'en aller. Joanne se passa la langue sur les lèvres.

— Est-ce que ça vous ennuierait si je passe un coup de fil à mon père pour qu'il vienne me chercher ? demanda-t-elle.

Sa voix ne trahissait nulle crainte. Cela la réconforta.

— Ce ne sera pas nécessaire.

Derrière le dos de Joanne, la voix de Norma avait tranché.

La jeune fille pivota sur elle-même. Norma se tenait devant la porte du salon, les bras étendus en travers du chemin, de façon à en barrer entièrement l'accès.

Elle observait Virginia.

Joanne regardait les deux femmes tour à tour. Elles manigancent quelque chose, songea-t-elle. Elle sentit la panique la gagner. Qu'avaient-elles donc en tête ?

— Non, dit Virginia. (Elle paraissait nerveuse.) Non, tu peux rester ici pour la nuit.

Cette proposition était complètement ridicule : c'était totalement hors de question. Virginia devait bien s'en rendre compte. Mais Joanne ne parvint qu'à prononcer :

— Ici ?

Sa voix transpirait la peur à présent. Elle s'en voulait. Dieu était de son côté. Ainsi que Kenneth. Elle devait pouvoir surmonter sa peur.

Elle sentit Norma la pousser par-derrière.

Tandis que Joanne trébuchait, Virginia déclara :

— Demain, nous parlerons à Kenneth.

Norma repoussa Joanne en avant, pas à pas.

— Je ne peux pas rester ici, déclara Joanne.

La porte d'entrée n'était qu'à quelques pas. Elle tenta le tout pour le tout et s'élança en avant. Un pas. Si seulement elle parvenait à défaire la chaîne de sécurité…

Norma la saisit par le bras. Joanne se débattit, mais Norma était plus forte et plus solide et ses doigts, comme des serres, mordirent la chair de ses bras à travers son cardigan.

— Je ne peux pas, s'exclama Joanne, tandis qu'elle tentait de s'extirper de cette emprise d'une vive secousse. Je vous en prie…

Virginia s'était avancée jusqu'à l'armoire. Norma bouscula Joanne, tout en la tenant toujours fermement par les bras. Joanne tenta de se défendre, ayant peine à croire ce qui était en train de lui arriver. Virginia ouvrit la porte de l'armoire et Joanne s'aperçut qu'il s'agissait, en fait, de l'accès à la cave.

Norma lui administra une brusque secousse dans le dos. Joanne trébucha.

— Non ! hurla-t-elle.

Elle se prit le pied dans quelque chose et glissa. Elle tenta de se rattraper à la rambarde, mais elle était hors de portée. Joanne bascula dans le vide et le monde se renversa sous ses yeux. Elle mit ses mains devant son visage, dans un réflexe de protection, juste au moment où elle percutait le sol.

Et puis, il n'y eut plus que le silence et les ténèbres.

6

Joanne se réveilla dans un océan de ténèbres. Des douleurs lancinantes lui parvenaient de toutes les parties de son corps. Pendant un temps indéterminé, elle resta allongée, sans bouger. Elle écoutait les palpitations de son cœur et le lent bourdonnement de son pouls sur ses tempes.

Sa hanche la faisait souffrir, ainsi que son poignet. Elle avait dégringolé les escaliers. Norma Trant l'avait poussée. Sa main glissa vers son ventre, là où l'enfant de Kenneth grandissait, le fruit de ses entrailles. Virginia l'avait traitée de putain, lui avait jeté au visage qu'elle s'inquiétait davantage du sort du bébé que de celui de Kenneth. Peut-être avaient-elles espéré que, dans la chute, elle perdrait son enfant.

Elle ne parvenait pas à comprendre pourquoi elles la détestaient autant.

Dans un instant, elle allait se lever et essayer de penser à ce qu'elle devrait faire, à ce qu'il faudrait dire. Dans un instant seulement, elle serait forte, à nouveau.

Mais pour le moment, elle se contenta d'éclater en sanglots.

Katie n'avait pas téléphoné. Pas plus que Judith. Fitz en était absolument certain, pour la simple et bonne raison qu'il s'était endormi sur le canapé, juste à côté du téléphone.

Les rayons du soleil, jaillissant à travers la fenêtre,

l'avaient réveillé. Ses yeux papillonnèrent devant ce déluge de lumière.

— Une pareille gueule de bois mériterait davantage d'égards, grommela-t-il.

Le goût dans sa bouche lui suggérait l'arôme d'une aisselle de gorille et il était certain d'empester. C'était lui ou bien le cendrier qu'il avait laissé sur le repose-bras du canapé.

Une douche paraissait indispensable. Une priorité quasi absolue. Cependant, avant toute chose, un rince-gueule s'imposait… Contre la gueule de bois ! Cela valait de loin une cuillerée d'huile de foie de morue ou bien de gober un œuf cru. Il était à peu près certain qu'il y avait une bouteille de whisky entamée, quelque part dans tout ce foutoir. Il vaudrait mieux d'ailleurs, pensa-t-il. De toute manière, il n'espérait quand même pas en dégoter une encore intacte.

Dean observait les cartons glisser le long du tapis roulant, vers les lames vrombissantes de la broyeuse. Il était assis sur une des balles de déchets qui en était sortie, s'assurant qu'elle était proprement ficelée. Il travaillait avec tellement d'ardeur qu'il n'entendit pas M. Michael et M. Kenneth arriver.

Ils étaient dans la voiture de M. Kenneth, mais seul M. Michael en sortit. Cela rassura Dean. Il était quelque peu effrayé par M. Kenneth. Il fallait souvent qu'il lui fasse son signe spécial quand il le voyait, et cela agaçait M. Michael. Et du coup, Dean prenait peur de M. Michael, en plus de M. Kenneth.

Mais cette fois-ci, il s'en tirait bien. M. Kenneth s'éloigna au volant de sa voiture. M. Michael observait le véhicule s'éloigner de l'usine. Dean trouvait qu'il avait un drôle de regard et une drôle d'expression sur le visage. Il ne posa pas de question pour autant. M. Michael lui avait toujours répété que s'il s'occupait de ses propres affaires et ne perdait pas son temps à fureter dans la vie des autres, alors Dieu serait son ami et le protégerait.

Dean aimait Dieu. Tout au moins, il aimait aller aux prières où l'on se retrouvait et où il voyait tous ces gens, ainsi que Joanne, et il aimait aussi se joindre aux chansons. Avoir un Dieu pour ami paraissait être une bonne idée à Dean.

M. Michael s'approcha.

— Est-ce que tu as rencontré le moindre problème, Dean ?

— Aucun problème, monsieur Michael, répondit Dean.

Il espérait que M. Michael allait remarquer le bon travail qu'il avait fait en balayant et que les balles de déchets étaient bien empaquetées ; mais M. Michael se contenta de lui dire :

— T'es un brave garçon. Je vais faire le thé.

La voiture de Kenneth Trant ronronnait dans les rues quasi désertes qui conduisaient jusqu'à sa demeure.

La lumière du soleil avait dissipé sa morosité de la veille. Par une matinée pareille, avec le bleu étincelant de ce ciel d'été et cette nature verte et flamboyante tout autour de lui, il lui était impossible de ne pas penser qu'il faisait partie intégrante du grandiose projet du Créateur.

Il commença à énumérer dans son esprit toutes les tâches qu'il avait à remplir. Sheila Jackson, la sous-directrice, était tout à fait digne de confiance ; ceci dit, il aimait garder les mains sur les rênes, comme il le lui répétait régulièrement. Il fallait prendre toutes les dispositions pour les contrôles de connaissance des troisièmes ; puis, il avait promis de se pencher sur le planning concernant les fonds de voyages ; il espérait également avoir la possibilité de travailler sur son sermon pour le prochain meeting de la communauté, mais il n'aurait probablement pas le temps de s'en occuper avant plusieurs jours…

Son véhicule s'engagea sur le chemin qui menait jusqu'à sa maison. Le jardin, songea-t-il, était somptueux. Il se promit d'en toucher un mot à Virginia pour la féliciter après tout ce dur labeur. Il jeta un coup d'œil à l'horloge sur son tableau de bord. 7 h 30. Juste le temps d'avaler une tasse de café et quelques tartines grillées avant de se rendre à son travail.

Il gara la voiture juste au-dessous des fenêtres aux montures de plomb de la cuisine, puis sortit du véhicule.

Dès qu'il eut atteint la porte d'entrée, celle-ci s'ouvrit devant Norma. Quelque chose n'allait pas. Il le devinait à l'expression de son visage, et d'autre part, il avait l'impression qu'elle avait guetté son arrivée. Il pénétra dans le hall en passant à côté d'elle.

— Norma. (Il tenta d'emprunter un ton léger.) Je viens juste de déposer Michael à l'usine. (Elle le regardait de travers. Sa première impression était donc juste.) Est-ce que tout va bien ? Est-ce qu'il y a quelque chose qui…

— Virginia se trouve dans la salle à manger, déclara-t-elle, comme s'il s'agissait de la réponse la plus naturelle à sa question.

Elle lui lança un sourire étrange.

Il s'avançait le long du couloir, essayant de saisir ce que ce sourire avait d'étrange. Le triomphe, songea-t-il : il exprimait à la fois triomphe et amertume.

Il fronça les sourcils puis pénétra dans la salle à manger.

Virginia se tenait assise près de la table, à côté des baies vitrées. Elle avait une mine effroyable. Ses yeux étaient rouges et enflés et elle était encore plus pâle que de coutume.

— Chérie, dit-il, mais que se passe-t-il ?

Il traversa la pièce pour se rendre à ses côtés et lui saisir la main.

Elle retira sa main d'un mouvement brusque et convulsif. Elle murmura quelque chose si bas qu'il ne put en entendre que le dernier mot : « aventure ».

— Aventure ? répéta-t-il.

Pendant un instant, il ne parvint pas à croire qu'elle avait prononcé le mot. Puis, il la contempla — ces cernes rougeâtres autour de ses yeux — et il comprit qu'elle savait.

Tout était fichu alors. Cette vérité lui transperça la conscience. Dans l'espace d'un battement de cœur, il se vit vivre seul, dans une quelconque et sordide chambre de bonne, la une des journaux à scandales titrant : « *LES EBATS D'UNE LYCEENNE* », la communauté lui tournant le dos, d'après les préceptes de Dieu, que lui seul était en mesure de leur enseigner. Il ne pouvait pas laisser une telle chose arriver. D'autre part, il devait bien cela à Virginia. Il ne tolérerait pas qu'elle ait à endurer toute cette honte, toute cette souffrance, qu'elle ait à subir cette trahison. Par ailleurs, elle ne savait probablement rien de tangible. Elle avait dû entendre des rumeurs, des commérages, propagés par des langues de vipères, animées de mauvaises intentions.

Elle leva les yeux sur lui.

— Oui. Avec cette fille. Joanne. *Tu sais bien…*

Oh, oui ! pensa-t-il. *Je sais !*

Peut-être aurait-il dû tenter de lui expliquer quelle sorte d'épouvante sans nom s'abattait quelquefois sur lui ; un incommensurable effroi comme s'il contemplait une étendue de noirceur, sous un ciel sans étoile, à la fin des temps, lorsque l'univers s'achève dans cet ultime cataclysme prédit par les scientifiques.

Dans ce néant de ténèbres, il ne saurait exister ne serait-ce qu'une infime lueur, et il n'y aurait nul Dieu pour s'avancer sur la surface de l'eau et déclarer : « Que la lumière soit ! »

C'était bien plus terrible encore que la damnation même, puisque la damnation laissait toujours la possibilité de la rédemption.

Tel était le sort qui leur était réservé à la fin des temps… A la fin des temps, lorsqu'ils mourraient, il n'y aurait rien. Rien de plus. Plus rien.

Il avait bien essayé de lui expliquer cela dans le passé, mais à chaque fois, elle avait refusé d'écouter. Alors, comment parviendrait-il à lui faire comprendre que le seul moyen qu'il avait trouvé pour fuir cette tragique fatalité était de s'abandonner au creux de la poitrine de Joanne, pour y enfouir sa tête et son esprit tourmenté ? Que pénétrer en elle lui offrait cet originel et ultime acte de rédemption et d'oubli ? Et puis, comment lui dire qu'elle lui avait été envoyée par le Seigneur, afin qu'il sache qu'il n'avait pas à craindre les étendues de ténèbres ?

C'était impossible. Elle ne comprendrait jamais une chose pareille. Nier était, dès lors, son seul recours, ou bien… Il ne lui restait plus que le néant.

Dieu savait ce qu'il avait dans le cœur. Dieu l'aiderait à la convaincre.

— J'ignore entièrement à quel genre de sornettes tu as pu prêter l'oreille, mais…

— Elle et toi. Faisant des choses ensemble. Depuis des mois à présent, derrière mon dos. Elle me l'a dit.

Elle était sur le point de pleurer. Il s'efforça de conserver son calme. Perdre son sang-froid dans cette situation aurait constitué une grossière erreur.

— Mais, enfin Virginia, ceci… Ceci est abominable ! Tu ne peux certainement pas croire une chose pareille, pas le moindre mot…

— Tu dois me dire la vérité, Kenneth. La vérité.

Sa voix était douce mais implacable. Elle ne semblait pas consciente de l'ironie de la situation : elle l'accusait de l'avoir trahie et de son côté, elle refusait de le croire ; et par ce refus, elle trahissait sa confiance à son tour. Ce raisonnement lui donna du courage.

— Tout cela n'est que balivernes, trancha-t-il fermement. (Tout ce dont elle avait besoin était qu'on la guide convenablement et, dès lors, elle saurait voir l'éclatante vérité de sa situation : que sa place était avec lui, en maintenant ses vœux maritaux — « pour le meilleur et pour le pire » —, quelle que fût la situation.) Des balivernes, répéta-t-il. Voilà tout.

— Ce ne sont pas des balivernes ! hurla Virginia.

Elle était au bord des larmes. Kenneth le savait au ton de sa voix. C'était bon signe. Elle allait pleurer et puis, il lui pardonnerait sa crédulité avant de laisser tout cela derrière eux.

C'en était fini de Joanne. Un instant, il fut traversé de regrets. La perdre était de toute évidence le châtiment que Dieu lui avait réservé pour avoir été faible et craint ainsi les ténèbres.

— Ecoute, dit-il. Elle a dix-sept ans. Elle a treize ans de moins que moi. Tu sais bien comment les filles de son âge se comportent. Leur imagination est galopante.

Il songea à lui dire qu'aucune fille de dix-sept ans ne pouvait être, à ses yeux, plus séduisante qu'elle ; qu'aucune enfant ne pouvait mettre en péril l'amour qu'il éprouvait pour elle. Il aurait été sincère. En partie, en tous les cas. Mais lorsqu'il la contemplait, assise, là, devant lui, avec ses cheveux ébouriffés et son maquillage dégoulinant, il ne trouvait pas la force de prononcer les mots. Elle commença à dire quelque chose, mais il poursuivit :

— Je n'en avais pas du tout conscience, mais peut-être avait-elle un petit faible pour moi. (Il se cala en arrière, sur le dossier de sa chaise, en face de Virginia, de façon à pouvoir la regarder droit dans les yeux.) Les filles de cet âge s'entichent souvent d'hommes plus âgés. (Certainement

pouvait-elle comprendre cette vérité simple et évidente.)
Elle fantasme juste sur…

— Est-ce qu'elle fantasme aussi sur le fait d'être
enceinte ?

Il s'était trop avancé et payait, à présent, cette maladresse. Il n'y avait plus aucune trace de chagrin chez
Virginia ; seulement de la colère.

— Enceinte ? murmura Kenneth. (Son cœur se mit à lui
marteler la poitrine. Les ténèbres fondaient de nouveau sur
lui, malgré le soleil éclatant au-dehors.) C'est elle qui t'a
dit cela ?

C'était absurde, évidemment, mais la seule chose qui lui
vint à l'esprit fut… « Elle ne m'a rien dit. Pourquoi ne me
l'a-t-elle pas dit en premier ? »

— Oui, dit Virginia, si faiblement que le mot troubla à
peine le silence qui flottait dans la pièce.

Pour un court moment, Kenneth fut incapable du
moindre geste ou de la moindre parole. Puis, doucement, il
s'avança pour prendre place à la table, aux côtés de
Virginia. Il s'assit, imitant sa posture, ses mains jointes
devant lui, sur la table cirée ; adopter le même maintien
qu'une autre personne pour la mettre à son aise, c'était un
tour qu'il connaissait depuis longtemps déjà.

— Est-ce que tu accorderais plus de foi à la parole de
cette fille qu'à la mienne ? dit-il doucement, obligeant
Virginia à affronter son regard.

— Il ne s'agit pas que de sa parole.

De nouveau, la voix de Virginia trahissait la panique.

— Mais alors, de quoi s'agit-il ? (Si elle ne disposait
pas de preuves, il pouvait peut-être encore la convaincre de
son innocence.) Est-ce que quelqu'un s'est permis de me
calomnier ? Même moi, j'ai des ennemis… (Cela sonnait
un plus prétentieux qu'il n'en avait eu l'intention, aussi se
dépêcha-t-il d'enchaîner.) Tu veux dire : des racontars mal-
veillants ? (Il tendit son bras vers elle. Elle écarta la main,

mais il fut prompt et la saisit dans la sienne, plus large. Si seulement il pouvait lui redonner confiance en son amour, peut-être cesserait-elle tout ce manège.) Virginia, nous nous sommes toujours fait mutuellement confiance. Je ne peux que te demander de le faire de nouveau maintenant…

La porte s'ouvrit avec fracas derrière lui. Les yeux de Virginia s'écarquillèrent. Kenneth pivota sur sa chaise.

Norma se tenait sur le pas de la porte. A ses cotés, il y avait Joanne.

Kenneth sentit ses jambes vaciller sous lui. Joanne se jeta à son cou avec un tel élan qu'il faillit en tomber à la renverse. Elle l'étreignait désespérément. Il l'entoura de ses bras, une seconde simplement, tout en lançant à Virginia un regard désemparé puis, il tenta de repousser Joanne.

— Kenneth, s'écria-t-elle, s'accrochant à lui. Dieu soit loué, tu es là maintenant.

Les doigts de la jeune fille pénétraient dans la chair de son dos. Elle se collait tout contre sa poitrine.

Virginia et Norma observaient Kenneth. Il pouvait palper leur dégoût, comme une pluie acide, sur son visage. Il essaya de repousser de nouveau Joanne, mais l'étreinte de la fille ne s'en fit que plus forte. Elle leva les yeux sur lui et s'écria…

— Dis-lui, Kenneth, je t'en prie, dis-lui !

Il lui retourna son regard. Elle portait son uniforme scolaire et, sans maquillage, son visage paraissait aussi doux que celui d'un nourrisson.

Il avait risqué son mariage, sa carrière et sa position de leader de la communauté pour cela. Pendant un instant, elle ne lui inspira plus que du dégoût. Et sa propre stupidité lui faisait horreur, à présent. Comment avait-il pu…

— Mais qu'est-ce qui te prend ? demanda-t-il.

La jeune fille éclata piteusement en sanglots.

— Dis-lui que tu m'aimes, s'écria-t-elle.

Kenneth comprit enfin. Il murmura une prière silencieuse pour rendre grâce à Dieu. Tout cela paraissait évident à présent : elle avait paniqué lorsqu'il était parti, la veille. Elle était venue ici, pour voir si tout allait bien, et puis Virginia l'avait fait parler. Stupidement, elle avait reconnu leur relation. Mais tout irait bien. S'il parvenait à convaincre Virginia que tout n'était qu'élucubrations de lycéenne, tout irait pour le mieux.

Il repoussa Joanne, avec force. Elle trébucha en arrière, contre la cheminée.

— T'aimer ? demanda-t-il. Mais tu as perdu tes esprits. (Elle le contempla comme un petit chiot qui vient de recevoir un coup de pied. Norma lui lança un regard de braise. Et il n'avait nul besoin de voir le visage de Virginia pour imaginer son expression.) La jeune fille divague, déclara-t-il. (Il se tourna vers Virginia. Son visage de marbre ne trahissait pas la moindre expression. Ce n'était pas du tout ce à quoi il s'était attendu.) Je te l'ai dit, s'écria-t-il, en s'efforçant de ne pas paraître trop acculé. Elle est malade !

— Malade ? s'écria Joanne.

— Malade ! insista-t-il fermement. (Il lança de nouveau un regard vers Virginia. Ses yeux étaient fermés, comme si elle faisait un effort pour contenir une douleur colossale.) Cette enfant est malade…

— Je ne suis pas une enfant, protesta Joanne, l'interrompant avant qu'il n'ait pu finir sa phrase. Je suis enceinte.

Non ! songea Kenneth. Ce ne pouvait être vrai, ne devait pas être vrai. Mais après tout, ça ne changeait rien. Plus tard, un problème se poserait certainement, mais il pourrait s'en arranger alors, en privé.

Mais pour le moment…

— Tu mens, déclara-t-il à Joanne et puis, se tournant vers Virginia : elle ment !

Virginia se contentait de l'observer, froidement.

— Ginny ? intervint Norma.

Elle s'avança vers la table, tenant dans sa main des photographies.

Virginia détourna la tête. Des larmes luisaient sur ses joues.

Mon Dieu, songea Kenneth. *Qu'est-ce que c'est encore ?*

Norma s'approcha lentement de lui. On ne pouvait se méprendre sur l'expression de son visage : le triomphe à l'état pur. Elle brandit une des photos.

Kenneth regarda Virginia. Elle détournait toujours le visage, mais il pouvait l'entendre geindre doucement, tandis qu'elle se rongeait les ongles.

Il regarda Joanne. Elle paraissait terrorisée. Son pull-over du lycée se soulevait au rythme des mouvements de sa poitrine, tandis que, haletante, elle faisait des efforts pour respirer.

Et puis, n'ayant plus d'autre choix, il se pencha enfin sur les photos. Il y vit le visage de Joanne, crispé dans un moment d'orgasme. Il figurait également sur le cliché, pénétrant vigoureusement la jeune fille.

Norma était implacable. Elle déposa les photos sur la table : des gros plans et des clichés un peu plus éloignés, avant, pendant et après, et sur toutes ces photos, il était là, jouissant pleinement de Joanne, séduit par sa jeunesse, sa beauté, son éclat…

Il n'y avait pas la moindre lueur de pitié dans les yeux de Norma. Mais si Dieu était miséricordieux, peut-être pouvait-il espérer mieux de la part de Virginia.

Il s'effondra sur sa chaise.

— Mon Dieu, gémit-il. Oh mon Dieu, pardonnez-moi, j'ai été tenté et j'ai succombé à la tentation. (Il fut surpris de se rendre compte que les larmes qui commençaient à couler le long de ses joues étaient authentiques.) J'ai péché, j'ai commis un péché mortel. (Il parvenait à peine à parler,

mais même à travers ses pleurs, il réussit à murmurer :)
Virginia, pardonne-moi — oh ! Virginia…

La main de Virginia effleura la sienne, pour un bref instant seulement. Puis, elle prit de nouveau ses distances…
Mais il n'en demandait pas davantage : car c'était le signe
qu'il avait tant attendu.

7

Jane Penhaligon sut à quoi s'en tenir dès qu'elle apprit qu'elle était convoquée dans le bureau de l'inspecteur principal Wise. C'était toujours cette sempiternelle histoire — rendez-vous sur place, parlez aux parents. Dans le temps, Bilborough lui réservait le même sort.

Mais voilà, Bilborough était mort. Il était mort avant même qu'elle ait pu le rejoindre, agonisant dans le caniveau, saignant abondamment d'une blessure occasionnée par un coup de baïonnette, porté par Albie Kinsella.

Il lui avait fallu du temps pour s'en remettre, mais elle allait mieux à présent. Elle n'avait pas fait de cauchemars depuis des semaines.

En ce qui concernait Wise, il la traitait, dans l'ensemble, comme l'avait fait Bilborough. La seule différence était que Wise, contrairement à Bilborough, ne s'embarrassait pas d'enrober son attitude de ces boniments du soi-disant « homme moderne ».

Et voilà, elle était de nouveau assise en face de parents morts d'inquiétude, buvant une fois de plus une autre tasse de thé. Elle profita du fait que Mme Barnes s'en était allée chercher un album photos pour examiner attentivement la pièce dans laquelle elle se trouvait.

L'endroit était plutôt agréable, se dit-elle, pour qui ne craignait pas les meubles trop encombrés et le foisonnement de colifichets. Elle prit soudainement conscience de la particularité de cette abondance de babioles : elles étaient pour la plupart à caractère *religieux*. Elle dénombra trois statues de la Vierge, deux iconographies du Sacré-Cœur, auxquelles il fallait rajouter quelques crucifix.

Elle en déduisit qu'elle devait se trouver au milieu d'une famille de catholiques[1].

Du poste de télévision jaillissait le commentaire retentissant d'un match de boxe ou quelque chose dans ce style. Le père de Joanne avait les yeux rivés sur l'écran. L'inspecteur Harriman, assis à ses côtés, ne faisait visiblement aucun effort pour adresser la parole à son voisin. Il avait sans doute mieux à faire, mais il ne pouvait détacher son regard des deux hommes en train de se rouer de coups sur le ring, au point de se transformer mutuellement en chair à saucisses.

Comment pouvait-il donc se comporter ainsi ? se demanda Penhaligon, songeuse, en observant M. Barnes. Sa fille avait disparu depuis plus d'un jour et il se contentait de regarder la télévision.

Mme Barnes pénétra dans la pièce avec un album photos sous le bras. C'était une véritable femme au foyer, vêtue avec une sobriété qui confinait à l'ascétisme. Un crucifix, suspendu à une chaîne d'or fin, se balançait contre sa poitrine au rythme de ses pas. Son mari lui lança un regard de travers tandis qu'elle passait devant le récepteur.

Elle s'installa près de Penhaligon, et elles commencèrent à feuilleter les pages de l'album photos.

— Est-ce que c'est déjà arrivé à Joanne de s'absenter auparavant, madame Barnes ? demanda Penhaligon.

— Non. Oh… (Elle jeta un coup d'œil à l'inspecteur et lui fit un bref sourire, qui embellit pour un court instant son visage empreint de simplicité.) Vous pouvez m'appeler Marie.

— Et moi, Jane.

---

1. En Grande-Bretagne, l'église Anglicane (fondée en 1534 par Henri VIII) est le culte prédominant. *(N.d.T.)*.

Il ne s'agissait pas simplement de politesse ou même d'amitié. Plus la femme se sentirait à son aise, plus elle serait susceptible de coopérer. Penhaligon sourit, remarquant du coin de l'œil que Harriman s'était enfin décidé à leur prêter un peu d'attention.

— Non, jamais, poursuivit Marie. Je veux dire, jamais sans nous avoir prévenus au préalable. (Elle lança un regard en direction du couloir d'entrée.) Je suis restée assise près du téléphone toute la nuit. Je ne savais vraiment pas quoi faire d'autre.

Sa voix était soudainement devenue rauque. Elle reporta de nouveau son attention sur l'album photos.

— Quel âge a-t-elle ? demanda doucement Penhaligon.

— Elle a dix-sept ans, répondit d'une voix tonnante M. Barnes.

Il n'avait pas quitté la télévision des yeux.

— Oui. C'était son anniversaire le mois dernier, confirma Marie.

— Est-ce qu'elle a organisé une fête pour l'occasion ? demanda Penhaligon. (Elle se pencha légèrement en avant, et pour faire clairement comprendre que la question s'adressait au père de Joanne, elle ajouta :) Je suis désolée, je n'ai pas saisi votre nom.

— Monsieur Barnes.

Son attention ne se détourna pas un instant de l'écran de télévision.

Penhaligon grimaça un sourire. Le regard que lui lança Marie signifiait clairement : « Ne faites pas attention à lui ; il est toujours ainsi. »

Mais à haute voix, elle se contenta de dire :

— Notre petite Joanne n'est pas du genre « fête ».

Elle tourna les pages de l'album : Joanne bébé, Joanne à la plage, Joanne en robe de soirée.

Penhaligon remarqua qu'Harriman perdait à nouveau de l'intérêt pour l'affaire. A ses propres dépens.

Marie tourna une autre page, dévoilant une photo en noir et blanc où Joanne était vêtue d'une robe blanche, aux allures de robe de mariée. Penhaligon se creusa la tête pour dire cela comme il fallait.

— C'est à l'occasion de sa première communion ? demanda-t-elle.

— Oh oui, répondit Marie. Elle avait adoré cette journée ; la plus belle de sa vie, d'après elle.

Penhaligon sourit. Elle ne pouvait faire autrement. L'affection qui transpirait dans la voix de Marie était quasiment contagieuse.

Le rythme du match de boxe sembla aller en s'accélérant. Penhaligon pouvait l'entendre, même si l'écran était hors de vue de l'endroit où elle était assise.

— Oui ! Oui ! Oui ! hurlait M. Barnes.

L'arbitre avait commencé à compter.

— Ah ! C'était vraiment un superbe crochet du droit, déclara Harriman.

Il contempla Penhaligon d'un regard coupable. Celle-ci lui grimaça un sourire aigre, en pensant : « Oh, bon sang ! Mais c'est pas Dieu possible ! »

Elle s'efforça de se concentrer sur les photos. L'un d'eux se devait, au moins, de faire le travail proprement et elle savait par expérience que ce ne serait pas Harriman.

Il y avait, en gros plan, un portrait de Joanne, dans son uniforme scolaire. C'était une jolie fille, avec des cheveux blonds, coiffés en un chignon impeccable, et de grands yeux bleus.

— Est-ce que je peux prendre celle-ci ? demanda Penhaligon.

Marie souleva la pellicule transparente qui recouvrait la photographie.

— Je tiens à la récupérer, déclara-t-elle, tendant le cliché à l'inspecteur.

— Bien évidemment.

— Je déteste perdre quoi que ce soit d'elle.

Marie tentait de sourire mais elle était au bord des larmes.

En bruit de fond, on entendait des gants en cuir percuter de la chair, tandis qu'une rediffusion du match de boxe débutait.

Kenneth ne l'aimait pas.

Kenneth lui avait menti.

Joanne observait son visage fixement tandis qu'il se trouvait assis, à l'extrémité de la grande table de la salle à manger. Il menait un combat intérieur. Elle le voyait. Peut-être essayait-il de trouver un moyen de dire à sa famille — ils étaient tous présents, Norma et son mari Michael et puis aussi Virginia — qu'il avait eu tort. Qu'à présent qu'il avait eu du temps pour y penser, il s'était rendu compte qu'il l'aimait.

Je vous en prie, mon Dieu, faites que ce soit la vérité. Sa gorge lui faisait mal d'avoir trop pleuré ; et son visage était maculé de larmes, mais elle se refusait à les essuyer. Peut-être, songea-t-elle, peut-être qu'il la testait : qu'il cherchait à savoir si elle était vraiment une compagne digne de lui, ou, si, comme Virginia, elle n'était qu'un roseau brisé. *Je suis forte,* pensa-t-elle. *Je suis forte et cela signifie que tu peux tout leur dire devant moi.*

Mais il ne pipait mot.

Elle embrassa du regard tous ces visages de marbre : Virginia, qui refusait de tourner la tête dans sa direction, par crainte de croiser ses yeux ; Norma et son large sourire amer, cloué sur ses lèvres ; et Michael, comme une version plus faible de son frère Kenneth.

Ils la détestaient. Elle le savait. Seul Kenneth pouvait la sauver de leur malveillance. Elle le contempla intensément, espérant qu'il lui rendrait son regard, qu'il prendrait conscience de son amour, qu'il lui ferait savoir qu'elle était toujours en vie.

Finalement, Norma brisa le silence.

— Il n'y a pas d'autres solutions…

— C'est-à-dire ? demanda Michael Trant, souriant nerveusement.

— L'avortement.

L'horrible mot resta suspendu dans les airs.

Elle ne pense pas sérieusement à une chose pareille, songea Joanne. *C'est un péché. C'est…*

— Je ne sais pas, déclara Kenneth. (Joanne se sentit respirer de nouveau.) C'est… (Il avait commencé… « Non, Kenneth », songea Joanne, « ne rentre pas dans leur jeu ». Kenneth fit une pause et se frotta la bouche de la main.) Evidemment dans des circonstances normales, nous ne serions jamais amenés à cautionner une telle pratique, mais…

Virginia avait l'air hésitante.

— Je pense que Norma a raison, déclara Michael, avant d'ajouter sur la défensive : c'est déjà une solution.

Ils allaient le faire. Joanne voyait clairement leurs expressions de croissante détermination : ils avaient l'intention de tuer son bébé. L'enfant que Kenneth lui avait donné, dans l'amour qu'il lui avait porté, parce qu'elle était le don que le Seigneur lui avait accordé.

Il avait oublié, c'était cela. Il avait vu combien Virginia avait été blessée et avait eut pitié d'elle. C'était bon de sa part mais le lien qui l'unissait à elle, Joanne, était toujours fort. Tout ce qu'elle avait à faire était de le lui rappeler, n'était-ce pas évident ?

— Non, dit-elle. (Elle tendit la main vers Kenneth. Il s'écarta.) Telle était la volonté de Dieu que je tombe enceinte, déclara-t-elle. (Il ne l'écoutait pas. Elle lisait sur son visage que, quoi qu'elle dise, aussi justes et vraies que puissent être ses paroles, rien ne le ferait changer d'avis. Et cependant, elle se devait d'essayer.) Je ne me ferai pas avorter. Je vais donner le jour à ton bébé.

Voilà qui était dit, songea-t-elle. Elle aurait le bébé et il se rappellerait qu'il l'aimait. Comment pourrait-il les regarder, elle et son enfant, et ne pas comprendre qu'ils étaient le don que le Seigneur lui avait accordé ?

Elle se leva de son siège.

— A présent, je vais rentrer chez moi, poursuivit Joanne. (Elle tenta, en vain, de ne pas mêler de sanglots à ses paroles.) Je vais rentrer chez moi et annoncer à mes parents que je suis enceinte. (Il y eut un long, terrible silence. Kenneth se refusait à lever les yeux sur elle ; par contre, elle sentit le regard brûlant des autres la transpercer de part en part.) Kenneth ? finit par prononcer Joanne. (Il se tourna vers elle. C'était déjà quelque chose.) Je veux que tu viennes avec moi.

— Avec toi ?

C'était Virginia, de nouveau au bord des larmes.

Joanne l'observa froidement. Bien qu'elle eût de la peine pour son propre sort, elle n'en éprouvait pas moins de la pitié pour cette pauvre femme. Après tout, Joanne était convaincue qu'elle aurait à se battre pour ce qui était juste, mais qu'elle finirait par triompher : elle serait comme Job, éprouvé par Dieu mais ne désespérant jamais de son sort. Virginia, par contre… Virginia allait tout perdre, pour avoir été surprise, par Dieu et par Kenneth, dans la concupiscence. Comment Joanne aurait-elle pu ne pas éprouver de la pitié pour elle ?

— Tu n'es pas obligée de dire à tes parents que Kenneth est le géniteur.

La voix dure de Norma vint troubler les pensées de Joanne.

La jeune fille comprit alors. Ils avaient l'intention de garder toute l'affaire secrète. Faire tout leur possible pour conserver Kenneth dans leur giron. Eh bien, cela ne se pas-

serait pas ainsi. Elle ne s'élèverait pas contre la volonté de
Dieu en se faisant avorter. Elle ne perdrait pas Kenneth.

— Oh, mais si. Certainement. (Même si elle ne pouvait
empêcher ses larmes de couler, elle épancherait ce qu'elle
avait sur le cœur.) Je le dirai à mes parents. Je le dirai à
l'école entière.

Cela attira l'attention de Kenneth.

— Joanne... commença-t-il. (Souris-moi, pensa Joanne.
Fais-moi savoir que tu es de mon côté. Et il en fut ainsi : il
lui adressa un petit et intense sourire, à sa seule intention.
Elle savait qu'elle ne pouvait espérer davantage, dans cette
situation, avec toute sa famille qui l'observait.) Attends,
dit-il en se levant.

Il lui mit la main sur l'épaule.

Joanne avala sa salive. La colère l'avait quittée. Sa
gorge était ferme à présent, et elle eut envie de se pencher
tout contre lui, puis de se laisser aller à pleurer, et à pleurer
encore. Elle voulait retrouver son ancien Kenneth, ce
Kenneth qui l'avait aimée et qui l'avait fait se sentir si spéciale. Et puis soudain, il lui était revenu.

— Regarde-toi ! déclara-t-il sur un ton taquin. Tu as si
triste mine. (Il sortit son mouchoir et se mit à tamponner
doucement ses yeux. Le tissu sentait son odeur, celle de
son après-rasage.) Tu ne veux pas rentrer chez toi et te
retrouver en face de tes parents dans un tel état, n'est-ce
pas ? Tu leur ferais une belle frayeur ! (Je dois être forte,
songea Joanne. Nous trouverons un moyen de nous sortir
de cette impasse. Kenneth et moi. Ensemble. Elle leva les
yeux vers lui, essayant de déchiffrer sur son visage ce qu'il
avait prévu pour eux deux.) Réjouis-toi, Joanne ! N'aie
donc pas un air si tragique.

Il se pencha légèrement, de façon à pouvoir la regarder
dans les yeux.

— Cela ne te va pas du tout, poursuivit-il. (Il me trouve
belle, songea Joanne. Ce n'était pas là de l'arrogance de sa

part. Il lui avait répété suffisamment de fois. De sa main, Kenneth lui fit dresser le menton, pour qu'elle puisse le regarder.) Tu crois pouvoir nous faire un sourire ? Juste un petit sourire ?

Voilà qui était mieux. Cela ressemblait davantage au Kenneth que Joanne avait aimé. Elle prit une profonde inspiration et se força à sourire. Pour lui faire plaisir.

— Voilà, c'est mieux, susurra gentiment Kenneth, comme si Joanne était la seule personne dans la pièce. Est-ce que ce n'est pas beaucoup mieux ? (Pendant un instant, elle fut convaincue qu'il allait l'embrasser. Mais il se tourna vers les autres.) Est-ce qu'elle n'a pas meilleure mine à présent ?

— Oui, c'est vrai, déclara Norma, tandis que les autres exprimaient également leur assentiment.

Kenneth mit son bras autour de Joanne. Elle ressentit du réconfort à sa chaleur, à son poids, mais lorsque Kenneth parla, il s'adressa en premier à Virginia.

— Plus de conflit, déclara-t-il. (Virginia opina de la tête. Kenneth se tourna pour s'adresser aux autres.) Plus de division. Nous sommes tous unis en tant qu'humbles serviteurs du Seigneur. Prions ensemble pour qu'il nous montre le chemin à suivre. (Sa main glissa de son épaule pour se poser sur une des chaises de la salle à manger.) Joanne, prions ensemble…

Je dois m'en aller, songea Joanne. *Je dois annoncer la nouvelle à papa et maman. Ils comprendront. Ils ne m'obligeront jamais à avorter.*

Mais Kenneth l'observait. Elle ne s'était jamais encore opposée à sa volonté. Elle ne pouvait faire une chose pareille à présent. *D'autre part*, pensa-t-elle, *si nous prions, Dieu lui rappellera qu'Il m'a envoyée à lui.*

Dieu fera savoir à Kenneth que je suis le don qu'Il lui a accordé — que l'enfant est le don qu'Il nous a accordé à tous deux.

Elle reprit place sur son siège.

Kenneth se rassit également.

— Prions ensemble, dit-il tandis qu'il étendait ses mains devant lui.

Virginia se saisit d'une de ses mains. Lentement, Joanne lui prit l'autre. Michael et Norma complétèrent le cercle.

Joanne ferma les yeux.

— Prions ensemble, murmura-t-elle.

8

Jimmy Beck déambulait, sans but précis, dans le bureau de l'inspecteur Wise, observant les portraits des personnes recherchées, et autres informations du bureau central de la police, accrochés au mur. Il écoutait attentivement Wise. Bien évidemment. Mais son esprit était davantage accaparé par le fait que Penhaligon remettait ça : à faire sa petite cuisine dans son coin, ignorant une fois de plus toutes les règles élémentaires qu'on ait jamais tenté de lui inculquer à propos d'une enquête rondement menée.

— Il y a quelque chose à propos de la famille, déclara-t-elle à Wise, consciente, toutefois, qu'il essayait de poursuivre son raisonnement.

Wise l'ignora pour s'en aller quérir des documents dans un meuble de rangement.

— Le porte-à-porte, des recherches de proximité, faire appel à la radio et à la chaîne de télévision locales, déclara-t-il en parcourant la pièce de long en large, s'adressant aussi bien à Penhaligon qu'à Beck. (Penhaligon lui emboîta le pas, essayant de l'interrompre. Wise l'ignora encore une fois.) Mais on sait déjà tout cela, n'est pas ? s'exclama-t-il finalement.

Il prit place dans son siège.

Un rayon de lumière scintilla sur les verres de ses lunettes.

— Il regardait un match de boxe à la télévision, inspecteur, déclara Penhaligon.

— Vous voudriez bien me répéter ça ?

— Le père de Joanne. Cela n'avait pas l'air de le traumatiser. Il s'est contenté de regarder un match de boxe.

Au nom du ciel ! songea Beck. Il se retourna pour regarder par la fenêtre. En bas, dans la rue, une femme marchait avec une poussette. *Si on devait reprocher quelque chose à feu Bilborough,* songea-t-il, *ce serait d'avoir laissé Penhaligon s'en tirer avec des conneries pareilles. Laissez-la prendre des mauvaises habitudes... Mais Wise... Wise, lui, était un gars de Liverpool. La crème de l'humanité, les gars de Liverpool. Il allait remettre cette peau de vache à sa place.*

— Et alors ? C'est un crime ?

Bien joué ! pensa Beck. La femme dans la rue s'était considérablement rapprochée à présent. Son gamin devait avoir à peu près le même âge que Ryan, le garçon de Bilborough.

— J'ai du flair pour ce genre de chose, inspecteur, déclara Penhaligon.

— Et alors, qu'est-ce que vous nous proposez ?

Mais, bordel ! pensa Beck. Et puis, sorti inexplicablement des tréfonds de son subconscient : *Bilborough est mort. David Bilborough est mort, et cette garce est toujours à vouloir nous jouer des tours de psychologie.*

— Je voudrais que Fitz ait une entrevue avec lui.

Putain ! songea Beck ; il se garda bien, pourtant, de prononcer la moindre parole. Il se contenta simplement de soupirer ostensiblement.

Penhaligon fit volte-face pour lui lancer un regard furieux.

— Vous avez quelque chose à dire ?

Il fallut une seconde à Beck avant de réaliser que c'était à lui que Wise s'adressait.

— Non, inspecteur.

— Rien du tout ?

— Non, inspecteur.

Foutus tours de psychologie, se dit Beck.

— Alors vous pourriez aussi bien me débarrasser le plancher, non ?

Si vous le prenez comme ça...

— Bien, inspecteur, répondit Beck.

Il quitta la pièce, en prenant bien soin d'éviter que la porte ne claque en se refermant. Harriman était en train de flâner à l'extérieur du bureau, effaçant avec précaution une faute qu'il avait faite sur une des affiches accrochées dans le couloir.

Pour ce qui était des bourdes, Harriman pouvait se targuer d'en avoir accumulé un bon paquet. D'après Jimmy Beck, si Harriman avait commis légèrement moins d'erreurs, David Bilborough serait peut-être encore en vie.

Beck passa auprès de lui à toutes jambes.

— A la recherche du bat-phone, déclara-t-il par-dessus son épaule, avant de disparaître aussitôt.

Harriman sourit, ne sachant pas trop quoi en penser.

Celle-là était coriace. Ce crétin de moins-que-rien aurait à démêler l'énigme par lui-même.

Joanne sentit la main de Kenneth relâcher la sienne. Elle ouvrit les yeux et cligna des paupières devant la lumière. Tous les autres la regardaient.

Kenneth serra devant lui les paumes de ses mains, l'une contre l'autre.

— Joanne, dit-il. J'ai prié et Dieu m'a indiqué les fautes que j'ai commises.

A présent, songea-t-elle. *A présent, il va leur dire que Dieu m'a envoyée à lui — et que c'est Virginia qui doit partir, et non moi. Que je dois porter son enfant. Nier cette évidence a été son erreur.*

Elle sourit à Kenneth, subjuguée par la profondeur de ses yeux sombres.

Il lui rendit son regard, lui donnant l'impression de fouiller au plus profond de son âme.

— Et toi, Joanne, poursuivit-il, as-tu pris conscience de tes fautes ?

— Moi ?

Elle parcourut l'assemblée des yeux. Michael lui souriait faiblement. Norma la transperçait d'un regard de braise. Et pour ce qui était de Virginia, elle semblait légèrement plus assurée, toute droite sur son siège. On aurait presque pu apercevoir un soupçon de sourire sur ses lèvres.

Elle s'imagine avoir remporté la victoire, songea Joanne. *Elle s'imagine avoir aveuglé Kenneth, l'avoir soustrait à la sainte vérité du Seigneur.*

— Je n'ai pas commis de péchés, reprit Joanne. (Il n'y eut pas un mouvement. Pas un bruit.) *Tu* as péché. (Elle s'appuya sur la table et pointa un doigt accusateur vers Virginia.) Tu as tenté de me le ravir, bien que tu saches que Dieu a décrété que je dois être sa femme. La mère de son enfant !

Personne n'osa briser le silence qui suivit. Kenneth arborait une sombre mine. Lentement, Joanne se redressa avant de reprendre place dans son siège.

— Joanne, dit Kenneth. Je crois bien qu'il te faut davantage de temps pour méditer à propos de ce qui s'est passé, ainsi que pour prier, afin que le Seigneur daigne bien te montrer le chemin. (Il se leva de son siège et contourna la table pour venir jusqu'à elle.) Suis-moi, à présent. Tu dois te séparer de nous, pour prier — comme Jésus s'est éloigné de ses disciples, pour prier dans le jardin de Gethsémani[1].

Il lui effleura le coude. Sans même songer à ce qu'elle était en train de faire, Joanne se leva.

— Si telle est ta volonté.

1. Jardin, près de Jérusalem, où, d'après les Evangiles, Jésus se rendit pour prier, la veille de son arrestation. *(N.d.T).*

— Bien. (Il sourit, éblouissant.) Et tu sauras que nous sommes ici, à prier pour toi.

Il la mena à travers le couloir avant d'ouvrir la porte de la cave. La porte d'entrée était toute proche, tentante. Elle aurait pu fuir, trouver un téléphone, faire en sorte que son père vienne la chercher. Mais Kenneth lui faisait signe de descendre dans les ténèbres, seule. Elle ne pouvait le désavouer.

La famille Barnes était très proche du tableau qu'en avait fait Penhaligon, songea Fitz. De braves gens de la classe ouvrière, tâchant de faire face de leur mieux au chaos qui avait surgi dans leur vie.

Ils étaient aussi catholiques : et à en juger par le nombre de vierges et de crucifix qui étaient étalés sur les murs et la moindre surface plane, des catholiques de la vieille école.

Pas question pour eux d'écouter la messe du dimanche à la radio, ou de manger de la viande le vendredi. Non, ils étaient plutôt du style à jeûner vingt-quatre heures avant la communion et à aller confesser tous les samedis soirs le moindre des petits péchés dont leur esprit ou leur chair avaient bien pu se rendre coupables. La messe en latin, bien sûr, s'ils avaient la chance d'en avoir une sous la main : pas de ce laxisme à la pape Jean-Paul pour eux.

Ils en savaient long sur les ténèbres, songea Fitz : en tant que catholiques, même s'ils se refuseraient à admettre une chose pareille. Ils en connaissaient un rayon en matière de culpabilité et de répression. Et puis, il y avait ce noyau dur dans leurs cœurs, qui leur faisait détourner les yeux, pleins de honte, des bonnes vieilles et torrides passions humaines.

Il se percha sur l'une de leurs chaises, trop étroites et effilées, avant de feuilleter l'album photos que Mme Barnes venait de déposer, avec précaution, devant lui, sur la table de la salle à manger, elle aussi trop étroite et effilée.

— Beaucoup de temps passé à l'école — du sport, des

voyages scolaires, dit-il, tout en gardant un œil sur Mme Barnes.

Penhaligon avait raison. Le père avait constamment le regard rivé sur des émissions de sport — une cassette vidéo de boxe, en l'occurrence. Il tenait la télécommande dans une main et était penché en avant sur sa chaise, comme pour soutenir de tout son cœur son favori. Fitz se demanda un instant s'il avait fait un pari, puis dissipa aussitôt cette idée. Non que l'église interdît le pari — où donc en seraient les finances de l'église sans ce bon vieux bingo ? — mais il était convaincu que M. Barnes aurait considéré cela comme une perte d'argent.

Fitz aurait vendu son âme au diable pour que le bougre mette la chaîne de la télé, afin qu'il puisse écouter les résultats des courses. C'était la première fois qu'il se surprenait à songer à parier depuis qu'il avait reçu ce coup de fil de Penhaligon.

Ce foutu boulot allait finir par le transformer en saint Fitzgerald.

— Joanne participe énormément à l'école, annonça Mme Barnes. (Elle arborait un sourire plein de fierté.) Et pas seulement sur le plan scolaire, au niveau de la vie sociale également.

Joanne souriait sur la photographie : Joanne dans son uniforme de l'école, Joanne au parc, Joanne à la plage, dans un sobre maillot de bain une pièce, à une fête de l'église, avec ses amies — des filles exclusivement, aucun garçon.

Joanne : une adolescente, une lycéenne, une fille, une sainte. Vous pouviez le lire dans les yeux de Marie Barnes, songea Fitz. Joanne était parfaite, immaculée, incapable d'une mauvaise conduite, moins encore d'un péché. Il se demanda si ses parents se sentaient dignes d'elle. S'ils possédaient ne serait-ce qu'une seule photo où ils figuraient à ses côtés, elle ne se trouvait pas dans cet album. Pas d'oncles non plus, ni de tantes. Peut-être était-ce là l'explication : si Joanne était la seule famille de M. et Mme Barnes, elle était tout naturellement devenue l'objet exclusif de leurs attentions.

— Des photos de la famille ? demanda Fitz.

— On est sa famille, déclara M. Barnes avec aigreur.

Il pressa un bouton sur la télécommande. Le commentaire s'interrompit tandis que la machine émettait un cliquettement, avant de rembobiner, dans un ronflement, la cassette vidéo.

Tu refuses d'y penser, n'est-ce pas ? Monsieur Indigne-de-laver-les-pieds-de-sa-fille Barnes. Il suffit d'y penser pour que cela devienne réalité, pour laisser libre cours au chaos dans ce monde. Il suffit d'y penser, et alors, tout peut lui être arrivé.

— Qu'est-ce que vous faites de vos journées — ah, Peter, c'est bien cela ? demanda Fitz.

Le commentaire du match de boxe reprit, ponctué par les bruits sourds du cuir percutant la chair.

Le père détenait la clé de l'énigme. Fitz en était pratiquement convaincu : il n'était peut-être pas au courant de l'endroit où elle se trouvait, mais il connaissait certainement la raison pour laquelle elle était partie. Une fois que Fitz apprendrait cela, il saurait sans doute où chercher pour la retrouver.

— Faire ? demanda M. Barnes, comme si ce concept lui était totalement étranger.

— Ou peut-être préférez-vous que je vous appelle Pete ? demanda Fitz.

Il prit soudainement conscience qu'il n'avait fait aucun progrès significatif ; Panhandle l'observait, songeuse.

— Je m'occupe de mes propres affaires, voilà ce que je fais.

M. Barnes pressa vigoureusement la télécommande. La cassette était repartie pour un tour.

Enfoiré, songea Fitz.

— C'est un métier intéressant, pour ceux qui ont la chance de le décrocher, déclara-t-il, avant de se retourner vers Mme Barnes. Et pour ce qui est des petits copains ? Je parle de Joanne, bien entendu.

— Joanne est une fille honnête.

Mme Barnes semblait aussi choquée que si Fitz lui avait demandé si sa fille utilisait plutôt du crack ou de l'héroïne comme drogue récréative.

Ouais, d'accord, se dit Fitz. Il se faisait une assez bonne idée de ce qu'ils voulaient dire par « *honnête* » : oui papa, non papa, trois sacs pleins papa, j'ai fait mes devoirs papa, je ne ferais pas de mal à une mouche, je me tiendrai à l'écart des garçons, papa.

Eh bien, tout cela était probablement vrai, mais se ruer sur le sujet comme un rottweiler enragé n'allait pas rendre les Barnes très loquaces. Il réfléchit au problème un instant, peu enclin à déballer ses propres anecdotes familiales devant Panhandle.

Au diable toutes ces histoires ! Elle était une femme adulte. Il faudrait bien qu'elle apprenne à vivre avec. Il glissa sa main sous son manteau et se saisit de son portefeuille. Il fouilla maladroitement à l'intérieur, cherchant à éviter de sortir le portrait de son fils Mark, qui avait plus de points en commun avec une décharge de produits toxiques qu'avec un des petits anges du bon Dieu ; c'était tout au moins l'idée que Fitz s'en faisait la plupart du temps.

Il trouva la photo qu'il recherchait et la déposa sur la table.

— Ma petite Katie, annonça-t-il.

Katie souriait avec éclat, remuant les souvenirs d'une journée d'été, avant que lui et Judith commencent à avoir de sérieux problèmes. A cette époque, le monde paraissait paré d'infinies possibilités. Tout cela n'était qu'un ramassis de conneries, se remémora Fitz après coup. Le cliché remontait au début de l'année, peu avant que Bilborough ne meure. Ils étaient allés à Calais, pour un week-end de courses. Il s'était saoulé avec une mauvaise piquette bon marché, avant d'insulter un serveur et de se faire virer de la brasserie. Mais tout cela était arrivé le soir. Ils avaient pu, auparavant, apprécier quelques heures agréables, tous ensemble. Fitz laissa échapper un long soupir. Mieux valait retourner à ses moutons.

— Evidemment, pour le moment, elle n'est pas grisée par des flots d'hormones qui lui monteraient à la tête et je dois vous avouer que je ne suis pas spécialement préparé pour le jour où cela devra arriver. (Mme Barnes braqua son regard sur lui. Panhandle en fit autant.) Une fille honnête ? poursuivit Fitz. Katie est la plus gentille, la plus intelligente, la plus drôle, la plus jolie fille qui ait jamais existé dans l'univers entier.

La moue peinte sur le visage de Mme Barnes exprimait très explicitement son total désaccord. En effet, comment toutes ces choses auraient-elles pu s'appliquer à Katie, alors qu'elle savait qu'elles n'étaient vraies que pour Joanne ?

— Et puis un jour, elle se retrouvera sur le pas d'une porte cochère, à se bécoter avec une minable et visqueuse raclure de bidet, même pas bon à cirer ses chaussures, affirma-t-il pour conclure. (Soudain, il eut envie d'en finir avec cette histoire, de trouver l'adresse de la nouvelle école de Katie et d'aller la voir.) Je le sais pertinemment et pourtant, je ne me ferai jamais à cette idée.

Oh mon Dieu, non ! songea-t-il. Les bons vieux instincts du mâle veilleraient au fourneau : peu importait qu'il s'agisse de sa femme ou de sa fille, qu'un homme se risque à toucher un cheveu d'une de ses femmes et il l'étriperait.

Mme Barnes contemplait les ongles de ses doigts. Pendant un instant, il eut le sentiment qu'elle avait quelque chose à lui dire, mais elle se contenta de déclarer :

— Non.

Panhandle avait l'air mal à l'aise. Elle observa M. Barnes un moment.

Elle pense que je devrais parler au mari, pas à sa femme, songea Fitz. Elle avait d'ailleurs entièrement raison. Mais la seule façon de pouvoir percer la carapace de M. Barnes était de faire peser un peu de pression sur sa femme, en sa présence. Tôt ou tard, il finirait par craquer.

— Cela ne dépend pas de nous, ni de nos enfants, s'ils se mettent à explorer leur sexualité, déclara Fitz, suffisamment fort pour être certain que M. Barnes l'entendrait.

— Peut-être, murmura Mme Barnes.

— Joanne n'est pas de ce genre de fille, interrompit M. Barnes.

Son ton était définitif, et ne tolérerait pas la contradiction. Il pressa avec force, une fois de plus, la commande pour rembobiner la cassette.

Avant même que Fitz ait pu tenter de le bousculer un petit peu plus, Panhandle intervint :

— Si vous avez la moindre idée, aussi étrange qu'elle puisse paraître, n'hésitez pas…

Soudain, le téléphone carillonna. Mme Barnes s'était levée de sa chaise avant la deuxième sonnerie.

— Veuillez m'excuser, dit-elle, déjà à mi-chemin vers le couloir.

Panhandle se retourna pour l'observer. Fitz concentra son attention sur M. Barnes, tout en écoutant la voix fluctuante de Mme Barnes : tout d'abord excitée et remplie d'espoir, puis déçue, avant de finir sur le ton des excuses.

Si les choses tournaient au vinaigre, cela n'allait pas être très facile pour elle ; mais en fait, Fitz s'inquiétait bien davantage pour M. Barnes. Cet homme était incapable de plier, aussi, lorsque la tempête viendrait le frapper de plein fouet — et tous les instincts de Fitz lui annonçaient qu'il fallait s'attendre au pire —, il n'aurait d'autre choix que de se briser.

Mme Barnes refit son apparition dans la pièce.

— C'était le père O'Ryan, annonça-t-elle à son mari. (Il demeura impassible. Elle se tourna vers Fitz et s'appuya sur la chaise de la salle à manger sur laquelle elle était assise quelques instants auparavant.) Il voulait savoir s'il y avait la moindre nouvelle à propos de Joanne. (Elle fit une pause. Ses articulations se tendirent sur le dossier de la chaise.) Enfin, il veut nous apporter son soutien.

— C'est le curé de la paroisse, c'est bien cela ?

— Oui, répondit Mme Barnes, tirant sa chaise en arrière afin de reprendre sa place. (M. Barnes appuya de nouveau sur le bouton de marche du magnétoscope.) Joanne était très pratiquante, poursuivit Mme Barnes. Mais enfin, elle n'est pas allée à l'église depuis plusieurs mois à présent. (Elle paraissait embarrassée. Presque sur la défensive.) Vous savez bien comment ils sont, les jeunes, à cet âge-là.

Un sourire, quasi conspirateur, se dessina sur le visage de Panhandle. Fitz se demanda à quoi elle avait bien pu ressembler à cet âge-là.

Panhandle à dix-sept ans. En voilà une idée !

Penhaligon grimpait les escaliers sur les pas de Fitz, tandis que Mme Barnes les conduisait jusqu'à la chambre de Joanne. Elle était contente d'avoir insisté pour qu'il soit aussi mis sur l'affaire.

Peut-être avait-elle toujours de bonnes raisons de lui en vouloir. Dieu en était témoin, il méritait bien sa colère, après l'avoir accompagnée jusqu'à l'aéroport, avant de la laisser en plan, alors qu'elle avait dépensé des milliers de francs pour qu'il puisse partir en vacances avec elle. Mais tout cela remontait déjà à il y a plus d'un an, avant que Bilborough ne soit assassiné, et tout semblait à présent faire partie d'une autre vie. C'était comme si toutes les

larmes qu'elle avait versées pour son patron — il faudrait
que l'eau coule sous les ponts avant qu'elle ne considère
Wise comme son patron de la même façon — avaient lavé
et emporté sa colère. Tout au moins, sa mort lui avait fait
comprendre qu'il fallait saisir le réconfort qui était à votre
portée, au moment où c'était possible.

Ou bien alors, cela voulait dire qu'elle appréciait trop
Fitz pour lui en vouloir très longtemps.

Quoi qu'il en fût, elle était heureuse qu'il soit là. Au
moins, elle savait qu'il prendrait ses idées au sérieux.

Mme Barnes les introduisit dans la chambre de Joanne.
Elle était d'une propreté aseptisée ; les murs de la pièce,
ainsi que les meubles, étaient blancs. Il n'y avait pas d'affiches, simplement quelques posters — de paysages, pas de
stars — et, évidemment, un crucifix au-dessus du lit. Le
bureau était rangé avec une précision toute militaire et les
quelques produits cosmétiques — produits de toilette, toni-
fiant, pas de maquillage d'après ce que Penhaligon pouvait
voir — étaient impeccablement regroupés sur sa coiffeuse.
Seul le lit faisait tache. On aurait dit, en effet, que quelqu'un s'était assis dessus.

Penhaligon s'aperçut que Fitz avait l'air déconcerté. Il
embrassait la pièce du regard, emmagasinant chaque détail,
à son habitude.

— Je suppose que vous avez rangé la chambre, finit-il
par dire, après une bonne minute.

— Non, répondit Mme Barnes. Elle est exactement
dans l'état où elle l'a laissée.

Elle éclata alors en sanglots.

Dans la cave des Trant, Joanne, à genoux, priait, plongée au milieu des ténèbres.

9

Kenneth Trant se tenait debout derrière un tas de vieilles caisses, dans la cave, écoutant la voix de Joanne tandis qu'elle récitait des : *Je vous salue Marie*.

— Béni soit Jésus, le fruit de tes entrailles, murmurait-elle.

Ses cheveux chatoyants lui couronnaient la tête d'un halo de lumière, dans la pénombre de la pièce.

De l'idolâtrie, se dit-il : les adorateurs de Marie, de l'église de Rome, ne valaient guère mieux que des païens, avec leurs statuettes peintes et leurs saints, intercédant auprès de Dieu en leur faveur.

Seul *lui* connaissait le fin mot de l'histoire : Dieu existait au cœur des ténèbres de l'univers, en ce lieu obscur qui existait avant même que la lumière ou la matière ne soient ; Dieu les attendrait, à la fin des temps, au-delà de cet éphémère moment d'existence dérisoire, lorsque les étoiles s'affaisseraient de leurs montures stellaires.

Oh oui ! Comment Dieu pouvait-il exister dans un univers soumis aux lois de l'horloge et des équations de scientifiques aux cœurs de glace ?

Que Hawking et sa clique gardent pour eux leurs savants calculs ; son Dieu à lui existait en dehors d'eux et de leurs vaines considérations. Et lorsqu'Il avait dit : « Que la lumière soit ! » alors, l'univers s'était déployé et le temps était apparu.

Il n'y avait pas de contradiction entre la foi et le rationalisme.

C'était, en tous les cas, ce que croyait Kenneth Trant.

Ce en quoi il croyait. En quoi il croyait.

Ou alors, il ne croyait en rien.

— Priez pour nous, maintenant, dit Joanne.

Il s'écarta de derrière les caisses. Une de ses chaussures grinça sur le sol de béton. La voix de Joanne vacilla avant de s'arrêter, puis elle reprit sa litanie.

Il se dressa devant elle. Elle leva les yeux sur lui, à genoux. Elle était toujours vêtue de son uniforme scolaire, et ses mains jointes devant elle lui donnaient des allures de petit enfant.

Il se sentit irrésistiblement attiré par elle. Comment aurait-il pu ne pas être charmé par tant d'innocence ? Elle croyait en Dieu, en toute simplicité, sans conscience aucune de la part d'obscurité inhérente à la lumière. Il mourait d'envie de plonger au sein de son aura rayonnante, afin que soient réduites en cendres la noirceur de son âme, afin de pouvoir vénérer Dieu en toute innocence.

Non ! songea-t-il. *Elle est la tentation. Il n'y a rien en dehors de Dieu ; et les seules ténèbres sont celles que j'ai laissé pénétrer sournoisement dans mon âme. Elles me dévoreront, si je les laisse s'immiscer en mon cœur.*

Et pourtant, il désirait ardemment tendre la main vers elle, pour sentir sous ses doigts les délices de sa poitrine, la fermeté de ses tétons, pour s'enfouir dans le chaleureux refuge de ses cuisses.

Et s'il agissait ainsi — s'il se laissait aller à goûter aux ténèbres de ce sanctuaire —, n'allait-il pas se fourvoyer dans ce lieu obscur, aux confins de l'univers, là-même où Dieu réside ? Et s'il en était ainsi, Dieu, qui pardonnait toutes choses, ne le pardonnerait-il pas ?

Il tendit ses bras vers Joanne pour l'attirer tout contre lui.

Penhaligon sirotait sa bière blonde, observant Fitz avec

attention, tandis qu'il achevait la sienne, brune celle-là. Le pub dans lequel ils se trouvaient était pratiquement désert et pourtant, le juke-box laissait échapper une musique tonitruante, sur laquelle Penhaligon était bien incapable de coller un nom.

Elle commençait à regretter d'avoir demandé que Fitz soit mis sur l'affaire. Qu'est-ce que cela lui avait apporté ? La routine policière digne d'une femme, selon les vues étroites de Wise, et un silence maussade de plus de la part de Jimmy Beck.

Quant à Fitz, il ne paraissait guère enchanté par toute cette histoire. Il avait été étrange sur le chemin du retour de la maison des Barnes ; ils avaient à peine échangé quelques mots et même leurs silences étaient pesants.

Le pire, c'est qu'elle était certaine d'avoir gaspillé le temps de Fitz. Il n'avait aucunement tenté de tirer quoi que ce soit des Barnes. Elle était pourtant convaincue qu'ils dissimulaient quelque chose : ou tout au moins, que le mari avait quelque chose à cacher… Pas forcément quelque chose de terrible, comme des sévices sexuels, mais peut-être une dispute, ou bien alors, un manque d'affection.

Fitz lapa la mousse autour de son verre de bière.

— La chambre de Joanne… Elle est drôlement sobre, n'est-ce pas ? déclara-t-il. (Il lui lança un regard insolite. Elle se demanda s'il attendait qu'elle lui dise que sa chambre avait été identique à son âge. Il avait de la chance… A l'époque, elle avait été vraiment folle d'Adam Ant.) Cela ressemble à une cellule de nonne, poursuivit-il, avant de vider son verre d'un trait.

— Oui, mais enfin… Sa mère a dit qu'elle était très pratiquante auparavant, dit Penhaligon.

Peut-être avait-elle eu raison, après tout, de mettre Fitz sur le coup. A l'entendre, on aurait dit qu'il trouvait qu'il y avait bien quelque chose de louche chez les Barnes.

— D'accord, mais… On pourrait malgré tout s'attendre

à quelques photos de pop stars sur les murs. Comme Cliff Richard, par exemple.

Cliff Richard, songea Penhaligon. *C'est une plaisanterie ?*

Sa réaction devait être manifestement gravée sur son visage, puisque Fitz poursuivit :

— Ou le pape. (Elle sourit. Avant qu'elle ait pu prononcer le moindre mot, il déclara :) Est-ce que tu m'offres une autre bière ?

Enfer et damnation.

— C'est ta tournée, répliqua-t-elle.

— Je suis temporairement dans l'embarras.

Fauché, tu veux dire, songea-t-elle. Elle n'avait jamais vu Fitz embarrassé par quoi que ce soit, et moins encore par le manque d'argent.

C'était typique. Tout simplement typique. Et pourtant, elle avançait déjà vers le bar. Elle déposa son sac devant elle, puis s'appuya contre le comptoir en attendant le barman.

— Peut-être un petit rince-gueule, au passage ? déclara Fitz, qui vint s'installer à ses côtés.

Le barman se planta devant eux. Il leva ses sourcils en direction de Fitz.

— Deux demis, s'il vous plaît. Et un whisky, déclara Penhaligon.

— Ecoute, sa fille a disparu, poursuivit Fitz, comme s'il s'agissait de la suite logique de la conversation. (Penhaligon fouilla dans son porte-monnaie jusqu'à ce qu'elle trouve un billet de cinquante francs.) La seule chose qu'il refuse d'avouer à sa femme ou à lui-même est cette odeur moite d'égouts, qui lui remonte des tripes et qui lui dit clairement que sa môme est en danger.

Le barman déposa leurs boissons devant eux et Penhaligon régla l'addition. Avant même qu'elle ait pu

récupérer sa monnaie, Fitz avait englouti le whisky. Elle
avala une gorgée de sa bière.

— C'est tout comme pour le docteur ou le dentiste,
reprit-il. La dernière personne que vous avez envie de voir
quand vous avez des ennuis est un inspecteur de police,
dont la présence même confirme vos pires appréhensions.
(Il leva sa bière vers la lumière.) Il faut le reconnaître,
Panhandle, la dernière personne que l'on a envie de voir,
c'est bien toi. (*Merci, Fitz,* songea Penhaligon. Avant
même qu'elle ait pu placer un mot, il se pencha légèrement
en arrière, pour annoncer :) Judith prétend de nouveau vouloir me quitter.

Eh bien, nous y voilà, songea Penhaligon. Elle reposa
brusquement son verre sur le comptoir, l'ayant à peine
entamé, puis elle se saisit de son sac et se dirigea vers la
sortie.

— Quoi ? s'exclama Fitz. Qu'est-ce que j'ai dit ?

Penhaligon fit volte-face.

— T'es capable de repérer un toussotement coupable
dans un stade rempli de supporters de football, mais tu
serais pas foutu de remarquer la Troisième Guerre mon-
diale si elle se déroulait dans ton salon.

Elle se retourna pour quitter les lieux, avant qu'il n'ait le
temps de la faire changer d'avis.

— Tu as bien vu notre salon, déclara-t-il, avec ce simili
accent américain qui amusait tellement Penhaligon dans le
temps.

Un instant, elle fut tentée de faire demi-tour. C'est
comme pour la drogue, songea-t-elle : *dis non ! Tout simplement.*

— Passe un agréable après-midi, tout seul, lança-t-elle
par-dessus son épaule.

Fitz observa Panhandle quitter les lieux. *Passe un
agréable après-midi tout seul,* singea Fitz.

Mais bon sang, certainement : c'était exactement ce qu'il comptait faire. Tout d'abord : un autre verre. Il plongea la main dans sa poche et en sortit la seule pièce qui s'y morfondait : cinq francs.

Il n'irait pas bien loin avec ça.

Il se dirigea vers la plus proche des machines à sous et glissa la pièce dans la fente. Ce n'était rien d'autre qu'une bête pièce de cinq francs, cependant, une vague d'adrénaline affluait déjà vers son bon vieux cœur, comme s'il avait misé une brique. Très bien, dans ce cas, il jouerait comme s'il s'agissait d'une patate. Jouer pour mettre de côté. Il pressa le bouton pour démarrer.

Des citrons. Il aurait dû s'en douter. Ces temps-ci, il n'était bon que pour la douche acide.

Joanne respirait avec peine. Kenneth l'écrasait de tout son poids.

Je peux le supporter, pourtant, pensa-t-elle. *Je peux tout supporter maintenant que je sais que nous allons être ensemble, malgré tous les efforts de Virginia pour nous séparer.*

Elle redressa la tête pour l'embrasser. Il eut un brusque mouvement de recul.

— Kenneth, murmura-t-elle. Que se passe-t-il ? Qu'est-ce qui ne va pas ?

Il se dressa maladroitement sur ses jambes. Joanne eut soudain froid. Sa jupe était remontée jusqu'à sa taille, et il avait déchiré, dans l'excitation, sa chemise, en tentant de l'ouvrir.

— Qu'est-ce qui ne va pas ? s'exclama-t-il. Toi, voilà ce qui ne va pas ! Regarde-toi ! (Cela n'était pas possible, il ne pouvait être en train de s'adresser à elle, pas ainsi... Elle pouvait à peine soutenir son regard chargé de colère. Elle détourna le visage.) Je suis descendu ici, en espérant te montrer... En espérant que tu te montrerais repentante, et qu'est-ce que tu as fait ? (Qu'avait-elle donc fait ? Joanne se le demandait. *Je t'aime, Kenneth. Je pensais que tu voulais m'aimer aussi. Mais tout ce que j'ai fait, c'est te faire du mal.*) Tu m'as séduit, voilà ce que tu as fait. (Ses mots sonnaient comme des coups de marteau.) Tentatrice ! Jézabel !

Elle se retourna pour le regarder, la vue troublée par les larmes. Il avait achevé de reboutonner son pantalon et, à présent, il ajustait sa chemise. Elle supposa qu'il préférerait que Virginia ignore tout de ce qui venait de se passer.

Je leur ai causé suffisamment de problèmes, songea-t-elle.

— Tu ferais bien de prier pour que Dieu te pardonne, déclara Kenneth. Car je ne sais pas si, moi, je le puis.

Il fit demi-tour et s'éloigna. Il y eut, un instant, dans la pièce, un rai de lumière, lorsque Kenneth ouvrit la porte de la cave. Et puis, de nouveau, les ténèbres.

Joanne se mit alors à prier.

10

Panhandle était en retard. Cela ne lui ressemblait pas, songea Fitz, tout en se vautrant contre la barrière, à l'extérieur du lycée de William Street. Il jeta un coup d'œil à sa montre. 8 h 45, et le lycée était en train de se remplir. Non que cela le dérangeât tellement. Cela lui donnait l'occasion de griller une dernière clope, avant de devoir monter à l'assaut d'un des bastions de l'excellence de l'éducation.

Un chauffeur de bus l'observait. Fitz se dit qu'il avait peut-être déjà vu ce type auparavant, mais il ne parvint pas à le remettre.

Pervers ! songea Fitz à l'intention du chauffeur de bus qui s'éloignait.

Une voiture vint se garer à l'endroit même où se tenait le bus quelques instants auparavant et Panhandle émergea du véhicule. Elle claqua la portière vigoureusement avant de faire signe au conducteur de poursuivre son chemin ; de toute évidence, elle n'était pas d'humeur à accompagner Fitz où que ce soit ce jour-là.

Très bien, comme ça, je sais où j'en suis, pensa-t-il.

— J'avais fini par me dire que tu m'avais posé un lapin, déclara-t-il, tandis qu'elle approchait.

Elle passa à côté de lui sans daigner lui accorder la moindre attention, avec, sur le visage, cette expression pincée qu'il connaissait si bien et qu'il détestait tant. Il se précipita sur ses pas.

La vieille peau, au bureau d'accueil, fit une grimace renfrognée lorsque Panhandle lui montra son insigne.

*Elle doit probablement s'imaginer que je vais bondir
au-dessus du bureau, balancer dans tous les sens ses dossiers, livres et registres, soigneusement rangés, faucher la
caisse de la cantine de l'école, avant de lui ravir sa virgi-
nité à même le sol,* songea Fitz. Pour cela, au moins, elle
aurait dû s'estimer heureuse.

— Le directeur *attend* notre visite, déclara Panhandle.

Cela paraissait, a priori, impossible, cependant, la
chauve-souris parvint à leur adresser une grimace plus
maussade encore ; elle décrocha néanmoins son téléphone.

C'était une trop belle occasion pour la louper. Fitz sortit
une cigarette et l'alluma.

— Excusez-moi, jeune homme, déclara la réception-
niste. (Jeune homme ? Venant d'elle, il s'agissait pratiquement d'une insulte.) Vous êtes ici dans une école.

Fitz aspira une longue bouffée de sa cigarette avant de
cracher la fumée dans sa direction. Elle parut outrée.

— C'est là que j'ai commencé.

Panhandle parut totalement exaspérée. D'une pichenette,
il jeta son mégot sur le sol et l'écrasa de son talon.

A ce moment précis, le directeur pénétra dans la pièce.
C'était un homme de grande taille, à la stature imposante et
à l'air jovial. Il paraissait remplir l'espace de sa bonne
humeur — au premier coup d'œil, il était à des années-
lumière des prêtres, au visage en lame de couteau et aux
mains calleuses, qui s'étaient chargés de l'éducation de
Fitz.

— Bonjour, s'exclama-t-il. Je suis Kenneth Trant. En
quoi puis-je vous être utile ?

Il était de ce genre de personne que l'on n'aurait pas
souhaité se mettre à dos, songea Fitz. Il vous donnait envie
de lui être agréable et si, au contraire, vous dépassiez les
bornes de sa tolérance, il devait sans doute être capable de
vous donner l'impression que votre âme se flétrissait de
l'intérieur.

Il forçait l'émotion : il importait peu qu'il vous inspirât de l'adoration ou de la crainte, du moment qu'il sentait que vous réagissiez à sa présence.

Les leaders charismatiques. Tous les mêmes. *Des enfoirés de manipulateurs.* Il aurait presque été plus simple d'avoir affaire à Machiavel en personne.

Cependant, il semblait plutôt efficace, se dit Fitz, tandis que Trant les guidait à travers le couloir. Il devait au moins lui accorder cela. L'endroit était rempli d'enfants, plein de vie. Ils ne paraissaient nullement effrayés par lui — il n'y avait pas de prompts silences à son approche —, et le directeur en saluait plus d'un en les appelant par leur nom, tandis qu'ils passaient à côté de lui.

Trant ouvrit une porte et leur fit signe d'entrer dans la pièce.

— Vous ne serez pas dérangés ici, déclara-t-il. Je vais demander à son professeur principal d'envoyer certains de ses amis pour vous parler.

Fitz et Penhaligon pénétrèrent dans la pièce. Il s'agissait d'une salle d'art plastique.

Une moisson de talents, songea Fitz, tandis qu'il contemplait les peintures et les gravures accrochées aux murs.

Mais encore, peut-être pas si talentueux que cela… Comment diable aurait-il bien pu en juger ?

*
* *

Fitz se délectait de ces petites choses, songea Penhaligon, tandis qu'elle l'observait allumant une nouvelle cigarette. C'était l'opportunité de choquer qui lui plaisait. La seule chose qui l'étonna fut qu'il ne l'avait pas allumée devant le directeur.

Au moins était-elle parvenue à le convaincre de se tenir près de la fenêtre. Elle n'avait pas tellement envie que quelqu'un téléphone au commissariat d'Anson Road pour se plaindre, après leur départ, des odeurs de tabac.

Malheureusement, la partie inférieure de la fenêtre, la plus facilement accessible, était constituée par un large panneau de verre inamovible. N'importe qui d'autre aurait abandonné à ce stade et se serait passé de sa cigarette. Pas Fitz. Il lui avait lancé un de ses sourires qui signifiaient : « Je suis désespéré par la mesquinerie de l'humanité ! » puis, s'était emparé d'un tabouret, avant de monter dessus, dans un équilibre précaire, afin de cracher sa fumée par la partie supérieure de la fenêtre.

Elle s'efforçait de ne pas le regarder. Elle essayait de se concentrer sur l'affaire, de se remémorer les questions qu'elle aurait à poser, le genre d'informations qu'il serait utile d'avoir, les lois concernant la façon de se comporter avec des mineurs. Tout ce qui pouvait l'empêcher de penser à lui.

Mais il n'y avait rien à faire : il était là, dans son ample costume fétiche, un gigantesque et magnifique grand bonhomme et elle ne parvenait pas à le quitter des yeux. Si seulement il en finissait une fois pour toutes avec Judith : ou tout au moins, s'il cessait de la remettre systématiquement sur le tapis, au cours de leurs conversations…

Et merde ! se dit-elle. *Je ne suis plus une enfant. Et il n'est pas un gros paquet de bonbons. Ce n'est pas parce que je le veux que je peux l'avoir.*

Il rimait avec « gros ennuis ». Et elle le savait.

Elle le contemplait encore.

Il sait, pensa-t-elle. *Il sait que je le regarde, et cela lui plaît. Va te faire foutre, Fitz.*

Elle fit volte-face pour se rendre dans le couloir. Il était quasiment désert, hormis une jeune fille, qui se dirigeait lentement vers la salle d'art plastique. Elle avait l'air d'avoir quinze ans.

Nous y voilà, se dit Penhaligon. Elle se retourna vers Fitz.

— Eteins ta cigarette, lança-t-elle.

Il lui fit un sourire, puis, d'une pichenette, balança son mégot par la fenêtre.

Salopard, pensa-t-elle, mais au plus profond d'elle-même, elle riait.

Et voilà que le « Fitz et Panhandle show » était reparti pour un tour d'exploration de la psychologie de témoin, se dit Fitz. Il priait simplement le ciel de parvenir à de meilleurs résultats que lors de la précédente enquête. Une grande réussite, ma foi : Bilborough, étendu, raide mort dans la rue, et cette journaliste, réduite en miettes. Remarque, celle d'avant n'était pas mal non plus : cet instituteur, Cassidy, mis sous les verrous pour si longtemps que le jour de sa libération n'avait plus aucune importance, et tout cela pour un meurtre qu'il n'avait pas… (Probablement pas, lui soufflait une petite voix à l'intérieur de sa tête.) Très bien, dans ce cas : qu'il n'avait probablement pas commis. Et puis il y avait eu Sean. Oh oui : il s'était, lui-même, réduit en cendres, et il s'en serait fallu d'un foutu cheveu pour qu'il emporte une pauvre aveugle avec lui. Mais là, au moins, *il* était aussi coupable que le diable en personne.

Mais que nous valent toutes ces méditations, Fitz ? se demanda-t-il. Avant de répondre : *eh bien, docteur Fitzgerald, me voici, m'efforçant de retrouver la trace de Joanne, portée disparue. Il y a, ici même, une autre jeune fille, son amie, assise juste en face de moi, pour me rappeler de quoi il est question. Pendant ce temps, on m'a retiré ma propre fille et je n'arrive pas à lui mettre la main dessus. Alors évidemment, j'ai l'impression d'être un raté et d'avoir tout foiré dans ma vie. Mais si seulement je parviens à retrouver Joanne, alors peut-être que j'arriverai à trouver aussi Katie. Mais pour cela, il faut d'abord que je*

*parle à cette fille. Sauf que... Si je lui parle, j'encours le
risque d'échouer et si j'échoue, peut-être que je ne verrai
jamais plus Katie et...*

*Et pendant ce temps, Panhandle est en train de lui
parler, de toutes les manières. Alors, tant qu'à faire, tu
ferais mieux de t'y mettre, en t'assurant que les choses sont
faites convenablement. Prouve-leur que tu peux y arriver.*

*Et après, je peux me mettre à la recherche de Katie ?
Ouais, sûr.*

— Alors, tu es sa seule amie ? demandait Panhandle.

La jeune fille s'appelait Sarah. Il avait saisi cela bien
avant d'être frappé par cette crise de doute existentiel. Elle
était jolie, aux membres vigoureux ; elle était coiffée d'une
tignasse de cheveux bouclés, peut-être avait-elle même une
permanente. Sa jupe et sa chemise étaient impeccables, le
ruban de son col était fermement noué. Elle était perchée
sur le rebord de son tabouret, avec ses genoux serrés et ses
pieds à plat sur le sol ; sa jupe lui descendait bien au-
dessous des genoux. Elle était en train de se malaxer les
mains.

Elle était, de toute évidence, assez nerveuse ; mais pour
remarquer cela, on n'avait pas besoin d'être diplômé de
psychologie. Il devait y avoir quelque chose d'autre, quelque chose qu'elle refoulait, mais Fitz n'arrivait pas à deviner quoi.

— Tout va bien, Sarah, déclara Panhandle.

Elle était assise sur le rebord d'un des bureaux, imitant
l'attitude de la jeune fille, afin de la mettre en confiance.

— Nous voulons simplement nous assurer que Joanne
est saine et sauve. Tu ne vas pas lui causer des ennuis,
ajouta Fitz.

Sarah se passa la langue sur les lèvres. Elle était visiblement mal à l'aise avec Fitz. Il décida, dès lors, de laisser à
Panhandle le soin de mener l'entrevue.

— Tu es dans la classe au-dessous de Joanne, c'est bien cela ? déclara-t-elle.

— Oui.

Elle semblait presque sur la défensive.

Il y a quelque chose d'étrange là-dessous, songea Fitz. Peut-être était-elle raillée à propos de son amitié avec l'autre fille, plus âgée, qui paraissait, de plus en plus, avoir été considérée comme une marginale au sein du lycée.

— N'avait-elle pas d'amie dans sa propre classe ?

Sarah haussa les épaules, embarrassée. Peut-être se disait-elle que cela ferait mauvais effet si elle déclarait que Joanne n'avait pas d'autres amis. Elle aurait l'impression de paraître quelque peu mauvaise langue. Ou alors, elle ne voulait pas que l'on pense qu'elle ait fait en sorte d'éloigner son amie de ses propres camarades de classe.

Voyant que Panhandle conservait le silence, Fitz prit la parole.

— Est-ce que Joanne avait un petit ami ?

— Non. Ses parents estimaient qu'elle était trop jeune pour cela…

Cela sonnait davantage comme une réponse spontanée. Et en plus, cela collait également avec ce qu'il savait des parents de Joanne.

— Alors, est-ce que toi et Joanne étiez des amies en dehors de l'école ? Je veux dire… Est-ce que vous alliez à des… (Fitz fit rouler ses yeux dans ses orbites pendant une seconde, comme s'il se creusait la tête pour trouver l'expression branchée, au goût du jour. Il savait que cela lui donnerait un air ridicule et que cela mettrait Sarah plus à son aise.) Raves et tous ces machins… (Sarah étouffa un gloussement. Fitz l'avait dans la poche, à présent : il n'était qu'un autre vieux shnock de plus, chiant — il ne pensait pas qu'elle aurait utilisé une telle expression —, à se coltiner. Elle ne se ferait plus tant de soucis, dorénavant.) Non ?

Il lui fit un sourire. Ils étaient amis à présent, et ce sourire était là pour le lui faire comprendre. Il n'était pas un ogre après tout.

— Ses parents ne l'auraient pas laissée. Ils étaient très stricts. Ils ne lui laissaient même pas mettre de maquillage.

Cela collait avec l'image que Fitz se faisait des Barnes, bien que du point de vue de Mme Barnes, Joanne n'avait jamais montré le moindre signe d'intérêt pour le maquillage ou les garçons. Eh bien, cela ne serait pas la première fois que des parents ne verraient que du feu à ce qui se déroulait dans la vie de leurs enfants. Oh, ça non ! Il n'y avait qu'à regarder ce qui se passait entre lui et Mark…

Mieux valait vérifier, afin d'en avoir le cœur net, songea-t-il, mais avant qu'il ait pu prononcer un mot, Penhaligon prit la parole.

— Et, en avait-elle envie ?

— Oh, oui. Oui, elle en avait envie. (Sarah parlait légèrement trop vite.) Elle voulait être comme toutes les autres filles. Elle disait qu'elle n'avait qu'un souhait, c'était de pouvoir quitter sa maison. Elle avait même dit une fois qu'elle aimerait s'enfuir à Londres.

Elle se glissa la main dans les cheveux, et s'enroula une boucle autour des doigts. De toute évidence, elle était de nouveau embarrassée.

Lui soutirer des renseignements s'apparentait à un arrachage de dents et pourtant, elle avait laissé échapper cette information — que Joanne voulait s'enfuir à Londres — d'elle-même. Mais pourquoi donc ?

Avant qu'il ait pu mener cette pensée à son terme, Panhandle lui jeta un coup d'œil, puis se leva pour signifier la fin de l'entrevue. Il aurait eu une ou deux autres questions à poser, mais il avait l'impression qu'il obtiendrait des réponses plus fructueuses si Sarah se tenait légèrement moins sur ses gardes ; aussi n'émit-il aucune protestation lorsque la jeune fille se leva de son siège.

— Merci, Sarah, déclara Panhandle.

Elle mit son sac sur son épaule.

Sarah fit un sourire.

Merde, songea Fitz. Il y avait quelque chose qu'il aurait voulu demander, mais… Peut-être était-ce vrai après tout. Peut-être bien que la boisson transformait votre cerveau en gruyère, comme le prétendaient les médecins. Ah, tant pis. Cela finirait par lui revenir.

Pendant ce temps, pour combler le vide, il déclara :

— Tu as dit que ses parents étaient stricts. Stricts comment ? Est-ce que, par exemple, il leur arrivait de la frapper ?

— Quelquefois.

Elle jeta un coup d'œil à Panhandle, puis soutint le regard de Fitz. Il en fut étonné : il se serait plutôt attendu à ce qu'elle fût gênée d'une telle réponse.

Il y avait, dans toute cette histoire, quelque chose qui ne tournait pas rond. Il le savait, mais il ne parvenait pas à mettre le doigt sur ce qui clochait. Par ailleurs, il ne pouvait pas vraiment se permettre d'arracher une confession à une jeune lycéenne.

— Merci, dit-il, avant de lui offrir son plus beau sourire. Ton aide nous a été très précieuse.

Sarah fit demi-tour et quitta la pièce. Panhandle l'observa. Elle paraissait aussi peu convaincue que Fitz.

Ils marchaient tous deux le long du couloir de l'école. Contre tout bon sens, Penhaligon appréciait la situation. Elle aimait pouvoir observer Fitz du coin de l'œil : ce bonhomme massif et rassurant, détenant sous son crâne un cerveau de taille, sans lui donner pour autant l'impression d'être, elle, une tête de linotte.

Mais une fois encore, Fitz formulait d'extravagantes exigences et s'attendait à ce qu'elle fasse en sorte que tout se passe comme il l'espérait.

— Ne dis rien à Wise, déclara Fitz.

Il ne lui demandait pas une faveur, il lui donnait des ordres et elle détestait cela.

— Je dois bien lui dire quelque chose.

Elle savait parfaitement qu'il était totalement ignorant des coulisses politiques du métier, et plus encore de la procédure policière — bien que depuis le temps, on aurait pu se dire qu'avec tant de matière grise il aurait dû commencer à comprendre. Après tout, même lui pouvait percevoir ces choses-là.

— Il va la cataloguer dans les fugues, s'exclama Fitz, presque en hurlant.

Ils n'étaient plus seuls, à présent : des adolescents en uniforme, un surveillant en salopette, des adultes, qui auraient très bien pu être des professeurs, des travailleurs sociaux et autres intrus. Au moins, ils pouvaient passer quelque peu inaperçus. Penhaligon arbora une mine renfrognée, espérant qu'il aurait suffisamment d'esprit pour baisser la voix.

— Eh bien, si cela se trouve, c'est le cas, déclara-t-elle.

Elle savait que cela obligerait Fitz à lui donner des explications, qu'elle pourrait ensuite rapporter à Wise.

— Une jeune fille qui s'enfuit est une jeune fille qui a tenté de se faire des amis et a échoué, dit Fitz, tandis qu'ils poursuivaient leur chemin dans le couloir. Joanne n'a même pas essayé. Une jeune fille qui s'enfuit est une jeune fille qui a essayé l'alcool, le tabac, les drogues douces. Ce n'est pas du tout le cas de Joanne. (Il n'y a rien à redire à cela, songea Penhaligon. — Ils parvinrent au hall d'entrée.) Une jeune fille qui s'enfuit est une jeune fille qui se bagarre avec ses parents, qui fait l'école buissonnière. Cela non plus, ce n'est pas Joanne. (Il n'a pas cru Sarah, songea Penhaligon. Ni à propos de l'envie de Joanne de fuir à Londres, ni à propos du fait que ses parents la battaient parfois. Elle inscrivit cela dans sa mémoire pour un usage ultérieur. Ils traversaient, à présent, le parking, à l'extérieur.) Elle n'a pas fait une fugue, répéta Fitz.

Penhaligon n'avait rien à redire. Cependant, elle aurait mis sa tête à couper qu'il n'en serait pas de même pour Wise et Beck.

Kenneth Trant posa un bras paternel autour des épaules de Sarah. Cela n'était pas inconvenant, même à l'école. Ensemble, ils regardaient la femme flic et le psychologue quitter l'établissement.

Sarah leva les yeux vers lui, avec anxiété.

— Brave fille, lui murmura-t-il.

Il sourit et la jeune fille se détendit quelque peu. Il caressait son épaule. Elle s'appuya contre lui. Rien d'inconvenant ; pas à l'école. Elle était bien plus sensible que Joanne. Il s'en rendait compte à présent.

Il était entièrement convaincu que Sarah avait dit et fait rien de moins, ni de plus, que ce qu'il lui avait impérativement demandé.

Ils allaient triompher. Après tout, n'était-elle pas celle que Dieu lui avait envoyée pour voler à son aide ?

11

Joanne avait trop chaud. Le soleil lui tapait sur la nuque, à travers les fenêtres à meneaux de la salle à manger des Trant. Le bas de ses cuisses, écorchées par la chaise à brocart, lui faisait mal.

Depuis combien de temps étaient-ils assis là, à lire la Bible ? Elle n'en avait pas la moindre idée. Longtemps. Cela avait commencé lorsque tous trois — Norma, Virginia et Michael — étaient venus la chercher dans la cave pour l'emmener en haut, afin qu'elle prie avec eux. Elle avait peur d'eux et cependant, elle savait qu'ils avaient raison d'agir ainsi. Cela avait duré longtemps. Des lustres et des lustres, jusqu'à ce qu'elle ne soit plus capable de discerner les paroles des prières, mais seulement de les sentir marteler sa conscience. Elle aurait voulu leur dire d'arrêter, mais elle savait que seule une personne corrompue élèverait des objections à la prière.

Kenneth était revenu de l'école. Il avait un visage tendu, son expression était dure. Ils avaient tous quitté la pièce. Kenneth lui avait dit de rester là où elle était, et de prier pour le salut de son âme éternelle.

Elle était le mal. Elle était corrompue. Elle savait toutes ces choses. Elle les avait entendus parler dans la cuisine, puis, avait suivi le fracas de la faïence. Elle aurait aimé allé les rejoindre, pour leur demander un verre d'eau, mais elle savait qu'elle ne méritait même pas cela. Un moment, elle avait songé à quitter la salle à manger, à quitter le salon pour aller…

Où donc ? Chez ses parents ?

Il fut un temps où elle avait des parents. Elle ne les méritait pas. Elle ne devait pas penser à eux. Ainsi avait parlé Kenneth. Elle n'était pas encore mûre pour retourner dans le monde extérieur. Son seul espoir était de demeurer ici et prier, afin d'offrir son repentir et son âme à Dieu, en espérant qu'Il daignerait bien vouloir la purifier de ses péchés.

Kenneth lui avait déclaré qu'il lui indiquerait le chemin.

Le jeûne, avait-il dit. Le jeûne et la prière. Elle n'avait rien avalé, ni bu la moindre goutte. Un battement, lent et sourd, lui martelait l'intérieur du crâne ; elle savait qu'il s'agissait du démon, qui tentait de fuir son esprit. Elle était morte de fatigue, mais Kenneth lui avait commandé de ne pas dormir. Qu'elle dorme et le Malin tirerait aussitôt profit de sa faiblesse.

Elle en était donc réduite à tenter de suivre les autres, tandis qu'ils lisaient des passages de la Bible. Les mots, sur les pages, dansaient sous ses yeux.

Kenneth parlait…

— Et j'entendis une autre voix venant du ciel, déclarant : « Venez ici, gens de mon peuple, que vous ne preniez point part à ces péchés et que vous ne soyez pas sujets à ces épidémies. »

Il lisait avec tant de grâce, il était si beau ; mais c'était la luxure en elle qui s'exprimait ainsi, et elle ne devait pas se laisser aller à de telles pensées. Il lui avait déclaré qu'elle lisait avec grâce et elle en avait convenu ; mais c'était l'orgueil en elle qui s'exprimait ainsi et elle ne voulait pas être orgueilleuse. Et puis, tous ces mots se fondaient en un seul dans sa tête.

Virginia lisait, parlant d'elle : Joanne…

— Car ses péchés sont montés jusqu'au Ciel et Dieu s'est souvenu de ses iniquités.

Il se souviendra de moi, songea Joanne. Pour l'éternité

entière, Il se souviendra de mes iniquités, tandis que je serai consumée par les flammes et mon tourment n'aura pas de fin.

Ses yeux la brûlaient ; des larmes lui coulaient le long des joues comme des flots de lave. Et pourtant, elle demeurait totalement silencieuse. Faire le moindre bruit aurait été orgueilleux, alors même que Kenneth lui avait commandé de ne pas être orgueilleuse. Comment le Malin pouvait-il se montrer orgueilleux ?

Et maintenant Michael — Michael, qui avait paru si faible et pitoyable auparavant, était bien plus pieux qu'elle ne l'était, car il n'était pas habité par le mal et parce que Kenneth l'aimait, lui — se mit à lire.

— Récompense-la comme elle t'a récompensé et rétribue-la selon son travail. Remplis la coupe qu'elle a remplie au double.

Cela était juste, cela était honnête, mais cette pensée même donnait à Joanne envie de hurler. Mais qu'avait-elle donc fait ? Quelles avaient donc été ses actions ? Elle avait aimé Kenneth et elle l'avait séduit. Elle avait attisé, chez lui, contre sa volonté, des impulsions pécheresses et des plaisirs impies. A cause d'elle, il avait fait souffrir Virginia ; pauvre Virginia.

Le cœur de Joanne fut pris de palpitations. Elle allait tomber malade, mais rien ne pouvait empêcher ceci : elle allait brûler en enfer pour l'éternité, dépourvue de l'amour de Dieu, dépourvue de l'amour de Kenneth. Sa chair serait consumée et carbonisée dans la fournaise à laquelle elle s'était condamnée par la flamme de sa luxure. *Je me repens,* songea-t-elle. *Je me repens, je me repens, je me repens.*

Et malgré tout, lorsqu'elle leva les yeux et vit Kenneth la regarder, à travers les brumes même de sa contrition, elle ne put s'empêcher de se sentir irrésistiblement attirée par l'intensité de ses yeux bruns. Son esprit lui renvoya brusquement l'image de la première fois où elle avait glissé ses doigts à travers la chevelure épaisse de Kenneth. Elle sut alors que c'était à ce moment-là qu'elle avait perdu le salut de son âme.

Et Dieu, aussi, le savait. Comment expliquer autrement les mots suivants, lus par Norma :

— Elle a glorifié sa propre personne, et vécu dans les délices ; ses tourments et ses peines n'en seront que plus grands, car dans son cœur, elle se dit : « Je suis une reine et non une veuve et je n'aurai point de peines. »

J'ai glorifié ma propre personne, songea Joanne. *Oh oui ! J'ai cru que je pouvais mériter l'amour de Kenneth et j'ai glorifié ma propre personne à l'égard de Virginia, sa femme aux yeux de Dieu et de l'église.*

Ils attendaient qu'elle se mette à lire. Elle sentait peser sur elle leurs regards de braise. Les mots, sur les pages, devenaient troubles. Sa langue, dans sa bouche, était enflée. Si elle avait osé, elle aurait demandé de l'eau. Rien qu'une gorgée. Mais Kenneth attendait qu'elle se mette à lire. Doucement, elle commença…

— Et c'est pourquoi les calamités s'abattront sur elle en un jour : la mort et le deuil et la famine ; et elle sera consumée jusqu'aux os par les flammes ; car terrible est le jugement du Seigneur.

Jugée. Oui.

Jimmy Beck savait qu'il y avait deux choses dont on pouvait être sûr. Il suffisait de mettre ce gros psycho-branleur, largement surestimé, sur un cas pour qu'aussi sec Penhaligon se mette à réciter son texte, dès qu'il n'était plus dans les parages. Ça, c'était déjà la première chose. Ensuite, la deuxième : tout cela n'était qu'un ramassis de conneries.

Ils se trouvaient dans le bureau de Wise. Il regardait Penhaligon fourguer son baratin. *Cette pouffiasse, fallait toujours qu'elle pousse le bouchon, encore et encore plus loin. Elle pouvait pas attendre en rang, comme tout le monde, sa promotion ; non monsieur ! Fallait toujours qu'elle se pointe avec une quelconque théorie, histoire de se faire remarquer.*

— Il ne s'agit pas d'une fugue, déclara-t-elle.

Mon cul, pensa Beck ; mais il savait bien que ce genre de réflexions ne le mènerait pas bien loin avec Wise.

— Elle se faisait chier à la maison, dit-il, agitant la main pour donner de l'ampleur à ses paroles. Elle a tendu le pouce et elle a pris le large sans jamais se retourner.

Penhaligon lui lança un regard qui signifiait que ce n'était là qu'un tas de grosses conneries. Ce qui était plutôt gonflé, venant de sa part, à y songer.

— Dans son uniforme scolaire ? demanda-t-elle. (Elle se retourna vers Wise, comme s'il était totalement inutile de tenter de convaincre Beck. *Salope !*) C'était les vêtements qu'elle portait ce jour-là.

— Une soudaine impulsion, improvisa Beck. Elle s'est fait la malle avec un mec...

Wise le regarda. Beck se rendait compte que son avis faisait son chemin dans la tête de l'inspecteur principal.

— Je n'y crois pas une seconde.

La voix de Penhaligon était catégorique, comme s'il s'agissait d'un cri du cœur et qu'elle pensait qu'il ne l'avait pas impressionnée.

Non, poupée, songea Beck. *Je me doute bien que t'es pas convaincue qu'elle ait pu se barrer avec un type — parce que je ne suis pas certain que, toi-même, tu saurais quoi faire d'un mec, même si on te fournissait le manuel d'instructions avec. En supposant d'abord que tu pourrais te procurer un mec.*

— Elle est en cloque et prend la poudre d'escampette avec son larron...

Tout cela commençait à l'emmerder. *Allons,* pensa-t-il.

Bordel, mais c'est gros comme le nez au milieu de la figure. Classons ce dossier et mettons-nous au travail sur une affaire un peu plus sérieuse qu'une petite tarte de lycéenne, de toute évidence assez chaude pour se débarrasser de sa culotte avec le premier venu, du moment qu'il était prêt à lui payer une vodka à l'orange.

Mais Penhaligon ne voulait pas lâcher le morceau et Wise ne faisait rien pour lui fermer le clapet. Beck était rapidement en train de perdre le peu d'estime qu'il avait jamais eu pour Wise. Beck ne faisait nullement confiance aux gros. Ils passaient trop de temps assis sur leur derche. Trop de temps à cogiter.

— Joanne n'a jamais essayé l'alcool, le tabac, la drogue, déclara Penhaligon, comptant chacun de ces points sur ses doigts, comme une vulgaire écolière. Elle n'a jamais séché les cours. Ce n'est pas là le portrait typique d'une fugueuse.

Elle lança à Wise un regard des plus honnêtes.

Voilà que tu es marron, espèce de pouffiasse, songea Beck. Peut-être bien que Wise n'avait vu que du feu à son petit manège, mais certainement qu'à présent, même lui pouvait se rendre compte qu'elle ne faisait que débiter les psychoconneries de Fitz.

Pas de réaction. L'inspecteur principal se contentait de les observer tous deux, comme un type assistant à un combat de chiens, attendant de voir lequel allait remporter la victoire et lequel resterait étalé, les tripes à l'air.

— C'est le jargon typique de Fitz, déclara Beck, afin de mettre simplement Wise au parfum. (Penhaligon sembla prête à le fusiller du regard. *Mais je t'en prie, ma chérie,* songea Beck. *J'ai endossé mon gilet pare-balles rien que pour tes yeux doux.*) C'est là ses propres paroles.

Beck était prêt à aller jusqu'au bout. Il avança avec nonchalance jusqu'à la fenêtre.

Penhaligon n'avait pas prononcé un mot.

Elle est à terre et elle le sait, songea Beck. Bon sang, il était temps !

— Est-ce que c'est vrai ? demanda Wise.

Il ne donnait pas spécialement l'impression d'être outré, ni dans un sens, ni dans l'autre.

Penhaligon se retourna vers Beck. Elle lui lança un regard meurtrier, comme si elle avait voulu lui arracher les couilles.

— Oui, finit-elle par reconnaître.

Il y eut un silence. Wise tapota l'extrémité de son stylo-bille sur son bureau.

Bon sang, mais qu'est-ce qu'il lui faut de plus ? se demanda Beck.

— Très bien, trancha Wise. Continuez l'enquête, mais je veux des preuves ; je veux les preuves qu'un crime a bien été commis.

Penhaligon gratifia Beck d'un sourire triomphal tandis qu'elle quittait la pièce.

Putain de merde ! songea-t-il.

Les meilleurs jours de sa vie, songeait Fitz, tandis qu'il attendait Katie à la sortie de sa nouvelle école. Eh bien, peut-être que cela était une exagération, mais une toute petite alors. Judith s'était enfin décidée à être raisonnable — elle avait laissé le nom de l'école sur son répondeur —, ce qui signifiait qu'elle pensait à lui, même si cela n'était pas forcément dans les meilleures dispositions. Et d'un instant à l'autre, il allait se retrouver avec Katie. Qu'avait-il déclaré aux Barnes ? Qu'elle était la plus gentille, la plus intelligente, la plus drôle des filles au monde ? Il avait sous-estimé son cas de façon consternante.

Tout ce qu'il lui restait à faire était de se coltiner toutes ces mamans, en train de papoter, et ces bambins barbouillés de glace et de chocolat pour quelques minutes de plus, avant que…

Et la voilà enfin qui sortait, accompagnée par quelques autres enfants. Connaissant Katie, il était certain qu'elle avait déjà dû se faire plein d'amis.

Elle l'aperçut.

— Papa ! s'écria-t-elle, avant de se ruer vers lui.

Il parvint à sortir ses mains de ses poches juste à temps pour pouvoir l'attraper tandis qu'elle bondissait pour se blottir dans ses bras. Il la fit tourner dans les airs, comme si elle n'avait que trois ans, avant de la déposer délicatement sur le sol.

Ses cheveux fins étincelaient à la lumière du soleil et des boucles s'échappaient de sa queue de cheval. Ses yeux étaient clairs, un sourire illuminait son visage. Fitz se demanda s'il lui avait manqué. Elle lui paraissait changée, d'une certaine façon. Plus mûre, peut-être. Un choc émotionnel pouvait avoir ce genre d'effets sur un enfant, Fitz le savait.

C'était épatant de voir à quelle vitesse les enfants grandissaient, songea-t-il. Les clichés n'étaient peut-être que des clichés uniquement parce qu'ils étaient vrais, après tout. Il prit une soudaine résolution : il serait là pour voir Katie grandir, avec ou sans Judith.

— Est-ce que tu as grandi ou alors est-ce que c'est moi qui rapetisse ? demanda-t-il. (Elle lui arrivait pratiquement aux épaules.) Cela fait un bout de temps, Katie.

Elle gloussa.

— Ça ne fait que deux mois, papa.

Elle devait penser qu'il plaisantait, mais il était on ne peut plus sérieux. Il avait eu l'impression que ces deux mois avaient été les plus longs de sa vie. Ou en tous les cas, depuis la dernière fois où Judith l'avait quitté.

— Ta maman n'est pas encore là, dit-il pour changer de sujet. Je me suis dit que nous pourrions…

Katie l'interrompit.

— Maman m'a donné ça pour toi.

Elle lui tendit une enveloppe.

— Je vois.

Ne te mets pas en colère contre Katie, se sermonna-t-il, bien qu'il sentît le lent flot de rage monter en lui. *Ne perds pas ton sang-froid devant elle.*

Après tout, ce n'était pas la faute à Katie s'il s'était monté un film dans sa tête sur la façon dont allait se passer la journée : ils seraient allés manger tous ensemble et lui et Judith se seraient mis à badiner, jusqu'à ce que les mots tranchants se fassent tendres et doux ; Katie, assise, aurait été légèrement embarrassée devant ses parents en train de roucouler comme des adolescents crevant d'amour ; et puis ils seraient rentrés à la maison, tous ensemble.

— Est-ce que je peux avoir une glace ? demanda Katie, en désignant d'un signe de tête la camionnette garée près de la barrière de l'école.

Et merde ! songea Fitz. Il n'avait pas un radis sur lui, une fois de plus. Il tâta les poches de son pantalon avec une mine tragique.

— Quel idiot je fais ! s'exclama-t-il. J'ai oublié mon portefeuille à la maison. Peux-tu imaginer une chose pareille ?

Katie fit une moue, signifiant clairement qu'elle n'y croyait pas une seconde.

— Maman a mis un peu d'argent dans l'enveloppe avec sa lettre, déclara-t-elle.

— J'ignorais que ta mère était extralucide, déclara-t-il.

Il aurait dit n'importe quoi pour ne pas perdre la face. Il ouvrit l'enveloppe maladroitement. Elle contenait une lettre, enveloppée dans un billet de cent francs.

Il avait encore droit à une nouvelle leçon de morale de la part de Judith. Le mot l'engageait certainement à consacrer l'argent à des produits de luxe, comme de la nourriture, aux dépens de produits de première nécessité, comme le jeu, l'alcool, les clopes…

Bon, il n'allait pas gâcher sa journée à y penser. Pas avec Katie devant lui, souriant comme lorsqu'elle était petite, quand il faisait apparaître des pièces de derrière son oreille.

Avec une mine de prestidigitateur, il roula la lettre en boule avant de l'engloutir dans sa bouche. Katie ne parut pas épatée le moins du monde. Pendant un instant, elle ressembla de façon troublante à sa mère.

— J'ai oublié mon sac, déclara Katie. Est-ce que je peux aller le chercher ?

— Ouaihhh, prononça Fitz, la bouche pleine de papier baveux.

Il lui tapota la joue.

Elle détala en courant. Dès qu'elle eut disparu, il cracha le morceau de papier.

Ce n'étaient pas les crèmes glacées qui manquaient dans les parages, se dit-il.

Il quitta l'enceinte de l'école et traversa la route, souriant à un conducteur de bus — il était *certain* d'avoir vu ce type quelque part auparavant —, en passant. Quelques enfants faisaient la queue devant la camionnette du vendeur de glaces. Debout, derrière eux, Fitz se sentait comme un géant au milieu des pygmées.

Qu'est-ce que ce sera ? se demanda-t-il. Deux grandes glaces, avec de la sauce à la fraise et des pépites de chocolat. Ou alors, il prendrait un bâton glacé à la banane — ou bien non, plutôt au cidre. Un sourire lui éclaira le visage. Cela faisait longtemps qu'il n'avait rien fait d'aussi bête que d'acheter une glace dans une camionnette…

— Le voilà, c'est lui ! hurla une voix d'homme derrière lui.

Fitz l'ignora. Cela ne le regardait pas et puis, de toute manière, il était le prochain à être servi.

— Foutu pervers ! s'exclama la voix.

Du coin de l'œil, Fitz aperçut le conducteur du bus

avançant à grands pas vers la camionnette. Vers lui, en fait. Quelques flics en tenue le suivaient. Fitz se tourna dans leur direction.

— C'est une menace pour nos enfants ! s'écria le bonhomme, pointant son doigt dans la direction de Fitz.

Les enfants s'écartèrent de son chemin. Il donna un coup sur le bras de Fitz — pas très fort, mais suffisamment pour le bousculer.

— Je crois que vous faites une grossière erreur, déclara Fitz, s'efforçant de conserver son calme. (Il se tourna vers une femme flic, de toute évidence l'épicentre du pouvoir.) C'est ma fille, là ! Je suis venu chercher ma fille et…

— Elles peuvent pas toutes être vos filles, quand même, hein ? trancha le chauffeur.

Dans sa voix, le mépris rivalisait avec l'indignation.

Quelques enfants se mirent à glousser. Fitz se demanda depuis quand les bonnes vieilles taloches dans l'oreille étaient passées de mode, et s'il s'agissait du moment opportun pour les réintroduire.

— Mêlez-vous de vos affaires, déclara-t-il à l'intention de la femme flic.

— Il passe ses journées à traîner autour des écoles, s'écria le chauffeur de bus.

Un petit emmerdeur qui fourrait son nez dans ce qui ne le regardait pas, au lieu de faire quelque chose d'utile, comme de constituer un catalogue de sa collection de cafards.

C'était trop, c'était foutrement trop.

— Fous le camp ! s'écria Fitz, avant de coller sa main dans la figure du type.

Un des gamins poussa un hourra. A moins qu'il ne le huât.

L'homme tomba à la renverse dans les buissons.

— Allez-y ! hurla le chauffeur. Arrêtez-le !

Les deux policiers se mirent de chaque côté de Fitz. Les enfants observaient la scène, stupéfaits.

— Il y a une explication tout à fait rationnelle à cette histoire, je vous l'assure, clama Fitz, tandis qu'ils l'emmenaient avec eux.

Fitz entendit Judith avant même de la voir. Il marchait le long du couloir, laissant derrière lui les cellules de garde-à-vue, pour se diriger vers le hall d'entrée (« Tu peux y aller maintenant », lui avaient-ils dit, sans prononcer la moindre parole d'excuse), et la voix de sa femme résonnait contre les murs lugubres du commissariat. En réalité, ils semblaient avoir été repeints récemment ; mais Fitz considérait qu'un commissariat qui se respecte se devait d'être sordide.

— Un mètre quatre-vingt-cinq, cent vingt kilos, blanc, énonçait-elle. (A son ton, elle paraissait désabusée, quand bien même elle n'avait pas été collée au trou pendant ces deux dernières heures. Fitz fit une halte dans le couloir, hors du hall de réception, afin d'entendre quels autres délices étaient à venir. Il regretta amèrement sa décision.) Débraillé, les cheveux gras, un sérieux jaunissement des doigts sur la main gauche ; est sujet au tremblement lorsqu'il est en manque d'alcool ; est vêtu en permanence d'un costume froissé ; il a une ancienne cicatrice à l'appendice et un grain de beauté sur la fesse gauche…

Mon Dieu, se dit-il. *Avait-elle vraiment besoin de dire tout cela ? Qu'est-ce qu'elle s'imaginait donc ? Qu'on allait lui faire une fouille au corps ?*

— Merci bien, on a tout noté, dit l'officier de service.

Fitz poussa la porte devant lui et pénétra dans le hall d'accueil. Judith se retourna. Même totalement furieuse, même sous la lumière impitoyable des néons, elle lui paraissait plus belle qu'elle ne l'avait jamais été.

— Oui, c'est bien lui, déclara-t-elle. C'est mon mari.

Elle se figurait que c'était de sa faute.

Il y avait eu un temps où un événement pareil n'aurait été qu'une plaisanterie. Ils en auraient ri sur le chemin de la maison. Mais c'était à l'époque où Judith lui faisait encore confiance.

Ce temps-là était révolu depuis des lustres.

— Et c'est ma femme, déclara Fitz. (Il se dirigea vers le comptoir et agita son pouce en direction de Katie, qui attendait près du mur.) Et elle, là-bas, c'est ma fille, comme je vous l'avais déjà dit. (Katie s'avança et vint se tenir à ses côtés. Il farfouilla sur le comptoir, à la recherche d'un papier et d'un stylo.) Je veux les noms et les numéros d'immatriculation des deux policiers qui m'ont arrêté, demanda-t-il.

L'officier à l'accueil le regarda, ébahi.

— Fitz, dit Judith.

Bon sang, évidemment que c'était Judith, mais cette fois-ci, il lui montrerait qui avait fichtrement raison et qui avait tort.

— Parce que, quand j'en aurai fini avec eux, ils souhaiteront n'avoir jamais été que des plantons.

Il jeta au policier à l'accueil un regard furieux.

— Allez, Katie. On rentre à la maison.

Dans un bruissement d'étoffes et un tourbillon de parfum, Judith était partie.

Fitz écrasa son stylo sur le comptoir. Cette saloperie n'écrivait pas, de toutes les manières.

— Attends une minute, s'écria-t-il. (Elle poursuivit son chemin, stoïque.) Tu t'imagines que j'étais saoul. (Il la poursuivit dans le couloir. Au diable la dignité !) Je n'étais pas saoul, Judith !

12

Joanne ne pouvait prononcer le moindre mot. Elle avait la gorge serrée par les sanglots ; mais elle savait qu'en vérité son péché lui interdisait de parler. Les griffes du démon s'étaient refermées sur sa gorge et elle était incapable de dire les paroles qui assureraient son salut.

Elle était le mal. Le mal.

Elle était agenouillée au milieu d'eux tous. Levant la tête, elle aperçut un cercle de lèvres qui remuaient, des yeux dardant des regards de braise. Elle se sentait étourdie et dut détourner son visage ; cependant, elle ne pouvait faire taire les voix qui martelaient sa conscience. Et pourtant, dans son esprit, tous ces mots ne revêtaient aucun sens. Ces paroles étaient justes, elles étaient tirées de la Bible ; elles constituaient des prières qui assureraient le salut de son âme, si seulement elle daignait les laisser pénétrer dans son cœur. Mais elle ne les comprenait plus et elle sut que le Malin était en elle.

Et puis, soudain, un miracle. La voix de Kenneth, l'appelant de son nom.

— Joanne, dit-il. Joanne.

Elle ouvrit les yeux. La main de Kenneth était tendue, devant elle. Avec hésitation, sachant qu'elle ne méritait pas cette dernière chance, elle saisit la main tendue. Kenneth l'aida à se remettre debout sur ses jambes.

— Dis-le, Joanne. Dis-le, demanda-t-il.

Sa voix était douce et apaisante et elle sut que, si elle agissait comme il le lui demandait, tout allait bien se passer. Elle s'efforça de contenir ses larmes. Elle se passa la langue sur les lèvres.

— Je... (Les griffes du démon étaient toujours serrées sur sa gorge.) Je...

— Dis-le !

Elle reconnut la voix de Virginia, quelque part derrière elle. *Pardonne-moi*, songea Joanne. Elle avait fait des choses terribles à cette femme — elle avait tenté de lui voler son mari, de ruiner son mariage —, et pourtant, Virginia essayait encore de la sauver.

— Confesse-toi. (La voix de Kenneth s'était faite plus ferme à présent. Plus exigeante.) Pour le salut de ton âme...

Joanne fit une autre tentative.

— J'ai... J'ai... (Elle sentait sur elle le poids de leurs regards, l'engageant à poursuivre ; et *même alors*, les mots refusaient de sortir.) J'ai...

— Elle n'y arrive pas, déclara Virginia.

— Elle n'arrive pas à le dire, acquiesça Norma.

Michael conservait le silence. Kenneth en faisait autant, mais la déception que Joanne lisait dans ses yeux était plus qu'elle ne pouvait supporter. Elle s'effondra à genoux, tandis que des flots de larmes lui coulaient de nouveau le long des joues.

— C'est son péché qui l'empêche de le dire, murmura une des femmes.

Joanne ne sut pas laquelle avait dit cela, et elle s'en moquait pas mal. Tout ce qu'elle savait, c'était que Kenneth l'observait et qu'elle n'avait pas été à la hauteur de ses espérances. Elle devait essayer encore.

— J'ai commis... (Elle ne parvenait pas à prononcer le mot. Fornication. Quel horrible mot pour désigner ces moments qu'elle avait trouvés si merveilleux. Elle essaya de nouveau...) J'ai péché... (Kenneth l'observait encore. Les mots moururent au fond de sa gorge. Elle devait recon-

naître à quel point elle lui avait fait du tort.) Je me suis corrompue, prononça-t-elle. Corrompue…

Il était là, suspendu dans les airs, au milieu d'eux. Le
mal. Elle était le mal, elle avait commis un acte pervers, et
elle avait tenté d'entraîner la personne qu'elle aimait le
plus au monde avec elle dans les affres de sa déchéance.

Elle aspira goulûment plusieurs longues bouffées d'oxygène, ayant enfin compris qu'en admettant sa faute elle
pourrait être sauvée. Mais si elle était sauvée, elle ne pourrait plus jamais être près de Kenneth. Plus jamais le toucher. Plus jamais l'enlacer ou plus jamais se blottir contre
lui. Plus jamais sentir ses lèvres contre sa peau ou bien,
avoir cette sensation d'être une femme particulière, parmi
toutes les autres.

Si être sauvée signifiait cela, elle n'était plus si sûre de
vouloir être sauvée. Elle se jeta sur lui et lui agrippa les
jambes.

— Je t'aime, s'écria-t-elle. (Des larmes jaillissaient de
ses yeux.) Pardonne-moi, gémit-elle. Pardonne-moi pour
oser imaginer que tu puisses m'aimer, pardonne-moi d'être
si faible que je ne puis renoncer à toi, pardonne-moi d'être
indigne de toi. Pardonne-moi d'être moi-même, et non
quelqu'un que tu puisses aimer. (Toujours accroupie, elle
se tortilla à l'envers. Le monde bascula au-dessus d'elle.
Des visages l'observaient de haut. Michael, Norma,
Virginia.) Pardonnez-moi, supplia-t-elle.

Il n'y avait pas la moindre trace de pitié dans leurs yeux
implacables.

La main de Kenneth lui effleura le front comme une
bénédiction.

— C'est le pardon de Dieu que tu dois demander,
Joanne, déclara-t-il. Pas le mien. Pas le nôtre.

Evidemment, pensa-t-elle. Que Kenneth ait besoin de lui
rappeler une chose pareille n'était qu'une nouvelle preuve
de sa corruption. Bien sûr, elle devait supplier Dieu de lui

accorder son pardon. Kenneth et les autres lui avaient déjà probablement accordé le leur. Dieu en demanderait davantage, car Dieu, lui, savait ce qui se cachait dans son cœur : elle n'avait pas abandonné son amour pour Kenneth.

Avant que Dieu puisse la pardonner, il fallait d'abord qu'elle purge son âme de cet amour.

— Je dois expier, déclara-t-elle.

Elle se tourna vers Kenneth. Il saisit son visage dans ses mains, douces et tendres. Elle sentait son souffle et était subjuguée par son regard.

— Tu dois être punie, lui dit-il.

— Je dois être punie, acquiesça-t-elle, et pour la première fois depuis des jours et des jours, elle se sentit libre. (Libérée du terrible poids de son péché, qui avait menacé d'accabler son âme pour l'éternité entière.) Je dois être punie, répéta-t-elle.

Elle se réjouit, tandis qu'un nouveau flot de larmes lui brûlait les joues.

Kenneth attendit que Norma et Virginia reviennent de la cave, où elles avaient conduit Joanne.

Virginia referma délicatement la porte derrière elle. Avant qu'il ait pu dire quoi que ce soit, elle s'exclama…

— La punir ? (Sa voix était douce, mais frisait l'hystérie.) On ne peut pas la punir !

Kenneth se leva. Il jeta un coup d'œil sévère à Michael et Norma. Il était sûr de leur soutien : ils feraient ce qu'il leur commanderait.

Mais Virginia… Elle avait déjà porté ses mains à sa bouche, comme en état de choc. Il prit ses mains dans les siennes.

— Ecoute-moi, dit-il. (Il sentait son pouls, battre dans ses poignets, comme le cœur d'un lièvre en cavale. Elle était tendue, hostile à sa volonté. Cela n'était pas bon.)

Ecoute-moi, répéta-t-il, utilisant ce charme de la voix qu'il avait acquis lorsqu'il était enseignant.

Il pouvait ainsi dompter une école entière, ou encore, guider une assemblée vers l'amour du Seigneur Jésus-Christ. Virginia serait de toute évidence sensible à ce tour de passe-passe.

En tremblant, elle opina de la tête et se détendit légèrement.

— Tu as raison lorsque tu dis que nous ne pouvons pas la punir, déclara Kenneth. (Il savait qu'il était dans le vrai, car il ignorait d'où ces mots surgissaient. Ils se consumaient à l'intérieur de son âme et il sut que Dieu lui-même les lui avait inspirés.) Nous ne pouvons pas la punir et nous ne pouvons pas la juger. (Il observa successivement Virginia, Michael et enfin Norma.) Seul Dieu peut la juger. Seul Dieu peut la punir. Vous me comprenez ? (Virginia acquiesça. Il lui relâcha les poignets. Elle laissa ses mains glisser à ses côtés.) Nous devons l'envoyer à Dieu, afin qu'Il puisse accomplir son œuvre, poursuivit Kenneth.

Ses mots resplendissaient, comme une pluie d'or fin, et si, au-delà d'eux, se trouvaient les ténèbres, il ne ressentait pas le besoin de regarder si loin. Pas maintenant. Peut-être même jamais plus. Il allait se débarrasser de Joanne, incarnation des ténèbres et puis, tout ce qui demeurerait, après cela, serait Dieu et son amour éclatant.

— Etes-vous avec moi ? demanda Kenneth.

— Oui, murmura Virginia.

— Oui, dit Norma. (Norma, de bien des façons, était la plus forte d'entre eux tous ; l'amour de Dieu flamboyait dans ses yeux.) Oui, répéta-t-elle.

Kenneth se tourna vers Michael. Michael l'apathique. Michael qui ne pouvait que suivre Kenneth, là ou il le conduisait. Michael ne dit rien pendant un moment, puis il poussa un léger soupir et opina du chef.

— Bien, déclara Kenneth. Je vais aller lui parler. Nous devons être certain, qu'elle comprendra.

Tous ensemble, songea-t-il, en observant Michael. Aucun d'eux plus coupable que les autres. Et pas moins non plus.

Penhaligon était convaincue qu'un appel à la télévision pour que Joanne donne signe de vie était une pure perte de temps. Ses plus profonds instincts lui annonçaient qu'ils allaient retrouver le corps de la jeune fille, quelque part dans une décharge, ou alors, dans un sac plastique, dans un bois.

Mais deux choses l'empêchaient de le dire. La première : elle savait qu'elle devait s'estimer sacrément chanceuse que Wise ait accepté de la laisser poursuivre l'enquête, comme s'il y avait eu un meurtre ou un enlèvement. Elle ne voulait pas compromettre cela.

La seconde chose était la faible lueur d'espoir dans les yeux de Mme Barnes. M. Barnes n'avait cessé de se montrer froid et désintéressé, mais sa femme s'était accrochée à l'idée de l'appel télévisé comme à une bouteille d'eau gazeuse au milieu du Sahara.

De toute évidence, elle estimait que l'équipe de maquilleurs et de costumiers perdaient leur temps, mais elle se soumit pourtant à leurs attentions avec une patience stoïque. A présent, Mme Barnes était flanquée, de part et d'autre, par Wise et Penhaligon, assis devant la table longue et familière des conférences de presse, avec le portrait géant de Joanne, souriante, accroché derrière eux. Ils faisaient face aux rangées de journalistes.

Wise avait présenté les faits comme il se doit, fournissant une description précise de Joanne. Il était étonnamment doué ; le tragique de la situation était sobrement mais efficacement décrit par sa voix posée de gars de Liverpool, mieux que ne l'aurait fait une quelconque débauche d'émotion.

Mme Barnes prit ensuite la parole. Elle se saisit de sa feuille de papier et l'agita en l'air avant de commencer à parler. Son débit était légèrement trop rapide…

— Reviens à la maison, Joanne. (Sa voix vacilla. *Continue,* l'encouragea mentalement Penhaligon.) Où que tu sois, reviens à la maison voir ta maman et ton papa. Où que tu te trouves, quoi que tu fasses, nous sommes prêts à l'accepter. La seule chose qui importe est que tu sois saine et sauve. (Elle hésita. Penhaligon devina qu'elle devait songer à toutes les choses qui pourraient être en train d'arriver à Joanne.) On peut résoudre tous les problèmes : toi, moi et ton père.

Elle reposa son papier.

— Voulez-vous ajouter quelque chose, monsieur Barnes ? demanda Wise.

— Mon épouse a été suffisamment explicite, déclara le père de Joanne.

Je ne te le fais pas dire, songea Penhaligon. Elle croyait les explications de Fitz — que le père ne pouvait supporter la situation qu'en niant sa réalité —, mais elle avait découvert, depuis longtemps déjà, que comprendre quelque chose ne signifiait pas forcément l'excuser.

13

— Tu me fais confiance, n'est-ce pas, Joanne ? demanda Kenneth.

La cave était entièrement plongée dans les ténèbres, à l'exception de la faible lueur projetée par une paire de bougies, qu'il avait allumées. Leurs flammes dessinaient sur les murs des ombres, aux mouvements vifs, et donnaient au visage de Joanne des allures de masque de lumière et d'obscurité.

— Tu sais bien que oui, murmura-t-elle.

Ses cheveux étaient plaqués contre son crâne par la sueur et son visage était trempé de larmes.

Elle le dégoûtait. Comment avait-il pu se fourvoyer au point de s'imaginer qu'elle était sa promise, le don que le Seigneur lui avait accordé ? Il fallait en finir une bonne fois pour toutes, afin de recommencer sa vie, dans l'assurance du pardon de Dieu.

Mais il ne devait pas se montrer cruel envers elle. Elle n'avait été que l'instrument involontaire du malin. Envoyée pour l'éprouver. Elle devait être punie, afin qu'il puisse être lavé du péché qu'elle représentait. Et même en cela, Dieu poursuivait un but précis : car comment Kenneth pouvait-il espérer le salut s'il n'avait pas auparavant failli absolument, afin d'être pardonné absolument ?

Il lui effleura la joue du dos de la main. Son contact était doux et rafraîchissant. Un léger sourire se dessina brièvement sur les lèvres de Joanne.

— Tu sais bien que je ne veux point te faire de mal,

déclara-t-il. (C'était tout à fait vrai. S'il y avait eu une alternative, il l'aurait certainement préférée à ce qu'il préparait ; mais Dieu lui avait indiqué le chemin à suivre.) Mais tu dois être punie pour ce que tu as fait. (Elle acquiesça.) Et seul Dieu est en mesure de te punir. (De nouveau, elle opina de la tête.) Je dois te renvoyer à ton Créateur, afin qu'il puisse te châtier.

— Oui, finit-elle par dire, après un moment.

Sa voix était à peine plus haute qu'un soupir. A la faible lumière des bougies, ses yeux semblaient être des mares d'ombre.

Il plongea la main dans sa poche et en sortit une poignée de calmants ; ceux de Virginia.

— Prends ceci, la somma-t-il, et mange.

— Quoi ? s'écria-t-elle.

Il se demanda si les références à la messe catholique n'avaient pas poussé le bouchon un peu trop loin ; mais ces mots lui avaient été inspirés par le feu ardent de Dieu. Quelques cachets maintenant et davantage par la suite. Elle glisserait de la souffrance de cette existence dégradée vers la gloire de l'autre monde. C'était de loin la meilleure des choses qui puisse lui arriver.

— Mange, répéta-t-il.

Elle prit un cachet et l'avala aussi sec. Puis un autre et un autre encore.

Pas trop. Les autres avaient leurs rôles à jouer. Il referma ses doigts sur ce qu'il restait des calmants.

Elle était à lui, entièrement à lui. Il le voyait clairement à présent. Dieu la lui avait envoyée, non pour qu'elle devienne sa compagne mais pour qu'elle porte sur ses épaules son insoutenable fardeau.

Ses seins se dessinaient distinctement sur le tissu bon marché de son chemisier d'école. Son cardigan, loin de dissimuler sa poitrine, la mettait en relief. Elle aurait dû être toute d'innocence, mais elle était corrompue et l'avait corrompu, lui. Il songea à ces petits tétons roses et fermes, pressés contre la toile de son soutien-gorge. Sa main, ses lèvres, le démangeaient.

Avant même d'avoir réfléchi à ce qu'il faisait, il avait posé sa main sur son sein.

— Non, protesta-t-elle.

Mais elle lui appartenait. Elle était le don que le Seigneur lui avait accordé. Elle fit un mouvement maladroit en arrière. Il la saisit par une main et de l'autre, lui déchira son chemisier. Elle se débattait encore contre son étreinte. Il tituba en avant et lui écarta les genoux de sa propre jambe.

— Ne fais pas ça, répéta-t-elle. Tu as dit que c'était mal. Tu as dit qu'il fallait que je sois punie.

Sa voix était déjà légèrement pâteuse.

— Mais tu le seras, déclara Kenneth.

Son érection lui écorchait la peau. Quelque chose dans son esprit lui criait qu'il commettait là une erreur, qu'il allait à l'encontre de la volonté de Dieu. Mais cela n'était rien en comparaison de l'urgence de son désir, et les mots qui lui vinrent à la bouche étaient au service de ses impulsions.

— Ne me fais-tu donc pas confiance ?

— Bien… (Elle se lécha les lèvres : sa langue rose et moite glissa contre la blancheur de perle de ses petites dents. Il en avait envie…) Bien sûr, déclara-t-elle.

Sa voix s'était faite indubitablement plus molle. Ses pupilles étaient dilatées, comme celles des petites créatures nocturnes.

— Alors, tu dois comprendre pourquoi tu dois être punie, dit-il.

Rien ne pouvait être plus vrai. Il allait la posséder avant de la punir pour cela ; il serait alors tombé au plus bas. Et puis, Dieu le relèverait des tréfonds de sa déchéance. Quant à Joanne… Joanne aurait déjà rejoint son Créateur, qui la jugerait avant de la pardonner… Ou non.

— Oui, dit-elle.

Il glissa sa main sous sa jupe et elle ne prononça pas la moindre parole de protestation. Il lui retira ses dessous, pour rencontrer la motte de boucles drues qui s'y dissimulait et, au-delà, son antre intime, chaleureux, moite et doux. Et lorsqu'il plongea en elle, avec de plus en plus d'ardeur, pour aller jusqu'au bout de son désir, elle gémit légèrement, mais elle ne tenta certainement pas de l'arrêter.

Tout était donc, manifestement, entièrement de la faute à Joanne, et non de la sienne.

Puis, quand tout fut achevé — elle se tenait là, allongée —, sa vue même lui fut insupportable. Elle représentait toutes ces choses obscures qu'il méprisait, tout ce qui constituait un obstacle entre lui et Dieu.

A cet instant, il se souvint de ce à quoi il avait songé auparavant : au moyen qu'il avait trouvé de se débarrasser d'elle et de tout le reste. D'une pierre, deux coups.

Il farfouilla autour de lui, dans une des caisses disposées sur les étagères de la cave, jusqu'à ce qu'il trouve ce qu'il cherchait : un épais marqueur indélébile. Joanne était à présent à moitié endormie, les paupières lourdes de sommeil et de luxure.

— Allez, déclara-t-il, déboutonnant maladroitement sa jupe.

— Quoi ? murmura-t-elle ; mais elle se laissa déshabiller.

Son corps avait un teint rose et doré dans la pénombre. Il devait faire cela convenablement, afin de ne plus jamais avoir à le faire de nouveau.

Pas de mots. Des diagrammes et des signes, extraits du langage de la science, celle qui le menait à sa perte. Il fallait qu'il se débarrasse d'eux, qu'il se débarrasse de toutes ces tentations d'un coup.

Le marqueur glissait lentement et délicatement, sur les courbes lisses de son ventre, entre ses seins, le long de ses bras. Il la fit rouler sur elle-même, tandis qu'il dessinait les symboles de la damnation sur les courbes dures et fermes de ses omoplates, avant de plonger dans le creux de son dos, puis jusqu'à sa croupe, entre ses cuisses, tout près de ce lieu de délices et de vices auquel il ne devrait plus jamais goûter.

Elle n'émit nulle plainte et ne demanda pas d'explications ; pas plus qu'il n'en offrit lui-même. Sa main était comme guidée par une volonté qui le dépassait. La main du démon, lui faisant écrire les termes de sa propre damnation.

Mais une fois cette tâche accomplie et lorsqu'elle ne serait plus de ce monde, le Malin ne le tourmenterait plus jamais.

Les ténèbres se dissiperaient pour faire place à la parfaite clarté du Seigneur.

— Mon Dieu, se dit-il. Qu'ai-je donc fait ?

Ils seraient bientôt après lui, à quémander ses instructions, commençant peut-être alors à douter de lui. Précipitamment, il mit les vêtements de Joanne dans un sac plastique. Il trouva un vieux drap blanc et poussiéreux dont il la recouvrit, comme il aurait fait d'un suaire. Elle avait, sur le visage, une expression incroyablement paisible ; et puisqu'elle ne se plaignait pas, ni ne formulait d'objections, se contentant de le suivre de ses yeux craintifs, il sut qu'il ne faisait, après tout, qu'accomplir la volonté du Seigneur.

Il l'abandonna, ainsi allongée, dans la cave, pour aller communiquer aux autres leurs instructions.

Joanne était étendue dans les ténèbres, observant le plafond de la cave. Elle se sentait toute étrange et lourde, comme si elle allait soudain se couler dans le sol de la cave.

Kenneth l'aimait. Kenneth l'avait aimée. Kenneth allait la punir. Kenneth ne lui ferait jamais aucun mal.

Les deux bougies qu'il avait allumées ruisselaient de cire dans leurs chandeliers, projetant d'obscures et larges ombres sur les caisses, les sacs et les étagères qui encombraient la cave.

Quelque chose était arrivé. Kenneth avait dit quelque chose, ou bien fait quelque chose, et elle aurait certainement eu des raisons de s'en inquiéter. Mais c'était trop d'efforts, et il était si facile de demeurer là, allongée, dans la fraîcheur des ténèbres, et de se laisser aller à rêver de son visage, ses mains, son sourire…

Son cœur martelait sa poitrine ; peut-être s'écoula-t-il un court instant, ou peut-être bien que cela dura plus longtemps. Elle n'aurait su dire, mais cela avait peu d'importance, puisque finalement, la porte s'ouvrit…

Kenneth descendait les marches de la cave. Elle essaya de se lever pour aller à sa rencontre, mais le drap était serré trop étroitement autour d'elle. Elle se demanda ce qui avait bien pu arriver à ses vêtements, mais cela non plus n'avait pas d'importance.

— Non, dit Kenneth.

Il la repoussa à terre et resserra le drap autour d'elle. Il ajouta quelque chose d'autre. Elle s'efforça de comprendre ses paroles, puis, elle se détendit, lorsqu'elle se rendit compte qu'il s'agissait de passages de la Bible.

Elle serait punie. Il le lui avait promis. Elle aurait la permission d'expier ses fautes.

— N'aie pas peur, déclara Kenneth. (Joanne n'éprouvait nulle crainte, mais elle se sentait désolée pour tous les ennuis qu'elle lui avait causés. Dieu saurait cela et la pardonnerait.) « Dis aux cités de Judée : soyez les témoins de Dieu. »

— « Soyez les témoins de Dieu. »

La porte de la cave s'ouvrit et une lumière vive pénétra

dans la pièce. En un battement de cœur, Joanne crut voir les anges du ciel descendre les marches de l'escalier et puis, la clarté glissa de leurs ailes, les dépossédant de leurs auras de pureté. Alors seulement, elle réalisa qu'il s'agissait, en fait, de Virginia, Michael et Norma, chacun d'eux transportant une multitude de bougies, éclairant toute la pièce.

Ils s'approchèrent de l'endroit où elle était étendue et déposèrent les bougies. Norma portait en outre un plateau, sur lequel était posée une bouteille d'alcool fort et un calice, ainsi que d'autres cachets encore.

Ils s'agenouillèrent autour d'elle. Kenneth près de sa tête, à sa droite, pour l'aider à rester forte ; Virginia se trouvait en face de lui, à la gauche de Joanne, parce qu'elle lui avait fait du tort. Les autres s'étaient placés à ses pieds.

Kenneth remplit le calice de la boisson. Elle avait un arôme fort et doucereux. Un reflet de lumière étincela sur sa bague de mariage, cette même alliance qu'elle avait souillée, en le séduisant.

— Du fond des abîmes, j'ai appelé ton nom, oh Seigneur. Seigneur, entends ma voix, récitait Kenneth. (Il jeta quelques cachets supplémentaires sur le plateau.) Daigne écouter le son de ma prière.

Kenneth aida Joanne à s'asseoir. Puis, il déposa une pilule sur sa langue. Elle savait qu'elle devait l'avaler, mais elle n'en avait pas la force. Néanmoins, tout allait pour le mieux. Kenneth glissa ses bras sous les épaules de Joanne, puis porta le calice à sa bouche. Elle en but une gorgée.

Du gin ! Elle reconnut l'arôme écœurant du genièvre. Et le calice... Il était large, lourd, en cristal finement ciselé, pour le vin.

Non, essaya-t-elle de dire. Je n'ai pas besoin de faire tout cela, songea-t-elle. Je n'ai pas besoin de le faire. Mais c'était trop fatigant de penser. Il lui semblait que sa tête était aussi lourde que le plomb et ses yeux la brûlaient.

Mais Kenneth déclara :

— Seigneur, aie pitié de cette pauvre pécheresse.

C'était juste, se dit-elle. Elle fut presque soulagée de se rappeler pourquoi elle était là. Elle avait péché, elle avait corrompu Kenneth et tenté de ruiner le mariage de Virginia. Mais elle n'avait plus besoin d'y penser, car bientôt Dieu l'accueillerait en son sein et il la jugerait, avant de lui faire encourir son châtiment.

— Seigneur, ayez pitié, répliquèrent les autres.

Kenneth porta de nouveau le calice à sa bouche, et elle tenta d'avaler convenablement cette fois. Même ainsi, elle eut un haut-le-cœur et le liquide glacé lui coula le long des joues.

Kenneth tendit le calice à quelqu'un d'autre. Virginia déposa un cachet sur la langue de Joanne, tandis que Kenneth récitait :

— Elle, qui s'est rendue coupable d'iniquité…

Et les autres de répondre :

— Pardonnez-lui, Seigneur, et accordez-lui la rédemption.

Virginia porta le calice jusqu'aux lèvres de Joanne.

Le cachet suivant vint de Norma.

— Elle a péché, contre tes commandements, poursuivait Kenneth.

— Pardonnez-lui, Seigneur, et accordez-lui la rédemption.

Le calice était froid et dur au contact des lèvres de Joanne.

Michael venait en dernier. Il poussa avec force le cachet contre ses dents jusqu'à ce qu'elle les écarte pour l'avaler.

— Elle a péché, continuait Kenneth inlassablement.

— Pardonnez-lui, Seigneur, et accordez-lui la rédemption.

Joanne aurait voulu murmurer : « C'est fini ? Est-ce que

c'est enfin terminé ? » mais elle savait qu'elle n'avait pas le droit de parler.

Kenneth lui administra le dernier cachet. Il remplit le calice de nouveau et versa la boisson dans sa bouche. Joanne eut un hoquet puis avala, encore et encore. L'alcool lui coulait dans la gorge en un flot clair et régulier au point qu'elle crut qu'elle allait étouffer.

— Accordez-lui les bénédictions de la vie éternelle, déclara Kenneth.

— Accordez-lui la vie éternelle, oh Seigneur.

Ces mots parurent suspendus dans les ténèbres.

Joanne ferma les yeux.

14

Michael observait la caisse, à l'arrière de sa camionnette. Les autres se tenaient autour de lui, attendant qu'il dise quelque chose, mais tout ce qui lui venait à l'esprit lui paraissait banal. Il regarda Virginia, qui semblait être en état de choc, puis Norma. Elle le dévisagea avec intensité, comme si elle le défiait d'émettre la moindre protestation. Il savait qu'elle s'attendait à ce qu'il fasse tout foirer. Elle avait toujours considéré qu'il était plus veule, plus morne que son frère. Quant à Kenneth, il se contentait de lui sourire, afin de lui témoigner sa confiance... Tout le monde comptait sur lui et Kenneth savait qu'il ferait un bon travail.

Kenneth aurait pu vous faire marcher sur des braises pour mériter ce sourire, oh ça oui !

— Rappelle-toi, lui dit Kenneth. Tout ce que tu as à faire est de mettre la caisse dans la broyeuse. Elle fera le reste. Compris ?

— Oui, répondit Michael.

Il sourit faiblement, se demandant s'il aurait pu, ne serait-ce qu'une fois seulement dans sa vie, refuser. Il formulait les requêtes les plus déraisonnables sur un ton si raisonnable.

— Bien, dit Kenneth. Souviens-toi de conduire prudemment. Pas d'excès de vitesse. Tu ne voudrais pas être arrêté ce soir, n'est-ce pas ?

— Non, Kenneth.

Il aurait souhaité dire autre chose : que cela suffisait,

que tout était allé trop loin, qu'il fallait s'arrêter maintenant, avant que des dégâts irréparables ne soient commis.
Mais Virginia était au bord de l'hystérie et Norma avait fait
savoir suffisamment clairement dans le passé qu'elle sou-
tiendrait Kenneth, quoi qu'il puisse arriver. Quant à
Kenneth… Eh bien, Kenneth comptait sur lui.

Michael grimpa dans sa camionnette et démarra, dans la
nuit obscure.

*
* *

M. Michael avait demandé à Dean de venir au chantier
en pleine nuit. M. Michael n'avait encore jamais fait une
chose pareille, à l'exception d'une fois, à Noël, lorsqu'il y
avait eu une commande de dernière minute et qu'ils avaient
fait en sorte de finir plus tôt, afin d'avoir la soirée de libre
pour le réveillon.

C'était étrange aussi, que M. Michael ait appelé Dean
d'une cabine. Dean avait compris cela, parce qu'il avait
tenté de demander s'il devait préparer les machines et
alors, le téléphone s'était mis à faire « bip, bip, bip », et
puis, soudain, M. Michael n'était plus à l'autre bout du fil.

Dean s'était dépêché pour aller au chantier. Quand il
aperçut la camionnette, il ouvrit la porte du hangar où se
trouvait la broyeuse.

Lorsque M. Michael ouvrit la camionnette, il n'y avait
qu'une seule caisse à l'arrière. Cela aussi était étrange.
Quelle drôle d'idée de faire fonctionner la broyeuse, seulement pour une caisse !

— Allez, Dean ! s'exclama M. Michael. Prends la
caisse.

Dean se précipita pour aider M. Michael. La caisse était
très lourde et les mains de Dean glissèrent.

— Tiens bien la putain de caisse, Dean ! s'écria
M. Michael.

Il ne jurait jamais d'habitude ; aussi, Dean sut qu'il était contrarié.

Ils portèrent la caisse ensemble jusqu'au hangar. Ils la déposèrent sur le tapis roulant. Ils l'observèrent, tous deux, pendant une seconde. Dean crut la voir bouger. Dean crut voir la caisse bouger !

Avant qu'il ait pu prononcer la moindre parole, M. Michael fit demi-tour. Il s'avança jusqu'à la camionnette et referma les portières. Puis, il s'approcha de nouveau, observant toujours la caisse.

— Je dois y aller, à présent, Dean, annonça-t-il. Pas de questions. (Il s'éloigna de quelques pas avant de répéter :) Pas de questions.

Il courut jusqu'à la camionnette et grimpa derrière le volant.

— Pas de questions, répéta Dean.

Il observait la caisse avec attention. Il était certain de la voir bouger — comme si elle frissonnait, à l'endroit même où elle était posée, sur le béton.

La camionnette s'éloigna dans un vrombissement de moteur. Dean entendit les pneus crisser sur le bitume, mais il n'y fit plus attention. Il se rendit jusqu'à la boîte de commande de la broyeuse.

Il pressa l'interrupteur. Le tapis roulant se mit en branle dans un vacarme assourdissant. Lentement, la caisse avança vers la broyeuse. Les lames prirent vie et jaillirent de leurs renfoncements avec fracas. Elles se mirent à siffler et tourbillonner à une telle vitesse que leurs contours en devinrent flous.

Dean observait la caisse avançant inexorablement vers l'imminente morsure d'acier des lames giratoires. Elle allait être déchiquetée, compressée en un tas compact, scellé par une bande de plastique, qui irait rejoindre le stock d'autres balles, en attente d'être envoyée à la décharge.

Pas de questions. Un petit bonus pour le travail de nuit, lui avait fait savoir M. Michael.

Les lames tourbillonnaient…

Mais elle avait bougé. La caisse avait *bougé*.

Elle était, à présent, à l'extrême limite du tapis roulant.

Pas de questions.

Les lames tourbillonnaient…

Dean pressa l'interrupteur et le tapis roulant s'immobilisa. Il jeta un coup d'œil derrière lui. La camionnette avait disparu. Personne n'était là pour le regarder. Il actionna la commande qui entraînait le tapis roulant en marche arrière.

La caisse entama son lent voyage en sens inverse, jusqu'à lui.

Il posa ses mains à plat sur le couvercle. Le contact du carton était froid et la caisse semblait frissonner légèrement, comme si un petit animal était enfermé à l'intérieur et tentait de trouver une issue. Il retira le couvercle de la caisse.

Il en eut le souffle coupé. Il plaça ses doigts pour regarder ce qui se trouvait à l'intérieur, mais cela n'y fit rien. Même à travers cet écran protecteur, il la voyait toujours.

Joanne Barnes avait les yeux braqués sur lui. Elle était entièrement enveloppée d'un drap blanc et elle émettait de petits gémissements. Il connaissait ce son-là. Il avait poussé ces mêmes petits cris lorsqu'il était môme et que sa mère l'avait délaissé.

— Dean, dit Joanne. Aide-moi !

Comment est-ce qu'on aidait quelqu'un ?

— Je… commença-t-il, et puis, il ne sut plus quoi dire.

Il tendit la main vers elle, mais elle se recroquevilla dans un coin de la caisse. Le drap glissa de son corps.

Elle ne portait aucun vêtement. L'idée lui donna la nausée et l'excita tout à la fois. Il savait qu'il devait se garder d'avoir de mauvaises idées. Après quoi, il s'assura de ne toucher que le drap et non sa peau nue.

Elle se mit sur ses jambes, serrant le drap autour d'elle. Dean vit que son corps était recouvert de signes, d'images et de chiffres. Il n'avait encore jamais rien vu de tel. Il savait qu'il ne portait pas de telles marques sur son corps et il n'avait non plus jamais rien vu de tel sur les photos de dames, dans les livres cochons, dans lesquels il jetait parfois un coup d'œil lorsqu'il se trouvait chez un marchand de journaux. Il était convaincu que cela n'augurait rien de bon. Il tendit le drap, de façon à ce qu'elle puisse mieux se couvrir.

Elle le saisit et s'emmitoufla dedans. Puis, elle fit demi-tour et s'enfonça, en titubant, dans les ténèbres.

15

Il y eut de la lumière, puis elle s'évanouit, avant de réapparaître de nouveau. Des pneus crissèrent sur l'asphalte. L'air était saturé de vapeurs d'essence et ses oreilles meurtries par le rugissement des moteurs.

Joanne avait l'impression d'avoir un corps de plomb. Elle posait un pied devant l'autre, puis encore un devant l'autre. Une douleur sourde, comme une crampe, la lançait au bas du ventre et elle était frigorifiée.

La chair est de l'herbe, songea-t-elle. *La chair retourne à la poussière. Je serai jugée et châtiée par Dieu, car j'ai péché. Je dois expier.*

Elle mit un pied devant l'autre, jusqu'à ce qu'elle arrive enfin à un endroit illuminé et chaud. Des portes s'ouvrirent devant elle, en un glissement, et elle trébucha en avant, à l'intérieur.

Là-haut, songea-t-elle. *Je dois aller là-haut. Je dois me rendre jusqu'à Dieu, dans la cité céleste et je dois être jugée, car je suis mauvaise et j'ai péché.*

Elle s'avança sur un escalier roulant et entama sa lente ascension. La douleur dans son ventre se fit plus intense et sa tête semblait immergée dans un nuage de coton.

Elle quitta l'escalier roulant et fit un pas, puis un autre avant de s'effondrer contre une vitrine. Elle tenta de se rouler en boule, mais le sol était bien trop dur. Elle leva les yeux et aperçut son propre visage — son propre visage, mais dans une autre vie, lorsqu'elle était jeune et saine et en sécurité, dans l'amour de Dieu —, reflété une douzaine de fois, lui renvoyant son propre regard.

Joanne respirait à l'aide du masque à oxygène que l'on avait disposé contre sa bouche. Elle entendait distinctement le son de sa respiration, le son régulier des doubles palpitations de son cœur ainsi que le flux de sang qui bourdonnait au niveau de ses tempes.

Elle se demanda si elle était à l'hôpital, mais elle ne pouvait en être certaine. Elle aurait dû être morte. Mais cela ne ressemblait pourtant pas à l'idée qu'elle s'était faite du paradis.

— Oh, Joanne ! prononça une voix.

Elle connaissait cette voix, bien qu'elle n'eût pu dire à qui elle appartenait. Qui que ce fût, cette personne était au bord des larmes. Peut-être lui avait-elle fait du tort. Après tout, elle avait causé énormément de torts.

Elle ouvrit les yeux. Deux personnes se tenaient devant elle : un homme et une femme. Elle savait qu'elle aurait dû les reconnaître, mais elle n'y parvenait pas.

Dean aimait copier. Il arriva au chantier de bonne heure et se mit à passer le balai. Puis, il monta jusqu'au bureau, sortit du papier et se mit à gribouiller.

Il dessina Joanne. Tous les motifs, les formes et les nombres qu'il avait vus sur son corps. Il dessina encore et encore. Il épuisa tout le stock de brouillons et finit par utiliser du papier à en-tête. Il n'était pas vraiment censé se servir de ce papier-là pour dessiner, mais il n'avait pas encore réussi à obtenir ce qu'il voulait et il savait qu'il devait faire ça de manière impeccable.

Il jeta un coup d'œil par la fenêtre, juste à temps pour voir M. Michael retirer son blouson, au-dessous, dans la cour du chantier. Dean avait eu de la chance. M. Michael s'était arrêté pour parler à un des autres gars.

Dean froissa tous les morceaux de papier avant de les fourguer dans la corbeille.

Mais cela n'était pas suffisant. Quelqu'un allait les trouver. Des allumettes. Où étaient les allumettes ? Il les sortit maladroitement de sa poche. Il devait faire vite. M. Michael allait arriver. M. Michael allait voir ce qu'il avait fait. Il saurait… Ses mains tremblèrent, mais à sa troisième tentative, il parvint à embraser une allumette. Il la jeta dans la corbeille.

Les papiers s'enflammèrent en un vif bruissement d'air. Dean patienta un peu afin de s'assurer que le feu n'allait pas s'éteindre, puis il se précipita hors du bureau.

Au bas des escaliers, il croisa M. Michael.

— Bonjour, bonhomme Dean, dit M. Michael.

Quelques autres employés dirent bonjour en passant.

— Bonjour, monsieur Michael, répondit Dean.

— Aucun problème ?

M. Michael évitait de croiser le regard de Dean.

Dean savait qu'il y avait un problème ; néanmoins, il répondit :

— Aucun problème, monsieur Michael.

— Je vais mettre en route la bouillotte pour le thé, déclara M. Michael.

Il plia son blouson sur son bras.

Oh, non ! songea Dean.

Il commença à paniquer, en songeant que les papiers ne seraient pas entièrement brûlés ; tandis qu'il se creusait la tête pour trouver quelque chose à dire, le téléphone portable de M. Michael se mit à sonner.

M. Michael répondit.

— Emballage Trant — Oh, Ken ! dit-il en s'éloignant.

Il jeta son blouson sur une table. Dean se dit qu'il n'était peut-être pas censé écouter ce que M. Michael racontait, car ce dernier lui tourna le dos. Mais Dean ne savait pas quoi faire, alors, il demeura sur place.

— Très bien… dit M. Michael. Oui, tout est clair — aucun problème. (Dean se demanda si M. Michael faisait allusion à la nuit dernière. A propos de ce qui s'était passé avec Joanne. Mais il n'était pas censé écouter la conversation, et songer à Joanne le mit mal à l'aise.) Comment ? L'église ? dit M. Michael.

Voilà qui était mieux. Dean aimait l'église.

Il sentit une odeur de brûlé ; et par-dessus les bruits de l'usine, il entendit des craquements.

Il leva les yeux. De la fumée jaillissait du bureau, et des flammes bondissaient derrière les fenêtres.

Dean fut tétanisé par la peur. Il fit son signe en direction du bureau, mais cela ne l'empêcha nullement de continuer à flamber. Il ne savait que faire. C'était de sa faute, et pourtant, il était pris au dépourvu.

M. Michael se précipita vers les escaliers en courant, passant juste devant lui.

— Dean ! hurla-t-il, comme le faisaient les instituteurs à l'école, lorsqu'il se mettait dans de beaux draps.

A ce moment-là, il se souvint : *en cas d'urgence, faites le 999.* Il y avait une cabine téléphonique de l'autre côté de la route. Il se précipita vers elle, en courant.

Il jeta un coup d'œil en arrière. M. Michael s'était saisi d'un des extincteurs avant de grimper les escaliers à toutes jambes.

L'alarme incendie s'était déclenchée et retentissait avec fracas avant qu'il ait pu quitter l'enceinte de l'usine. Il traversa la route à toute vitesse et s'engouffra dans la cabine téléphonique.

Il plongea la main dans sa poche pour y trouver une pièce de un franc avant de se rappeler : *on n'a pas besoin de monnaie pour les urgences.* Il composa le numéro sur le cadran. Une voix de femme se fit entendre à l'autre bout du fil, mais il s'en fichait pas mal. Il fallait qu'il lui fasse comprendre.

— Y a le feu ! Y a le feu, le feu ! Une ambulance ! La police ! s'écria-t-il. (Mais il n'y était pas. Il jeta un regard en arrière. De la fumée jaillissait de l'usine.) Vite ! hurla-t-il. Y a le feu ! (Mais il n'y était toujours pas, ce n'était pas cela qui était important. La vie de quelqu'un était en danger. Elle se trouvait toute seule avec juste un drap enroulé autour d'elle et Dean ne savait que faire pour lui venir en aide. La police, eux, ils aidaient les gens.) Elle est blessée, bafouilla-t-il. Elle est en train de mourir.

Il pleurait. Il était complètement terrorisé. La femme au téléphone prononça quelque chose, des paroles incohérentes.

Dean laissa tomber le combiné dans le vide et s'enfuit en courant.

Quelqu'un appelait : « Joanne ». Elle les entendait et elle savait que ce prénom était le sien, mais plus rien n'avait le moindre sens. Elle était plongée dans une blancheur immaculée. Elle aimait le blanc. C'était la couleur de Dieu. Elle ignora la voix et se mit à contempler cet océan de blancheur.

Mais la voix ne s'interrompait point. Elle revenait sans cesse à la charge, encore et encore.

— Joanne ?

Elle connaissait cette voix. Il s'agissait d'une voix importante. Elle lui en avait voulu, autrefois, au détenteur de cette voix, mais sa colère l'avait quittée à présent. Elle était en sécurité, dans son univers tout de blanc. Les mots poursuivaient leurs va-et-vient.

— ... M'entends. Parle... Je t'en prie. Tu peux... N'est-ce pas ?

Qu'y avait-il donc à dire qui en valait la peine ? Qu'est-ce qui aurait mérité qu'elle abandonne son univers de blancheur et de fraîcheur ? Et pourtant, ils semblaient mourir d'envie qu'elle leur parle. Doucement, elle s'efforça de refermer ses paupières. Les ténèbres. Elle haïssait l'obscurité. Au sein des ténèbres, il y avait des voix, qui lui murmuraient des choses qu'elle n'osait écouter. Ce fut pénible, mais elle se força à ouvrir les paupières de nouveau.

L'autre voix, la bonne, n'était pas satisfaite. Elle continuait à prononcer des paroles incohérentes, des choses trop compliquées pour que Joanne puisse les comprendre.

— Vas bien… passé ?… dis-nous ?

Les paroles allaient et venaient comme des lames venant se fracasser sur les rochers. Elle aurait voulu attraper une des vagues, la chevaucher pour retourner vers l'océan et ne faire qu'un avec lui. Mais elles glissaient entre ses doigts comme un filet d'eau.

— … Vas bien, à présent, tu vas bien, Joanne ? (Elle s'efforça de ce concentrer.) … honte ou (ça n'a pas d'importance — dis-nous simplement ce qui s'est passé… Tu le peux, n'est-ce pas ?

Elle aurait voulu. Elle aurait voulu quitter son univers tout de blanc, pour communiquer avec eux. Pour leur faire savoir qu'elle avait été mauvaise. Qu'elle avait tenté d'expier, et que Ke… Qu'Il l'avait châtiée. Ses lèvres avaient oublié jusqu'à la forme des mots. Sa langue était trop épaisse et elle ne connaissait plus le nom des choses.

Elle leva les yeux sur ces gens qui l'observaient, puis, elle laissa son univers se replier sur lui-même, jusqu'à ce qu'il n'existât plus rien d'autre que du blanc.

16

Tout était en train d'aller incroyablement de travers, songea Michael Trant. Il inspira profondément dans le masque à oxygène que lui tendait un pompier.

Le châtiment de Dieu, se dit-il. Si l'on pensait que Dieu récompensait les méritants — le paradis destiné aux quelques élus —, alors certainement fallait-il croire aussi à ses châtiments.

Il regarda autour de lui, parcourant des yeux le chantier, où peu à peu, l'activité normale reprenait le dessus, après la frayeur de l'incendie. Dean se tenait non loin de là, observant Michael. Lorsque le garçon s'aperçut que Michael le regardait aussi, il fit son geste habituel, exaspérant, en ramenant ses mains devant ses yeux.

Ce gamin allait tout faire foirer, ils n'allaient pas y couper, songea Michael.

Et peut-être qu'au fond cela n'était pas une si mauvaise chose. Après tout, il valait mieux encourir la justice des hommes que celle de Dieu…

Et pourtant, se dit-il, le feu avait été très limité. Ils étaient intervenus à temps. Peut-être que cela, aussi, était la volonté du Seigneur. Peut-être qu'Il n'avait pas l'intention, en fin de compte, qu'ils subissent la justice des hommes.

De toutes les façons, cela ne dépendait pas de Michael. Tout ce qu'il avait à faire était de suivre les instructions de Kenneth, et ce… A la lettre.

Fitz était dans un état lamentable. Sa tête le martelait et

sa bouche avait la saveur d'une huître putride. Mais il ne pouvait s'en prendre qu'à lui-même : quelle idée, aussi, d'aller se coucher sans même avoir avalé un seul demi de bière brune !

Du travail ? Qui en avait besoin ?

Eh bien... Toi ! se dit-il, tandis qu'il grimpait les escaliers à la suite de l'inspecteur principal Wise, pour se rendre dans la chambre d'hôpital où se trouvait Joanne Barnes. En tout cas, il ne pouvait y échapper, s'il tenait à s'éviter l'embarras de recevoir d'autres billets de cent francs de la part de Judith.

Aussi s'efforça-t-il de se concentrer sur ce que lui racontait Wise.

— On n'arrive pas à lui soutirer la moindre parole, alors il va falloir que vous trouviez un autre moyen de percer sa carapace.

Wise ne semblait pas plus ennuyé que cela de mettre sur l'affaire une personne étrangère au service. Fitz regrettait Bilborough. Il avait relativement apprécié le personnage — mais pas son attitude : il en faisait trop, conséquence d'avoir gravi les échelons trop jeune. Il avait toujours le sentiment de devoir prouver quelque chose. Wise était très différent. Il avait rempli ses obligations et il en était tout à fait conscient.

Concentre-toi, se sermonna Fitz. *Tu ne pourras pas faire le boulot convenablement sans avoir toutes les informations disponibles.*

Wise poursuivit...

— Elle a peut-être tenté de se supprimer ; elle est enceinte de trois mois et n'a que dix-sept ans.

Seigneur ! songea Fitz. Cela ne lui faisait que six ans de plus que Katie. Ou bien est-ce que c'était sept ?

Wise l'observait, attendant une réponse. Poser une question à ce moment-là aurait été judicieux. Cela montrerait qu'il avait écouté.

— Est-ce qu'elle a subi des violences sexuelles ?

Ils quittèrent les escaliers pour pénétrer dans un couloir. Tout était très calme — pas de bousculades de visiteurs par ici, près de l'unité de soins intensifs.

— Non, répondit Wise. Mais elle s'est retrouvée impliquée dans quelque chose de plutôt louche. Son corps était recouvert de barbouillages — des signes, des équations —, vous voyez.

Il donnait davantage l'impression d'être blasé que révolté.

— Est-ce que je pourrais voir quelques clichés ? demanda Fitz.

Il était finalement en train d'émerger quelque peu de son état à demi somnolent et l'affaire s'avérait peut-être plus intéressante qu'il ne l'avait, a priori, envisagé.

— Euh euh, répondit Wise, en guise d'acquiescement. (Fitz aperçut Panhandle assise à l'extérieur d'une des salles de soins intensifs. Elle avait, sans le moindre doute, hérité de la mission de veiller sur les parents. Une fois de plus.) Elle a des meurtrissures plutôt moches sur les bras et les genoux, poursuivit Wise. Peut-être bien une tentative d'avortement. Il y avait plus de pilules dans son ventre que dans le stock d'une pharmacie. (Il donna un coup dans le vide, seul signe extérieur, jusqu'à présent, qui témoignait que l'affaire lui tenait à cœur.) On doit découvrir l'endroit où elle se trouvait, et avec qui.

Cela ne sera peut-être pas du gâteau, songea Fitz. Pour ce qui était des suspects, on ne prenait pas de pincettes. Vous trouviez leurs points faibles, enfonciez une cale dans la faille, avant de taper dessus à grands coups de masse. Des fois, il fallait savoir être gentil avec eux, ou au moins faire semblant. Des fois, il fallait les incendier ; mais, au bout du compte, vous utilisiez tous les moyens à votre disposition pour arriver à vos fins. Avec les témoins, c'était plus délicat... Mais, en ce qui concernait les victimes...

C'était une tout autre histoire : il fallait y aller comme en marchant sur des œufs. Vous n'aviez d'autre choix que de les manipuler. Et cela lui laissait toujours un goût amer dans la bouche ; comme si c'était dégradant pour sa propre personne.

Panhandle se leva à leur approche. Au même instant, la porte de la salle de soins s'ouvrit sur Mme Barnes. Elle avait les larmes aux yeux mais, avant tout, elle paraissait complètement anéantie. M. Barnes sortit sur ses pas. Sa mâchoire était crispée et il regardait droit devant lui. Avec un petit peu d'imagination, songea Fitz, on aurait pu apercevoir ses nerfs, tendus comme des cordes de piano. Il s'agissait du moyen qu'avait choisi son cerveau pour conserver son corps en un seul morceau. S'il ne se mettait pas à parler d'ici peu, il allait avoir de gros ennuis — comme un chêne qui ne peut plier sous la tempête, il ne pourrait que voler en éclats.

Mais pour le moment, il devait concentrer son attention sur Mme Barnes.

— Je sais qu'elle peut m'entendre, déclara-t-elle. (Elle aspira une large bouffée d'oxygène, presque en un hoquet. Elle se malaxait les mains, comme si elle trouvait du réconfort au contact de sa propre chair.) Mais non, elle… Elle ne prononce toujours pas le moindre mot. (Elle se frotta les yeux du dos de la main.) Comme si elle avait quelque chose à nous reprocher. Est-ce que nous avons des choses à nous reprocher ?

Elle regarda Fitz droit dans les yeux, comme s'il avait été un prêtre et pouvait absoudre les péchés qu'elle s'imaginait avoir commis.

Ils émirent tous les traditionnelles paroles réconfortantes. Cela n'apporterait rien de bon, songea Fitz, tout en se joignant pourtant au concert d'attentions bienveillantes. Ils ne parviendraient à se défaire du démon de la culpabilité qu'à la condition de le regarder droit dans les yeux ; et ils ne feraient jamais seuls une pareille démarche.

Plus tard, il leur apporterait son aide, mais pour le moment, il devait se concentrer sur Joanne.

— Venez la voir de nouveau ce soir, dit Panhandle. (Mme Barnes acquiesça.) Est-ce que l'on peut vous déposer chez vous ?

Mme Barnes eut l'air choquée.

— Oh, mais nous ne rentrons pas à la maison, répondit-elle.

— Non, bien évidemment, ma chère, déclara Wise. (Il prit Mme Barnes par le bras, et l'emmena à l'écart.) Allons donc prendre une tasse de thé.

M. Barnes leur emboîta le pas.

Tandis qu'ils s'éloignaient, Wise lança un dernier coup d'œil à Fitz. « Allez-y ! » sembla-t-il vouloir lui dire du regard. « C'est là peut-être votre seule chance. Ne la gâchez pas ! »

Fitz pénétra dans la salle de soins à la suite de Penhaligon.

Seigneur, qu'il détestait donc les hôpitaux ! Ils empestaient la mort. Ce qui était étrange, c'était que cette odeur infecte ne venait pas des mourants, mais des désinfectants, de ce vain et insensible effort à vouloir nier la présence de la mort.

Tout cela lui donnait terriblement envie d'une cigarette et d'un triple whisky. Tout ce qui pouvait prouver qu'il était encore capable de rire à la face du démon, au lieu de s'enfuir effrayé pour trouver refuge auprès des blouses blanches d'hôpitaux et des nuages d'antiseptiques.

Et pourtant, il lui était difficile de penser, à regarder le visage de cire de Joanne Barnes. Il se tenait à l'extrémité de son lit et l'observait. Elle était toujours sous perfusion, et ses yeux étaient dilatés. Il était plus que probable que les tranquillisants n'avaient pas totalement été évacués de son corps.

Elle aurait dû être capable de parler cependant, si seulement elle ne s'était pas retranchée dans un univers merveilleux, où tout ce qui l'avait jamais fait souffrir n'avait pas sa place.

— Bonjour, Joanne, dit Fitz. (Aucune réponse. Les paupières ne Joanne furent tout au plus parcourues d'un imperceptible frémissement. Il s'avança jusqu'au bord de son lit, avant de s'asseoir.) Mon nom est Fitz, annonça-t-il. Je ne suis pas un policier, je suis un psy. Je suppose que tu ne veux pas me parler, à moi non plus.

Toujours aucune réponse. Pendant une seconde, Fitz eut envie de se lever et de quitter la pièce ; afin de la laisser sur le nuage de paix sur lequel elle avait fini par se poser.

Ce qu'il allait accomplir la ferait souffrir. Il allait l'arracher à cette sécurité, pour lui faire revivre l'enfer auquel elle venait tout juste d'échapper.

Quelquefois, Fitz avait le sentiment de n'être pas si différent des criminels. Tout était une question d'intentions. Et parfois, cela ne pesait pas bien lourd.

17

L'incendie avait vraiment été une poisse infernale, songea Michael Trant. Non seulement il avait perdu tous les dossiers financiers de la société, sans compter une journée complète de travail, mais il fallait, par-dessus le marché, que la police se mette à fourrer son nez dans ses affaires.

Il décida de faire le tour de l'usine, puis s'approcha suffisamment près d'un policier en tenue, afin de pouvoir entendre ce que ce dernier était en train de dire à l'inspecteur.

Tout cela était allé trop loin, songea Michael. Peut-être n'était-ce que la procédure usuelle. Il ne fallait surtout pas paniquer, c'était l'essentiel. Si Dieu avait décidé qu'ils s'en tireraient, alors, tout irait bien. Dans le cas contraire, ce qu'ils allaient endurer entre les mains de la justice serait sans comparaison avec le châtiment que leur réserverait le Créateur.

Enfin, peut-être Dean s'était-il aperçu de la présence de Joanne dans la caisse et l'avait-il laissée partir. Il y avait toujours cette possibilité, celle qu'il avait envisagée lorsqu'il avait demandé à Dean de se charger de faire passer la caisse dans la broyeuse. Mais l'avait-il vraiment envisagée ? Il était difficile d'en être sûr : il aurait eu du mal à décrire ce qu'il avait vraiment pensé à ce moment-là, ou bien ce qu'il lui était arrivé par la suite.

La seule chose dont il était certain, c'était qu'il n'aurait jamais pu démarrer la machine lui-même. Il n'aurait jamais pu faire une chose pareille et contempler la caisse devenir rouge, de sang et de chair broyée.

Il se mettait à paniquer de nouveau. D'une minute à l'autre, il allait être victime d'une crise de terreur carabinée. Il s'efforça de respirer lentement et calmement et d'écouter ce que les deux policiers racontaient.

— Accidentel, disait le policier en tenue.

L'inspecteur notait sur un calepin les paroles de son collègue. Cela semblait à Michael être une multiplication d'efforts, une pure perte du temps et de l'argent des contribuables, mais il finit par se dire qu'ils devaient avoir leurs raisons. Le policier en tenue poursuivit :

— Il n'y a pas de blessé… Rien qui puisse éveiller nos soupçons — tout juste une fichue imprudence. (Les deux policiers observèrent le bureau un instant.) Aucune victime à déplorer, ajouta le policier en tenue, comme si cela venait seulement de lui traverser l'esprit.

L'inspecteur opina de la tête et griffonna quelque chose sur son calepin.

— Qui vous a appelé ? demanda-t-il.

— Le type, là-bas. (Oh non ! songea Michael. Pas Dean. S'ils commencent à le cuisiner, on est cuits.) Il travaille du chapeau, si vous voulez mon avis, ajouta le policier en tenue, en guise de commentaire.

Peut-être que tout se passerait bien finalement, se dit Michael. S'ils pensaient que Dean était dingue — il fallait voir les choses en face : Dean *était* dingue ! —, alors peut-être qu'ils n'accorderaient pas trop d'importance à ses paroles.

— Merci, mon vieux, finit par dire l'inspecteur.

Il avança à grands pas vers Dean.

L'inspecteur était considérablement jeune, songea Michael, et il n'avait pas non plus l'air d'être une lumière, si l'on pouvait se fier aux apparences. Michael se mit à regarder la liste des stocks qu'il tenait dans la main. S'il intervenait, cela pourrait peut-être paraître louche ; mais s'il ne faisait rien, alors peut-être que Dean se mettrait à table.

Trop tard, c'était trop tard ! L'inspecteur était en train de parler à Dean, assis sur une des balles de déchets. Michael se passa la langue sur les lèvres et attendit de voir ce qui allait se passer, sachant, de toutes les manières, qu'il était trop tard pour faire autre chose que de regarder.

— Je suis l'inspecteur Harriman, annonça l'officier de police. (Dean se protégea derrière ses mains. Harriman soupira, exprimant déjà son exaspération. Michael se détendit légèrement.) Vous travaillez ici ? demanda Harriman. (Dean opina de la tête.) Quel est votre nom ?

Dean ne répondit pas. Il descendit de la balle sur laquelle il était assis et se tourna pour faire face à Harriman.

— Rien du tout. Personne, déclara-t-il.

Bien malin celui qui comprendrait ce que cela signifiait. Michael, pour sa part, n'en avait pas la moindre idée. Quant à Harriman, il donnait l'impression de penser que Dean se fichait de lui.

— Est-ce que je devrais débuter avec quelque chose d'un peu plus facile ? déclara-t-il.

Dean regarda de côté, puis se mit à contempler ses pieds. Il prit une profonde bouffée d'oxygène. Michael connaissait bien cette réaction : c'était ainsi que Dean agissait lorsqu'il pensait s'être mis dans de beaux draps.

— Dean Saunders, finit-il par lâcher.

Harriman mit cela sur le papier.

— C'est vous qui avez déclaré l'incendie ?

Dean sembla réfléchir à la question.

— Oui.

— Vous avez déclaré que quelqu'un était en train de mourir.

Le visage de Dean revêtit cette étrange expression, intense, qui le prenait parfois lorsqu'il était à l'église, lorsque Kenneth choisissait de lire des passages du Livre des Révélations.

— Le premier ange se fit entendre, dit-il, puis suivit la grêle, et le feu et le sang ne firent qu'un. La chair est de l'herbe.

D'un moment à l'autre, il se mettrait à parler de son ange à lui : Joanne, dont le corps avait été recouvert des étranges barbouillages de Kenneth. Michael en était certain. La seule question était de savoir si l'inspecteur arriverait à saisir quoi que ce soit de son charabia.

Harriman n'avait absolument rien compris à ce que Dean avait raconté jusque-là.

— Une anagramme, en huit lettres ? demanda le policier.

Il s'appuya contre une balle de déchets et sourit.

Michael se précipita pour intervenir.

— Je suis désolé, inspecteur, dit-il. (Il s'arrangea pour se mettre entre eux deux.) Vous aurez certainement du mal à tirer quoi que ce soit de Dean. (Il se retourna vers Dean.) Mets ton blouson et rentre chez toi, gars. Je te paierai ta journée.

Dean opina légèrement de la tête. Il dévisagea Michael pendant un long moment, comme pour lui demander s'il avait fait quelque chose de mal.

— Est-ce que tout va bien ? demanda Harriman à Dean.

— La chair est de l'herbe, répondit Dean, comme s'il s'agissait d'une réponse adéquate à sa question.

Cela suffisait, songea Michael. Il était grand temps de se débarrasser de Dean avant qu'il ne commette une bévue irréparable.

— Dean ! s'écria-t-il brusquement. A la maison !

Dean effectua son signe en direction d'Harriman. Ou peut-être bien vers Michael. Il fit quelques pas en arrière, puis pivota sur lui-même avant de détaler en courant.

— Qu'est-ce que… demanda Harriman.

Il imita le signe de Dean, tout en tenant son stylo et son calepin.

— Mon geste, afin de donner une chance à tout le monde, déclara Michael. (Il fut soulagé de pouvoir dire quelque chose d'absolument vrai.) Chacun doit y mettre du sien, ajouta-t-il.

— Il nous a appelés, nous, ainsi que les pompiers, annonça Harriman.

— Le garçon a paniqué, répondit Michael, tout en réalisant qu'il parlait trop vite et devait paraître trop loquace. Il a jeté une cigarette dans la corbeille à papier. (Il évitait de regarder Harriman dans les yeux.) Il a paniqué.

— Vous allez le virer ? demanda Harriman.

Michael se dit que cela aurait sans doute dû être la suite logique des événements. Dans d'autres circonstances, il y aurait sérieusement réfléchi.

— Comment pourrais-je le virer ? demanda Michael. (*Comment pourrais-je le virer ?* se dit-il, *lorsqu'il sait que j'ai — non pas Kenneth, ni Norma ou Virginia en ce qui le concerne, mais moi ! — tué Joanne* ?) Qui d'autre lui redonnerait du travail ? ajouta-t-il. (Cela paraissait juste. Le genre de choses qu'un homme pieux, craignant Dieu, dirait et penserait. Jusqu'alors, c'était le genre de choses qu'il avait toujours déclarées.) Je ne l'emporterais pas au Paradis... Si vous voyez ce que je veux dire.

Harriman le regarda, stupéfait.

Oh, mon Dieu ! songea Michael. *Aidez-moi à me sortir de ce pétrin. Aidez-moi à trouver une issue.*

Le seul ennui, c'est qu'il savait pertinemment qu'à présent il ne méritait plus aucune aide de Dieu. Peut-être, d'ailleurs, ne l'avait-il jamais méritée.

Ils étaient de braves gens, qui craignaient Dieu, songea Virginia. Ce qu'ils avaient fait n'y changeait absolument rien. Elle jeta un coup d'œil à Kenneth, à ces mains, posées fermement sur le volant tandis qu'il conduisait. Ils avaient fait le bon choix en accomplissant ce que Kenneth avait commandé. Ils avaient obéi à la volonté du Seigneur. De plus, comment être effleuré du moindre doute par une journée pareille ? Un soleil éclatant et juste assez de brise fraîche pour que ce soit parfaitement agréable ! Même la musique à la radio était apaisante.

Tout cela était comme la parabole biblique d'Abraham et Isaac. Dieu avait exigé que Joanne expie ses fautes — ainsi avait parlé Kenneth —, et ils avaient été les instruments de cette expiation.

Elle remarqua distraitement que la musique avait fait place aux informations. Mais cela ne l'intéressait nullement et elle retourna plutôt à ses méditations.

D'autres auraient vu dans leur action un châtiment, ou peut-être même une simple tentative de préserver leur foyer et leur carrière. Mais c'était faux. S'ils avaient agi à l'encontre de la volonté du Seigneur, Il aurait envoyé un signe pour les arrêter à temps. N'avait-Il pas retenu le bras d'Abraham, sur le point de sacrifier son fils Isaac ? Oh, certes, Il n'aurait pas mandaté un ange de flammes, brandissant une épée. Mais quelque chose. Un doute, qui aurait frappé l'un d'entre eux et l'aurait fait élever une parole de protestation, contre les instructions de Kenneth. Mais personne ne s'était dressé contre la volonté de Kenneth, et elle savait, dès lors, qu'ils avaient agi justement.

Et pour ce qui était des autres... Eh bien, ils n'apprendraient jamais rien du sort qu'ils avaient réservé à Joanne, de toutes les manières ?

« Joanne Barnes — le nom arracha Virginia à ses rêveries, comme les cris d'un enfant affamé tirent sa mère du sommeil le plus profond —, retrouvée dans un centre commercial, près de son domicile, dans un état semiconscient... » annonçait la voix, aux accents de Liverpool, sur les ondes de la radio.

— Comment ? s'écria-t-elle à haute voix.

Kenneth lui intima le silence.

« Dans un état sérieux mais aux dernières nouvelles, sa situation est stable, poursuivit la voix. (Virginia écoutait, mais ces paroles semblaient insensées.) Nous faisons de nouveau appel à toutes les personnes qui pourraient l'avoir vue ces dernières semaines ou bien qui auraient des informations sur les lieux où elle aurait pu se trouver et nous leur demandons de bien vouloir appeler la brigade criminelle… »

Kenneth rangea la voiture sur le bas-côté.

Le cœur de Virginia battait la chamade. Elle avait l'impression que le monde autour d'elle était en train de s'écrouler.

— Mais, je croyais que Michael avait dit…

Elle ne parvint pas à achever sa phrase : qu'il s'était assuré qu'elle était morte et s'était débarrassé de son corps. Qu'il avait fini le travail, comme elle avait failli le dire.

— Oui, dit Kenneth.

Il paraissait calme et donnait l'impression que l'on pouvait toujours compter sur lui.

Mais pourtant, même avec lui à ses côtés, Virginia se sentait gagnée par la panique.

— On ferait mieux de faire demi-tour, déclara-t-elle.

Merci mon Dieu, songea-t-elle, de ne m'avoir pas laissée apprendre cette nouvelle toute seule.

Ils seraient davantage éprouvés. Voilà ce que cela signifiait. Ils devaient demeurer fermes, envers la loi et envers Dieu.

— Non, dit Kenneth. (Il lui saisit la main. Elle tremblait, et elle ne pouvait s'en empêcher.) Non, nous devons rejoindre la communauté…

Il avait raison, bien évidemment. Avec lui, tout se passerait bien.

18

Fitz contemplait le visage de Joanne, allongée dans son lit d'hôpital.

Elle était à peine consciente de sa présence. Vous pouviez plonger votre regard au fond de ses yeux, sans y rencontrer la moindre trace de vie. Fitz avait bien tenté de lui parler, de lui demander ce qui s'était passé, mais il n'avait obtenu aucune réponse.

Son dictaphone miniature était posé près de la tête de Joanne, sur son oreiller, prêt à capturer la moindre de ses paroles.

Il fallait qu'il parvienne à lui soutirer des réponses. Mais pour cela, il aurait à s'introduire dans l'univers clos et sûr qu'elle s'était construit, et dans lequel elle s'était retranchée. Il allait devoir lui faire regarder en face les abominables choses qu'elle avait subies.

Il jeta un coup d'œil à Panhandle. Elle lui renvoya un regard intense. Il se demanda s'il tomberait plus bas dans son estime — *encore* plus bas — quand tout cela serait fini. Ou est-ce qu'elle considérerait qu'il avait agi convenablement, en forçant Joanne à parler, là où ses parents avaient échoué ?

Fitz le héros. Fitz, le super-héros.

Il tripota l'extrémité du drap. Il n'était guère plus pâle que la peau, au teint cireux, de Joanne.

Allez, se dit-il. Fais-le donc ! Fais-le pour elle, pour qu'elle puisse, au bout du compte, retrouver sa sérénité. Fais-le pour toutes les autres Joanne, qui risqueraient de tomber entre les mains de ceux — quels qu'ils soient — qui avaient fait cela.

Fais-le pour toi, espèce de salopard, crapuleux et manipulateur, afin de redorer ton blason devant une femme que tu as déjà fait souffrir plus qu'il ne faut.

Très bien, dans ce cas...

— Ils se sentent coupables, tu sais, commença-t-il.

Sa voix était douce et enjôleuse. Rien. Il savait que c'était la clé de l'énigme. La culpabilité ! Elle avait guidé l'existence de Joanne ; elle était cet idéal auquel sa vie n'avait pu se confiner. Il l'avait su dès qu'il avait pénétré dans l'impeccable pavillon de banlieue des Barnes et vu avec quelle fierté Mme Barnes avait exposé son album de photos ; le désespoir tendu qui crispait le visage de son mari ; cette colère, qu'il croyait si bien dissimuler, en visionnant à répétition cette vidéo de boxe, alors qu'il brûlait d'envie d'allonger sur le carreau le type qui avait osé toucher un seul cheveu de sa fille, avant de réduire sa tronche en purée. *Alors, vas-y !* se sermonna Fitz. *Que le spectacle commence.*

— Ta maman et ton papa... Ils s'imaginent qu'ils sont responsables de ce qui t'est arrivé... poursuivit Fitz.

Ces paroles percutèrent quelque chose dans son esprit. Ses paupières palpitèrent légèrement. Sa langue effleura ses lèvres.

Touché, au premier essai, songea Fitz. *Est-ce que ce n'était pas formidable ? Est-ce que cela ne te donne pas l'impression d'être une superstar ? Vraiment déplacé,* se dit-il avec rage, avant de murmurer :

— Est-ce que tu le crois, toi ? Ils t'aiment tellement, ils sont si fiers de toi. Ils ne parviennent pas à comprendre ce qui a bien pu se passer... Ils s'imaginent que ce doit être forcément de leur faute.

Panhandle l'observait. Son expression était insondable, même pour Fitz.

Joanne tourna la tête, doucement, plusieurs fois. Puis, elle demeura immobile de nouveau. Une pulsation fit tressaillir sa gorge.

Elle était si vulnérable, songea-t-il. Fragile, comme une enfant — mon Dieu, mais c'est une enfant, enceinte ou non —, et ayant tellement besoin de protection. Elle avait été une brave fille ; tout le monde le disait. Elle n'était pas coutumière des ennuis, ni encline à encourir la colère des gens. Fitz laissa son courroux légèrement transpirer dans sa voix.

— J'ignore pourquoi ils doivent se sentir coupables, tes parents. Peut-être qu'ils estiment avoir été trop stricts avec toi. (Il était temps de faire appel à un gros mensonge.) Peut-être qu'ils regrettent de t'avoir frappée.

Il était convaincu que ses parents lui avaient, dans sa vie, tout au plus collé quelques gifles, quoi que Sarah en dise. Cette dernière avait, sans doute, pris peur de la police et avait déclaré ce qu'elle s'imaginait que les policiers voulaient entendre.

Joanne secoua la tête. Elle respirait précipitamment, laissant échapper des râles, qui ne constituaient pas encore tout à fait des mots.

Pousse le bouchon, se dit Fitz. *Pousse-le encore plus loin, espèce de grand et gros salopard, et mets tes scrupules au placard.*

— Lorsqu'ils étaient en colère contre toi, ils te frappaient, n'est-ce pas ?

Joanne était de plus en plus agitée.

— Non, prononça-t-elle plutôt distinctement, et puis : Maman. Papa...

Panhandle lança un regard de braise à Fitz. De toute évidence, elle considérait qu'il aurait dû s'arrêter là. Peut-être avait-elle raison. Mais s'il agissait ainsi, peut-être aussi qu'il n'arriverait plus jamais à faire parler Joanne.

— Pas même lorsque tu leur as dit que tu étais enceinte ?

Sa voix était si basse qu'il était difficile de savoir s'il avait vraiment parlé.

— Non, non… dit Joanne. (Ses doigts se refermèrent convulsivement sur son couvre-lit, et la perfusion dans son bras en fut secouée.) Maman. (Elle déglutit avec difficulté.) Papa. Le petit ange… Le petit ange de papa. Je peux pas… (De la sueur perlait sur sa peau. Elle donnait l'impression de lutter pour respirer.) Je peux pas…

— Tu n'as pas pu leur dire, acheva Fitz.

Il détourna son regard de Joanne et des yeux accusateurs de Panhandle. Il avait envie de pleurer de rage. Tout cet amour qui s'était retrouvé réduit en miettes, juste parce qu'elle n'avait pas pu leur parler.

D'un instant à l'autre, Panhandle allait dire quelque chose d'apaisant, issu de sa culpabilité, et il perdrait Joanne de nouveau.

La culpabilité. Là, dehors, il y avait quelqu'un qui avait, en effet, de putains de bonnes raisons de se sentir coupable. Et Fitz allait lui mettre la main au collet et le faire payer. Et puis, peut-être alors que, lui aussi, serait enfin libéré de son fardeau.

Michael avait tout foiré. Norma lui jeta un regard méprisant, tandis qu'elle descendait de sa voiture, pour se rendre à la réunion de la communauté. Il n'avait qu'une toute petite chose à faire, et il l'avait foirée.

Elle aurait dû s'y attendre.

Elle passa sa main sur sa jupe et se prépara à endosser le masque qui lui permettrait de faire bonne impression en public. Kenneth avait recommandé qu'ils fassent preuve du strict nécessaire de surprise et de peine à propos de Joanne. En faire trop et cela paraîtrait théâtral ; pas assez, et cela semblerait désinvolte, et ne passerait jamais.

Kenneth gara sa voiture avant de sortir du véhicule.

Ne le regarde pas, se dit-elle ; mais elle ne put s'en empêcher, surtout qu'elle savait que Michael l'observait. Il était si faible, un tel fardeau pour elle. Il ne serait jamais de taille. Kenneth, par contre…

Il offrit son aide à Virginia tandis qu'elle sortait de la voiture. Elle paraissait tremblante, presque au bord des larmes. Elle allait poser un problème, elle aussi. Cela semblait évident à Norma.

Kenneth lui saisit la main et lui murmura quelque chose.

Norma sentit ses ongles s'enfoncer dans ses paumes, tandis que ses poings se crispaient. *Kenneth aurait dû épouser quelqu'un de plus convenable,* songea-t-elle.

Virginia était sa meilleure amie. Mais en aucune manière elle n'était taillée pour être la femme de Kenneth.

Joanne se sentait en sécurité dans l'univers blanc qu'elle s'était constitué. Du moment qu'elle ne tournait pas ses yeux en direction de la sombre silhouette qui planait au-dessus d'elle. Mais elle n'était pas obligée de la regarder.

Elle savait de qui il s'agissait : de l'ange de la mort, du diable. L'ombre avait déjà prononcé les mots qui l'avaient conduite en ces lieux.

Enceinte. Enceinte enceinte enceinte. Le son de ce mot était affreux. Il lui donnait envie de hurler et de supplier, mais l'ange de la mort tendait ses mains vers elle. De grandes mains, floues à travers la brume. Elles voulaient la toucher, là où elle ne devait point être touchée. L'ombre ouvrit la bouche et elle sut qu'elle allait lui annoncer qu'elle était le don que le Seigneur lui avait accordé.

Le don du Seigneur à l'ange de la mort.

— Non ! s'écria-t-elle. Non, non, non ! (Elle était enceinte, mais elle ne devait pas être touchée, car elle était une brave fille, le petit ange à son papa. Parfaite à tous les points de vue. Immaculée, comme Marie.) Vierge Marie, pleine de grâces, dit-elle. (Voilà qui était mieux. L'ange de la mort ne pourrait l'effleurer si elle invoquait le nom de la Vierge. Il ne pourrait lui faire gober des pilules, et des boissons fortes ni la forcer à ouvrir la bouche pour la faire avaler. Elle était dans la cave à présent, avec rien d'autre qu'un mince filet de lumière, s'écoulant sous la porte, comme un filet de sang, éclairant faiblement les ténèbres.) Que le Seigneur soit avec toi. Bénie sois-tu entre toutes les femmes et béni soit le fruit de tes entrailles, Jésus... (Le fruit de tes entrailles... Le fruit de tes entrailles était Jésus, venu sauver l'humanité. Mais le fruit de ses entrailles, à elle, Joanne, était la mort et la destruction et ses iniquités ne seraient jamais oubliées par le Seigneur, son juge.) Pas jugée, supplia-t-elle.

Mais elle serait jugée et entièrement consumée par les flammes.

— Ils ignoraient que tu avais un petit ami, n'est-ce pas ? (La voix paraissait infiniment patiente, néanmoins, il s'agissait de la voix de l'ange de la mort ; et il n'avait d'infini que le nombre de ses mensonges.) Qui est-il, Joanne ?

Surgi hors des ténèbres, le visage de Kenneth se pencha sur elle.

Il allait la toucher et elle ne devait pas être touchée.

— Tu ne dois le dire à personne, déclara-t-il. A la fin et au début de l'univers, il n'y a rien... La brume, la folie et pas de Dieu du tout...

Il ouvrit la bouche et se mit à rire. Ses lèvres se tordirent pour dévoiler des dents blanches et vigoureuses ; et il n'y avait rien d'autre dans tout l'univers que Kenneth lui intimant l'ordre de ne rien dire à personne.

Et pourtant, elle aurait voulu leur dire, parler. Mais elle était sans voix.

— Sainte Marie, mère de Dieu, dit-elle. Priez pour nous, pauvres pécheurs... (J'ai péché, j'ai péché, je me suis fourvoyée et j'ai corrompu.) Priez pour nous, aujourd'hui et à l'heure de notre mort…

Kenneth tendit la main pour lui couvrir la bouche. Elle devait s'enfuir, quelque part où elle serait en sécurité. Il voulait l'étrangler, lui faire garder le silence.

Mais l'ange de la mort était à ses côtés. Ou bien, l'ange de la mort était Kenneth, l'éprouvant et l'éprouvant encore.

— Tu ne veux pas mourir, n'est-ce pas, Joanne ? dit-il. (Ses paroles étaient autant de coups de fouet, labourant sa chair. Elle devait expier, elle devait être châtiée.) Quelqu'un a fait cela. Qui était-ce ?

Kenneth, aurait-elle voulu dire. Elle voulait le dire, pour que la voix cesse de la tourmenter. Elle voulait pleurer, pour que Kenneth vienne à elle et lui offre le salut, qu'il l'aide à expier ses fautes, afin qu'elle soit sauvée.

Mais il lui avait intimé l'ordre de garder le silence, de ne rien dire à personne, ou alors, elle serait condamnée à errer dans les limbes intemporelles, antérieures et postérieures à l'univers : cet endroit si terrifiant où même Dieu n'avait pas sa place. Elle tenta de parler, mais ni sa langue ni ses lèvres ne semblaient plus lui obéir et tout ce qui jaillit de sa bouche ne fut qu'un cri inarticulé de supplication.

Et toujours, cette voix revenait à la charge…

— Qui t'a fait avaler ces pilules ? Qui t'a fait avaler cette boisson ? Qui a écrit ces choses sur ton corps ? Qui est-ce ?

Elle n'était pas censée mourir. Elle n'avait pas envie de mourir, seulement d'être purifiée devant Dieu. Si seulement elle parvenait à faire comprendre cela à l'ange de la mort, peut-être alors s'en irait-il ?

— Pas mourir, dit-elle. Pas mourir. (Mais l'ange ne s'en allait toujours pas. Elle sentait son ombre planer au-dessus d'elle, son haleine glaciale souffler sur sa chair. Il viendrait pour elle, à la fin. A la fin, lorsque…) Toute chair. Toute chair est de l'herbe. De l'herbe. (C'est ce qu'ils avaient dit à la congrégation. La brume, avait dit son Kenneth. Il avait dit que les mécréants seraient consumés par le feu purificateur du Seigneur. Il fallait qu'Il lui pardonne de l'avoir corrompu. Il le fallait. Mais pas son pardon. Pas le leur. Lequel ?) Jugée, dit-elle. Jugée, jugée, jugée. (Le visage de l'ange de la mort se mit à tourbillonner avant de se métamorphoser en celui de Virginia. Elle se mit à parler à travers la bouche de Joanne, pour que cette dernière sache combien de mal elle avait commis.) Petite pute corrompue.

Elle était mauvaise. Elle était une traînée. Elle savait tout cela, à présent. Elle avait séduit Kenneth, introduit de malsaines pensées dans sa tête. Mais elle allait tenir la promesse qu'elle lui avait faite et ne pas donner son nom à l'ange de la mort. Dieu allait lui pardonner. Elle ferait acte de contrition, et Lui — Dieu, Kenneth — lui pardonnerait.

— Bénissez-moi, mon père, car j'ai péché, commença-t-elle.

Cela était juste. Elle avait retrouvé sa voix, à présent. Mais pour se repentir, il fallait qu'elle nomme ses péchés. Le monde bascula autour d'elle. Kenneth lui lança un regard de braise, et Michael, et Norma… Et Virginia.

— Elle ne peut pas le dire, déclara Virginia.

— J'ai commis…

— Elle ne peut pas le dire, s'écrièrent-ils tous en chœur.

— J'ai commis…

— Ses péchés l'en empêchent, déclara Norma dans un sourire.

— Non ! hurla Joanne.

— Qui est-ce ? demanda l'ange de la mort.

— Lui… dit Joanne, mais Kenneth lui lança un sourire attristé et secoua la tête.

— Qui ?

— Lui… cria Joanne. Lui… Lui… Lui !

Mais elle ne pouvait pas, au péril de son âme éternelle, en dire davantage.

— Qui est-ce ?

La fureur du Seigneur était contenue dans la voix de l'ange de la mort, mais Joanne ne pouvait lui répondre.

— Fitz, s'écria une autre voix.

— Qui, Joanne ?

— Aidez-moi ! supplia Joanne en pleurs. Toute chair est de l'herbe. (C'était la seule chose dont il était absolument sûr.) Toute chair...

— Fitz, arrête !

— ... est de l'herbe. Est de l'herbe. Aidez-moi ! Je vous en prie, aidez-moi...

Son corps se crispa et fut parcouru de spasmes. Sa mâchoire s'ouvrit et elle se mit à hurler de façon ininterrompue tandis qu'elle était soudainement prise de convulsions.

Des mains apaisantes se posèrent sur elle tandis que d'autres emmenaient au loin l'ange de la mort. Et peu après, il n'y eut plus que le sommeil, les ténèbres et le calme.

19

Kenneth Trant toisait ses gens, sa communauté. Ils étaient de braves gens, et jusqu'à présent, ils avaient été inconditionnellement loyaux envers lui et son enseignement.

Mais ils n'avaient pas, jusqu'alors, été éprouvés ; ils n'avaient pas encore fait face aux déchaînements et aux foudres de l'opinion publique. Kenneth Trant avait veillé à ce que les agissements de sa congrégation soient préservés des regards inquisiteurs de la presse à scandale, qui avait déjà, dans le passé, dénoncé les méfaits de bien d'autres leaders religieux imprudents. Il y avait bien davantage de liberté dans la discrétion. Cette liberté — de cela, il était convaincu —, le Seigneur la lui souhaitait, mais, hélas, elle lui serait refusée par les esprits obtus de l'Angleterre profonde.

Pourtant, avec l'aide de Dieu, il continuerait à jouir de cette liberté. Après tout, comment pourrait-il autrement poursuivre la tâche de guider ses gens — les gens de Dieu — hors des marais de la décadence et de l'illusion, dans lesquels s'embourbait cette fin de XXe siècle ?

Norma acheva la lecture. Elle jeta un vif coup d'œil à Kenneth et lui lança un discret mais intense sourire. Puis, elle reprit place sur son siège. Une brave femme, cette Norma. Elle ne lui ferait pas défaut. Il aurait souhaité pouvoir en penser autant de Michael et de sa propre et chère Virginia.

Il se leva, se retint de se passer la langue sur les lèvres ou bien d'ajuster ses vêtements, puis parla.

— Je sais que vous éprouvez tous la plus profonde compassion à l'égard de Joanne Barnes, qui est, en ce moment même, allongée dans un lit d'hôpital, dans un état très sérieux, déclara-t-il.

Une sourde clameur se propagea dans l'assemblée. Apparemment, certains parmi eux n'étaient pas encore au courant. Il poursuivit :

— Qu'elle ait été victime d'une agression, ou qu'elle se soit infligé elle-même ses blessures, cela n'a pas encore été déterminé. (C'était une petite touche bien adroite. Quoi qu'il arrivât, il devait se garder de paraître en savoir trop.) La police mène l'enquête et il ne fait aucun doute qu'ils lanceront un appel à tous ceux qui pourraient fournir des informations à propos de Joanne.

Il fit une pause et balaya l'assemblée du regard. Plus d'un était déjà en train d'imaginer ce qu'ils allaient raconter lorsque la police viendrait leur parler. Il les connaissait bien. Il pouvait le lire sur leurs visages. Ils étaient de braves gens et souhaiteraient apporter leur aide.

— Mes frères et mes sœurs, poursuivit-il, tandis que nous leur souhaitons le meilleur succès pour leur enquête, je crois qu'il serait bon que nous conservions néanmoins quelque distance avec les forces de l'ordre. (Il sourit, précisément pour exprimer tout le regret qu'il avait de vivre dans un monde terrible, qui ne leur permettait même pas d'apporter toute leur aide à la recherche des agresseurs de Joanne.) Vous êtes tous conscients des préjugés et bigoteries largement répandus dans les esprits à propos des églises non institutionnelles comme la nôtre. (Oh, combien cela était vrai ! Il serait mis au pilori, radié de son poste, à l'école, et la communauté se jetterait sur lui comme des loups sur un agneau. Il poursuivit, s'assurant qu'il n'y ait pas la moindre trace de désespoir dans sa voix. Les faibles tomberaient en chemin. Mais Kenneth Trant ne ferait pas preuve de faiblesse.) La presse à sensation se fait un plaisir d'encourager de tels préjugés. Protégeons-nous donc, ainsi que notre église, des marchands de scandales, dit-il pour conclure.

Puis, il leur fit réciter à tous une prière pour la sauvegarde de Joanne. La congrégation était constituée de braves gens, et il les avait conduits avec droiture. Ils méritaient de savoir tout ce qu'ils étaient en mesure de comprendre. Mais cela ne signifiait aucunement qu'il devait devenir leur martyr pour autant.

Michael sut qu'il aurait à faire face à Kenneth dès qu'il avait appris que Joanne avait été retrouvée.

Il aurait dû s'y attendre — que la police finirait par la retrouver ; et cependant, cela l'avait pris au dépourvu, lorsqu'il l'avait entendu aux informations, à la radio. Il avait pensé que cela mettrait davantage de temps, qu'il aurait eu, auparavant, l'occasion de s'expliquer avec les autres.

Mais il était trop tard. Kenneth était là, un petit peu trop près de Michael, le visage crispé par la colère. Il avait soudainement surgi lorsque la congrégation avait quitté l'église. A présent, ils se retrouvaient là, tous les quatre, sur l'estrade, devant la salle désormais vide. Seules les chaises de plastique étaient témoins de leurs débats, alors même qu'ils risquaient de tout perdre.

— T'as laissé cet idiot s'en charger, s'écria Kenneth.

Il se tenait si près que Michael sentait son haleine lui fouetter le visage.

— Ce n'est pas un idiot. Il est… commença Michael.

C'était toujours la même histoire, depuis qu'ils étaient enfants : Kenneth entrait dans un scénario incroyable et quand celui-ci échouait, il comptait sur Michael pour l'aider à s'en sortir — et, au cas où, pour essuyer le blâme.

Norma avait aussi l'air de sérieusement lui en vouloir.

Mais, Norma, de toutes les manières… Elle lui en voulait en permanence.

— Tu ne *m*'as rien dit, s'écria-t-elle.

Sa voix débordait de mépris. Son regard glissa de lui à Kenneth. Il savait qu'elle était attirée par son frère.

Michael avait envie de dire qu'il n'aurait pas pu le faire. Qu'il y avait songé et qu'il en était arrivé à la conclusion qu'il ne pensait pas que tuer la fille était juste — ni aux yeux de la loi, ni aux yeux du Seigneur.

Il était lâche, comme Pierre, qui avait renié Jésus. Il ne pouvait se dresser contre eux.

— Il sait faire fonctionner la machine, déclara Michael. C'est son travail…

— Il a toujours eu un faible pour la fille, trancha Norma. Tu dois bien le savoir.

« Même toi, tu devrais savoir cela ! » voilà ce qu'elle avait voulu dire, pensa Michael.

— Je pensais que tout allait bien se passer, rétorqua-t-il, se parjurant pour la seconde fois.

Kenneth abattit son poing sur la table.

— Mais tout ne s'est pas passé comme il faut, ou je me trompe ? (Il effectua quelques pas, amples, sur la scène. Un, puis deux, avant de faire volte-face et rebrousser chemin.) Espèce de foutu crétin, Michael ! s'écria-t-il. Si ce gamin se met à baver…

S'il faisait cela, ils étaient fichus. *J'ai été stupide,* se dit Michael. Un foutu crétin, comme l'a dit Kenneth. Il aurait dû faire ce qu'on lui avait dit. Ils seraient en sécurité à présent. Et Joanne serait morte.

— Pourquoi est-ce que Dean n'est pas ici, demanda soudainement Virginia. (Elle paraissait bien pâle, tandis qu'elle manipulait la croix qu'elle avait autour du cou.) Mais où est-il donc ?

*
**

Dean courait. Ses chaussures martelaient le pavé, provoquant des vibrations qui lui remontaient le long de la colonne vertébrale pour venir bourdonner douloureusement dans son cerveau. Il haletait tout en essayant d'accélérer le mouvement de ses jambes.

Plus vite.

Ils étaient après lui. La police. Il avait fait quelque chose de mal. Il avait vu ce qu'il n'aurait pas dû. Le souvenir du corps de Joanne, tatoué de ces signes sombres, soulignés par la lumière vive des lampadaires, lui avait brûlé les rétines.

Il n'était pas censé contempler de pareilles choses. Elles n'étaient pas pour lui. C'était ce que disait Mme Jefferies, à la maison. Il ne devait pas y penser, pas toucher... Il ne pouvait faire son signe pour remettre le monde à sa place alors, tout en courant, il se répétait :

« Nous voyons à travers un miroir... A travers un miroir... Miroir... A travers un miroir obscur... »

Et puis, il fut soudainement rassuré, car il était enfin arrivé à la maison. Il ouvrit brusquement la porte du hall et s'engouffra dans les escaliers, grimpant les marches trois par trois. Un étage. Deux. Ils étaient après lui. Ils pouvaient aussi bien être juste à ses trousses. Son étage. Il s'adossa au mur, hoquetant presque au point de sangloter. Les clés... Il les avait dans ses poches. Un trousseau de rechange se trouvait à l'usine en cas de pépin, mais ce jeu-là restait en permanence dans sa poche.

Il mit enfin la main dessus. Il l'introduisit avec précipitation dans la serrure. Il jaillit en trébuchant dans son deux pièces et se retourna vivement pour refermer la porte derrière lui, à double tour. Il mit aussi la chaîne. Il était en sécurité à présent. En sécurité.

Il y eut un bruit derrière lui.

Il se retourna pour voir M. Kenneth, de l'autre côté de la pièce, se diriger droit vers lui. Ses yeux brûlaient de colère. Dean leva les mains, non pas pour effectuer son signe, mais pour se protéger des coups qu'il savait être sur le point d'encaisser.

Il avait mal agi. Il savait qu'il avait mal agi. Il se mit à pleurer. M. Kenneth lui saisit les mains.

— Je vous en prie, non ! s'écria Dean.

Mais il savait que M. Kenneth allait le punir.

— Que s'est-il passé avec Joanne ? demanda M. Kenneth.

Il lui secoua violemment la tête et le fit valser dans tous les sens et Dean se retrouva tout étourdi.

— Elle… commença-t-il. (Que s'était-il passé ? Il ne s'en souvenait pas vraiment, sauf qu'elle était entièrement nue sous le drap blanc et qu'elle avait pleurer. Est-ce que c'était lui qui l'avait fait pleuré ? De cela, non plus, il ne se rappelait pas vraiment. Il savait qu'il avait tenté de la toucher, et que cela ne lui avait pas plu. Il savait aussi que M. Kenneth serait très en colère s'il venait à l'apprendre.) Elle a couru, finit-il par lâcher.

M. Kenneth le gifla, suffisamment fort pour que ses oreilles se mettent à siffler.

— Comment cela, elle a couru ?

Dean trébucha en arrière.

— Couru, dit-il. Couru. Je suis désolé, monsieur Kenneth.

M. Kenneth saisit Dean par les épaules. Il le força à reculer jusqu'à ce qu'il s'effondre sur le lit.

— Elle n'aurait pas pu courir, dit M. Kenneth.

Dean tenta de se redresser mais M. Kenneth, plus large et bien plus costaud, le cloua au lit.

— Je suis désolé, monsieur Kenneth, déclara Dean.

Il ne trouvait rien d'autre à dire, aussi réitéra-t-il ses excuses à plusieurs reprises.

— Où est-ce qu'elle a couru ?

— Au loin, répondit Dean. (Il ignorait où elle était partie, mais il savait que s'il disait cela, M. Kenneth se mettrait de nouveau en colère. Il frapperait peut-être Dean et Dean n'avait plus envie de recevoir des coups.) Elle s'est enfuie, dit-il. Ailleurs. Au loin.

— Hors de l'usine ?

Celle-ci était facile. Dean était certain de la réponse.

— Oui, dit-il. Dehors. Au loin.

Dean avait envie de se lever. Il aurait voulu aller aux toilettes. Il aurait aimé mettre de l'eau à bouillir pour faire du thé. Il aurait aimé songer à Joanne et aux marques étranges qu'elle avait sur le corps, à cette expression qu'elle avait eue, sous la lumière blanche, sans aucun vêtement. Mais il savait que c'était mal, et que de toutes les manières, M. Kenneth était toujours dressé devant lui, posant toujours des questions.

— Est-ce qu'il y avait des gens autour, quand tout cela s'est passé ? demanda M. Kenneth. (Il colla son visage juste sous le nez de Dean.) Est-ce que quelqu'un l'a vue ?

Dean se mit à trembler. Il était convaincu que M. Kenneth savait qu'il avait pensé à Joanne. Penser des choses salaces à propos d'elle. Des choses cochonnes.

— Non. (Mais M. Kenneth voulait savoir si quelqu'un d'autre avait vu la fille. Pas seulement lui.) Personne l'a vue. Personne. Non. Rien du tout.

Il se mit à trembler et à pleurer et il ne pouvait plus s'arrêter ; les mots jaillissaient en désordre de sa bouche.

Et puis soudain, la situation se détendit. M. Kenneth ne paraissait plus être en colère. Dean leva les yeux vers lui, le visage dégoulinant de larmes.

— Très bien, Dean, déclara M. Kenneth. (Il posa sa main sur la tête de Dean, comme lorsqu'il bénissait quelqu'un à la communauté.) Très bien. Ce n'était pas de ta faute. Je sais que cela n'était pas de ta faute.

Mais Dean ne pouvait contenir le flot de paroles confuses qui fusaient de sa bouche, pas plus qu'il ne pouvait faire cesser les convulsions de son corps. Il aurait voulu pouvoir y parvenir, pourtant, afin que M. Kenneth soit de nouveau content de lui.

Mais M. Kenneth n'avait pas l'air d'être content de lui.

— Arrête de pleurer, Dean, déclara-t-il sur un ton tranchant. (Mais Dean n'y pouvait rien.) Arrête, tu veux bien ? répéta-t-il. (Il donnait l'impression d'être vraiment en colère, à présent ; mais il était facile à Dean de faire ce qu'il lui demandait. Plus facile que de lui parler de Joanne, en tout cas. Aussi s'essuya-t-il le visage d'un revers de la main.) Bien, déclara M. Kenneth. Brave garçon, Dean.

M. Kenneth pivota sur lui-même et avança jusqu'au côté opposé de la pièce. Dean observait sa silhouette de dos, se demandant ce qu'il mijotait à présent.

M. Kenneth se retourna de nouveau vers Dean. Il prit un mouchoir dans sa poche et s'essuya les mains. Dean observait le couvre-lit.

Je ne dois pas penser à Joanne, songea-t-il.

— Ecoute-moi, Dean. Si qui que ce soit te demande… Tu m'écoutes ?

Dean secoua la tête pour signifier son attention.

— Oui, monsieur Kenneth.

— Si qui que ce soit arrive et se met à poser des questions… (Il dévisagea le garçon. Dean avait envie de détourner le regard mais il savait qu'il ne devait pas faire cela.) Alors, raconte-leur, Dean… Parle-leur de monsieur Michael, qui a toujours veillé sur toi, qui a toujours pris soin de toi…

Dean se leva avec maladresse du lit. Il était debout, face à M. Kenneth, et il ne pouvait empêcher ses mains de se lever pour effectuer son signe. M. Kenneth avança et lui saisit les mains, mais il n'avait plus l'air d'être en colère. Il serra les mains de Dean, comme dans un geste de prière. Cela mit Dean à son aise. M. Kenneth allait tenir la police à distance. Tout ce que Dean devait faire était de suivre à la lettre les instructions de M. Kenneth.

— Et de monsieur Kenneth, Dean, poursuivit le prêcheur. (Dean opina de la tête. Il n'était pas certain d'avoir exactement compris ce que M. Kenneth avait voulu dire, ou pourquoi cela était si important. Il aurait dit toutes ces choses de toutes les manières. Tout cela était bien vrai, n'est-ce pas ?

M. Kenneth saisit le visage du garçon dans ses mains.

— Un homme de bien, poursuivit-il. Un homme de Dieu — ton prêcheur. Tu m'as bien compris, Dean ?

Dean acquiesça. Il n'avait jamais eu si peur, pas même lorsqu'il était à l'école. Mais il ferait exactement selon les commandements de M. Kenneth, et M. Kenneth ferait en sorte que tout se passe pour le mieux.

20

La clé de l'énigme, dans l'affaire Joanne Barnes, se trouvait cachée dans les étranges marques retrouvées sur son corps. Fitz avait bien tenté de l'expliquer à Wise, mais ce foutu bonhomme n'avait pas été fichu de l'écouter ; il s'était simplement contenté de lui répéter les plaintes des infirmières de l'hôpital, qui prétendaient que Fitz avait harcelé la fille.

Harceler ! Comme s'il n'avait pas tenté de lui venir en aide !

Mais bon… Wise avait, tout au moins, laissé Fitz emporter chez lui un jeu de photos. Il y figurait, avec force détails, tous les symboles, nombres et lignes qui avaient été dessinés sur la peau de Joanne, des omoplates jusqu'au bas des cuisses et de la poitrine au pubis.

Fitz était convaincu que ces signes détenaient la solution de leur problème. Il déposa les clichés sur le canapé, dans le salon, juste à côté d'un ancien emballage de kebab et d'un cendrier, qu'il ne se rappelait pas avoir rempli.

Il se servit un triple whisky, sec, sans soda ou glace, puis il mit un disque — certainement pas un de ces disques compacts : de la camelote moderne, trop parfaite pour être intéressante, mais un de ces bons vieux trente-trois tours en vinyle — sur la platine et s'assit enfin, pour contempler les clichés et tenter de découvrir ce qu'ils cachaient.

Ray Charles et sa voix de rêve brisé, un bon mélange de malt — les meilleures distilleries étaient légèrement au-dessus de ses moyens pour le moment, ce qui était vraiment dommage — et un problème à résoudre. Tout allait pour le mieux. Sauf si vous teniez compte du départ de Judith et de Katie et de cette persistante petite gêne dans l'aine, qui le prenait à chaque fois qu'il levait les yeux sur Panhandle. Mais il était, pour le moment, bien loin de ce genre de considérations.

Il se baissa maladroitement pour s'asseoir par terre, puis, il déposa les photos, en lignes, sur le sol. Il était sacrément difficile d'imaginer ce que certaines d'entre elles pouvaient bien représenter. Il se creusa les méninges pendant une seconde avant d'ouvrir le dossier que lui avait remis Wise, et dans lequel étaient transcrites certaines interprétations. Un quelconque individu du service de police avait probablement passé de longues heures dans un bureau, afin de soigneusement déterminer ce que chaque partie des diagrammes signifiait. Cependant, le résultat de l'étude ne paraissait pas satisfaisant. Les transcriptions étaient dépourvues de contexte et, dès lors, quasiment inutilisables : le sens se trouvait peut-être, non pas dans les symboles individuellement, mais dans leurs interconnexions. D'autre part, la personne chargée de ce travail avait pu commettre un certain nombre d'erreurs. Fitz avait donc tout intérêt à réfléchir par lui-même.

Il se saisit d'une poignée de fiches cartonnées et se mit à recopier les numéros.

100. -1. -13…

Des nombres négatifs. Bon sang, mais c'était encore pire que son compte bancaire, et cela décroissait à un rythme comparable.

100.

Chacun des nombres négatifs semblait apparaître après un 100. Est-ce que cela avait une quelconque signification ? Il n'en avait pas la moindre idée.

1•400•6 : cette opération attira son attention parce qu'elle semblait différente des autres. Mais elle était suivie par une équation aux allures de panier de crabes, avec des crochets courbes, des exposants et des minuscules.

Quelque part, au milieu de tout cela, il devait y avoir quelque chose qu'il allait reconnaître, quelque chose qui ferait voler le puzzle en éclats, puis les pièces, en retombant, s'emboîteraient parfaitement les unes dans les autres.

Il avala une gorgée de whisky et remarqua, avec un soubresaut, que la nuit était tombée, depuis la dernière fois où il avait porté son verre à ses lèvres.

Je cogite trop, se dit-il : *ce n'est pas bon pour le cerveau.* Il prit place dans un fauteuil et s'alluma une cigarette. Cela ne l'aida pas pour autant. *Qu'avons-nous donc à notre disposition ? Un fatras de chiffres, pour la plupart sans relation. Une équation. Non, deux équations.* Il attrapa une note sur laquelle il avait inscrit $E=mc^2$. Celle-là lui rappelait quelque chose. Quelque chose à propos de la vitesse de la lumière.

Il passa une main sur ses yeux embués. Il se leva, puis se mit à marcher vers l'autre bout de la pièce. Très bien, s'il ne pouvait comprendre les chiffres, qu'est-ce que cela donnait avec les dessins ? Le ventre et la poitrine de Joanne étaient parcourus de lignes, reliant entre elles les séries de nombres. Ces lignes ne présentaient pas vraiment d'intérêt : elles n'étaient que des gribouillis dénués de charme. Sur son épaule était dessiné quelque chose qui ressemblait à une horloge. Sur son genou, se trouvait une épaisse ligne noueuse, s'étoilant sur d'autres axes, comme une série de « Y » s'emboîtant les uns dans les autres. Pourquoi donc des « Y » ? Etait-ce là un indice ? Peut-être ? Mais pourquoi donc étaient-ils tous si disgracieux ? Et pourquoi sur son genou et non ailleurs ?

Sur son dos, des lignes circulaires et semi-circulaires tournoyaient en une spirale, comme un serpent se déployant à l'infini. Il y avait quelque chose dans ce diagramme qui intriguait l'esprit de Fitz, mais à part un évident symbole phallique, il ne savait pas quoi en tirer.

Dehors, le jour s'était levé. L'aube. Il devait absolument trouver quelque chose. Mais il n'arrivait à rien et finit par abandonner. Il débarrassa le canapé de tout le fouillis qui l'encombrait avant de se vautrer dessus. Ses doigts de pied traînaient sur le tapis, à côté des photographies.

Dean était obsédé par le souvenir de Joanne. Il était recroquevillé sur son lit, le visage encore irrité par les larmes, se remémorant les marques qu'il avait aperçues sur son corps, avant qu'elle ne s'enfonçât dans l'épaisseur de la nuit.

Il ne devait pas penser à elle. M. Kenneth le saurait. Il reviendrait et se mettrait à hurler et à secouer Dean par les épaules et à le frapper.

Mais elle lui avait souri. Pas cette nuit-là, lorsqu'il avait tenté de l'aider, mais auparavant. Sa main se tendit vers ce gonflement persistant entre ses jambes. Il aurait bien voulu... Mais il ne pouvait faire une chose pareille, sinon, il risquait de tomber malade avant de mourir.

Il songea plutôt aux signes. Ils étaient drôlement étranges : des chiffres et des lettres que Dean ne comprenait point. Mais des lignes également et des étoiles, des soleils et aussi une horloge.

Il avait envie de les dessiner, afin de mieux les contempler. Mais, lorsqu'il les avait recopiés à l'usine, il avait mis le feu. Et cela avait entraîné de gros ennuis. Même M. Michael, qui perdait rarement patience avec Dean, s'était mis en colère...

Mais s'il les dessinait, là, chez lui, il n'y aurait personne pour le voir. Aussi décida-t-il de reproduire les diagrammes. Il avait des feutres, mais pas de papier. Son projet paraissait soudain compromis et il se sentit sérieusement frustré.

Où donc pouvait-il dessiner ?

« Nous contemplons le monde à travers un miroir obscur », se murmura-t-il. De l'encre noire sur sa peau blanche. Du papier blanc pour dessiner. Qu'y avait-il d'autre de blanc ? Et puis, soudain, il sut.

Il écarta précipitamment le lit du mur. La peinture était jaune, tirant sur le blanc ; cela ferait l'affaire. Des lignes, songea-t-il. Des lignes, là, là et là, des courbes de ses jambes jusqu'à son dos... Autour et en travers de son corps... En travers de son corps... En travers de sa poitrine. Il faillit s'arrêter là, mais c'était impossible ; il n'osait pas, car cela ne lui aurait laissé d'autre choix que de s'allonger et songer à elle, dans la lumière de l'aube...

Il lui fallait davantage de place encore, aussi grimpa-t-il sur une chaise, afin d'avoir accès aux hauteurs du mur. Des tourbillons sur sa peau crémeuse. Une spirale, une horloge, ses yeux suintant la peur, les chiffres et les lettres et les traits, soigneusement mis en valeur par la lumière pâle des lampadaires. Et puis, vint le désir ; il eut envie d'elle. Cependant, il ne pouvait que se contenter de ses diagrammes. S'il suivait les lignes sur le mur, il parvenait à un endroit où les mots, les explications devenaient inutiles. Il le percevait clairement et nul autre que lui n'aurait pu le voir.

Un bruit sec vint vivement claquer au tympan gauche de Fitz. Il se leva en sursaut. Mark était assis, observant les tas de photos, disposés soigneusement.

Il avait ouvert les rideaux, laissant pénétrer dans le salon l'éclatante lumière du soleil.

Petit vicelard, songea Fitz. *Je vais devoir en toucher un mot à ta mère, quand je la verrai. Si je la revois jamais.*

Cette journée ne débutait pas sous les meilleurs hospices.

— Tu veux ton paracétamol ? demanda Mark.

Sale cabot présomptueux !

— Je n'étais pas saoul, annonça Fitz.

Il se frotta l'arête du nez, puis, songea vaguement à s'asseoir.

— Ouais, c'est ça, rétorqua Mark.

Il détourna les yeux, une brève lueur de mépris dans le regard.

— Je n'étais pas saoul ! s'écria Fitz.

— Pourquoi t'as pas été dormir là-haut, alors ?

Mark se pencha en avant et ramassa une des notes. L'ayant à peine regardée, il la rejeta sur le sol.

— C'est le lit de ta mère. (Fitz roula sur lui-même pour s'asseoir. Il avait envie d'une cigarette et d'un verre, mais il aurait préféré aller au diable plutôt que d'offrir ce spectacle à Mark. Il se cala profondément dans le canapé et ses yeux papillotèrent sous la lumière du soleil.) Où en étais-je ? grommela-t-il.

Il le savait parfaitement. Il avait été sur le point de reconnaître sa défaite devant les gribouillis tracés sur le corps de Joanne Barnes ; mais ce n'était pas quelque chose qu'il admettrait en la présence de Mark.

— Sacré puzzle. (Mark jeta un coup d'œil au dossier de Wise puis il déplaça une des photos.) Il n'y a pas qu'une seule réponse là-dedans ?

Fitz comprit soudainement ce que Mark était en train de faire.

— Oh, mais tu n'as pas fait ça ? Dis-moi que ce n'est pas vrai ! s'écria-t-il. (Il se pencha en avant, à présent tout à fait réveillé. C'était sûr, Mark avait déplacé la plupart des cartes.) Mais c'est qu'il l'a fait, ce bougre ! J'ai passé la nuit dessus. (Il agita sa main en direction des notes. Au nom du ciel, il n'avait pas envie de se chamailler avec Mark, mais là c'était trop.) Tu te mêles de tes propres affaires !

— J'essayais d'aider, répondit Mark, sur un ton qui le rajeunissait.

— Ouais, et bien je me passerais bien de ton aide, déclara Fitz. (C'était trop, songea-t-il. Il avait l'impression de mettre cela au niveau de la cour de récréation. Compte jusqu'à dix, se dit-il. Mais avant même d'être arrivé à deux, il demanda :) Qu'est-ce que tu sais ?

— Le big bang. L'instant critique. (Mark lança à Fitz un regard bref et intense.) Mais… Tu n'as pas besoin de mon aide, après tout ! ajouta-t-il.

Il se leva et quitta la pièce.

— Je t'écoute, appela Fitz. (Mark s'arrêta sur le pas de la porte de la cuisine.) Vas-y, ne fais pas ton cinéma, ajouta Fitz. Je t'écoute.

« Très bien, dans ce cas, je ne vais pas me gêner », trahissait l'expression du visage de Mark.

— L'univers a débuté entre la dixième et la moins quarante-troisième seconde après le big bang. (Cela ne ressemblait à rien de ce à quoi Fitz aurait pu s'attendre, équations d'Einstein ou non. Mais, bon… Il essayerait de suivre Mark jusqu'au bout. Il se mit à quatre pattes, pour observer les cartes que Mark lui désignait du doigt.) Le temps de Planck, poursuivit Mark.

— Le temps de se planquer où ça ? demanda Fitz, pince-sans-rire.

Une petite vanne, ça vous faisait toujours gagner quelques secondes pour réfléchir.

— Je parle de Max Planck, déclara Mark. (Il semblait presque amusé.) Avant cet instant, les lois usuelles de la nature ne s'appliquent pas. Il n'y a qu'un magma d'espace et de temps…

— Le chaos ?

— Le chaos cosmique.

— Ha ! déclara Fitz.

Que dire d'autre face à une pareille nouvelle ?

Mark souriait presque.

— Puis le noyau explose et des déchirures apparaissent dans le temps et l'espace comme ces… lignes cosmiques.

Il se pencha en avant et se saisit d'une des photos, sur laquelle apparaissait la peau de Joanne, recouverte de traits fins et curvilignes.

Fitz ne put s'empêcher…

— Il faut que t'arrêtes de fumer ces tickets de bus.

Mark montra ensuite du doigt la jambe de Joanne — celle où figurait l'entrelacs de « Y ».

— Puis les quatre énergies connues se séparent.

Eclaire-moi donc, songea Fitz. *Il pourrait aussi bien me raconter un ramassis de conneries. Je n'y verrais que du feu.*

Mark tapota différentes cartes :

— Il s'agit de : l'énergie nucléaire, électromagnétique… (Il hésita.) Encore une autre et puis la gravité. (Il se tourna vers Fitz et sourit.) L'univers est en route — en expansion, en évolution…

— Pour finalement parvenir jusqu'à moi ? demanda Fitz.

Devant de telles théories, le solipsisme carabiné semblait être la seule réponse convenable.

— Seulement si l'on se place de ton unique et restreint point de vue.

Super. Je me souviendrai de venir te consulter la prochaine fois que j'ai le moral à zéro, songea Fitz. Il lança un sourire aigre à Mark.

— Mais alors, qu'est-ce qu'il y avait avant le big bang ?

— Rien, annonça Mark, comme s'il s'agissait de la chose la plus évidente au monde.

— Ou Dieu ? dit Fitz.

Il ne croyait pas en Dieu. Non. Il croyait en ce qu'il pouvait voir, toucher, goûter et entendre. Ou ce qu'il pouvait

déduire, à propos des motivations des gens. De ce qui les
faisait avancer. Et la religion en faisait partie. Rien de plus.

— Ouais. Dieu ou rien. (D'accord, Fitz voulait bien
essayer de se faire à cette idée.) Mais encore, poursuivit
Mark, la théorie du big bang a elle aussi probablement fait
son temps. Certains physiciens ne la considèrent guère plus
que comme un mythe fondateur de l'univers supplémentaire, au même titre que la Genèse et que bien d'autres
encore.

Au nom du ciel, se dit Fitz. *Mon fils casse des briques en
physique.*

— J'arrive pas à croire que t'aies laissé tomber ton bac,
déclara Fitz, de bonne foi. Je vais te verser une rente pour
que tu puisses reprendre tes études.

— T'as pas un rond, déclara Mark.

Mais cela n'avait pas l'air de le tracasser, comme s'il
considérait cet état de fait comme une inéluctable fatalité.

Seigneur, se dit Fitz, *nous sommes en pleine séance de
douche écossaise entre père et fils. D'un instant à l'autre,
le message : « Crédits épuisés ! » va apparaître sur
l'écran et je vais m'apercevoir qu'au bout du compte, ma
vie n'est rien d'autre qu'une comédie humaine.*

Il ne pouvait encaisser cela sans broncher.

— Eh bien, je vais en gagner, trancha-t-il. (Et puis il se
dit : *c'est cela, Fitz. Tu n'as qu'à aussi gâcher les
meilleurs moments.*) Cela en vaut largement la chandelle ;
je ne veux pas que tu gaspilles ta vie en pure perte.

— Ma vie est de peu de poids devant ces équations.

Doux Jésus, songea Fitz. *Il m'a fallu attendre d'avoir au
moins vingt-cinq ans avant de devenir aussi cynique.*

— Pas moins qu'une autre, rétorqua-t-il à son fils.

Mark sourit. Quelque chaleur, songea Fitz. Peut-être que
tout n'allait pas si mal, après tout.

Il observa les cartes, se demandant s'il en avait tiré tout

ce qu'il pouvait. Il fit mentalement le tour de ses notes. Il était satisfait, à l'exception d'une chose.

— Qu'est-ce que cela signifie pour toi ? demanda-t-il. 1•400•6 ?

— Je passe celle-là, répondit Mark, nullement sur la défensive. Mais elles ont toutes quelque chose en rapport avec le début de la vie… Et la fin…

— La naissance et la mort, dit Fitz.

— Tu peux voir ça comme ça.

Ouais, et bien… songea Fitz. *Une fois que t'as trouvé le sexe et la mort là-dedans, t'es plus très loin d'avoir tout compris.*

— La totale, annonça-t-il.

Joanne, dans le noir, dévêtue, le corps recouvert d'inscriptions obscures.

Dean, dans la lumière de l'aube, le regard perdu dans le vide, cloué contre le mur par son propre désir, traçant des lignes sombres sur son corps avec un feutre noir, glissant le long de sa peau, sur ses bras, puis, plus bas, autour et en travers de son buste, puis, plus haut, autour et sur son visage.

Dean cloué au mur, recouvert des motifs recopiés d'après ceux qu'il avait aperçus sur la peau crémeuse de Joanne.

Dean, rêvant de cette chair, se méprisant pour ses pensées lubriques, mais incapable de s'arrêter, tandis que le feutre glissait, glissait.

21

Les yeux aveugles de Joanne étaient braqués sur le plafond de la salle de soins intensifs. Sa mère se tenait près de son lit, lui étreignant la main, comme si elle avait voulu lui insuffler des courants de vie.

Derrière elle, M. Barnes était debout, impassible, comme s'il attendait un signal pour bouger ou bien parler.

Pleure, songea Penhaligon à son intention. *Si tu ne pleures pas maintenant, tu seras dans de graves ennuis par la suite.*

Elle était bien placée pour le savoir.

Le temps passe sur les blessures un baume apaisant, songea Penhaligon. Le temps avait fini par la guérir, après que son père se fut ôté la vie. En ce temps-là, jamais elle n'aurait pu imaginer une chose pareille, mais c'était vrai.

C'en était fini des sommeils noyés dans des mares de larmes, à penser à lui. Cela non plus, elle ne l'avait pas cru possible.

Mais une enfant… songea-t-elle. Une enfant, morte ; que ce soit de ses propres mains, ou par le fait d'autres personnes. C'était pire. C'était l'univers qui s'écroulait.

Elle aurait eu envie de s'avancer vers Mme Barnes, lui dire quelque chose, la prendre dans ses bras ; mais c'était à son mari de le faire.

Allez, bon sang ! se dit-elle. Mais M. Barnes se contentait d'observer sa fille, avec des yeux qui semblaient aussi aveugles que ceux de la défunte.

La main de Mme Barnes glissa de celle de Joanne. Son

visage se décomposa, et elle étouffa un sanglot. Derrière elle, se tenait son mari, la mâchoire crispé. Puis, sa bouche tressaillit. Pendant un instant, il semblait sur le point de tendre le bras vers son épouse.

Allez, l'encouragea mentalement Penhaligon. *Mais pleure donc, bon sang.*

Mais il n'en fit rien.

Il émit un sanglot, un seul. Mme Barnes se retourna légèrement vers lui. Il s'effondra sur les genoux, sa bouche s'ouvrit en grand pour laisser échapper un cri muet de désespoir. Une sourde plainte, surgie des tréfonds de sa poitrine ; le son d'une personne déchirée en morceaux.

Dieu soit loué, songea Penhaligon. Il avait échappé au pire.

Mme Barnes se retourna avant de se laisser tomber, elle aussi, sur les genoux, près de lui. Il se balançait d'avant en arrière, inlassablement. Elle lui saisit les mains et puis attira sa tête contre elle, comme une mère réconfortant son enfant malade. Il se rapprocha d'elle et ils se mirent à pleurer, dans les bras l'un de l'autre.

Fitz était assis, au milieu des déchets qui jonchaient son salon, une cigarette dans une main et le téléphone dans l'autre. Il avait de gros ennuis avec les gens qui comptaient le plus dans sa vie, et cette fois-ci, il avait comme l'impression que les mots ne suffiraient plus à le tirer de cette situation critique.

C'était déjà bien assez pénible lorsqu'il se mettait lui-même dans de beaux draps. Aussi son sort actuel lui paraissait-il d'autant plus injuste — une fois n'est pas coutume — que tout était entièrement indépendant de sa volonté. Dans ces conditions, prendre un savon par Katie frisait l'insupportable.

— Katie, je t'en prie… Ecoute-moi, supplia-t-il.

— Tu aurais pu appeler, trancha-t-elle.

— Je sais bien. (Que pouvait-il répondre ? *J'étais à l'hôpital, en train de harceler une fille à moitié dans le coma au point de la rendre hystérique ? J'étais en train de faire en sorte que le monde soit un peu plus facile pour toi ?* Il ne tenait absolument pas à lui faire savoir quelle genre de réalité quotidienne il devait affronter.) J'avais les billets, tu m'entends ? Ils étaient dans mon portefeuille. Je pourrai te les montrer si tu y tiens. (*Doux Jésus*, songea-t-il. *Me voilà dans une attitude belliqueuse, et tout cela parce que j'ai tort. Comme dans le temps. Seulement, ça me laisse un goût amer dans la gorge, quand la cible de mes attaques est aussi le soleil de ma vie.* Il était peut-être grand temps de changer de sujet.) Mais c'est quoi le résultat, au juste ?

— Change pas de sujet, papa, rétorqua Katie. (Aussi tranchante que la lame d'un rasoir, c'est bien là ma fille, songea Fitz.) Je parie que t'étais bourré.

Il détestait entendre ce ton à moitié dédaigneux. Il n'y avait qu'une personne qui pouvait lui avoir appris une chose pareille. Encore un point à mettre à l'actif de Judith.

— Katie, je *n'étais pas* bourré, répondit-il, parvenant presque à conserver son calme. (Elle commença à parler avec colère, à propos du fait que les papas des autres enfants n'étaient pas saouls en permanence. Tenter de rester patient aurait été une pure perte d'énergie.) Katie, où donc as-tu appris ce langage ?

— De toi, je suppose, déclara-t-elle.

A présent, elle était délibérément provocatrice et malpolie.

Il n'allait pas la décevoir.

— Eh bien, je t'en prie… Tu n'as qu'à dire carrément que tout est de ma faute.

— Si tu y tiens, rétorqua-t-elle, sur un ton soudainement posé.

— Je n'étais pas bourré, je travaillais. (Il s'exprimait de

plus en plus fort. Ce n'était pas la meilleure des idées.)
Demande à Mark. (La sonnette se fit entendre, suivie immédiatement par des coups répétés et assenés avec vigueur sur
la porte d'entrée. Putain de merde, c'était juste ce dont il
avait besoin. Il écarta le combiné avant de s'écrier…) Ça
va ! Ça va !

Le martèlement se poursuivit.

Il entendit Katie marmonner quelque chose — du genre
pète-sec, comme le reste de sa conversation — mais il ne
comprit pas exactement quoi. Puis, elle ajouta…

— Dans ce cas-là, si ça va…

— Non, pas toi, déclara Fitz rapidement, se demandant
ce à quoi il avait bien pu donner son accord. Il y a quelqu'un à la porte. Ecoute, il faut que je te quitte… (Les
coups n'avaient pas cessé.) C'est peut-être urgent.

— Le contraire m'aurait étonné, déclara Katie. (Elle
donnait l'impression d'être profondément contrariée.) Tout
pour toi est plus urgent que moi.

— Non, de toute évidence pas plus urgent que toi.
(Comment pouvait-elle penser une chose pareille ? se
demanda-t-il. Il avait passé une semaine à se bouffer les
ongles parce qu'il ne l'avait pas vue et elle osait dire ça ?
On sonnait de manière ininterrompue à la porte d'entrée. Il
entendit un cliquettement dans le combiné et la communication fut coupée.) Katie… dit Fitz. (Trop tard.) Eh merde !
s'écria-t-il avant de reposer brutalement le téléphone.

Trop tard. C'est toute l'histoire de ma putain de vie,
songea Fitz, tandis qu'il avançait d'un pas tranquille à travers le couloir jusqu'à la porte d'entrée. Qui que cela
puisse être, ils étaient drôlement persévérants, et toujours
en train de presser la sonnette.

— Si vous êtes des témoins de Jéhovah, sachez que j'ai
un rottweiler, s'écria Fitz. Et il est affamé.

Il entrevit Panhandle, debout devant le porche, secouant

l'eau de son parapluie. Il pleuvait dehors, et il ne s'en était absolument pas aperçu. Il ouvrit la porte.

Panhandle ne prononça pas un mot. Elle se contenta de le regarder, de ses grands yeux dans lesquels il aurait si facilement pu se noyer. *Mon Dieu,* se dit-il, *qu'ai-je donc encore fait ?*

— Je suis désolé, j'étais au téléphone avec Katie, annonça-t-il. (Merde, se dit-il : elle détestait entendre parler de sa famille. Mais j'ai commencé, alors autant finir.) Je devais l'emmener au football hier. (Panhandle se contentait toujours de l'observer en silence.) J'avais les billets dans ma poche et elle n'a pas réussi à me mettre la main dessus. (Toujours aucune réaction. Il endossa une voix idiote, histoire de détendre l'atmosphère.) Elle s'imagine que j'étais en train de parier ou de boire. (Panhandle opina, comme si elle l'entendait à peine.) Est-ce que ça va ?

Silence. Rien que ces yeux, qui le dévisageaient. Et puis...

— Joanne est morte.

Sa voix était monocorde, emplie de douleur. Il savait qu'elle ne l'avait pas laissé transparaître devant la famille de Joanne, ou bien Beck ou un quelconque de ses collègues.

— Elle a été assassinée, déclara-t-il.

La fureur se mélangeait à un désespoir sans nom dans son esprit, tandis qu'il songeait que sa Katie grandissait dans un monde pareil.

Il avança sur le palier et elle fit un pas pour venir à sa rencontre. Ils se jetèrent dans les bras l'un de l'autre et leurs larmes se mêlèrent aux gouttes de pluie, qui tombaient en trombes.

Dean était assis sur le pont supérieur du bus à deux étages. Il n'y avait personne à côté de lui. Mais ça, il en avait l'habitude. Son visage le picotait, là où il s'était frotté pour se débarrasser des traces de feutre.

Propre. Il devait être propre. Il ne devait pas entretenir dans son esprit des pensées malsaines, des pensées cochonnes ; Joanne, dans le noir, le drap enroulé autour de son corps, lui dans sa chambre, le feutre dans sa main, recopiant Joanne. Devenant Joanne, de façon à être aussi proche d'elle que possible.

Quelle expérience étrange, chaleureuse et agréable… mais c'était mal ! Il ne devait pas y penser. Aussi se mit-il à regarder par la fenêtre, pour se changer les idées. Mais la pluie maculait le verre et il ne pouvait rien voir à l'extérieur.

Il regarda autour de lui, dans le bus, afin de fixer son attention sur quelque chose d'autre. Une femme, devant lui, lisait le journal. Elle tourna la page et il aperçut le visage de Joanne. Jolie Joanne, dans son uniforme scolaire.

Et puis, il vit le titre. Il déchiffra les lettres, laborieusement, articulant les syllabes, comme on le lui avait appris à l'école. GRAFF-IT-IS. Graffitis. Il savait ce que ça voulait dire. Ecrire sur les murs. On lui avait hurlé dans les oreilles, à l'école, pour avoir fait quelque chose de pareil. Mais avant… FILLE. Joanne était une fille. La photo de Joanne était dans le journal. Le corps de Joanne avait été entièrement barbouillé d'inscriptions. LA FILLE AUX GRAFF-IT-IS. Joanne. DECEDEE. Morte. Consumée par les flammes, enterrée. La poussière retourne à la poussière, la cendre à la cendre. Nous contemplons le monde à travers un miroir obscur, puis, face à face. Il leva les mains pour effectuer son signe, mais ça ne fit pas disparaître le titre.

LA FILLE AUX GRAFF-IT-IS EST DECEDEE.

Joanne était morte.

Joanne était morte, consumée par les flammes, en cendres.

Avant même qu'il ait prit conscience de ce qu'il faisait,

il dévala l'escalier du bus, bouscula une femme qui tenait un bébé en bandoulière, ignorant les cris scandalisés des passagers.

Le bus s'arrêta et Dean bondit hors du véhicule avant de se mettre à courir.

Il fallait qu'il se rende dans un endroit sûr. Mais où aller pour être en sécurité ? Maintenant que Joanne était morte…

22

Fitz, ce gros con prétentieux, était de nouveau en train de faire son cinéma.

Jimmy Beck aspira une bouffée de sa cigarette avant de s'adosser à son bureau.

Regardez-moi ça ! En train de tenir le haut du pavé, comme s'il était la seule personne au monde à avoir la moindre notion sur le crime.

Comme s'il était policier, bon Dieu !

Et Wise le laissait faire. Il les avait tous réunis dans la salle de la brigade criminelle, afin que Fitz puisse leur exposer ce qui coulait de source.

Le salopard qui avait tué la pauvre petite Joanne Barnes était un pervers détraqué. Combien de l'argent du contribuable allait-on encore gaspiller afin que Fitz vienne se pavaner ici, pour prodiguer ses cours magistraux, tout en lorgnant Penhaligon, tandis qu'elle accrochait aux murs des photos du corps dénudé de Joanne ? Trop, ça au moins, c'était sûr.

Penhaligon agrafa la dernière photographie : des tourbillons recouvrant le creux du dos de Joanne, juste au-dessus du renflement gracieux de sa croupe.

Beck détourna les yeux. C'était dégoûtant, pervers, et pourtant, cela avait aussi un certain côté attirant, il devait le reconnaître. On pouvait finir aveugle, à regarder des choses pareilles. Aucun homme dans la pièce n'aurait pu prétendre ne pas y être sensible. Et c'était certainement aussi vrai pour quelques femmes du service, à son avis.

Penhaligon s'écarta enfin du mur. Wise effectua un signe de tête en direction de Fitz, qui mit aussitôt en marche son dictaphone. La voix de Joanne, comme murmurée par un fantôme, vint hanter la salle de la brigade.

« Sainte Marie, mère de Dieu, priez pour nous, pauvres pécheurs… Priez pour nous, pauvres pécheurs, maintenant et à l'heure de notre mort… »

Fitz avança jusqu'à son lieu favori : le centre de la pièce. Il agita sa cigarette en direction des clichés, envoyant des volutes de fumée en travers de la pièce. Il interrompit le déroulement de la cassette.

— Que remarquez-vous ? demanda-t-il.

Il n'y eut personne pour répondre. Mais encore, songea Beck, Fitz ne s'attendait pas vraiment à ce que quelqu'un intervienne. Tout ce qu'il désirait, c'était d'avoir l'opportunité de jouer les grosses pointures devant sa petite poule extra-conjugale. De toute évidence, Penhaligon l'observait, son petit sourire discret au coin des lèvres.

— Les dessins n'ont pas bavé, déclara Fitz.

Il s'assit lourdement sur une chaise, en plein centre de la pièce.

Apprends-nous donc quelque chose que l'on ne sait pas déjà, songea Beck.

— Il ne s'agit donc pas d'un cas de préludes amoureux élaborés. Elle est nue. De son plein gré, très certainement — on n'aurait pas pu effectuer de tels dessins sur elle si elle avait lutté.

Ouais, pensa Beck. Il se mordilla la moustache de ses dents inférieures, tout en y réfléchissant. *Cette innocente jeune fille, avec un branleur pervers en train de la molester…*

— Après l'amour, peut-être ? Eh bien, dans ce cas, nous ne recherchons pas quelqu'un dans l'esprit : « vite fait, bien fait ». Il a pris son temps.

Si c'est toi qui le dis, songea Beck. Il s'efforça de se

concentrer sur les paroles de Fitz. Il pourrait songer au
reste plus tard. Fitz poursuivait…

— Il lui parle. Il lui explique la signification de tous les
symboles, il les lui montre peut-être même dans un miroir.
(Il se pencha en arrière et avala une longue bouffée d'oxygène.) Il ne s'agit pas ici d'un adolescent boutonneux. (Fitz
fit une pause. Une fois n'était pas coutume, mais il semblait être à court de mots.) Ou bien encore (il dit cela
comme s'il y songeait en même temps), il a dessiné les
motifs après lui avoir fait prendre les calmants, auquel cas,
elle n'aurait pas pu lutter du tout. Il aurait donc dessiné sur
son corps agonisant.

Alors ça, c'était vraiment vicieux, pensa Beck. Il
réprima un sourire, considérant qu'il devait se garder de
toute fascination malsaine.

Fitz poursuivait…

— Voilà bien une démonstration de pouvoir et d'arrogance. Une jeune fille mourante — qui n'était alors plus
qu'une toile pour l'art de cet homme et son soi-disant intel-
lect.

Une sourde clameur parcourut la salle. Il fallait quelquefois reconnaître cela à Fitz, se dit Beck. Il était capable de
vous filer les chocottes, lorsqu'il avait la tête à ça.

Harriman s'avança jusqu'aux photographies. Il montra
du doigt un des clichés, avec précaution, comme si le
simple fait de les regarder allait déjà le souiller.

— C'est quoi tout ça ?

Oh non, grogna silencieusement Beck. *Ne lui tendez pas
une perche. Pas ça…*

Mais il était déjà trop tard. Fitz s'était levé, souriant
avec suffisance.

— Vous voulez donc dire que vous n'avez jamais
entendu parler du temps de Planck, c'est bien cela ?

Sous des apparences de question, c'était en fait une
affirmation catégorique. Beck se demanda combien de

temps Fitz avait consacré à élaborer tout ce ramassis de conneries, et jusqu'où il irait avant que Wise se décide enfin à lui fermer le clapet.

Fitz avança jusqu'au tableau où étaient affichés les clichés et tapota du doigt une photo, où figurait l'épaule de Joanne. Une ligne noire discontinue, impeccable succession de petits traits, serpentait sur sa peau.

— L'instant qui précède la création de l'univers, déclara Fitz, le doigt martelant la photo. Juste après le big bang, lorsqu'il n'existait rien d'autre qu'un magma en fusion d'espace et de temps — pas de règle, pas de loi, juste le désordre et le chaos.

Mais putain de merde ! se dit Beck. Il ne voyait vraiment pas comment ces salades étaient censées les aider à mettre la main sur les assassins de Joanne. Il s'agitait sur son bureau. Pas de doute, Fitz allait leur expliquer ça…

Fitz avança encore, s'assurant que tout le monde avait les yeux braqués sur lui.

— L'amant de Joanne était un homme qui voyait le sexe dans la mort et vice versa…

Ouais, ouais, ouais, se dit Beck. C'était toujours la même rengaine ; Fitz la servait à toutes les sauces. De temps en temps, il ajoutait quelques piments, pour relever le goût.

— Un amant, à la fois manipulateur et morbide, décidé à combiner ses deux fantasmes en une apothéose de perfection.

Fitz retourna s'asseoir avant de remettre en route son dictaphone.

« Tu ne veux pas mourir, n'est-ce pas, Joanne ? » déclarait Fitz à travers le sifflement de l'appareil. « Qui t'a fait avaler ces pilules ? Qui t'a fait avaler cette boisson ? Qui a écrit ces choses sur ton corps ? Qui est-ce, Joanne ? »

Doux Jésus, songea Beck. *Si ce gros salopard me harcelait ainsi, j'abandonnerais immédiatement.* Il balaya l'assemblée du regard — Harriman, Wise, Penhaligon et les autres policiers sur l'enquête — et il se demanda s'ils partageaient tous la même idée.

Mais Wise, assis aux côtés du dictaphone, écoutait attentivement ; et tous les autres en faisaient autant.

« Pas mourir ! » murmurait Joanne, ressuscitée pour un bref instant par le biais du dictaphone. « Pas mourir. Toute chair. Toute chair est de l'herbe. De l'herbe. »

Harriman leva brusquement la tête.

— J'ai déjà entendu ça.

A ce moment-là, il n'était encore qu'un minable insignifiant, songea Beck. Il avait fait bien assez de bévues ainsi — comme de dire à ce journaliste que le commerçant asiatique, assassiné pas Albie Kinsella, avait été tué par un skinhead. C'était peut-être, d'ailleurs, la première erreur d'une longue série, Beck était forcé de le reconnaître. Cette série qui s'était achevée par la mort de David Bilborough. Ceci dit, Beck n'était pas spécialement bien placé pour en parler — aussi balaya-t-il vivement de son esprit ces méditations. Non. Après tout, laissez-lui donc le temps, et Harriman finirait par devenir un bon flic compétent.

— Comment ? demanda Wise.

— « Toute chair est de l'herbe. » Je l'ai déjà entendu auparavant.

Il s'en alla quérir son blouson avant d'en sortir son carnet de notes.

— Quelle est la paroisse de Joanne ? demanda Fitz.

Beck lui lança un regard de travers. Ce gros lard ne pouvait supporter de ne pas être le centre de toutes les attentions. Mais enfin, on avait accusé Fitz de bien des choses, mais encore jamais d'être un champion du travail en équipe.

Penhaligon vérifia dans ses dossiers.

— Saint-Timothée.

Derrière Fitz, Harriman feuilletait les pages de son carnet.

— Dean Saunders.

— Qui ça ? demanda Wise.

Harriman s'avança vers lui pour lui montrer son carnet de notes.

— Il était à l'origine d'un incendie. Dean Saunders. Un handicapé qui bénéficie de l'aide d'une association. (Il tourna la page de son carnet.) Il causait dans un étrange jargon. (Harriman fit un signe de tête en direction du dictaphone.) Comme ça, tout comme ça. « Toute chair est de l'herbe. » Il a prononcé ces paroles.

Wise agita son pouce vers la salle des interrogatoires.

— Amenez-le moi pour qu'on lui pose quelques questions. (Il balaya la salle du regard.) Emmenez Beck avec vous.

Harriman se précipita à l'extérieur, comme un fox-terrier après un renard.

Bien joué, mon vieux, se dit Beck, en lui emboîtant aussitôt le pas. *Très bien,* songea-t-il. *On est sur le coup.*

Michael Trant tentait d'effectuer les estimations des dégâts des eaux pour l'expert de l'assurance, lorsqu'il vit les deux hommes traverser le chantier d'un air déterminé. Il sut immédiatement à qui il avait affaire.

Ils étaient revenus. La police était revenue. Et à deux, cette fois-ci.

L'un deux était déjà passé une première fois — c'était quoi son nom déjà ? Ah, oui… Harriman ! Accompagné par un autre, plus âgé, et dont la mine laissait entendre qu'à lui, on ne la faisait pas.

Michael Trant écarta une mèche de cheveux qui pendait devant ses yeux. Pendant un instant, il fut tenté de se débarrasser de son bloc-notes, puis balaya cette idée. Mieux valait avoir l'air occupé. Il pourrait peut-être se débarrasser d'eux plus rapidement. D'autre part, cela lui donnait quelque chose à faire de ses mains.

Les deux hommes étaient en pleine conversation. Tandis que Michael traversait en hâte la cour de l'usine, en direction des officiers de police, il entendit clairement le plus jeune prononcer le nom : « Saunders ». Pas de panique : tout allait bien se passer ; après tout, ils observaient le bureau. Il se permit donc de croire que leur présence était due à l'incendie, et non à Joanne.

— Est-ce que je peux vous être utile ? demanda Michael.

— Bonjour, monsieur Trant, dit Harriman.

L'autre, au crâne dégarni et à la moustache, lui fit un signe de tête, en guise de salutation.

— Je suis drôlement impressionné, déclara Michael. Vous nous rendez deux visites et, cette fois-ci, revenez à deux, et tout cela pour un tout petit incendie.

Garde donc un ton léger, se dit-il. Conserve ton calme. Du moment que nous nous serrons les coudes, ils ne pourront rien nous faire.

Il les conduisit à travers les balles de déchets, vaguement en direction de son bureau, mais sans but précis. Il lui semblait plus simple d'avoir affaire à eux tout en marchant ; cela lui évitait, pour le moins, de croiser leurs regards.

— Est-ce que monsieur Saunders est dans les parages ? demanda Harriman.

Michael avait la nette impression que Beck ne perdait pas une miette de ses moindres mouvements, de ses moindres paroles.

— Dean ? Mais pourquoi ? Non. (Je parle trop vite, se dit Michael. Je dois me détendre.) Il ne travaille pas aujourd'hui.

— Est-ce qu'il est malade ?

— Oh, ça doit être ce virus qui traîne en ce moment, je crois bien.

Voilà qui sonnait juste. Et c'était vague à souhait. Pas quelque chose que l'on pourrait vérifier facilement.

— Est-ce que nous pourrions avoir son adresse ? demanda Beck, dans son dos.

Il avait un fort accent, celui des Irlandais de Liverpool ; le ton était tranchant et indiquait clairement qu'il n'était pas prêt à entendre des sornettes.

— Mais pour quelle raison…

La phrase de Michael mourut dans sa gorge. *Ce n'est pas pour l'incendie,* hurla une voix dans sa tête. *Ce n'est pas pour ça qu'ils sont venus, espèce d'idiot. C'est pour Joanne.* Il s'arrêta et fit volte face pour les regarder.

— Vraiment, déclara-t-il, faiblement. (Puis, il sourit.) Tout cela pour un tout petit feu.

Harriman, poussé par son élan, fit quelques pas supplémentaires. Aussi, lorsqu'ils furent enfin tous trois immobiles, Michael se retrouva flanqué de chaque côté par un des policiers, dos à une haute botte de déchets.

— On aurait besoin de lui poser quelques questions, à un autre sujet, annonça Harriman, comme si la phrase était sortie tout droit d'un manuel d'instruction de police.

— Mais, à quel sujet ? demanda Michael.

Il avait essayé d'emprunter un ton nonchalant, mais au fond de lui, il savait très bien de quoi il était question.

Il songeait à Joanne, lorsqu'ils l'avaient fagotée, avant de plier son corps docile dans la caisse en carton.

Doux Jésus, se dit-il, je n'aurais jamais pu la tuer. Et Jésus était miséricordieux, tandis que Kenneth, lui, ne lui pardonnerait jamais de l'avoir laissée échapper.

S'ils se faisaient arrêter… Il devait faire de son mieux pour qu'une telle chose n'arrive jamais. En espérant que son mieux suffirait.

— Son adresse ? demanda Beck, l'air de dire qu'on ne lui ferait pas avaler des couleuvres.

Michael ressentait l'implacable détermination du policier, mais il était décidé à passer outre.

— Eh bien, je ne suis pas sûr…

Michael se passa la main sur la nuque. Il aurait tant souhaité que Kenneth soit là. Lui, au moins, aurait su comment se comporter avec ces policiers parvenus.

— Vous devez avoir son adresse pour la Sécurité sociale.

— Eh bien, oui. (Son esprit fut traversé par une idée.) Mais, l'incendie… Mes dossiers… (Il agita vaguement la main vers son bureau, dont il ne restait que les murs roussis.) L'armoire où je conservais mes archives est en cendres, j'en ai bien peur.

Il haussa les épaules avant de croiser les bras.

— Vous devez bien savoir où il habite, insista Beck, devenant de plus en plus pressant.

Michael haussa les épaules, suggérant un « non », sans grande conviction.

Beck changea de tactique.

— Vous avez combien d'employés déclarés dans vos registres ?

Où est-ce qu'il veut en venir ? se demanda Michael. Mais il ne pouvait pas esquiver la réponse.

— Trente-quatre, annonça-t-il. (Il se tourna vers Harriman.) Ecoutez, il devrait être là demain.

— Il provoque un incendie dans votre bureau et vous, vous lui donnez un jour de congé, déclara Beck. (Il secoua la tête.) Vous êtes en train de nous faire perdre notre temps…

Ces mots dissimulaient une menace sous-jacente qui paraissait plus effrayante qu'aucune autre déclaration directe.

— Il n'a rien à craindre, glissa Harriman, pour apaiser l'atmosphère.

— … Ce qui revient à dire que vous faites obstruction à la justice, acheva Beck. Ce qui constitue un délit devant la loi. (Il croisa les bras et, malgré ses cinq bon centimètres de moins que Michael, ce dernier eut l'impression que le policier le toisait de haut.) Ne me dites pas qu'un honorable citoyen comme vous se réjouirait d'avoir un casier judiciaire… Alors, dites-nous simplement où il habite ou on vous embarque…

Michael dévisagea Beck pendant une seconde, ayant du mal à saisir comment la situation avait pu dégénérer aussi rapidement.

Il se tourna vers Harriman.

— S'il vous plaît, ajouta le jeune policier.

Michael n'était pas certain de savoir si le flic était ironique ou non, mais cela lui laissait néanmoins une chance de sauver la face.

— C'est tout de même mieux ainsi, n'est-ce pas ? déclara-t-il. (Il dévisagea Beck qui lui rendit un regard noir, l'air nullement impressionné.) Avec un petit peu de politesse, on arrive à ses fins. (Il se balança d'un pied à l'autre.) Maintenant que vous y faites allusion, j'ai peut-être l'adresse de Dean dans mon agenda.

Il se leva pour aller le chercher.

— Merci bien, monsieur, annonça la voix de Harriman derrière lui. Nous vous en serions grandement reconnaissants.

Espèce de petite hyène puante, se dit Michael.

23

Tandis qu'il grimpait les escaliers, les chaussures de Beck martelaient avec fracas les marches qui conduisaient à l'appartement de Dean Saunders. Il était juste sur les pas de Harriman. Il était grand temps de montrer à ce gamin comment un policier expérimenté mettait la main au collet d'un suspect.

Harriman avait été incroyablement excité sur le chemin. Ils allaient serrer Dean — peut-être même trouver des preuves à charge dans son appartement — et ce serait le déluge de promotions. Enfin, tout au moins des éloges.

Beck avait dû tempérer ses ardeurs. Il fallait qu'ils prennent leur temps, afin d'être certains d'épingler ce salopard, et proprement. Mais cela valait autant pour Beck que pour le gamin. Car il avait cette crispation à l'estomac qui ne pouvait pas le tromper : il était sur un bon coup, cela se sentait. Mais il tenait simplement à en être certain.

Et voilà qu'ils grimpaient les marches deux par deux. L'endroit était un véritable trou : la peinture aux murs s'écaillait et il y avait de la pisse dans le coin de la cage d'escalier. Cela empestait, avec en prime, un arôme lointain de désinfectant.

Quelque part, un bébé pleurait après sa mère.

Eh bien, lorsqu'ils mettraient la main sur Dean Saunders, il ne serait plus le seul.

Le troisième étage. Les escaliers débouchaient sur un long balcon qui donnait sur une demi-douzaine de portes de couleur marron, identiques. Le numéro « 3D » était droit devant. Harriman y parvint le premier et se mit à frapper lourdement à la porte. Lorsqu'il s'avança sur le balcon, Beck jeta un coup d'œil à travers la porte entrouverte d'un appartement : une femme, aux cheveux gras, était assise sur le bord d'un lit défait, berçant un enfant en train de pleurer. Dans un coin, du linge séchait sur un fil tendu. L'endroit suintait l'humidité et le désespoir.

— Il y a quelqu'un ? Dean ? s'écriait Harriman. (Il n'y eut pas de réponse. Il frappa de nouveau à la porte de son poing. Rien. Il haussa les épaules et se retourna.) Qu'est-ce qu'on fait maintenant ? On demande aux voisins ou on retourne au commissariat d'Anson Road ?

Beck réfléchissait. Il était tenté de secouer les voisins pour voir ce qu'ils avaient à cracher, puis, il finit par se dire qu'ils ne devaient rien savoir et il n'avait pas envie de les voir mettre la puce à l'oreille de Dean.

— Doux Jésus, certainement pas, s'écria-t-il, afin de signifier à Harriman qu'il faisait fausse route. On attend ici.

L'église catholique de Saint-Timothée était un édifice néo-gothique, constitué de pierres de taille empilées les unes sur les autres. Ce qui paraissait absurde, c'est qu'elle se trouvait, à présent, en plein milieu d'une cité H.L.M. moderne. Fitz s'estima heureux de trouver le lieu de culte ouvert : ou bien alors le curé était prêt à tenter sa chance pour convertir quelques vandales ou quelques truands.

Fitz et Penhaligon pénétrèrent dans l'église. L'endroit était empli d'odeurs d'encens et de cire ainsi que de ce silence glacial dont les églises ont su faire leur spécialité. Des rangées de bancs s'étendaient le long de la nef centrale, jusqu'à un autel ornementé, où des bougies, éteintes, veillaient, telles d'aveugles sentinelles, de part et d'autre d'un crucifix. Au-dessus, des vitraux laissaient apparaître des saints, qui surveillaient les lieux, du haut de leurs verreries fastueuses. En comparaison, le prêtre qui se tenait debout, face à l'autel, paraissait ramassé et dénué de charme.

Combien de temps s'était-il écoulé depuis la dernière fois où il avait mis les pieds dans une église ? Sans compter les baptêmes, les mariages et les enterrements, cela devait bien faire vingt-deux ans. Il jeta un regard à Panhandle. Elle observait, le regard perdu, le plafond en voûte, ses contreforts, ses corniches. Fitz prit conscience qu'elle s'efforçait de dissimuler ses pensées. Puis, il réalisa que la dernière fois qu'elle avait dû se retrouver dans une église devait remonter aux funérailles de Bilborough. Mais il s'agissait, alors, d'une construction moderne, sans comparaison avec cette grandiose folie de pierres de taille.

Leurs pas résonnèrent sur le sol tandis qu'ils avançaient vers l'autel, mais le prêtre ne bougea pas d'un pouce avant qu'ils ne fussent tout près de lui et que Panhandle ait déclaré…

— Père O'Ryan ?

Le curé se retourna alors. C'était un petit homme rondelet à la mine de hibou, piètre figure en comparaison de la splendeur de paon des vitraux qui l'entouraient. Fitz lui fit un sourire. O'Ryan était plus petit que lui, mais à peu près de la même corpulence. Il arborait un double menton, avec tant d'ostentation que le visage de Fitz paraissait, à côté, creusé par la faim. Une tignasse de cheveux gris lui ceignait le crâne telle une auréole graisseuse.

— Je suis l'inspecteur Penhaligon, annonça Panhandle. Et voici le docteur Fitzgerald.

Le prêtre cligna des yeux derrière ses verres de lunettes et fit un léger mouvement de tête en guise de salutation.

— Est-ce à propos de Joanne ? J'étais sur le point de…

Il est vif, se dit Fitz.

— Si seulement vous pouviez nous accorder cinq minutes… demanda Penhaligon.

— Suivez-moi dans la sacristie.

Le prêtre effectua une soudaine génuflexion en passant devant l'autel. Fitz fit un effort pour ne pas l'imiter ; le souvenir d'une violente dispute avec un frère jésuite, un de ses enseignants, lui traversa l'esprit — pas vraiment une dispute d'ailleurs, mais plutôt un savon, qui s'était fini à coups de martinet, comme d'habitude. Il cligna des yeux, comme pour chasser ce souvenir. Un ange de plâtre le contemplait, avec, sur les lèvres, un sourire aussi énigmatique que celui de Mona Lisa.

Il murmura à Panhandle :

— Pourquoi est-ce qu'on a toujours l'impression d'être observé lorsqu'on est dans une église ?

Le père O'Ryan s'arrêta soudainement et fit volte-face.

— Mais parce que vous l'êtes, docteur Fitzgerald.

Il avait l'air légèrement amusé.

Fitz grimaça. C'était plus fort que lui, il appréciait ce prêtre — il appréciait sa vivacité, son humour et son sens de l'à-propos.

O'Ryan les conduisit à travers une des plus petites arches, sur le côté, avant de déverrouiller une porte. Tandis qu'elle pénétrait dans la pièce, Panhandle jeta un coup d'œil en arrière.

— J'ai l'impression d'avoir entendu quelque chose, annonça-t-elle, pour répondre au haussement de sourcils de Fitz.

Ils avaient pénétré dans une pièce petite et confortable, qui semblait sortie tout droit d'un conte de C.S. Lewis, même si la cheminée était remplie, elle, de fleurs séchées. O'Ryan se mit à retirer un de ses vêtements : une toge unie, blanche, qu'il endossait sur ses habits de ville. Une chasuble ? se demanda Fitz, irrité de ne plus être certain du nom.

— J'ai, dans le passé, assisté à l'une de vos conférences, déclara O'Ryan.

— Oh, s'exclama Fitz.

Il sourit, se demandant s'il devait s'attendre à recevoir un bouquet de roses ou une volée de bois vert.

— Ce niveau de cynisme doit être difficile à supporter, poursuivit O'Ryan.

Le ton de sa voix laissait entendre qu'il était quasiment pris de pitié pour Fitz.

— Mais pas du tout, répondit Fitz avec douceur.

Il n'allait pas tomber dans le piège de s'engouffrer dans un débat théologique. Il ne voulait pas mettre Panhandle dans l'embarras. Il allait s'en tenir strictement à ce pourquoi ils étaient venus.

— En cette époque-ci, continua O'Ryan, je ne peux que me dire que chaque chose a sa raison profonde — l'amour de Dieu se révèle dans chacun de nos destins.

Allez dire cela à un enfant myopathe ou une mère au Rwanda qui observe son bébé en train de mourir par manque d'eau potable, songea Fitz.

— Ce niveau d'idéalisme doit être difficile à supporter, déclara Fitz, avant de se mordre la langue pour s'être laissé entraîner dans la polémique.

Panhandle les observait tous les deux, impassible. Quelquefois, Fitz avait l'impression que, plus il la connaissait et plus il lui devenait ardu de la sonder.

— C'est difficile, il est vrai. (Le père O'Ryan effectua une pause. Fitz eut l'impression que c'était essentiellement pour l'effet : la déformation professionnelle, après des années passées sur la chaire, se dit-il.) Extrêmement difficile. (Le prêtre se retourna pour se saisir d'une ceinture faite d'une corde de couleur blanche.) Mais vous, docteur Fitzgerald, en tant que non-croyant, comment vous réconciliez-vous avec de telles tragédies ?

— Je n'essaye nullement de me réconcilier avec.

Il n'avait jamais compris ce besoin de donner un sens au monde. En ce qui le concernait, il se passait des saloperies et il se passait de bonnes choses. Et on ne pouvait faire que très peu pour influencer son destin. Tout ce qui était de notre ressort, c'était de faire face aux conséquences des événements, après qu'ils se sont déroulés, tout en sachant parfaitement que le reste de l'univers n'en avait cure, de toutes les façons. Mark avait raison. A une échelle cosmologique, la vie humaine ne pesait pas bien lourd.

— Je n'essaye pas, poursuivit Fitz. En tant que psychologue, mon travail est d'écouter — et de comprendre.

O'Ryan fit un nœud à la corde pour se l'attacher autour de la taille, se métamorphosant soudain en un gros sac de farine.

— Cela doit être difficile, commenta-t-il.

Fitz avait tenté d'agacer le bonhomme. A présent, il se rendait compte que le prêtre était sincèrement intéressé, qu'il tentait de comprendre un point de vue qui lui était clairement étranger et Fitz se sentit quelque peu honteux.

— Eh bien… Votre boulot est d'écouter et de pardonner. Cela doit être encore plus dur.

— Je ne suis pas celui qui pardonne, rétorqua O'Ryan.

Il observait Fitz avec intensité. Si son visage devait exprimer le moindre sentiment, c'était probablement celui d'un léger amusement.

— Je souhaiterais pouvoir le croire, murmura Fitz, tout en prenant conscience que, pour la première fois en vingt ans, il le pensait vraiment. (Il fit face à cet état inhabituel de la seule manière qu'il connaissait : par le défi.) Mais nous sommes tous deux des confesseurs, mon père. Vous êtes tout autant que moi exposé aux réalités sordides de la vie. Est-ce que cela n'ébranle pas votre foi ?

Voyons voir comment tu t'en sors, cette fois-ci, se dit Fitz.

— En l'homme, si ! déclara le père O'Ryan. En Dieu, certainement pas.

Il se saisit d'un cordon, écarlate et blanc, l'embrassa et puis se le passa autour du cou.

— Eh bien… dit Fitz.

Avant qu'il puisse ajouter le moindre mot, Penhaligon interrompit leur conversation.

— Mon père… Est-ce que vous pourriez nous parler de Joanne, je vous prie ?

— Evidemment, déclara le prêtre. Elle a toujours été une fille très pieuse — elle assistait régulièrement à la messe et aux bénédictions. (Il fit une pause, mais cette fois, ce n'était pas pour l'effet, se dit Fitz, mais plutôt pour faire taire la colère qui bouillonnait au fond de lui et que le mouvement de sa mâchoire trahissait clairement. Il se passa la langue sur les lèvres avant de poursuivre :) Mais nous ne l'avons plus vue depuis Noël. Je crois savoir qu'elle avait été recrutée par une secte locale.

Il prononça ce mot comme s'il s'agissait d'un blasphème. Fitz se passa la langue sur l'intérieur de la joue et se dit que de son point de vue, il ne devait pas être très loin de la réalité. Cela paraissait, tout au moins, constituer un élément de la psychologie de Joanne plus significatif que les sornettes élaborées par son amie, Sarah, à propos de disputes à la maison et de plans de fuite.

— Qui l'a recrutée ? demandant Panhandle, allant directement à l'essentiel, comme à son habitude.

— Son directeur, je crois bien.

Fitz et Panhandle échangèrent un regard. Une pièce supplémentaire venait s'imbriquer dans ce puzzle, songea Fitz, et le tout commençait peu à peu à prendre forme. Cela demeurait un peu tordu, certes, mais prenait forme, tout de même.

— Trant, murmura le docteur.

Panhandle lui lança un regard de travers.

— Vous le connaissez ? demanda O'Ryan, paraissant choqué.

— Oui, répondit Fitz. Et vous ?

— Non. (L'expression outrée s'était évanouie du visage du prêtre.) Mais je ne suis pas entièrement satisfait de la façon dont il semble se servir de sa situation à l'école.

— Pour quoi faire ?

C'était là vraiment de la rhétorique. La réponse paraissait évidente : ce sourire charismatique, ses manières simples et affables. Qu'est-ce qu'un homme comme Kenneth Trant pouvait bien faire, à part persuader les gens de penser comme lui ?

— Pour recruter de jeunes personnes dans sa secte.

Il était clair, au ton de la voix du père O'Ryan, qu'il était surpris que Fitz éprouvât le besoin de poser la question.

Fitz avait horreur de passer pour un idiot ; ceci dit, il avait besoin d'en avoir le cœur net.

— Ces jeunes gens… Comment les décririez-vous ? Je veux dire : ont-ils quelque chose en commun ?

— Oui, déclara le prêtre aigrement. C'est en général des individus plutôt isolés — et toujours des filles.

Il n'y avait pas grand-chose à ajouter après cela et certainement pas de temps à perdre. O'Ryan les conduisit hors de la sacristie, de nouveau dans l'église.

Les rayons de soleil, qui perçaient à travers les vitraux, donnaient aux vieilles pierres de taille des teintes argentées et dorées et des reflets irisés aux flammes des chandelles.

— Je crois comprendre, docteur, que vous êtes un catholique non pratiquant ? déclara le père O'Ryan.

Bon sang, songea Fitz, ce bonhomme était vraiment incisif. Il était, pour sa part, davantage habitué à mener les séances de dissection psychologique qu'à les subir, et tout cela ne lui disait rien qui vaille.

— Et pourquoi cela ?

— Vous maniez votre ironie à l'égard de l'église avec un tel sérieux.

Fitz jeta un regard à Panhandle. Elle souriait.

— L'ironie est, en ce qui me regarde, un sujet on ne peut plus sérieux. (C'était le mieux qu'il puisse faire pour s'en sortir avec un peu de classe.) Mais vous avez entièrement raison, par ailleurs. (Il renifla, se demandant s'il devait mettre un terme à la conversation avant que le sujet ne devienne véritablement déplaisant. Mais, au diable, ces réticences !) Bénissez-moi, mon père : ma dernière confession remonte à vingt-deux ans.

O'Ryan sourit.

— Alors la prochaine vaudra largement qu'on daigne lui prêter l'oreille. J'espère bien être celui que vous choisirez alors.

Un prêtre avec le sens de l'humour. Fitz pensait franchement qu'une telle chose n'aurait pas dû être tolérée.

— Sacrée chance, murmura-t-il, tandis que Panhandle remerciait le prêtre pour le temps qu'il avait bien voulu leur accorder. Mais cette fois, Fitz fit en sorte de le dire suffisamment bas pour ne pas être entendu.

Le père O'Ryan était occupé. Dean l'observait d'une des alcôves, sur le côté de l'autel. Il était en train de parler à deux personnes que Dean ne connaissait pas. Il avait prononcé le nom de Joanne. Dean l'avait entendu. Ils avaient tous l'air très sérieux et ils étaient tous allés dans la pièce spéciale de O'Ryan.

Ces deux personnes devaient être de la police. Ils viendraient le chercher pour l'emmener et l'enfermer dans une petite pièce sans lumière, où il entendrait les rats grouiller dans tous les sens et il n'aurait pas à manger et il y resterait pour toujours.

C'était ce qu'on lui avait dit au foyer. S'il était méchant, la police viendrait le chercher.

Mais il serait gentil. S'ils le lui demandaient, il dirait combien M. Kenneth et M. Michael avaient été bon pour lui, et M. Kenneth viendrait le chercher au commissariat.

Tout irait bien. Il attendrait qu'ils partent avant d'aller parler au père O'Ryan. Le père O'Ryan était un prêtre. Ce qui voulait dire qu'il ne pouvait pas répéter à n'importe qui ce que vous lui racontiez.

Dean se tapit plus profondément dans les ombres de l'église, aussi silencieux qu'une souris, en attendant que les visiteurs quittent les lieux.

Lorsqu'ils sortirent de la sacristie, les deux personnes avaient l'air encore plus sérieux que lorsqu'elles étaient entrées. Dean les regarda partir tandis que le père O'Ryan les raccompagnait jusqu'à la porte de l'église.

Dean sortit de sa cachette. Il s'assura que les deux visiteurs avaient bien quitté les lieux.

— Mon père, s'écria-t-il. Mon père…

Le père O'Ryan se retourna.

— Dean ?

Dean se mit à pleurer. Il ne voulait pas mais il ne put s'en empêcher. L'image de Joanne, dans le journal, le hantait. Il sentait encore le bus cahoter sous ses pieds, tandis qu'il s'efforçait de déchiffrer les mots. LA FILLE AUX GRAFFITIS EST DECEDEE. Il avait l'impression que l'air allait lui manquer d'un instant à l'autre.

— Elle… commença-t-il ; mais il ne parvenait pas à articuler les mots. Elle… essaya-t-il encore.

Le père O'Ryan s'avança pour se mettre à ses côtés.

— Que se passe-t-il, Dean ?

Je dois le dire, pensa Dean. *Il est père. Il peut pas répéter à tout le monde.*

Il tenta, mais en vain, d'éructer le mot : « *morte* ». Jésus était là, dans l'église. Jésus le regardait, ainsi que Marie et les saints. Il ne pouvait pas prononcer ce mot tandis qu'ils le regardaient tous. Il déglutit douloureusement. Sa gorge lui faisait mal, parce qu'il avait couru et pleuré. Il finit par dire…

— Elle est au paradis, à présent.

— Mais, qui donc ?

Il n'en savait rien. D'une façon ou d'une autre, Dean s'était dit que le père saurait, tout comme Dieu savait et Jésus savait et M. Kenneth savait. Il n'arriverait jamais à prononcer son nom. Il n'y arriverait jamais. Les visiteurs avaient parlé d'elle et il craignait, s'il prononçait son nom, qu'ils reviennent pour le chercher. Il observa la porte, espérant qu'ils étaient déjà loin.

— Joanne ?

Le père O'Ryan paraissait choqué. Dean avait peur qu'il soit en colère.

— Aidez-moi, dit Dean. (Il ne savait pas quoi dire d'autre. Ils finiraient par se rendre compte qu'il avait essayé de la toucher, dans le noir. Ils penseraient qu'il lui avait fait du mal, ils lui diraient qu'il aurait dû téléphoner. Ils lui diraient que c'était de sa faute si elle était morte.) Aidez-moi, répéta-t-il. Je vous en prie, je vous en prie, mon père…

Il se mit à trembler.

— Qu'est-ce qui ne va pas, Dean ? demanda le père O'Ryan.

Il se saisit, avec douceur, du bras de Dean ; non pas pour lui faire du mal, mais afin qu'il arrête de trembler.

Le père O'Ryan parlerait peut-être, songea Dean. Justement parce qu'il n'était pas censé répéter… La police viendrait peut-être lui poser des questions.

— Vous. Moi, déclara-t-il.

Il existait un endroit, un endroit spécial. Il essaya de se rappeler le nom mais cela lui échappait. Il observait le père O'Ryan avec détresse, dans l'espoir que ce dernier comprendrait.

— Qu'est-ce que tu racontais à propos de Joanne ?

Il allait se mettre en colère contre Dean. D'un instant à l'autre, il perdrait patience et il n'y aurait plus personne au monde à qui il pourrait parler.

Dean fit un effort pour prononcer ses mots.

— La boîte… dit-il.

Il se tortilla pour la regarder. On rentrait dedans et puis on disait : « Bénissez-moi, mon père, car j'ai péché », et alors, on racontait au père toutes les mauvaises choses qu'on avait faites et à la fin, le père vous donnait l'absolution et tout allait bien. Dans la boîte, il n'y avait que vous et le père. Et Dieu.

— Dans la boîte, répéta Dean.

Le père O'Ryan observait Dean. *Il est en colère,* se dit Dean. *Je vous en prie, ne soyez pas en colère. Je ne voulais pas lui faire de mal.*

— Viens, dis le père O'Ryan.

Il s'avança jusqu'à la boîte.

Dean commença par le suivre. Et si ce n'était pas vrai ? se demanda-t-il. Et si vous aviez fait quelque chose de vraiment mal et vous en parliez ?

Père O'Ryan pénétra dans la boîte.

Je dois lui dire, se dit Dean. *Il est dans la boîte. Je suis dans la boîte. Il ne peut rien dire. Mais peut-être il parlera. Peut-être…*

Dean se demandait, assis dans les ténèbres, s'il devait parler de Joanne. Il s'imaginait bouclé par la police, dans le noir, à écouter les rats grouiller et détaler.

Il se passa la langue sur les lèvres. Il avait envie de rentrer dans la boîte avec le père. Mais il ne pouvait pas. Il fit demi-tour et s'enfuit de l'église, poursuivi par le bruit de ses tennis, martelant le plancher en bois, puis, le gazon et enfin, le trottoir.

Beck ne laisserait jamais une chose pareille transparaître devant Harriman, mais il en avait sa claque de poireauter, en attendant que ce cinglé de Saunders se décide à montrer le bout de son nez. Il se refusait à l'admettre devant son collègue car il considérait que la patience faisait partie des vertus essentielles de l'enquêteur et se disait, par ailleurs, qu'il devait se montrer un exemple irréprochable pour Harriman.

Alors, ils n'avaient plus qu'à l'attendre, sans même écouter la radio, ou bien même jeter un œil aux courses de l'après-midi, histoire de tromper l'ennui…

— Le voilà, s'écria Harriman, le désignant du doigt.

Foutre, songea Beck. Il aperçut succinctement le blouson de Saunders tandis que celui-ci se précipitait à travers la cour d'entrée.

Beck jaillit du véhicule — un poil devant Harriman, ce qui était toujours ça de gagné — et bondit à la poursuite de Saunders. Les buissons touffus, qui poussaient près du mur, lui fouettèrent le visage, mais il n'y prêta aucune attention.

Saunders était déjà rentré dans le hall de son immeuble lorsque les policiers parvinrent au coin du bâtiment. Les chaussures de Beck grinçaient sur le gravier. Il ouvrit la porte du hall d'un vigoureux coup de pied. Saunders était en haut des escaliers et une fois encore, Beck entrevit son dos avant qu'il ne s'engouffre dans le couloir.

Il était rapide, mais Beck serait encore plus rapide. *Je serais bien plus rapide.* Et de toutes les manières, Saunders était fait comme un rat ; il n'avait pas d'autre issue.

Plus qu'un étage. Saunders se retourna et Beck eut la vision fugace d'un visage cramoisi, au nez busqué. Puis, il disparut.

Beck était sur ses pas. Il parvint au troisième, juste à temps pour voir Saunders claquer sa porte. Beck se précipita dessus, mais trop tard. Il lui asséna un bon coup d'épaule, mais la porte résistait. Saloperie, se dit-il, jetant un rapide coup d'œil à Harriman. Il se raidit, une main sur

le montant de la porte, une autre sur le mur, avant d'asse-
ner un vigoureux coup de pied sur la porte, qui s'ouvrit
brusquement.

Le recul l'envoya valser en arrière, et Harriman en profita pour se précipiter à l'intérieur en premier.

Beck pénétra dans l'appartement sur ses talons —
Harriman avait maîtrisé Saunders avec adresse — avant de
jeter un coup d'œil autour de lui.

Bien joué ! se dit Beck, on a notre homme. Toute la
pièce — les quatre murs — était barbouillée de motifs
identiques aux saloperies obscènes dont le corps de Joanne
Barnes avait été recouvert.

Jésus-Christ, marmonna-t-il, face à la silhouette noire
d'un homme, ou peut-être d'une femme, que le pervers
avait dessinée. Il l'avait entourée de gribouillis et de lignes
— oui, il y avait une explosion de soleil, une horloge, une
spirale et des cercles — tout juste comme sur Joanne
Barnes.

Harriman avait fait une clé de bras à Saunders tout en lui
maintenant fermement la tête. Bien joué, Harriman. Inutile
de prendre le moindre risque.

Beck fit un sourire carnassier à Saunders.

— T'es cuit, mon gars, déclara-t-il.

24

Fitz remettait ça, et si Penhaligon n'était pas encore tout à fait lasse de son petit jeu, elle n'était pas pour autant d'humeur à se prêter à ses parties d'échecs mentales. Elle venait juste de se garer devant la demeure de Kenneth et Virginia Trant ; Fitz observait la maison, songeur.

Il s'agissait d'un pavillon impeccable, peu différent de tous ceux que Penhaligon avait visités au cours de son service. Que ce soit ceux de témoins, de victimes et de suspects — voire de criminels. Il aurait été intéressant de voir ce qu'un profil psychologique, dressé par Fitz, en fonction de types particuliers d'habitations, aurait pu révéler.

Mais non, il fallait qu'il bavasse sur les boîtes aux lettres, bien que, venant de la part de Fitz, cela ne fût qu'une autre excuse pour parler de lui-même.

— Il y aura très certainement de l'hystérie, déclara-t-il.

Penhaligon soupira. Elle était censée lui demander comment il pouvait en être certain, ou bien tout simplement ce qu'il signifiait par là. Il répondrait, avant d'en travestir le sens afin de faire une allusion à l'égard de Penhaligon. Probablement quelque chose de salace, ou au moins d'approchant. Eh bien, elle n'était pas d'humeur joueuse, ce jour-là. Il n'avait qu'à trouver un autre divertissement. Elle regarda dehors, par la fenêtre. Cela n'y fit rien. Il poursuivit comme si elle était subjuguée par ses paroles.

— Une fois, j'ai pu obtenir ce boulot de vacataire, lorsque j'étais étudiant. En tant que postier. C'est incroyable ce qu'on peut rencontrer comme différentes sortes de boîtes à lettres. (Et c'est parti pour un tour, se dit Penhaligon. La théorie absolue du docteur Edward Fitzgerald à propos des profils psychologiques en fonction des choix de boîtes à lettres.) Des grandes, des accueillantes, des généreuses, certaines assez larges pour que les enfants puissent glisser leur main dedans pour prendre la clé, comme cela, ils n'ont jamais besoin d'en trimbaler une avec eux. Des petites gueules hargneuses, dans lesquelles on pourrait à peine glisser une carte postale.

Nous y voilà, se dit Penhaligon : une analyse freudienne. D'un instant à l'autre, il va me demander quel style de boîte aux lettres j'ai à la maison — comme s'il ne le savait pas déjà, alors qu'il s'est mis à hurler à travers un nombre incroyable de fois, lorsqu'il était bourré — et puis, après cela, monsieur m'expliquera ce que cela signifie. Et quoi que je puisse répondre, il le tronquera.

Elle décida d'arborer un visage plein d'amertume. Mais Fitz poursuivit sur sa lancée…

— Des verticales, hautes. Des verticales, basses, celles-ci sont prévues pour vous esquinter le dos. Et puis, alors, ils se sont mis à fabriquer celles avec de la brosse à l'intérieur. (Il tendit ses mains devant lui, avec sur le visage une expression sincèrement dégoûtée.) Quand on met la main dedans, c'est tout visqueux, comme si on vous désinfectait…

Mauvaise prédiction, se dit Penhaligon. Etrangement déçue, elle déclara…

— Allez, Fitz…

Elle sortit de son véhicule et se dirigea vers la demeure des Trant. La pelouse était tondue à ras, et les roses taillées au « garde-à-vous ». *Désinfecté*, songea Penhaligon. *Ouais, d'accord.*

La porte était d'un blanc impeccable, sertie de vitraux luxueux, encastrés dans un châssis de plomb. Penhaligon pressa la sonnette et entendit le timbre discret d'un carillon à deux notes. Une fente verticale, munie d'un clapet, desti-née au courrier, se trouvait à une hauteur raisonnable, au milieu de la porte. Fitz surprit Penhaligon en train de l'ob-server et sourit.

Il glissa sa main à l'intérieur et son sourire se transforma en une grimace de dégoût. Il retira vivement ses doigts.

« L'hystérie », mima-t-il sur ses lèvres.

Penhaligon, malgré toutes ses bonnes résolutions, se sur-prit à rire. Elle donna à Fitz une légère tape sur le buste au moment même où la porte s'ouvrait.

Virginia Trant se tenait devant eux. Penhaligon reprit une attitude plus sérieuse et sortit sa carte de police.

— Madame Trant ? demanda-t-elle.

La femme les observait comme s'ils étaient des mons-tres. Ses cheveux étaient quelque peu décoiffés, et elle avait une expression légèrement décomposée. Son allure était loin de correspondre à ce que Penhaligon avait imaginé.

— C'est à propos de Joanne Barnes, ajouta Penhaligon promptement, quand il lui parut clair que Mme Trant n'allait pas répondre.

— Oh, oui, siffla Mme Trant.

Ses yeux, déjà écarquillés comme ceux d'un lapin apeuré, s'élargirent encore davantage. Elle esquissa un mouvement pour serrer ses mains devant elle puis, elle effectua un effort manifeste pour n'en rien faire.

— Est-ce que nous pourrions parler à votre mari, je vous prie ?

Virginia Trant se mit à palper son alliance. Elle se passa la langue sur les lèvres.

— Un instant, je vous prie, répondit-elle, sur un ton en tout point identique à celui d'une standardiste de téléphone.

Kenneth Trant l'avait bien dressée, c'était le moins qu'on puisse dire, songea Penhaligon.

Sa première impression avait été la bonne. Ce type était une ordure.

Il fit son apparition dans le couloir, repliant son journal avec hâte.

— Un re-bonjour, s'écria-t-il en venant à leur rencontre. Mais entrez donc, je vous en prie. (Il agita une main en direction du salon.) Si vous voulez bien vous donner la peine…

Penhaligon pénétra dans la maison, aussitôt suivie par Fitz. Kenneth referma la porte derrière eux. Penhaligon l'entendit la verrouiller.

Voilà ce que ressent la mouche qui accepte l'invitation de l'araignée à prendre place dans son boudoir, se dit-elle.

Le salon de Kenneth Trant était comme le reste de sa maison, indubitablement classe moyenne : rien de trop à la mode ou de trop fastueux, rien de trop démodé et certainement rien de bon marché. Très convenable, si cela était votre tasse de thé, se dit Fitz. Ce qui n'était pas vraiment son cas.

Kenneth parlait à voix basse à Virginia dans le couloir. Fitz aurait payé cher le droit de glisser une oreille dans leur conversation, mais puisque c'était impossible, il décida de se consacrer à une exploration de la bibliothèque de Kenneth. Il se saisit d'un livre maintes fois feuilleté : *Une brève histoire du temps*, de Stephen Hawking. Cet ouvrage côtoyait *Le Chaos*, par James Gleick et *A la recherche des limites du temps*, par John Gribbin.

Le mur de Planck. Un magma en fusion d'énergie chaotique qui existait avant que l'univers, tel que nous le connaissons, prenne sa forme actuelle.

Le corps de Joanne Barnes, recouvert d'équations et de représentations symboliques de la disparition du cosmos en une ultime fournaise.

Oh, oui, se dit Fitz. *Je crois avoir une bonne idée de celui qui aurait pu faire ça.*

— Vous effectuez des recherches, docteur ? demanda Kenneth.

Fitz se retourna, arraché à ses méditations.

— Vous comprenez quelque chose à tout ça ? demanda-t-il.

Il brandit en l'air l'ouvrage de façon à ce que Kenneth puisse le voir.

— Tout cela n'a pour moi ni queue ni tête, répondit Kenneth, sur un ton peut-être légèrement trop mielleux.

Fitz reposa le livre à sa place.

— Vous êtes intéressé par ce genre de choses ?

— Non, déclara Kenneth. C'est un cadeau qu'on m'a offert pour Noël. (Il fit un signe en direction du sofa à l'intention de Fitz.) Et vous ? Vous l'avez lu ?

Fitz sourit amèrement.

— J'ai abandonné au milieu. (Il prit place sur le canapé, auprès de Panhandle.) C'était un petit peu décevant, poursuivit-il. Je pensais que j'y trouverais des réponses à toutes les questions.

Kenneth s'assit sur ce qui paraissait être son fauteuil réservé. Virginia se tenait debout, près de lui, l'air troublé. Elle transpirait la peur. A moins, se dit Fitz, que j'imagine cela uniquement parce que j'ai vu ces livres. Plier les preuves, de façon à ce qu'elles cadrent avec votre théorie, c'était loin d'être la meilleure méthode scientifique.

Kenneth sourit et se saisit d'une Bible posée sur un guéridon.

— Vous n'avez pas consulté le bon ouvrage, annonça-t-il.

— Vous croyez que je trouverai toutes les réponses là-dedans ? demanda Fitz.

— Eh bien, dit Kenneth sur un ton affable, les réponses y sont. Maintenant, que vous les y trouviez ou non, cela ne dépend que de vous. (Il sourit.) Est-ce que vous croyez en Dieu, docteur ?

— Je n'ai encore jamais pu lui mettre la main dessus, répondit sèchement Fitz.

— Ne vous inquiétez donc pas. Je ne tenterai nullement de vous convertir.

Kenneth maîtrisait le ton de sa voix.

Virginia se balançait d'un pied sur l'autre. Etait-ce la discussion à propos de religion ou l'idée de Kenneth en train de convertir les gens qui la mettait mal à l'aise ? Fitz n'avait pas encore assez d'éléments pour répondre à cette question. Pour le moment, tout au moins.

— Et pourquoi pas ? demanda-t-il.

— Est-ce ce que vous attendez de moi ? demanda Kenneth, apparemment avide d'une joute verbale.

— Vous faites bien acte de prosélytisme pour votre foi, ou je me trompe ?

— Prosélytisme ?

Kenneth avait prononcé ce mot comme s'il était nouveau pour lui.

— Vous avez bien recruté plusieurs de vos élèves pour votre église, non ?

Il y eut comme une plainte étouffée, si faible que Fitz ne fut pas certain de l'avoir entendue. Mais Panhandle lança un vif coup d'œil en direction de Virginia.

— Je trouve l'expression « recruter » quelque peu osée, objecta Kenneth.

— C'est pour ça que j'avais utilisé le mot prosélytisme : convertir quelqu'un d'une foi à une autre.

— Je connais le sens de ce mot, docteur.

Il est délibérément chiant pour distraire mon attention de Virginia, se dit Fitz. Il aurait souhaité avoir demandé à Penhaligon de se concentrer sur elle, mais à présent, il ne pouvait que partager son attention entre eux deux.

— Mais vous ne l'aimez pas. (Le regard de Fitz glissa de Kenneth à Virginia. Elle ressemblait à un lièvre apeuré, se dit-il — les yeux écarquillés, le nez dressé et les dents de devant saillantes. Mais il fallait qu'il aille jusqu'au bout avec Kenneth.) Et vous ne voulez pas non plus de « recruter ». Quoi alors ? Affecter ? Enrôler ?

— Est-ce que vous êtes venu ici pour débattre avec moi de sémantique ?

Kenneth donnait, à présent, l'impression d'avoir du mal à conserver un ton neutre.

Virginia se frotta les mains. Ses doigts se saisirent de son alliance et elle se mit à la faire tourner autour de son doigt.

Intéressant, se dit Fitz. Il fixa de nouveau son attention sur Kenneth.

— Non. Je suis ici pour parler de Joanne Barnes.

Il était temps d'en finir avec les jeux de mots.

Virginia choisit cet instant pour prendre la parole.

— Est-ce que je peux vous offrir du thé ? demanda-t-elle à Fitz.

— Non, répondit-il.

Kenneth lança à son épouse un regard intense. Mais elle se tourna vers Panhandle.

— Du café ?

— Non, merci, répondit Panhandle en souriant.

Virginia se passa la langue sur les lèvres. Kenneth lui lança un sourire avant de se tourner vers Fitz.

— Eh bien… Je ne crois pas pouvoir ajouter grand-chose à ce que vous avez appris de la jeune Sarah, au lycée.

Fitz tortilla son corps massif avant de se caler dans le canapé.

— Oh ? Parce que vous savez ce qu'elle nous a raconté ?

Evidemment que tu le sais, se dit Fitz. *Vous avez probablement répété le discours ensemble jusqu'au point d'en être synchro.*

— Oui, évidemment, déclara Kenneth. Elle m'a rapporté votre conversation par la suite. (Certainement pas au cours d'une conversation de routine, se dit Fitz.) Elle vous a dit que Joanne se sentait seule et qu'elle avait des problèmes avec ses parents.

— Quand avez-vous vu Joanne pour la dernière fois ? demanda Fitz promptement.

Kenneth parut réfléchir un moment à la question.

— Dimanche soir, à notre église.

Etrange, cette façon de le souligner, se dit Fitz. La manière dont Virginia regarda son époux, lorsqu'il fit cette déclaration, paraissait bien plus étrange encore — comme si elle avait peur de dire une chose qu'il ne fallait pas et que son mari se mette en colère.

— Votre église ? demanda Panhandle.

Cela faisait partie de leur jeu d'équipe, et il avait déjà fait ses preuves : elle gardait le silence avant de les prendre au dépourvu.

— Oui. (Il affronta le regard de Panhandle. Elle se contenta de le dévisager en retour jusqu'à ce qu'il ajoute :) Mais, vous devez certainement savoir que Joanne était membre de notre congrégation ?

— Et pourquoi donc ?

Le ton de Panhandle était doux. Fitz savait à quel point ce ton pouvait se révéler trompeur. La voix d'un ange et l'esprit comme une cage de fer, sa Panhandle !

L'estocade fit mouche. Kenneth déclara, quelque peu déstabilisé...

— Ses parents vous en auraient informés. (Il leva ses mains comme s'il mourait d'envie de se les frotter nerveusement, mais il n'en fit rien.) Après tout, elle s'y rendait tous les dimanches soirs, et quelquefois, durant la semaine, aussi.

— Pourquoi ne pas avoir mentionné ce fait lorsque nous sommes passés au lycée ?

La voix de Panhandle s'était faite plus dure, et elle ne quittait plus Kenneth des yeux.

— Cela ne m'a pas paru revêtir la moindre importance pour votre enquête, répondit-il après un certain temps. (Il remua sur sa chaise.) Je veux dire… Après tout, elle n'a pas disparu cette nuit-là. Elle était au lycée, le jour suivant, comme d'habitude.

Trop vite, se dit Fitz. *Trop rapide et trop spécieux.*

— Comment allait-elle ce dimanche soir ? demanda-t-il.

— Comme à son habitude. (Kenneth semblait chercher quelque chose à ajouter.) Elle a lu un passage du Livre — elle était naturelle.

Kenneth jeta un regard à Virginia. Elle se frotta les yeux comme pour en extraire une poussière, puis, elle sourit tout en opinant de la tête. Cela pouvait être naturel, évidemment. Il y avait toujours, se dit Fitz, cette minime possibilité. Mais encore, peut-être qu'elle ne voulait pas regarder son époux dans les yeux pour une autre raison… Quelque chose sur laquelle Fitz ne pouvait pas encore mettre un nom, et que ces oiseaux préféraient qu'il ne découvrît jamais.

— Etes-vous membre de la congrégation, madame Trant ? demanda Fitz.

Virginia resta bouche bée. Elle serra ses mains l'une contre l'autre, sans prononcer la moindre parole. Une fois de plus, elle émit cette sourde plainte, quasi inaudible. Ses lèvres se mirent à trembler. Finalement, Kenneth tendit le bras et lui prit la main, l'attirant plus près de lui.

— Oui, déclara-t-il, une fois qu'il fut évident qu'elle ne pourrait pas répondre. Mon épouse est membre de la congrégation.

Virginia gémit faiblement. Elle couvrit son visage de sa main libre et se mit à sangloter.

Kenneth se dressa vivement. Il enlaça son épouse de son bras, aussi attentionné qu'un homme peut l'être, songea

Fitz. Ou bien alors, aussi rapide que possible pour la faire taire.

— J'espère que vous nous excuserez. Virginia n'a pas trouvé le sommeil depuis que tout cela est arrivé, annonça Kenneth. (Il la conduisit jusqu'à la porte.) Cette nouvelle a laissé tout le monde au lycée — et à la congrégation — profondément ébranlé. (Fitz et Panhandle lui emboîtèrent le pas.) Cette pauvre jeune fille. Quel terrible gâchis…

— Oui, je le sais bien, déclara Fitz. (Il soupira.) C'est pour cette raison qu'on veut coincer le cinglé qui a fait ça.

Kenneth se figea, juste une seconde, avant de poursuivre son chemin.

Virginia sanglotait.

— Eh bien, on en a eu pour notre argent, déclara Fitz, tandis qu'il s'avançait vers la voiture, aux côtés de Panhandle.

— Tu penses que c'est lui qui a fait le coup.

Ce n'était pas une question.

— Peut-être. Je suis convaincu, en tous les cas, qu'il en sait plus qu'il ne veut bien l'admettre.

Il se demanda ce qu'il se passerait s'il tentait de l'embrasser, à cet instant — juste là, devant la maison des Trant, aux yeux et au nez de tout le monde.

Elle lui collerait une bonne claque avant de le laisser rentrer chez lui à pied, sans aucun doute.

Bilborough avait déclaré à Fitz qu'il lui réglerait son compte s'il se risquait de nouveau à faire du mal à Panhandle : la dernière fois qu'il avait succombé à ses charmes, il avait fini par la laisser plantée à l'aéroport, l'abandonnant avec une facture monumentale, pour des vacances qu'il n'avait pas eu le courage de prendre avec elle.

Mais Bilborough était mort et Judith l'avait largué, probablement pour de bon cette fois. Et puis, il leur restait cette enquête à boucler.

— Et si on lui mettait vraiment la pression, demanda Fitz.

Il fit un signe de tête vers la maison des Trant.

Panhandle sourit et haussa les sourcils.

— Retournes-y et demande-lui une liste de tous les membres de sa congrégation. Ça devrait lui faire ronger son frein.

C'était au tour de Fitz de se mettre à sourire.

— Qui sait, déclara-t-il. Cela pourrait même s'avérer utile.

25

Ils avaient enfin coincé ce petit merdeux de pervers et cette fois-ci, il n'y aurait pas d'erreur. On n'allait pas le lâcher dans la nature pour qu'il se remette à tuer. Pas si Jimmy Beck avait son mot à dire, en tous les cas.

Il était vrai, cependant, qu'ils manquaient quelque peu de preuves matérielles pour corroborer leur faisceau de suspicions : le mobile, l'opportunité et surtout, toute cette merde que Saunders avait dessinée sur les murs de son appartement. Résultat des courses : il leur fallait une confession.

Et Beck allait s'assurer en personne qu'ils allaient l'obtenir. Il se tenait en face de ce petit salaud, de l'autre côté de la table de la salle d'interrogatoire.

— Dis-nous simplement ce qui s'est passé, commença Beck.

Saunders releva ses mains pour effectuer le signe de taré qu'il aimait tant.

Beck en avait plein le dos. Par-dessus la tête.

— Refais ça encore une fois et je te découpe les doigts. (Il pointa son index vers Saunders qui baissa lentement ses mains.) Avant que ne débute le mandat de dépôt ; avant que tu puisses voir un avocat ; avant que mon supérieur commence à t'interroger, il te reste encore une chance, annonça Beck. (Saunders se mit à trembler. *Bon sang, mais d'un instant à l'autre le gamin allait éclater en sanglots. Parfait. Il ne pouvait rosser ce sale petit pervers ; pas avec Harriman dans la pièce. Sorti tout droit de l'académie de*

Hendon, ce benêt était rempli d'idéalisme et de bonnes intentions. Mais il pouvait toujours lui flanquer une trouille infernale.) Une chance, Dean, de te racheter. Tu comprends ?

. Beck s'accouda sur la table, approchant son visage juste sous le nez de ce petit merdeux. Ou alors il avait l'haleine fétide, ou alors ses fringues empestaient ; ou les deux à la fois, ce qui était le plus probable.

Saunders le regarda avec ses yeux écarquillés de chiot battu. Beck se rendait bien compte que son message n'était pas parvenu jusqu'à son cerveau. Peut-être bien que jamais rien n'était arrivé là-haut.

— Est-ce que je pourrais avoir de l'eau, s'il vous plaît ?

Beck lui aurait craché au visage. Pigé ? Peut-être que cette petite tapette avait bien compris. Peut-être même qu'il se foutait de sa gueule. Mais enfin, on pouvait tirer profit de toutes sortes de situations, à condition d'avoir les couilles nécessaires. Beck fit un signe de tête à Harriman qui sortit pour aller chercher de l'eau.

Beck se leva. Il recula quelque peu, de façon à ce que Saunders ait une bonne idée de ce à quoi il faisait face. Il plongea ses mains dans ses poches avant de déclarer…

— Je sais tout, Dean. Je veux simplement te l'entendre dire. (Rien du tout. Juste ces yeux écarquillés et ces lèvres tremblantes. Cela donnait à Beck l'envie de cogner sur quelque chose. Ce petit salaud avait encore besoin d'un peu de motivation.) J'ai été à ton appartement, j'ai vu.

Cela ne louperait pas : même ce demeuré devait être capable de comprendre que les gribouillis qu'il avait faits sur les murs de son appartement étaient les mêmes que ceux que l'on avait retrouvés sur le corps de Joanne.

Mais, il répondit :

— Nous contemplons le monde à travers un miroir obscur, puis face à face.

Il souriait, comme s'il annonçait à Beck de bonnes nouvelles. Il semblait même excité.

— « Face à face », répéta Beck. (Il se rapprocha de la table et posa ses bras dessus.) Moi. Toi. Maintenant. (Il ménagea une pause pour soigner son effet. Dean serra les poings, sur la table. Ses articulations en devinrent blanches, même en comparaison de sa peau blême.) J'ai parlé à Joanne avant qu'elle meure. Elle m'a tout raconté à ton sujet, les choses dégoûtantes que vous faisiez. Ce que tu lui faisais, poursuivit Beck.

Il ne pouvait s'en empêcher. Il se mit à penser aux photos, à cette peau crémeuse, cette poitrine jeune et ferme, barbouillée au marqueur — ses fesses, ses cuisses, son ventre, recouverts de signes —, à sa jeunesse. *Qu'est-ce que Dean Saunders aurait bien pu faire de tout cela ?* Beck aurait mis sa tête à couper qu'il n'en avait pas fait grand-chose. Pas à la fin. Pas après s'être adonné à sa petite perversion malsaine. Pas comme un homme, un vrai.

— Comment tu l'as fait souffrir. (Oh, cela oui, Beck pouvait l'imaginer : et à en juger par la panique aveugle qu'il lisait sur le visage de Saunders, lui aussi l'imaginait très bien.) Ces choses que tu as écrites, ces choses que tu as dites. (Beck murmurait presque, à présent. Il se lécha les babines.) Joanne m'a tout raconté, espèce d'ordure, et je vais te coffrer.

Saunders avait de toute évidence du mal à retenir ses larmes. Bien, songea Beck : très bien. Il voulait le voir pleurer, de la même façon qu'il avait imaginé Joanne pleurer, lorsque Saunders avait enfoncé profondément son marqueur dans sa chair…

Beck se redressa. Il contourna lentement la table avant de se retrouver sur le côté droit de Saunders, tout près de lui. Il se pencha jusqu'à ce que sa tête effleure pratiquement la chevelure de Saunders.

— Avoue. Avoue maintenant, Dean, avant que je ne te lâche au milieu de la meute de loups.

Beck contourna Dean pour se placer derrière lui. Lui parler ainsi allait le désorienter. C'était une technique que Beck avait apprise au cours de ses lectures.

Saunders fit son signe protecteur. Il était grand temps de lui faire comprendre que cela ne marchait pas, se décida Beck.

— Une jolie fille comme cela, dit-il. Toi, la toucher, la souiller… (Il aurait souhaité voir le regard de Saunders, pour pouvoir se rendre compte s'il touchait le point sensible. Beck s'accroupit, afin de pouvoir murmurer directement en plein dans les oreilles du vicelard.) Les choses répugnantes, dégueulasses que tu lui as faites… Tu subiras deux fois pire, siffla-t-il. (C'était inutile. Il n'y avait pas de place pour la subtilité lorsqu'on traitait avec cet étron de Saunders. Il laissa la haine qu'il avait maîtrisée jusque-là percer au travers de sa voix.) Avoue, ou tu seras dans la merde jusqu'au cou, Saunders. (Il grognait à présent.) Je te le promets.

A cet instant précis, Harriman pénétra dans la pièce avec de l'eau. Beck se redressa — pas la peine de se précipiter — et posa sa main sur l'épaule de Saunders, comme s'ils venaient juste de faire, le plus naturellement du monde, un brin de causette. Il contourna la table et déambula jusqu'au mur contre lequel il s'appuya.

Saunders ne le quittait pas des yeux.

Tu es fait maintenant, salopard, se disait Beck. *Tu es foutu.*

26

Ils n'arriveraient à rien de bon avec Kenneth Trant. Fitz le sentait à l'aise comme un poisson dans l'eau et Panhandle avait à peu près la même impression.

Ils appelèrent le commissariat d'Anson Road, tout juste pour s'entendre dire que Dean Saunders avait fait ses aveux. Wise comptait sur eux pour qu'ils se rendent à l'usine d'emballage de Michael Trant pour le tenir au courant de l'évolution des événements.

— Ça me va, annonça Fitz tandis que Panhandle coupait la connexion. (Elle le regarda en haussant les sourcils.) Il doit bien y avoir un maillon faible dans la chaîne. Tout ce qu'il nous reste à faire est de le trouver.

Il se mit à sucer l'intérieur de sa joue.

— Tu ne penses pas que Dean soit coupable, alors ? demanda-t-elle en grimaçant un sourire.

Ils savaient tous deux ce que valait une confession. Elle le dévisagea, le jaugeant de son regard intense, lui faisant comprendre qu'elle le connaissait davantage qu'il ne l'aurait souhaité.

Il y eut un temps où il avait été obsédé par le mobile pur : pas sans équivoque, mais qui n'aurait, pour origine, que de bonnes intentions. Et puis, Nigel Cassidy avait été coffré pour avoir tué Timothy Lang, un meurtre qu'il n'avait probablement pas commis. Et tout cela s'était déroulé sous le nez de Fitz. Depuis, il avait décidé que le mobile pur pouvait aller au diable. Ce dont il s'inquiétait, à présent, c'était de découvrir la vérité — du moins, si c'était du domaine du possible.

— Et toi, tu y crois ? demanda-t-il.

Elle avait vu, tout comme Fitz, l'appartement de Dean Saunders, et la réplique des graffitis de Joanne, gribouillés sur les murs.

Elle lui lança un sourire sardonique. Elle savait, tout comme lui, que tout cela était loin d'être fini.

*
* *

Michael Trant était de stature bien moins imposante que son frère Kenneth, songea Fitz. La différence n'était pas tant dans le physique ; il s'agissait plutôt d'une question de présence. Mettez Kenneth Trant dans une pièce remplie d'inconnus, et il en deviendrait le centre d'intérêt en quelques minutes. Mettez Michael dans la même pièce et il pourrait s'estimer chanceux si quelqu'un se souvenait l'y avoir vu par la suite.

Michael Trant eut l'air terrifié lorsqu'ils se présentèrent. Et, après que Panhandle lui eut dit que Dean se trouvait au commissariat d'Anson Road, il donna l'impression que la terre s'était ouverte sous ses pieds.

Le maillon faible de la chaîne, peut-être bien.

— Il est en garde-à-vue alors ? demanda Michael Trant.

Sa voix aigrelette suintait la panique et il clignait excessivement des yeux.

— Il nous aide dans le cadre de notre enquête, répondit Penhaligon.

Fitz ne lui laissa pas la chance de s'attarder sur cette idée.

— Est-ce que vous savez quoi que ce soit à propos de sa famille ? demanda-t-il, s'efforçant de conserver un ton léger, presque badin.

Fitz tournait en rond derrière Michael.

— Il n'en parle jamais, répondit Michael. (Fitz haussa les sourcils, dans l'expectative.) Tout ce que je sais, c'est que sa mère est décédée… (La voix de Michael faiblit. Fitz le dévisagea intensément, tout en se passant la langue sur les dents. Sur son visage, son expression signifiait clairement : *Etes-vous vraiment certain de nous raconter la vérité ? Ce n'est pas ce que j'ai cru comprendre.* Finalement, Michael reprit la parole :) Ou bien… s'est enfuie. (Fitz l'observait fixement. Le salopard cachait quelque chose. Quelque chose de particulier à propos de Dean.) Je n'en avais aucune idée… acheva-t-il.

— Vous n'aviez aucune idée à propos de quoi au juste ? trancha Fitz vivement. Qu'il était si dérangé de la tête ?

— Oui, dit Michael. (Il clignait rapidement des yeux et effectuait des mouvements de haut en bas de la tête, comme un chien de bonne humeur, à l'arrière d'une voiture.) Oui.

Il donnait l'impression d'être soulagé, comme s'il venait de trouver la réponse exacte à une question particulièrement difficile, au cours d'un examen.

Désolé de te décevoir, songea Fitz. Il sourit.

— Voyez-vous, à ce sujet, je dois vous dire que je ne suis pas d'accord avec vous. (Il se tourna vers Panhandle mais observait Michael du coin de l'œil. Il savait que cela mettrait le bonhomme mal à l'aise.) Je ne crois pas que ce que nous avons vu dans l'appartement de Dean ce matin soit le fait d'un esprit détraqué. (Fitz se remit à effectuer des allers-retours. Michael ne perdait pas une miette de ce qu'il disait à présent — tel un cobra observant une mangouste.) Je pense qu'il s'agit là de l'œuvre de quelqu'un d'intelligent, qui a suivi une éducation classique ; un cerveau organisé, posé, savant. (Il fit une pause. Michael semblait être passé de la panique à une terreur paralysante en un laps de temps extrêmement court. Il était temps de lui mettre la pression. Temps d'exiger des réponses.) Ce n'est pas vraiment ce que la plupart des gens penseraient de Dean, qu'est-ce que vous en dites ?

Il jeta un coup d'œil à Panhandle. Elle observait la scène sans rien perdre, à l'affût du moment où un changement d'attitude, de voix, ouvrirait une brèche dans la défense de Michael Trant : il n'y aurait plus alors qu'à y enfoncer un ciseau pour le fracturer, tel un bloc de granit fissuré. Ils étaient bons, tous les deux. Le « Fitz et Panhandle show », une pièce à deux qui échouait rarement.

— Quel est le parcours de Dean ? demanda Fitz, sur un ton qui indiquait clairement qu'il connaissait déjà la réponse. Une école spécialisée. Il est brutalisé. Il sèche les cours. Puis, de la métallurgie. Enfin, l'art.

— Dean… (La voix de Michael mourut dans sa gorge. Il tenta un nouvel essai. Il cligna des yeux à plusieurs reprises.) Il… (Il laissa tomber.) Oui. Ce genre de… les choses que vous avez dites.

Oh, oui. Il y avait certainement quelque chose entre Michael Trant et Dean Saunders. Michael était-il le tueur ? Fitz en doutait. L'assassin de Joanne Barnes devait être un individu brutal et calculateur, à proportions à peu près égales. Quant au meurtre en lui-même, il fallait être sacrément déterminé. Fitz ne pensait pas que Michael Trant aurait eu le profil pour une liaison avec Joanne, de toutes les manières.

Mais il n'avait pas besoin de le savoir. Par ailleurs, il était temps de faire grimper les enchères.

— Et quant à vous ? demanda-t-il. Une formation technique ?

— L'université.

Michael eut l'air offusqué comme il fallait.

— Leicester ?

Fitz crachait les questions comme des balles de mitraillette. Il ne voulait surtout pas laisser à Michael le temps de réfléchir.

— Hull.

— Ingénieur ?

Michael sourit faiblement, comme s'il était soulagé d'avoir enfin la bonne réponse à au moins une des questions.

— Correct.

Pauvre Michael Trant, songea Fitz, bien qu'il ne se sentît, en fait, pas si désolé que cela pour le bonhomme. Il a dû passer sa vie entière dans l'ombre de son frère, plus âgé, plus intelligent, plus séduisant ; à dire merci lorsque la vie lui assénait un coup de pied au derrière, avec l'impression de devoir s'excuser les rares fois où il avait la bonne réponse à ce qu'on lui demandait.

Fitz jeta un coup d'œil à Panhandle. Elle sourit. *C'est encore à moi,* se dit-il, et il enchaîna…

— Et puis, le mariage, la banlieue et le boulot dans l'usine à papa.

Il ne posait pas de questions, il citait des faits.

— Oui.

Une fois encore, ce faible sourire.

— Ouais. (Fitz lui rendit un sourire narquois ; ses manières étaient à la limite du mépris.) Les années soixante te sont vraiment passées sous le nez, hein ? Pas vrai, Michael ?

Il pivota sur lui-même, laissant à Panhandle le soin de faire les adieux.

Celle-ci demeura silencieuse jusqu'à ce qu'ils soient de nouveau dans la voiture.

— Qu'est-ce que c'était que tout ce numéro ? demanda-t-elle.

— J'étais juste en train de secouer la chaîne pour voir si elle allait lâcher, répondit-il.

Elle sourit puis démarra. Le soleil couchant donnait des reflets d'or à sa chevelure rousse et il ne pouvait s'empêcher de remarquer la délicatesse de ses mains blanches sur le volant.

Mais bon sang ! D'où est-ce que cela lui venait ? se demanda-t-il. Il s'imaginait, depuis longtemps déjà, que l'amour à sens unique, entre Panhandle et lui, avait fini par faire place à une camaraderie, qu'elle lui avait accordée à contrecœur.

Et puis... Quelques mois sans faire l'amour et voilà qu'il avait le béguin pour la première qui lui tombait sous la main. Non que sa vie sexuelle avec Judith ait eu de quoi faire la une de *La gazette des jambes en l'air*, mais au moins, à l'époque, il savait que la possibilité existait : cela faisait toute la différence.

— A quoi penses-tu ? demanda Penhaligon.

— Ahhh... Si tu savais ! déclara-t-il, tout en se disant : *Je n'ose pas te le dire. Je n'ose tout simplement pas !*

27

Ce petit pervers avait fini par craquer, se dit Beck. Il avait fait ses aveux sur bande magnétique, en *sa* modeste *présence*, *aucun* problème.

Cela méritait bien un toast, et peu importait la langue. Il sortit son stock privé d'un tiroir de son bureau. Pas de ce foutu scotch, non merci ! Mais pour lui, du whiskey, du vrai : de l'irlandais ! Il se versa une rasade généreuse et servit aussi un verre à Harriman et à quelques autres personnes qui, pour une raison ou pour une autre, se trouvaient à traîner dans la salle de la brigade. Par un jour comme celui-ci, où il avait mis la main au collet d'un suspect et où, en plus, le gars allait plonger au trou… Il méritait bien cette petite récompense !

— Santé !

Beck, Harriman et le reste de la troupe trinquèrent, le sourire aux lèvres. Beck engloutit son verre cul sec avant de s'en verser un autre aussitôt.

Penhaligon et Fitz firent leur entrée dans la pièce. Penhaligon avait, sur le visage, cette expression déterminée qui annonçait des ennuis. Quant à lui, il arborait une tronche de bûche. Ils se dirigèrent droit vers le bureau de Wise et Penhaligon frappa à la porte. Ils devaient certainement s'imaginer avoir des informations de première main. Dommage pour eux, ils n'allaient pas être déçus !

Fitz se retourna et lança à Beck un regard noir.

— Pourquoi cette mine déconfite ? demanda Beck. (Ils

étaient de véritables spectres, des trouble-fête. Du Fitz tout craché.) On a coffré un type. Joignez-vous à la bringue.

Il brandit sa bouteille.

Fitz s'approcha.

— Je crois que vous faites une erreur.

Pour une fois, il ne donnait pas l'impression de chercher la bagarre, mais de toutes les manières, Beck s'en fichait.

— Je ne crois pas, répondit-il.

Assieds-toi dessus, espèce de gros salaud, se dit Beck.

Fitz lui sourit.

— Vous êtes un peu comme le médecin, n'est-ce pas ?

Bordel, mais qu'est-ce qu'il voulait dire par là ? Beck patienta un instant, espérant que Fitz allait éclairer sa lanterne ; mais il n'en fit rien, aussi, Beck se sentit obligé de demander :

— Qu'est-ce que vous voulez dire par là ?

Fitz ne souriait plus.

— Vous avez tendance à enterrer vos erreurs.

Il fit volte-face et suivit Penhaligon dans le bureau de Wise.

Beck se retourna vers Harriman. Puis il reposa la bouteille sur la table avec une telle violence que les verres en sursautèrent. *Salopard,* se dit-il. Il ne cesserait donc jamais de lui rappeler ce qui s'était passé avec Bilborough. Il ne le laisserait donc jamais en paix avec ça. Il se servit un autre verre — double rasade — et cette fois-ci, il ne fit pas tourner la bouteille.

Wise était aussi têtu que Fitz l'imaginait. Il avait bien espéré mieux, mais l'espoir… L'espoir était un chemin de cailloux vers une oasis qui demeurait pour toujours à l'horizon.

Il jeta un regard intense à Wise, qui se cala confortablement en arrière, dans son fauteuil.

— Il est innocent.

Fitz ne criait pas — mais presque.

Il en était de même pour Wise, qui, visiblement, était d'humeur à montrer ce qu'il avait dans les tripes.

— Pourquoi est-ce qu'il a fait ses aveux, alors ?

La lumière se reflétait sur ses lunettes ; il était impossible de déchiffrer l'expression de son visage.

Fitz émit un grognement de mépris, n'essayant nullement de masquer sa dérision. Il se tourna vers Panhandle.

— Wise[1], sage par son nom, bouché par nature, murmura-t-il, suffisamment fort, pour que Wise puisse l'entendre. (Panhandle jeta un regard inquiet vers son supérieur, mais Fitz n'eut pas le temps d'en saisir la raison. Elle aurait pu penser que Wise serait furieux envers Fitz, et par association, envers elle. Ou bien, elle aurait pu être contrariée par le fait que Wise décide de se contenter des aveux de Dean pour boucler l'affaire.) Ecoutez, dit Fitz, fouillant dans la poche de son manteau. Voici une liste des amis grenouilles de bénitier de Dean.

Wise se pencha en avant et se saisit du morceau de papier.

— Toutes les personnes de cette liste devraient être traitées comme des suspects, inspecteur, déclara Panhandle.

Elle s'en tirait bien mieux que Fitz pour conserver une attitude convenable. Mais elle n'était pas hantée, elle au moins, par le spectre de Nigel Cassidy, probablement innocent, et néanmoins sous les verrous pour vingt piges.

Cela était déjà arrivé une fois, et avant tout par la faute de Fitz. Il ne laisserait foutrement pas une telle chose se reproduire.

— Lire la Bible n'est pas interdit par la loi, déclara Wise.

— En particulier les Trant, dit Fitz, comme s'il s'agissait de la réponse la plus évidente à la déclaration de Wise.

---

1. *Wise*, en anglais, signifie : sage, sagace. *(N.d.T.)*.

Wise restait dubitatif.

— Mais ces gens-là m'ont tout l'air…

— D'être des citoyens respectables, au-dessus de tous soupçons ? lâcha Penhaligon sèchement.

— Ouais.

Wise avait lancé ce mot comme un défi.

— Dean n'est qu'un bouc émissaire, inspecteur.

Penhaligon était tendue comme une corde de piano.

Elle se sent autant impliquée dans cette affaire que moi, se dit Fitz. *Et elle a plus à perdre. Foutrement plus, d'ailleurs.*

— Laissez-moi l'interroger, demanda Fitz.

Wise regardait à travers la fenêtre, derrière Fitz.

— Mais qu'est-ce que Beck penserait de tout cela ?

Qu'il aille se faire mettre, se dit Fitz. *Depuis quand est-ce que les humeurs de monsieur seraient plus importantes que la vérité ?* Fitz s'était imaginé que Wise était trop vieux et trop dur à cuire pour se laisser aller à ces manigances de couloir, auxquelles Bilborough s'était plus d'une fois prêté. Mais il fallait croire qu'il avait fait erreur. Le lui faire savoir, cependant, ne servirait à rien.

Fitz décida plutôt de jouer la carte des intérêts personnels de Wise.

— S'il se rétracte, il vous reste quoi ?

— Pas grand-chose, admit Wise à contrecœur.

Et puis soudain, Fitz en eut assez de ces partie d'échecs mentales et de ces tractations de coulisses. *Que Beck et ses humeurs aillent se faire foutre, et que Wise aille se faire foutre par la même occasion.*

— Je voudrais juste une chance d'obtenir la vérité, si cela n'est pas une attitude trop radicale, aboya-t-il.

Peut-être que Wise apprécierait la franchise.

— Ecoutez, les aveux étant dactylographiés… (Il se leva et se dirigea vers la porte. En passant devant Fitz, il lui glissa :) Si vous voulez lui parler entre-temps, moi, cela ne me pose pas de problème.

Fitz et Panhandle échangèrent un sourire. Fitz eut l'impression que c'était le moins qu'il puisse faire afin d'éviter de bondir dans les airs.

Wise leur ouvrit la porte. Tandis qu'ils quittaient son bureau, il leur dit :

— Au fait, Fitz, est-ce que ce sont là toutes de vraies dents ?

Il saisit Fitz par le bras.

— Ouais ?

Fitz se sentait comme Beck au naturel : pris au dépourvu.

— Prenez-en soin, déclara Wise. (Il n'était pas tellement plus petit que Fitz.) Brossez-les, curez-les. Et ne vous avisez plus jamais de me dire que je suis bouché !

Fitz se renfrogna. Un point pour Wise, se dit-il. Et puis, il se souvint qu'il avait obtenu la permission de parler à Dean. Plutôt un partout, dans ce cas, décida-t-il. Et la partie était loin d'être finie.

Ils avaient mis Dean dans une petite, toute petite pièce, avec une fenêtre haute, ce qui faisait qu'il n'y avait pas beaucoup de lumière. Puis, après un certain temps, ils étaient venus et l'avaient emmené dans une plus grande pièce, où il y avait des hommes et aussi une femme de la police et une autre femme qui avait déclaré être avocate.

« Raconte-nous ce que tu as fait à Joanne », lui avaient-ils demandé et il leur avait dit : « Rien, rien, rien. »

Mais ils ne l'avaient pas cru. « Quand est-ce que tu l'as vue pour la dernière fois ? » lui avaient-ils demandé. Ils n'étaient pas en colère, ils ne criaient pas, mais ils ne cessaient de lui poser des questions, encore et encore. « Comment était-elle vêtue ? » Il avait envie de dire : « Elle portait le drap, je n'ai rien vu du tout. Rien de mal, rien que je n'aurais dû voir. Je voulais la toucher mais ça ne lui a pas plu. »

Peut-être avait-il dit cela. Peut-être bien qu'il leur avait dit parce que celui qui s'était mis en colère contre lui, celui à la moustache, il s'était de nouveau mis en colère contre Dean.

« Tu l'as fait boire », il a dit. *Des tasses de thé, après la réunion pour la prière ?* songea Dean. Peut-être bien que c'était arrivé une fois.

« Dis-nous, lui avaient-ils répété. Dis-nous, dis-nous, dis-nous. »

Alors, il leur avait dit, et il avait pensé qu'ils le laisseraient retourner à sa chambre. Sa propre chambre, avec ses propres affaires.

Mais ils l'avaient de nouveau mis dans la petite pièce avec la fenêtre haute, et ils lui avaient dit qu'il devait rester là.

Et à présent, voilà qu'ils étaient là de nouveau, lui disant qu'il devait les suivre et répondre à d'autres questions.

Dean mit ses mains devant lui pour que son signe les arrête. Mais cela n'y fit rien. Ils l'emmenèrent avec eux

28

Dean Saunders avait de grands yeux, couleur de tuile, une bouche trop large, aux lèvres étrangement mobiles, et une coupe de cheveux minable. Il devait immanquablement être le sujet de toutes les railleries, le bouc émissaire de toutes les erreurs, de tous les échecs et de toutes les mésaventures qui survenaient sur son chemin.

Et c'était exactement ce qui était en train de lui arriver de nouveau.

Fitz pénétra dans la salle d'interrogatoire, avec Penhaligon sur les talons. Le tout premier geste de Dean fut de ramener ses mains devant son visage. L'index et le pouce formaient un « L », et ses pouces étaient accolés l'un à l'autre. Dean observait ainsi le monde à travers le demi-rectangle formé par ses mains.

Fitz prit place sur un siège. Penhaligon s'installa derrière lui, près du mur. Les mains de Dean demeurèrent figées et ses yeux ne cillèrent point.

Fitz se demanda ce que Dean pouvait bien faire par là. Gardait-il à distance les mauvais esprits — le diable, les démons, ou toutes autres terribles créatures qui peuplaient le panthéon maléfique qu'il s'était forgé ? Ou se protégeait-il simplement d'un monde inexplicable à ses yeux ? Cela paraissait plus vraisemblable, mais qu'est-ce que c'était censé représenter ? S'agissait-il d'un objectif ? Non, certainement trop compliqué. Une télévision ? Peut-être. Tous deux vous permettaient de conserver vos distances avec le monde, en disposant un écran entre vous et la réalité. Il n'y avait qu'une façon d'en avoir le cœur net.

— Qu'est-ce que tu vois, Dean ?

— Moi.

Fitz fronça les sourcils. Ce n'était pas la réponse à laquelle il s'attendait. Aussi imita-t-il le geste avec ses propres mains.

— Qu'est-ce que je fais, Dean ?

— Un miroir.

Ah… se dit-il. Cela expliquait tout. Si le monde était un lieu effrayant, mieux valait détourner les yeux. Contemplez-vous, plutôt. Vous verriez encore probablement de terribles choses, mais au moins, elles vous seraient familières.

— Raconte-moi, demanda Fitz.

Il conservait une voix basse, impartiale. Brusquer Dean et il serait soudain comme une biche apeurée.

— Pleurer, articula la bouche de Dean. Maman partie. Les gamins bousculent. Donnent des coups de pied. Disent des mauvais noms. (Il était quasiment en train de trembler.) Pas aimer me battre.

C'était difficile pour lui, d'en parler, alors qu'il n'avait probablement jamais dû se confesser ainsi, dans le passé. Mais le laisser se retrancher dans les tréfonds de son cerveau ne l'aiderait en rien : on ne vient pas à bout de ses démons en les fuyant. Et, de toutes les manières, Fitz avait besoin d'être sûr —sûr et certain et non pas se fier à son seul instinct — que Dean n'avait pas tué Joanne Barnes. Parce que si ce n'était pas lui, cela signifiait simplement que le tueur était encore dans la nature. Ou plutôt, probablement dans la maison de Kenneth Trant.

— La sonnerie de l'école retentit, tu restes derrière, déclara Fitz, posant les fondations imaginaires sur lesquelles Dean allait pouvoir évoluer.

— Oui.

Son visage était songeur, son regard comme hypnotisé.

— Tu te caches sous le bureau jusqu'à ce que le surveillant te chasse à coups de pied.

— Il fait noir, dit Dean. Et froid.

Tout doucement, Fitz abaissa ses mains.

— Ils t'attendent toujours.

— Courir à travers les champs, à travers les buissons.

— Vêtements déchirés. La boue. (Ils étaient complices à présent, édifiant un tableau en dehors du temps ; pas seulement un événement, mais des échantillons de toutes les vexations dont Dean avait été victime dans le passé.) Personne pour remarquer quoi que ce soit — pour prendre de tes nouvelles.

Bien sûr que non. Il avait sans doute grandi dans un foyer. Sujet de soins experts de la part d'un personnel trop professionnel pour se laisser impliquer dans son travail.

— Froid dans le lit, annonça Dean.

Un cauchemar défilait devant ses yeux.

— Garder tes habits. (Dean acquiesça.) Comment est-ce qu'ils t'appelaient ?

— Putois.

— Chaque fois que tu pénètres dans la classe : « Qu'est-ce que c'est que cette puanteur ? Est-ce qu'on peut ouvrir les fenêtres, s'il vous plaît, madame ? » (*Oh, oui ! songea Fitz. Les jours d'école. Les plus beaux jours de votre vie. Mon cul.* Si les profs ne vous faisaient pas la peau, les autres élèves s'en chargeaient.) Ils emmènent des bombes d'aérosol et ils t'arrosent. (Dean opina, presque imperceptiblement. Il semblait souffrir atrocement. Fitz poursuivit :) Mais il y avait un professeur qui veillait sur toi — qui te traitait bien.

Dean sourit, soudainement aussi joyeux qu'il avait semblé malheureux, un instant auparavant.

— Mademoiselle Morgan.

— Qu'est-ce qu'elle enseignait ?

— L'art.

Il murmura presque le mot, comme s'il était trop important pour pouvoir l'exprimer à haute voix.

— Tu étais bon en dessin.

Il ne s'agissait pas d'une question.

— Dessiner. Reproduire.

Fitz entendit une respiration aiguë derrière lui, qui ne pouvait être que le fait de Panhandle.

— Comme ces motifs sur les murs de ton appartement.

— Oui. Reproduits. Copié Joanne. Et moi.

Son visage était hanté. Non pas malheureux. Plutôt comme s'il se rappelait son unique moment de joie dans sa vie.

Bien sûr, se dit Fitz. Il s'était reproduit sur le mur — c'était ça cette silhouette d'homme, au milieu du mur ; et tout autour, il s'agissait d'une version distordue des motifs qu'il avait aperçus sur le corps de Joanne.

Dean avait fait en sorte qu'ils soient réunis et cela, par le seul moyen qu'il avait eu à sa disposition.

Norma Trant avait épousé un crétin. Elle s'en était toujours doutée, et à présent, elle en était absolument convaincue. Elle l'observait faisant les cent pas dans la véranda de Kenneth, de plus en plus proche d'un état de panique. C'était gênant, d'autant plus que Virginia le regardait également. D'une minute à l'autre, Kenneth allait arriver. Elle espérait bien que Michael se serait ressaisi d'ici-là.

— Il a recouvert les murs de son appartement, avec des motifs identiques à ceux retrouvés sur le corps de Joanne ! s'écria-t-il. (Il agitait ses mains autour de lui, comme une grotesque marionnette.) Les équations de Kenneth — et tout ça ! C'est pour ça qu'ils l'ont arrêté.

Au nom du ciel, se dit Norma. Mais, c'est qu'il était pratiquement en train de reprocher à Kenneth tout ce qui était arrivé ! Pour avoir ainsi écrit sur Joanne ! Il était vrai qu'elle n'avait pas entièrement saisi la signification de cet étrange rituel, mais elle était convaincue que, quelles qu'aient été les raisons de Kenneth, tout était parfaitement justifié. Elle était également persuadée qu'une lavette comme son mari n'avait nullement le droit de critiquer quelqu'un d'aussi imposant que Kenneth.

— Ils vont le briser, poursuivit Michael. (Il avança jusqu'à l'extrémité de la véranda avant de faire volte-face, faisant virevolter, dans le mouvement, son affreuse et flasque frange.) Ils vont lui faire cracher le morceau.

Kenneth pénétra dans le salon.

— Et qu'est-ce donc qu'ils lui feront « cracher » ? demanda-t-il.

Il semblait emplir la véranda de sa présence. Norma se sentit submergée par la profonde conviction qu'ils sortiraient indemnes de toute cette histoire. Kenneth saurait quelle était la marche à suivre et ils seraient préservés des atteintes de la police.

Il le mettrait sur le compte de la volonté du Seigneur, mais Norma se faisait une autre idée de la chose... Kenneth était simplement un de ces hommes supérieurs, bien plus intelligent que n'importe quel membre de la police.

Michael, quant à lui, était toujours en train de geindre et de pleurnicher comme un chiot battu.

— Ils sauront bien qu'il n'aura pas inventé toute cette histoire tout seul. Le psychologue — il a dit que c'était l'œuvre de quelqu'un ayant reçu une éducation classique, un cerveau intelligent.

Sa voix était devenue criarde. Il se mit une main sur le visage. En fait, il était en train de pleurer. La bouche de Norma se tordit en un rictus de dégoût, et pour une fois, elle ne se donna pas la peine de tenter de le dissimuler.

— Oh, Kenneth ! s'écria Virginia.

Au moins avait-elle des raisons de paniquer, elle. Si elle ne s'était pas comportée ainsi — si elle n'était pas devenue hystérique lorsqu'elle avait été confrontée aux preuves de ce que Kenneth avait manigancé avec cette petite garce —, tout aurait pu être évité.

Les événements auraient dû se dérouler différemment. Tout aurait dû se passer comme Norma l'avait prévu, lorsqu'elle avait pris les clichés : Virginia outrée et Kenneth, désemparé, cherchant du réconfort — et le trouvant dans les bras de Norma.

— Ils vont nous tomber dessus, déclara Michael à Kenneth. La prochaine fois, c'est nous qu'ils viendront chercher !

— Michael ! aboya Norma. Assieds-toi !

Michael sombra dans le siège à côté d'elle, aussi obéissant qu'un enfant.

Kenneth ne se contenterait jamais d'obtempérer ainsi à ses exigences, songea-t-elle avec mépris.

— Est-ce qu'il y a la moindre chance que tu puisses parler à Dean ? demanda-t-elle. (Elle jeta un coup d'œil à Kenneth, dans l'espoir qu'il remarquerait qu'elle, au moins, continuait à se servir de son cerveau.) Il te fait confiance. Si seulement tu pouvais lui parler, peut-être bien que tu pourrais…

— Tu veux dire… Me rendre au commissariat ? demanda Michael.

Il avait l'air terrorisé.

— Oui, rétorqua Norma.

Après tout, ils pouvaient dire que Michael était ce que Dean avait de plus approchant d'une famille.

— Non, trancha Kenneth.

Norma fronça les sourcils, déçue. Elle avait tant souhaité impressionner Kenneth avec son idée.

— Mais… murmura Virginia. Et si… Et s'il leur raconte à propos de Joanne ?

Kenneth se tourna vers elle, prévenant.

— Que peut-il donc leur dire ? Il n'a absolument rien vu.

Sa voix était douce. A cet instant, Norma se remémora qu'elle éprouvait, à l'égard de Virginia, autant d'affection que de haine. Elle était faible et pas très vive d'esprit et Kenneth le lui pardonnait. Il l'aimait pour ça et non malgré ça. En comparaison, tout ce que Norma pouvait attendre de lui était du respect — et il s'agissait d'une chose bien froide, ma foi.

— Virginia, poursuivit Kenneth, tu m'as entendu dire à la police que la dernière fois que j'ai vu Joanne, c'était le dimanche soir, pour la prière de la congrégation.

— Oui… déclara Virginia.

Elle semblait au bord de la panique.

— Quand l'as-tu vue pour la dernière fois ?

— Lorsque nous avons tous…

Norma soupira. Virginia était d'une telle bêtise…

Kenneth observait avec intensité.

— Réfléchis, Virginia. Quand as-tu vu Joanne pour la dernière fois ?

— Lors de la dernière réunion de la congrégation.

Elle paraissait sceptique.

Kenneth se retourna.

— Norma ?

— Lors de la dernière réunion de la congrégation, déclara-t-elle promptement.

Si elle ne pouvait espérer rien de mieux que son respect, au moins y ferait-elle honneur.

— Michael ?

C'était sans espoir. Michael était toujours en train de paniquer.

— Ils n'y croiront pas une seconde, ils vont…

— Quand as-tu vu Joanne pour la dernière fois ? tonna Kenneth.

— Lors… de la réunion de la congrégation… grommela Michael à contrecœur.

— C'est tout ce que nous avons à dire. L'important, c'est que nous ayons tous la même version des événements. Alors, nous serons en sécurité.

Cela paraissait assez clair pour Norma. Elle aurait seulement aimé pouvoir en être aussi sûre en ce qui concernait Virginia et Michael. Elle écoutait Kenneth, mourant d'envie de le prendre dans ses bras, de lui masser délicatement les épaules, afin d'alléger le fardeau qui pesait sur lui. Une telle responsabilité : la tâche de les sauver tous, alors que Virginia et Michael étaient si faibles.

— Dean est détraqué, poursuivit Kenneth. Il aurait déjà dû être enfermé il y de cela des années. Et vous vous imaginez qu'ils accorderont plus de crédit à sa parole qu'à la nôtre ? (Eh bien, c'était plutôt vrai, se dit-elle. Elle avait été, dès le début, contre l'idée que Michael l'engageât. Et puis, s'ils le répétaient avec suffisamment de conviction, cela finirait par devenir la vérité.) Le garçon est coupable. Il doit payer le prix de ses péchés.

Un doute traversa l'esprit de Norma un court instant. Kenneth ne pouvait raisonnablement pas croire une chose pareille, quand même ? Il n'avait tout de même pas oublié ces étranges moments, dans la cave, lorsqu'ils avaient prié pour le salut de l'âme de Joanne et qu'ils lui avaient administré le gin et les cachets ?

C'était une idée ridicule et Norma la chassa aussitôt de son esprit.

Kenneth prit place dans un siège.

— Prions ensemble, déclara-t-il.

Il saisit une des mains de son épouse et Norma prit l'autre main de Virginia. Norma aurait souhaité être assise aux côtés de Kenneth. En ces temps difficiles, sentir le contact de ses mains puissantes aurait constitué un réconfort. Au lieu de ça, il fallait qu'elle fasse avec Virginia.

Michael lui prit son autre main avec réticence. Son contact était froid et moite.

Norma ferma les yeux. Mais elle ne pria point. Cela ne lui semblait pas revêtir le moindre intérêt.

M. Fitz demanda à Dean d'effectuer son signe miroir. Personne ne l'avait jamais encore prié de faire ça. La plupart des gens n'aimaient pas que Dean fasse son geste spécial.

— Qu'est-ce que tu vois ? demanda M. Fitz.

— Un homme en feu.

— Quoi d'autre ?

Pas le temps de réfléchir. Réponds à la question ou M. Fitz va peut-être se mettre en colère.

— Une femme qui saigne.

Maman. Un homme. Le poing d'un homme. Papa ?

— Quoi d'autre ?

— Des éclats de verre.

En revenant de l'école. Une bouteille qui s'éclate contre le tronc d'un arbre.

— Quoi d'autre ?

— Pat le postier.

Chaud. Confortable. Les genoux d'une femme.

— Quoi d'autre ?

— Des fleurs.

Une croix en pierre.

— L'espace.

L'ultime frontière. Voilà le voyage…

— Quoi d'autre ?

— Un bébé qui pleure.

Je pleure. Personne ne vient.

— Quoi d'autre ?

— Joanne.

Joanne dans le noir, avec le drap autour d'elle.

Personne ne dit plus rien pendant un long moment. Dean

se demandait si M. Fitz voulait qu'il ajoute quelque chose. Mais sa tête était pleine de Joanne et de choses dont il ne voulait pas parler.

— Où est-elle ? demanda enfin M. Fitz.

Au paradis, se dit Dean.

— De l'autre côté du miroir.

Nous contemplons le monde à travers un miroir obscur, puis face à face.

— Décris-la, dit M. Fitz.

Gémissant dans la nuit avec le drap enroulé autour d'elle et sa peau recouverte de signes, et ses yeux qui pleurent. Dean voulait la toucher mais elle ne voulait pas. Il ne l'avait pas touchée. Il en avait eu envie mais il ne l'avait pas fait. Il avait comme oublié ce moment, mais il s'en souvenait à présent. Mais s'il leur disait, ils se mettraient en colère. M. Fitz se mettrait en colère. Mlle Jane aussi.

— Toute chair est de l'herbe, dit-il plutôt.

Ce qui voulait dire qu'elle était morte, qu'elle s'en était retournée voir Jésus, de l'autre côté du miroir.

M. Fitz eut l'air déçu. Dean aimait bien M. Fitz. Il ne criait pas et il n'obligeait pas Dean à baisser ses mains. Il savait à propos de Mlle Morgan. Dean voulait faire plaisir à M. Fitz, mais pas assez pour lui raconter Joanne, dans la nuit.

— Est-ce que tu lui as donné des cachets, Dean ?

— Non, répondit Dean.

Ils allaient se mettre en colère à présent. Il avait menti quand les autres lui avaient demandé. Il avait répondu oui, parce qu'il s'était imaginé qu'ils le laisseraient rentrer à la maison.

— Est-ce que tu l'as fait boire ?

— Non.

Il osait à peine les regarder. Il avait menti. Il était mauvais.

— Pourquoi as-tu fait tes aveux ?

Il n'en savait trop rien.

— Ils ont dit.

Ils ont dit que cela le soulagerait mais ce n'était pas vrai.

Mlle Jane s'approcha de lui. Elle était drôlement jolie, mais quand même pas autant que Joanne ; et elle avait des cheveux roux au lieu d'une chevelure claire, d'un or éblouissant.

— Dean, dit-elle. Tu as déclaré que tu as aidé Joanne à mourir. Est-ce que c'est vrai ?

Au son de sa voix, elle semblait être gentille. Elle ne donnait pas l'impression qu'elle allait se mettre en colère, s'il lui disait qu'il avait menti auparavant. Il l'observa intensément.

— Non, marmonna-t-il.

— Tu ne ferais pas une chose pareille ?

— Non ! (Il hurlait presque, mais il n'était pas censé crier. Ce n'était pas bien de crier.) Je… (Il y avait un mot. Il connaissait le mot, mais il n'arrivait pas à le dire.) Ai…

Il avait essayé. Sa bouche était comme paralysée, et sa gorge était serrée. Il pouvait à peine respirer.

— Pourquoi est-ce que tu n'arrives pas à le dire, ce mot ? demanda M. Fitz. (Sa voix paraissait un peu triste.) Ne l'as-tu donc jamais dit à personne ? Est-ce que personne ne te l'a jamais dit ? (Dean dévisagea M. Fitz. *Dire le mot. Ce mot ?* Il était pour les autres gens, pas pour lui. Il sentait son cœur lui marteler les côtes. Il secoua la tête.) C'est juste un mot, Dean. (M. Fitz riait presque, comme si ce mot n'était rien du tout.) Dis-le.

Il souriait, il souriait à Dean.

Dean détourna les yeux. Il voulait être gentil. Il voulait faire plaisir à M. Fitz, car M. Fitz avait été bon avec lui et aussi parce que, peut-être, il pourrait rentrer chez lui ensuite. Mais comment pouvait-il dire une chose pareille ? S'il le disait, ce serait vrai. Il essaya de prononcer les mots, mais ses dents refusaient de s'écarter. Il articula quelque chose plutôt entre un gémissement et un soupir.

— Joanne ? demanda Fitz.

— Je l'aime, réussit-il enfin à éructer. (Dean pensait que quelque chose de terrible allait lui arriver s'il le disait ; mais il ne se passa rien, sauf que M. Fitz avait l'air d'être content de lui.) Je l'aime, répéta-t-il. Je l'aime.

29

Ils avaient de nouveau raccompagné Dean dans la petite pièce. Il se mit à contempler la porte.

— Je l'aime, dit-il. (C'était comme une explosion de flammes dans sa cervelle et dans ses tripes.) Je l'aime. Je l'aime. Je l'aime, annonça-t-il aux quatre murs.

Mais il n'y eut nulle réponse. Et il se souvint alors… Joanne était avec Jésus. Elle était de l'autre côté du miroir. Il avait tenté de la toucher, alors qu'il aurait dû lui dire les mots que M. Fitz avait libérés dans son esprit.

Et à présent, il était trop tard. Elle ne pouvait plus lui répondre. Elle ne pouvait plus lui sourire, ou bien venir à lui.

— Je t'aime, dit Dean à nouveau.

Il désirait la rejoindre. Etre avec elle. Au paradis.

Wise n'était pas bouché par nature mais un véritable crétin, décida Fitz. Wise, Bilborough, Beck : tous sortis du même moule — bien trop soucieux de leurs statistiques et trop occupés à se caresser le dos dans le sens du poil pour s'inquiéter de choses secondaires, comme la vérité ou une justice équitable.

Eh bien, Fitz était peut-être tombé dans ce panneau par le passé mais il ne ferait pas la même erreur deux fois. Il abattit le poing sur le bureau de Wise.

— Stefan Siszko a passé seize ans de sa vie derrière les barreaux pour un crime qu'il ne pouvait matériellement avoir commis — il est bizarre, il dit des trucs bizarres : ce doit donc être un assassin, déclara Fitz. (Il avait du mal à ne pas se mettre à hurler, mais il comprenait, au regard délavé et exaspéré de Wise, que s'il se mettait à tempêter maintenant, il perdrait toute chance de sauver Dean Saunders avant que l'irréparable ne soit commis. Il avança son visage encore un peu plus près de celui de Wise.) Et vous savez ce qui l'a finalement fait plonger ? (Il haussa un sourcil, et donna une chance à Wise de se remémorer ce grandiose épisode de l'histoire de la justice britannique.) Des aveux — arrachés, puis avidement admis — effectués uniquement dans la confusion et la peur, tout cela parce que sa seule envie était de rentrer à la maison, voir sa maman.

Wise se cala dans son fauteuil, les mains serrées derrière la nuque. Il avait retiré sa cravate et son col était défait. Wise mourait d'envie, lui aussi, de rentrer chez lui, Fitz en était persuadé. Eh bien, il fallait qu'il lui fasse comprendre que tout irait plus vite si seulement il se décidait à bien vouloir coopérer.

— Les aveux de Dean ont...

— Eté obtenus sous la pression. (Aux chiottes, les convenances : Fitz s'était mis à hurler. Tout pouvait bien aller au diable du moment qu'il obtenait ce qu'il voulait. Après tout, cette fois-ci, il avait le bon rôle.) Vous ne pouvez pas vous permettre de vous planter sur ce coup-là.

Il était allé trop loin. Wise en avait sa claque.

— Vous vous croyez donc infaillible ?

Eh bien, Fitz aussi en avait plein les bottes. Il roula des yeux avant d'arborer un rictus totalement dépourvu d'humour.

— Oui. L'autre gus est un imposteur. (Wise lui lança un regard noir. Fitz perdait du terrain, il en était tout à fait conscient. Il prit une profonde inspiration et déclara, sur un ton plus calme :) Tout ce que je demande, c'est que vous veniez avec moi, pour lui parler, pendant cinq minutes. Ou alors, vous n'avez qu'à venir écouter.

Wise retira ses lunettes. Il se frotta l'arête du nez.

— Très bien, Fitz, finit-il par lâcher. Mais vous avez plutôt intérêt à ce que tout cela en vaille la peine.

Cela en vaudra la peine, se dit Fitz. *Ce sera la plus belle des putains de prestations de sa carrière.*

Wise sortit du bureau et Fitz lui emboîta le pas. Ils se dirigèrent vers les cellules de garde-à-vue. Ils ne prononcèrent pas le moindre mot durant tout le trajet. Fitz se rendait bien compte qu'il avait poussé Wise à bout. Une goutte d'eau et le type allait exploser.

— Ouvrez la cellule numéro 3, je vous prie, demanda Wise en passant devant l'officier de garde. (Il n'attendit pas de réponse et poursuivit sa route, franchissant la porte de sécurité pour se rendre dans l'aile des prévenus.) Dix minutes, pas plus, c'est compris, Fitz ? annonça Wise.

Dix minutes ? Fitz fit un large sourire. C'était deux fois plus que ce qu'il avait demandé, trois fois plus que ce dont il avait besoin.

Ils s'approchèrent des portes métalliques vertes des cellules, sur chacune desquelles se trouvait un volet fermé. L'endroit empestait cette odeur de désinfectant bon marché, flottant légèrement au-dessus de fortes effluves d'urine, qui répugnait tant à Fitz. Il n'y avait probablement rien à faire, supposa-t-il. Au bout d'un certain temps, ça devait s'incruster dans les dalles et le lino.

Wise fut le premier à parvenir à la cellule de Dean. Il souleva le volet métallique et scruta à travers la fente de la porte.

— Mon Dieu ! s'écria-t-il. (Fitz ne pouvait pas voir quel était l'objet du vacarme.) La clé ! hurla Wise. (Il s'écarta de la porte.) La clé ! La clé ! hurla-t-il de nouveau.

Fitz jeta un regard à travers l'ouverture dans la porte.

Dean s'était pendu.

Son corps pendillait, immobile, dans la lumière blafarde de la cellule.

— Mon Dieu, murmura Fitz.

Du côté du bureau de garde, le mouvement de panique commençait seulement à se propager.

30

Fitz avait l'impression que sa tête était sur le point d'exploser. Il contemplait le reflet de son visage dans le miroir de la salle de bains. Dans son état présent, songea-t-il, cela risquait malheureusement de finir en un bain de gerbe.

Il avait rincé les trois quarts d'une bouteille de scotch avant de s'effondrer sur le canapé et basculer dans un univers de cauchemars... Dean Saunders, pendillant au bout d'une corde, s'évanouissant avant de se métamorphoser en la personne, plus jeune, de Timothy Lang, pendu dans la forêt où son corps avait été retrouvé. Puis, le visage de Dean, fondant comme de la cire pour devenir celui de Nigel Cassidy ; lui, qui avait fait des aveux sous la pression, avant de se rétracter, tout en se refusant à revenir sur ses aveux de manière officielle. Et, les réunissant tous sous le même nuage ténébreux et morbide, Joanne Barnes, allongée sur le billard de la morgue, son corps uniquement recouvert de symboles scientifiques, le suppliant des yeux, par son silence puis ses délires tourmentés, de retrouver l'homme qui avait été responsable de son calvaire.

En fin de compte, se dit Fitz, cela paraissait une matinée tout indiquée pour arroser sa gueule de bois d'un rince-gueule. Il jeta un rapide coup d'œil à sa montre. Une matinée ? Plutôt le milieu de la journée, ouais. Eh bien, peu importait l'heure, il fallait qu'il y aille ; voir Wise, pour s'assurer qu'il n'allait pas se laisser entraîner dans les ridicules sornettes de Jimmy Beck et classer le dossier. Aussi confia-t-il à une quelconque et nocive saloperie chimique la mission de le débarrasser de son mal de crâne carabiné.

Après quoi, il décida de se rendre au rez-de-chaussée pour se faire son café. Tandis qu'il se dirigeait vers les escaliers, il passa devant la chambre de Mark. Les rideaux étaient grands ouverts et la lumière jaillissait dans la pièce à travers la fenêtre, mais Mark était vautré sur son lit, assoupi, couvert, à moitié seulement, de son duvet. Pour des raisons que Fitz ne prit pas le temps de sonder, il pénétra dans la chambre de son fils. Apporter au gamin son café, voilà qui changerait des vieilles habitudes !

Mais Mark était plongé dans un sommeil profond, ses membres pâles et ses cheveux noirs dépassaient hors du lit.

Te sous-estimer, voilà ce que j'ai fait, songea Fitz.

Il fit le tour de la chambre de Mark du regard. Il s'agissait, indubitablement, de la pièce la plus propre et la mieux rangée de la maison. Et n'avait-il pas été seul entre tous à comprendre la signification des motifs sur le corps de Joanne ? Il avait fourni à Fitz la clé de toute l'affaire.

S'il avait trouvé la mort… Comme Joanne était morte, comme Dean et Timothy Lang étaient morts. Fitz en eut des palpitations, rien qu'à l'idée.

Tu ne me détestes pas vraiment, hein, fils ? se demanda Fitz.

Dans une explosion inattendue de tendresse, il recouvrit de la couette les épaules dénudées de son fils.

Puis, il quitta la pièce et descendit les escaliers, méditant le fait qu'il n'avait jamais ressenti une telle bouffée d'émotion envers Mark, éveillé. En tous les cas, plus depuis que le gamin était capable de parler.

Encore une fois, Fitz s'était fourvoyé, se dit Jimmy Beck. Ils allaient classer l'affaire Joanne Barnes, quoi qu'en pensât cet odieux salopard : ce crétin de pervers de Dean Saunders l'avait sautée, et puis, elle s'était fichue en l'air, en tentant de se débarrasser du marmot. Tout ce qu'il restait à faire n'était plus que de la paperasse.

Cela coulait de source pour tout le monde, à part Fitz.

Et le voilà qui arrivait, à présent, trimbalant sa graisse comme s'il était le taulier, alors qu'il n'était bon qu'à causer des ennuis. Il se dirigea droit vers le bureau du patron, sans même adresser le moindre bonjour à Beck.

Eh bien, va chier, songea Beck. *J'ai autrement mieux à faire de mon temps.*

Peut-être bien que Fitz lut dans ses pensées, car il fit volte-face pour traverser la pièce, avant de se dresser de toute son imposante stature au-dessus de Beck. Il fallait bien lui reconnaître cela : Fitz avait l'air de surgir tout droit d'un cimetière, d'où il venait sans doute de s'extraire d'une des tombes. L'expression sur son visage laissait supposer qu'il avait cuvé une bouteille ou deux, en se repassant dans la tête la mort de Saunders. Quoiqu'il n'ait, par ailleurs, nul besoin d'excuses pour vider son pesant d'alcool.

— Vous pensez que je suis responsable de la mort de Dean ? demanda-t-il, sur un ton étonnamment doux.

Ce devait être imputable au manque de sommeil, se dit Beck.

Eh bien, mentir n'arrangerait nullement la situation. Serrer un môme comme Saunders, le boucler, puis lui faire affronter toutes ces choses refoulées — des choses terribles et tordues —, extraire les démons de la fange, pour les faire s'agiter et hurler au grand jour : pas besoin d'être prix Nobel pour comprendre que cela aurait très certainement des conséquences. Hélas, ce n'était jamais Fitz, ou ses compères de ce monde, qui payait les pots cassés.

— Ouais, répondit Beck.

— Je n'y suis absolument pour rien, rétorqua Fitz.

Oh, bien sûr, tu peux te répéter cela si ça te chante, songea Beck : *tu peux même le crier sur les toits, mais cela n'en sera pas plus vrai pour autant.*

Mais Fitz poursuivait, avec à présent, un ton d'amer triomphe dans la voix :

— Mais si c'était le cas, j'espérerais avoir droit à un minimum de compassion de votre part, Jimmy. Car vous savez parfaitement ce que l'on ressent dans une pareille situation.

Nom de nom, mais… Qu'est-ce qu'il — Beck eut soudain le souffle coupé. Son col lui semblait s'être refermé sur sa gorge et il sentit un flux de sang lui monter à la tête.

Bilborough. Il faisait référence à Bilborough. Une toute petite faute de la part de Beck. Une erreur qui aurait pu être commise par n'importe qui d'autre. Albie Kinsella lui avait menti et son tort avait été de le croire. Beck l'avait laissé partir, par compassion, parce qu'il avait cru ce type lorsqu'il lui avait déclaré qu'il avait le cancer. Et puis… Albie Kinsella avait assassiné David Bilborough. Le meilleur ami de Beck. Le meilleur flic qu'il ait jamais connu.

— Espèce de salaud, murmura-t-il, tandis que Fitz rebroussait chemin. Sale enfoiré de merde !

Il se leva et quitta en titubant la salle de la brigade pour se diriger vers les toilettes. Il bouscula quelqu'un en chemin mais ne prit pas la peine de s'excuser.

Il n'avait aucune raison de faire des excuses. Aucune.

Aucune.

Wise n'était décidément pas une lumière. Fitz en prit conscience dès qu'il pénétra dans le bureau de l'inspecteur principal, dans lequel Panhandle se trouvait déjà. Apparemment, Wise lui avait déjà fait son numéro — elle se tenait devant lui comme une écolière, prise la main dans le sac.

L'idée pouvait avoir du bon… Du calme, se dit Fitz. Le temps n'était pas aux considérations grivoises.

Wise passa devant lui pour aller refermer la porte, tout en déclarant :

— Vous savez parfaitement ce que je vais dire, mais je vais le dire quand même. (Fitz fit un sourire à Panhandle et lui serra la main. Elle relâcha son étreinte avec impatience, tout en ayant, par ailleurs, l'air légèrement amusée. Wise retourna derrière son bureau.) C'est compris ? poursuivit-il.

Il leur lança un regard noir.

— Tout à fait, répondit Fitz.

Peut-être aurait-il dû se porter volontaire pour aller chercher un fouet sur-le-champ.

— Si seulement vous n'aviez pas fourré votre nez là-dedans, continua Wise. Ce gars serait toujours en vie. La mort de Joanne serait résolue. Tout aurait été expédié.

— Expédié, répéta Fitz.

Il s'agissait du pire euphémisme qu'il ait entendu à ce jour pour qualifier un désastre judiciaire.

Panhandle jeta successivement des regards sur Wise et Fitz, avant de reculer de quelques pas. C'était la première fois que Fitz apercevait comme de la crainte sur son visage.

— Expédié, répéta fermement Wise, comme s'il était le génial inventeur de ce terme. Dean s'est donné la mort. Joanne est décédée, suite à une tentative pour mettre un terme à sa grossesse. L'affaire est classée.

Affaire classée. Un bon point pour les statistiques. Zéro pour la justice. Fitz s'était efforcé d'être raisonnable. Il avait essayé avec Bilborough et cela avait abouti à l'incarcération de Cassidy. Il avait de nouveau tenté le coup avec Wise la veille et cela avait tellement traîné en longueur que Dean avait trouvé le moyen de se supprimer.

Eh bien, Fitz en avait par-dessus la tête d'être raisonnable.

— Dean s'est donné la mort parce que Joanne a été assassinée. (Il criait et s'en fichait royalement. Wise prit place dans son siège et se mit à feuilleter des documents. Putain de bureaucrate !) Il y a plus de raisons que jamais de poursuivre l'enquête. (Pas de réponse. Fitz se tourna vers

Panhandle.) A côté, cet enfoiré de Ponce Pilate fait figure d'assistante sociale.

Wise dressa les yeux, à deux doigts d'exploser.

— Fitz ! s'écria Panhandle, avant qu'aucun d'eux ne puisse aller plus loin.

Wise retourna à sa paperasse.

Fitz soupira. Il était grand temps de changer de sujet.

— Je n'ai toujours pas été payé.

— Il me faut une facture.

Une façon élégante de vous dire d'aller vous faire voir.

— Est-ce que j'ai la moindre chance d'avoir une augmentation ?

Il fallait bien tenter le coup. Ne serait-ce que pour leur signifier qu'il n'appréciait pas qu'on lui marche sur les pieds. D'autre part, il ne lui restait que cinquante balles en poche. Une fois de plus.

— Pas la moindre.

Wise devait être un adepte du martinet, se dit Fitz. Il jeta un regard furieux à Wise puis se dirigea vers la porte. Panhandle lui emboîta le pas.

La petite frappe de Beck, ce morveux de Harriman, était assis à un bureau, dans la salle de la brigade. Il sourit lorsqu'il aperçut Fitz sortir du bureau du patron.

Fitz se retourna vers Wise.

— Vous avez tort. Joanne a été assassinée et je le prouverai.

A présent, il ne lui restait plus qu'à trouver de quelle manière il allait s'y prendre.

Jimmy Beck, dans les toilettes, s'aspergeait le visage d'eau, au-dessus d'un des lavabos.

Il faut te calmer, se dit-il. *Réfléchir. Respirer.*

Mais il n'y parvenait pas.

— Est-ce que ça va ? lui demanda-t-on.

Beck leva les yeux. Un policier en tenue l'observait.

C'était quoi son nom, déjà ? Bon sang, ça devrait pourtant
être facile de s'en souvenir. Il n'y avait qu'une demi-douzaine de policiers noirs dans le commissariat. La crème.
Skelton, c'était ça.

— Est-ce que ça va ? répéta Skelton.

Sa voix avait un ton nasillard.

Beck s'aspergea de nouveau le visage d'eau avant de
prendre la peine de répondre.

— T'as rien vu ! Compris ? déclara Beck.

Cet enfoiré ferait mieux de piger ce qu'on lui disait,
dans son intérêt.

— Compris. (Beck continua à se passer de l'eau sur le
visage, espérant que le planton allait déguerpir, mais
Skelton continuait de l'observer.) Qu'est-ce qui se passe ?
demanda Skelton au bout d'un moment.

Va te faire foutre, se dit Beck. Mais il répondit plutôt :

— Bilborough était un de mes amis. Cela me retombe
dessus de temps à autre.

Il s'attendait à une certaine compassion, peut-être même
à ce que Skelton déclare que Bilborough lui manquait, à lui
aussi. Comme à n'importe qui d'autre.

— Personne ne vous en veut, rétorqua Skelton, loin de
répondre à l'attente de Beck.

Ces mots lui firent l'effet d'un uppercut. Il dressa soudainement la tête. Une pression au niveau de son torse lui
coupa net le souffle.

M'en vouloir, se dit-il. *M'en vouloir, à moi...*

— Et pourquoi donc m'en voudrait-on ? déclara Beck.
(Et puis, il saisit brusquement la portée de cette
discussion : Skelton savait. Tout le monde devait être au
courant. Il contourna le lavabo jusqu'au policier.) Qu'est-
ce que tu sais ? demanda-t-il. (Il s'approcha encore un peu
plus près de Skelton, pour regarder le type droit dans les
yeux.) Qu'est-ce que t'as entendu ?

Sa voix était basse. Il était conscient du danger.

— Kinsella vous a raconté un ramassis de conneries. Vous l'avez laissé partir. Il a tué Bilborough.

Des ragots de cantine, songea Beck. Tout cela n'était pour lui que des racontars de cantine, tout juste bons pour une partie de rigolade. *Une rigolade à mes dépens*. Et quelqu'un s'était amusé à propager la rumeur.

Ce salaud de Fitz. Et cette chienne de Penhaligon.

Eh bien, il allait leur montrer. Ils allaient voir ce dont il était capable.

Il n'avait pas la moindre idée de l'expression de son visage, mais elle paraissait inspirer de la terreur à Skelton.

Très bien, qu'il soit donc effrayé. Qu'ils le soient foutrement tous.

Il devait réagir. Il ne parvenait toujours pas à respirer convenablement. Il avait envie de frapper dans quelque chose. Fitz, peut-être. Ou Penhaligon. Il imaginait son poing s'abattant sur un de leurs visages — peu importait lequel —, du sang et de la chair jaillissant d'un œil, sorti de son orbite, et puis, le son des os brisés, tandis que son poing frappait de nouveau.

Il prit conscience qu'il était en train de grogner. Skelton semblait véritablement inquiet à présent.

Beck se détourna. Debout entre les lavabos et le mur, il sentit ses muscles se crisper ; il était consumé par le besoin d'infliger des dégâts, de briser quelque chose, à défaut de briser quelqu'un. Il ouvrit la porte d'un des W.-C. d'un vigoureux coup de pied. Elle claqua contre le mur, avant de rebondir, remplissant la salle du fracas du métal contre le plâtre.

— Personne ne vous en veut, répéta Skelton.

— Va te faire foutre ! hurla Beck, prenant soudainement conscience qu'il était en larmes.

Il pénétra dans les W.-C., en attendant que Skelton mette les voiles. Qu'allait-il donc répéter à ses potes ? Que Beck, dans les toilettes, pleurnichait comme un gosse ? Quelque chose dans le style. *Eh bien, qu'il le fasse. Qu'il fasse donc ce qui lui chante !*

Lorsqu'il fut certain que Skelton avait quitté les lieux, il sortit des W.-C. et commença à se laver le visage. Il ne croyait nullement à toutes ces conneries à propos de l'homme moderne, mais quelquefois, ça faisait du bien de chialer.

Et il aurait butté quiconque aurait prétendu le contraire.

De toutes les façons, il était temps de laisser derrière lui toute cette histoire et de se remettre au boulot.

Hélas, dans le couloir, Beck tomba nez à nez avec Fitz et Penhaligon, marchant dans sa direction. Ils échangeaient de larges sourires, comme des écoliers espiègles, et non pas comme des gens qui venaient de se prendre un savon bien mérité par le patron.

Eh bien, si Wise n'avait pas été foutu de décrocher ces sourires de leurs gueules enfarinées, lui comptait s'en charger. Personne, à part eux, n'aurait pu propager des mensonges aussi puants à son sujet.

Il se dirigea droit vers eux.

— Alors comme ça, vous avez colporté à tout le monde des ragots à mon sujet…

Pas la peine d'y aller par quatre chemins.

— Colporter quoi ? demanda Fitz sur un ton totalement innocent.

Menteur. Tordu. Ordure !

— Que je suis responsable de la mort de Bilborough.

Le simple fait de le répéter lui faisait bourdonner les tempes.

— Je n'ai jamais fait une chose pareille. (Ouais, tout le monde il est beau, tout le monde il est gentil, enrageait Beck.) Au grand jamais !

Et il avait le putain de culot de prétendre être outré.

Très bien, ils pouvaient la jouer ainsi, si ça leur chantait. Beck se tourna vers Penhaligon.

— Alors, c'est vous.

— Faux, rétorqua-t-elle de sa voix chochotte d'écolière.

Briseuse de burnes, se dit-il. *T'auras ton compte, un jour, je te le garantis. Tu peux me croire sur parole.*

— Vous mentez.

Il cracha sa phrase comme du venin.

Elle n'aurait pas autrement regardé une carcasse putride. Après ce qu'elle avait fait, comment pouvait-elle oser lever ainsi les yeux sur lui ? Elle poursuivit son chemin, sans attendre ce qu'il avait à ajouter sur la question.

Pas Fitz. Oh, non... Lui avait encore son mot à dire...

— Ecoutez, si vous avez besoin de parler à quelqu'un...

— Ahh ! Au nom du ciel ! s'exclama Beck.

Il aurait plutôt préféré s'adresser à Satan en personne.

31

Elle n'était qu'une idiote et elle le savait parfaitement, songea Penhaligon. C'était bien son problème.

Elle glissa sa carte dans le distributeur automatique avant de composer son code personnel sur le clavier. Fitz avait protesté tout le long du chemin jusqu'à la banque, mais elle l'avait simplement ignoré. Il avait plu auparavant. Elle écarta de la main une boucle trempée qui lui collait au visage et fit mine de réfléchir à deux fois à ce qu'elle était sur le point de faire.

Après tout, il avait commencé à lui rembourser une partie des frais des vacances avortées. Par ailleurs, cela l'arrangeait bien qu'il soit son débiteur.

— Ce n'est pas nécessaire, tu sais, poursuivit Fitz. C'était juste pour pousser Wise à bout. (Penhaligon ne lui prêtait aucune attention. Il endossa une voix de martyr.) Je me débrouillerai sans, j'ai toujours fait ainsi dans le passé. Et je le ferai encore. J'ai pas besoin que l'on me fasse la charité. (Ouais, ouais, ouais, songea Penhaligon. Elle suivait les instructions, ponctuées de cliquettements, de la machine.) La vie continue, je dois juste payer mes factures… (Sa voix devint soudainement sérieuse. Penhaligon se tourna pour le regarder.) Et garder les démons de la culpabilité enfouis au plus profond de moi, au moins jusqu'à ce que je me sente suffisamment fort pour pouvoir les affronter.

C'était la première fois que Fitz faisait, un tant soit peu, preuve de faiblesse devant elle. Il était foutrement doué pour analyser les autres — et les aider aussi, était-elle forcée de reconnaître — à tel point que, quelquefois, cela lui ôtait la voix. Mais d'un autre côté, il comprenait si peu de choses à sa propre vie que Penhaligon avait parfois envie de s'arracher les cheveux.

— Et quand est-ce que tu as prévu de t'attaquer à cette ambitieuse tâche ? demanda-t-elle. Combien de monstres as-tu enfermés là-dedans ? (Elle lui administra une légère tape sur son gros ventre.) Combien de temps encore avant qu'ils ne brisent leurs chaînes et te réduisent en pièces ?

La machine vomit l'argent dans un petit rot mécanique. Elle se tourna pour se saisir des billets.

— Non, ça, c'est mon discours ! Je te rappelle que je suis le docteur et que toi, tu es le flic ! déclara Fitz. (Il donnait l'impression d'être légèrement ennuyé ; c'était sa meilleure façon de se défendre. D'autre part, elle savait parfaitement qu'il jouait son numéro.) Tu me vois faire la circulation ? Non. Et tu sais pourquoi ? (Il ne lui laissa pas la moindre chance de répondre.) Parce que ce n'est pas là ma spécialité. N'essaye pas d'apprendre à un vieux singe à faire la grimace.

— Dans ce cas, n'essaye pas de faire avaler des couleuvres à une Panhandle, répondit-elle. (Elle utilisait rarement le surnom dont il l'avait baptisée — elle n'aimait pas l'encourager à le faire. Fitz regardait ses chaussures d'un air maussade. Après tout, peut-être que cela était un peu plus sérieux qu'elle se l'était imaginé.) Je suis ton amie, n'est-ce pas ?

Il y avait eu un temps où cela avait été loin d'être évident. Lorsqu'il lui avait posé un lapin, quand ils devaient partir ensemble en vacances, elle lui en avait tellement voulu qu'elle s'était juré de ne plus jamais l'approcher. Mais depuis, Bilborough était mort et cela avait soulevé bien des questions. Elle émit un petit soupir de lassitude. Quelquefois, il fallait se contenter de ce qu'on avait sous la main. Pour la simple et bonne raison que l'on ne pouvait guère espérer mieux.

— Crois-moi, dit-elle, la charité n'a rien à voir là-dedans. (Elle agita la liasse de billets sous ses yeux.) Deux mille cinq cents, ça te suffit ? (Il soupira, sans se saisir de l'argent. Elle le poussa de la main, dans laquelle elle tenait les biftons.) Tu me rembourseras lorsqu'on te payera.

Il finit par prendre les sous.

— Merci, marmonna-t-il. Ecoute, je sais bien que c'est un peu tôt, mais…

Elle lui sourit.

— Je sais. Moi aussi, je boirais bien un petit verre.

Elle glissa son bras sous le sien et ils se mirent à battre le pavé dans les rues détrempées par la pluie. Cela valait presque de se faire lourder par Wise pour le coup, se dit-elle. Enfin, presque…

Virginia posa une main apaisante sur l'épaule de Michael. Ils se trouvaient, tous les quatre, dans le salon de Norma et Michael, essayant de déterminer quelle serait la meilleure marche à suivre.

Virginia était terrorisée. A chaque fois que l'on sonnait à la porte, elle appréhendait la venue de la police, ou bien de cet abominable psychologue, Fitzgerald, de retour pour poser davantage d'horribles questions — voire même, pour les arrêter. Lorsqu'elle tentait de trouver le sommeil, elle était hantée par des images de Joanne, étendue dans la cave, le corps recouvert des étranges motifs que Kenneth avait dessinés — elle n'avait posé aucune question au sujet de ces marques ; il y avait des choses qu'il valait mieux ignorer — tandis que la lueur de bougies donnait à la jeune fille des allures spectrales.

Dans l'ensemble, Virginia était plutôt dans un sale état, même si, Dieu en était témoin, elle faisait de son mieux pour le dissimuler, par souci pour Kenneth. Cependant, elle était loin d'être aussi mal que Michael. Le pauvre homme était au bord des larmes ; une terrible chose, un homme qui pleure.

— Je ne peux m'empêcher de le voir, là-bas, dit-il. (Il était assis à côté de Virginia, sur le canapé capitonné blanc, qu'elle avait choisi en compagnie de Norma. Kenneth, appuyé sur le manteau de la fausse cheminée, l'observait d'un regard noir.) Dans cette cellule, ajouta Michael. (Il avait presque la voix cassée.) Seul. Qu'est-ce qu'il a dû endurer…

— Michael, ce qui est fait est fait, déclara fermement Norma.

Virginia enviait le courage et la détermination de Norma, ainsi que la foi qui les générait. Elle aurait tellement aimé pouvoir partager ça avec elle.

Mais elle éprouvait, par ailleurs, de la compassion pour Michael. Tout laissait penser qu'il était en train de faillir à l'épreuve que Dieu leur avait envoyée.

— Jamais je n'aurais dû l'impliquer là-dedans, poursuivit Michael.

Au moins, se dit Virginia, il n'essayait pas de les rendre tous responsables de la folie de son geste.

Mais lorsqu'elle regardait son visage, et le voyait profondément torturé, elle ne pouvait s'empêcher de se sentir prise de pitié pour lui. Tous leurs problèmes — tous, sans exception — étaient de la faute à cette garce de Joanne. Si seulement elle n'avait pas menti, trompé et fourvoyé Kenneth, rien de tout cela ne serait jamais arrivé.

— Tu n'as pas à t'en vouloir, déclara-t-elle. Ce n'est pas de ta faute…

— Oh, mais que si ! trancha Kenneth. (Il se tourna pour leur faire face. Sa voix était calme et posée, et pourtant, il était furieux ; cela sautait aux yeux.) Si Michael avait rempli son devoir, le garçon n'aurait jamais été arrêté et nous ne serions pas dans ce pétrin.

Il se détourna pour regarder dehors, à travers la fenêtre, tout en se mordillant légèrement l'articulation du pouce.

— Kenneth a entièrement raison, Michael, déclara Norma.

Elle était une amie de confiance, se dit Virginia — toujours prête à soutenir Kenneth dans ses actions. Parfois, il lui arrivait de penser que Norma et Kenneth conservaient la barque à flot, tandis qu'elle et Michael traînaient derrière, comme des poids morts.

Ils échoueraient. Cela lui apparaissait clairement, à présent. Elle ou Michael : l'un d'eux ferait un faux pas, laisserait échapper une parole compromettante devant la police, faillirait à la terrible épreuve à laquelle le Seigneur les soumettait. Ils feraient tort à Norma. Ils feraient tort à Kenneth.

Tout ira bien, tout se passera bien, se répéta-t-elle afin de retrouver son calme. Tout ira bien : cette pensée avait accompagné et fortifié Julian de Norwich, au XIVe siècle. Elle permettrait à présent à Virginia de traverser ce moment difficile — tout ce qu'elle devait faire était de suivre les instructions de Kenneth à la lettre.

Aussi, lorsque Kenneth se tourna vers eux à cet instant précis, elle sut qu'il ne s'agissait nullement d'une coïncidence.

— Mais enfin, puisqu'il a trouvé la mort en garde-à-vue, mon instinct me dit que la police sera pressée de classer l'affaire.

Il paraissait si sûr de lui qu'une confiance contagieuse gagna bientôt Virginia.

— Oh, Kenneth, déclara-t-elle. Tu le penses vraiment ?

— J'en suis convaincu, déclara-t-il, se tournant de nouveau vers eux. J'aimerais seulement pouvoir en être aussi sûr en ce qui concerne le docteur Fitzgerald. (Kenneth fit un pas en avant, de façon à attirer toute leur attention.) Souvenez-vous bien de ce que nous avons décidé. Nous parlons comme un groupe soudé, d'une seule voix. (*Tout juste,* se dit Virginia. Elle observa les autres. Ils paraissaient déjà revigorés et unis par ces quelques paroles.) Tant que nous ne faisons qu'un, nous sommes invulnérables.

Parfaitement, songea Virginia : Kenneth rendait les choses si évidentes. Avec son aide et ses encouragements, ils allaient se serrer les coudes et ni la police, ni le docteur Fitzgerald n'arriveraient à les briser.

C'était de pire en pire, songea Penhaligon : se relâcher ainsi, au beau milieu de la journée, pour un repas prolongé au pub, avant de se mettre à faire les magasins.

Et puis merde ! se dit-elle. Wise ne pouvait pas être fou furieux à propos de quelque chose qu'il ignorait. Elle trouverait une excuse pour expliquer le temps passé. Après tout, on ne lui avait pas encore retiré l'affaire Barnes. Pas officiellement, de toutes les manières.

Pour le moment, elle était fort satisfaite d'arpenter les allées du supermarché Sainsbury, histoire de remplir le garde-manger de Fitz, avec son argent : beaucoup de conserves et de produits congelés et certainement aucun légume ou fruit frais. Et voilà qu'elle se trouvait à pousser paresseusement le Caddie à travers le rayon des vins. Et pourtant, ça n'avait pas l'air de l'étonner outre mesure.

— Je n'ai pas fait ça depuis des lustres, déclara-t-elle. Pas en compagnie de quelqu'un, en tous les cas.

C'était on ne peut plus vrai. La dernière fois remontait à bien avant que Peter et elle ne se séparent — il l'avait quitté, à cause des vacances qu'elle avait prévues avec Fitz. Plus ou moins.

— Moi non plus, déclara Fitz, donnant l'impression d'être davantage concentré sur les vins français que sur ce qu'il était en train de dire.

Penhaligon ne put se retenir.

— Pas même avec Judith ? demanda-t-elle, tout en

avançant d'un pas tranquille, aux côtés de Fitz, savourant
la compagnie de sa forte personne.

— Je ne me rappelle pas à quand remonte la dernière
fois, dit-il. (Ils étaient devant les vins blancs d'Espagne, à
présent.) On faisait toujours les courses ensemble avant,
puis, un jour, cela a soudainement cessé. (Il immobilisa le
Caddie et se saisit d'une bouteille sur un rayon.) Quatre-
vingt-cinq, lâcha Fitz. (Pendant un instant, elle fut interloquée — cela faisait un fichu moment que le mariage battait
de l'aile.) La bouteille de rioja, ajouta-t-il, tandis qu'elle
réalisait qu'il mentionnait en fait l'année du cru, sur l'éti-
quette. (Il déposa la bouteille au fond du Caddie.) Je crois
que c'est fini, Judith et moi. (Il se redressa et ils poursuivi-
rent leur chemin dans le rayon. Penhaligon plongea ses
mains dans les poches de son blouson. Il fallait bien cela, si
elle voulait éviter de bondir triomphalement dans les airs.)
Vraiment, cette fois-ci, continua-t-il. Fini.

Il s'arrêta pour choisir une autre bouteille de vin.

Penhaligon déambulait un peu plus loin. Un large sourire éclairait son visage rayonnant.

32

Fitz avançait le long du chemin qui menait à sa maison. Derrière, Panhandle lui emboîtait le pas, évitant avec précaution les ordures — bouteilles, emballages de nourriture à emporter, boîtes de conserve — qui jonchaient ce qui avait été, autrefois, une pelouse. Ces foutus éboueurs n'avaient pas ramassé les poubelles et un matou avait dû éventrer les poubelles.

Evidemment, cela avait pu se produire des jours auparavant. Fitz avait d'autres chats à fouetter.

Cela avait peu d'importance ; ils étaient sous le porche, à présent. Fitz déverrouilla la porte, mais avant qu'il n'ait le temps de l'ouvrir, Panhandle lui demanda :

— Est-ce que tu es sûr que cela ne pose pas de problèmes ?

Fitz glissa ses doigts dans la boîte aux lettres.

— Une boîte aux lettres grande, large, généreuse.

Il sourit et elle en fit autant.

— Bon, je n'insiste pas.

Ils pénétrèrent dans la maison, dans laquelle flottait une abominable odeur de tabac froid et de bière éventée. Fitz administra du pied une pichenette à une canette vide, pour la planquer dans un coin du couloir, espérant que Panhandle ne remarquerait rien. Mais son geste ne lui échappa nullement et Fitz lui fit un sourire en coin. Après tout, à quoi d'autre pouvait-elle s'attendre ?

Fitz se rendit dans la cuisine pour vider le sac de courses sur la table. Panhandle se tortillait dans un coin et Fitz se

sentit soudainement gêné. Il fut un temps où cette pièce,
d'un jaune vif, avait constitué le cœur du foyer qu'il avait
bâti avec Judith. Plus rien n'avait été pareil depuis qu'elle
était partie — depuis que leur mariage avait commencé à
battre de l'aile, pour être plus précis. La présence de
Panhandle aurait dû lui donner le sentiment de commettre
une trahison et pourtant, il ne s'était encore jamais senti
aussi serein dans ces lieux, depuis que Judith l'avait quitté.

— Je crois que je ferais mieux de partir, qu'en penses-
tu ? demanda Panhandle.

Elle paraissait mal à l'aise.

Durant un bref et atroce moment, Fitz imagina la cuisine
à travers les yeux de Panhandle — la vaisselle empilée
dans l'évier jusqu'à des hauteurs vertigineuses, la poubelle
débordant d'ordures, les emballages de nourriture à emporter entassés sur le plan de travail.

Evidemment, elle pouvait partir. Toute personne saine
d'esprit ne resterait pas une seconde de plus. Mais si elle
s'en allait, il ne se sentirait pas le courage de passer une
nouvelle nuit à téter une bouteille de Jack Daniels, en
contemplant les quatre murs du salon, même avec Ray
Charles pour compagnie.

— Non, trancha-t-il, tout en commençant à ranger les
courses.

Soda et vin blanc dans le réfrigérateur, la pizza dans le
micro-ondes. Combien de temps ? Et puis merde ! Il mit la
minuterie sur cinq minutes en espérant que cela ferait
l'affaire.

— Il se passe tellement de choses dans ta vie en ce
moment, Fitz, déclara-t-elle. (Une façon classique — sans
être un cliché — d'envoyer balader quelqu'un. Il s'était
forgé une meilleure opinion d'elle. Tandis qu'il méditait
ces pensées, elle poursuivit :) Je ne suis pas certaine que…

— J'ai besoin de toi, dit-il, ne lui laissant pas la chance
de finir sa phrase.

Il lui tournait le dos. Heureusement. Il n'aurait jamais pu lui dire une chose pareille en face.

Il sentait ses yeux braqués dans son dos. Après un long moment — un très, très long moment —, elle finit par rompre le silence…

— Je ne te laisserai pas tomber, Fitz ; que ce soit avec Jimmy, avec Wise, avec quiconque…

Il ne pouvait voir son visage et se demanda si la confusion était délibérée.

Il pivota sur lui-même, à contrecœur.

— Je ne parle pas de ça, dit-il.

— De quoi, alors ?

Elle paraissait vaguement impatiente. Elle était plus vive d'habitude… Ce qui signifiait seulement qu'elle voulait l'entendre.

Et c'était au-dessus de ses forces. Il n'y arriverait pas. Probablement même, il ne devrait pas…

— Tu sais bien, dit-il.

— Non, j'ignore de quoi tu veux parler.

Il l'avait entendue mentir à des suspects exactement sur le même ton, quand elle savait que cela pouvait servir à leur soutirer des informations.

Il avait une fichue idée de la raison pour laquelle elle s'amusait à ça, aussi — et il ne pouvait lui en vouloir, pas après ce qu'il lui avait fait la dernière fois.

Mais il avait besoin d'elle. Il ne pensait pas qu'il lui ferait de nouveau du mal. Il devait essayer. Bordel, il savait qu'il était prêt à faire n'importe quoi pour arriver à ses fins.

Il était grand temps d'utiliser des coups bas.

— Déjà en train d'anticiper l'échec, la retraite. (Panhandle se mit à effectuer des va-et-vient dans la cuisine. Elle secoua la tête et sa tignasse de cheveux, plus roux encore que de coutume dans la lumière éclatante de la cuisine, fut traversée par une onde de choc. Si elle partait maintenant… s'il la perdait… Et pourtant, il devait conti-

nuer.) Fais-moi dire ce qui te chante, après quoi, tu pourras
te laver les mains de toute responsabilité…

— Je t'en prie, Fitz, pas ça…

Elle était véritablement contrariée.

Il fallait qu'il lui fasse comprendre la raison pour
laquelle ils agissaient ainsi l'un envers l'autre. Si elle en
prenait conscience, alors peut-être ne partirait-elle pas ; si
seulement elle restait suffisamment longtemps pour
l'écouter.

— Très bien, dans ce cas, je vais m'en prendre à moi-
même, déclara-t-il. (Il songea à la vaisselle dans l'évier, à
la canette de bière dans le couloir.) Je t'emmène chez moi,
en ayant pris toutes les précautions pour que la maison soit
la plus inhospitalière possible. (Il s'était pris au jeu, à présent, comme si Panhandle était en fait un amphithéâtre
rempli d'étudiants.) Quel est donc le message que je veux
faire passer ? Je t'ai donné toutes les chances, toutes les
opportunités pour trouver une porte de sortie — ce qui
signifie, évidemment, que je pourrais te faire porter par la
suite toute la responsabilité de notre échec. « J'ai essayé,
j'ai pourtant bien essayé. Elle a ouvert la route mais n'a pas
tenu la longueur. » (Il fit une pause pour reprendre son
souffle, soudainement épuisé et légèrement dégoûté du
stratagème qu'il avait employé à son égard : il lui aurait
fallu un cœur de pierre pour s'en aller à présent. Il devait se
montrer plus honnête avec elle, s'il avait l'intention de
bâtir une relation solide : mais il ne se sentait pas suffisamment d'énergie pour être franc ou pour l'affronter à armes
égales.) Ecoute, je suis encore rongé par le remords pour la
dernière fois et toutes les fautes que j'ai commises. (Il
n'osait la regarder, aussi décida-t-il de fixer une tache de
bière sur le sol. Et merde, c'était comme une autocritique et
il ne savait plus si c'était son intention d'en arriver là, lorsqu'il avait commencé. Eh bien, il existait un moyen de se
tirer de cette situation, de faire en sorte que, même si lui

était confus, elle au moins, ne le devienne point.) Alors, simplifie-moi donc la vie et va-t'en d'ici, tu veux bien ? (Il se retourna et s'aperçut qu'elle partait. *Putain de bordel à queues !* Comment avait-elle pu le prendre au sérieux ?) Je crois que je t'aime, marmonna-t-il précipitamment.

Elle fit volte-face pour le dévisager, folle de rage. Il ne put affronter son regard.

Le micro-ondes vola à son secours en carillonnant brusquement. Soulagé, il se retourna et, dos à Panhandle, il retira la pizza du four.

Cette putain d'assiette était brûlante. Il pivota sur lui-même pour la déposer sur la table.

— Une grande marguarita avec des anchois, annonça-t-il, comme si de rien n'était.

— Espèce de salaud ! hurla Panhandle.

— Quoi ? s'écria Fitz.

Jouer l'innocent lui paraissait la seule défense possible.

— T'as le culot de dire une chose pareille !

Ses joues étaient pourpres de colère.

Il se demanda si d'annoncer sur-le-champ : « Ma parole, mais c'est que tu es splendide lorsque tu es en colère ! », en empruntant un grotesque accent américain, lui rapporterait autre chose qu'une bonne tarte sur la figure.

Il décida finalement de ne pas prendre le risque.

— Une grande marguarita avec des anchois ?

— J'ai horreur des anchois !

Ah, fait chier ! se dit Fitz. *J'ai même pas pensé à lui demander.*

33

Fitz versa à Penhaligon un autre verre de vin. Son troisième. Ou peut-être bien le quatrième. Elle se demanda s'il s'imaginait qu'il avait besoin de la saouler.

Il se trompait lourdement.

C'était une chose terrible que de craindre le sommeil, se dit Virginia. Elle avait annoncé à Kenneth qu'elle allait se coucher il y avait déjà un bon moment, mais lorsqu'elle se retrouva dans sa chambre, elle ne put supporter l'idée de s'allonger, seule, dans le noir, avec le visage de Joanne, qui l'observait fixement à chaque fois qu'elle tentait de fermer les yeux. Aussi avait-elle laissé allumée sa lampe de chevet et elle se trouvait, à présent, assise sur son lit, en train de lire la Sainte Bible — où d'autre trouver du réconfort en ces temps difficiles ?

Si seulement les choses avaient pu se dérouler autrement. Si seulement elle s'était rendu compte que Kenneth s'éloignait d'elle peu à peu — si seulement elle avait été assez méritante pour que son amour lui soit à jamais fidèle. Elle savait qu'elle avait, à un moment donné, failli grandement pour qu'il se tourne vers Joanne.

Elle ne ferait plus jamais une telle erreur.

Kenneth pénétra dans la chambre. La lueur dorée de la lampe de chevet adoucissait les traits épuisés de son visage. Il avait l'air si préoccupé. Elle savait qu'il s'efforçait de trouver les moyens de les préserver tous de la police.

Son cœur fut pris d'un vif élan d'émotion envers lui.

Elle avait douté de lui. Il y avait eu un moment, auparavant — lorsqu'elle avait montré les photographies à Joanne —, où elle s'était imaginé que Kenneth l'avait véritablement trahie.

Mais elle savait, à présent, qu'il en était tout autrement. Sa trahison n'avait été que charnelle, le cœur de Kenneth lui était toujours resté fidèle.

Il vint s'asseoir sur le rebord du lit auprès d'elle et il lui prit la main. Celle de Kenneth était chaude et dégageait de la force. Elle aurait voulu lui dire que tout allait bien, que quoi qu'il ait fait — quelles que fussent les terribles choses qu'il s'imaginait avoir commises —, elle le lui pardonnait.

Mais lorsqu'elle ouvrit la bouche pour parler, elle ne réussit qu'à dire :

— Kenneth, crois-tu vraiment qu'ils vont nous laisser en paix, à présent ?

— J'en suis convaincu. Tout cela sera bientôt fini, cet affreux cauchemar... (Il déposa son autre main sur celle de son épouse.) Ma chérie, je suis désolé, je suis tellement, profondément, désolé... (Sa voix s'évanouit. Il ne pouvait la regarder.) J'ai été faible et j'ai failli...

Sa souffrance était, pour elle, un spectacle terrible. Elle lui caressa la joue, avant de mettre précipitamment sa main sur sa bouche, pour l'empêcher de prononcer ces paroles affreuses. Comme s'il s'en voulait, après toutes les épreuves qu'il avait eu à surmonter !

Il étreignit sa main, avant de l'écarter avec douceur de son visage.

— Je suis indigne de toi, Virginia, poursuivit Kenneth. Mais plus jamais je ne ferai pareille erreur.

— Je sais...

Elle était au bord des larmes, devant tant de remords.

— Je t'aime. Je t'aime tellement...

Ses mots moururent dans sa gorge, tandis qu'il se mettait à lui baiser la main. Il lui embrassait la paume, tout comme il en avait l'habitude, lorsqu'ils étaient adolescents.

Elle tendit ses bras vers lui. Il était de nouveau entièrement à elle. A présent, elle devait s'assurer de ne plus jamais le perdre de nouveau.

Embrasser Panhandle était le plus doux fantasme de Fitz. Elle avait la saveur du vin… et de la fraise et ses cheveux étaient étonnamment raides au toucher. Elle passa sa langue sur les lèvres de Fitz.

Si ça continuait ainsi, il faudrait bientôt se décider à passer le cap.

Ses mains glissèrent vers le bas du corps de Penhaligon.

Il s'écarta légèrement pour prendre une inspiration, frissonnant. Les yeux de Penhaligon étaient de saphir, dans la lumière tamisée. Les mains de Fitz flottèrent au-dessus de son corps, avant de se poser sur sa peau délicate, entre son épaule et son cou.

— Tu es sûre ? demanda-t-il.

Il lui devait bien cela.

— Non.

Avant qu'il ait le temps d'être déçu, les mains de Penhaligon glissèrent sous sa veste afin de l'écarter, avant de le saisir pour l'attirer à elle.

Et puis, les paroles devinrent inutiles.

Norma observait l'horloge sur sa table de nuit. Il était pratiquement 1 heure du matin. Michael n'était toujours pas venu se coucher.

Elle se leva, endossa son peignoir, avant de descendre les escaliers.

La lumière était allumée dans la cuisine. Michael était assis devant la table. Il serrait fermement, entre ses mains, une large tasse de café, tout en observant le mur de ses yeux vides.

Une seconde seulement, Norma se sentit prise de pitié pour lui. Puis, elle se souvint de la colère de Kenneth à son égard, et cette idée raviva son propre courroux.

Elle avait épousé un imbécile, qui allait peut-être provoquer leur chute, à tous.

Penhaligon était étendue à côté de Fitz, nichée contre son corps massif. Les mains de Fitz étaient plongées dans la chemise de Penhaligon, lui ceignant la poitrine. Elle fit remonter sa cuisse pour la glisser entre ses jambes.

— Tu es sûr ? demanda-t-elle.

— Non, répondit-il, avant de l'embrasser de nouveau.

Kenneth était allongé, éveillé, au sein des ténèbres. Il tournait le dos à Virginia.

Il l'aimait, se dit-il. Il l'aimait, répéta-t-il au Seigneur. Il l'aimait véritablement. C'était une faillite de la chair, non pas du cœur. Il avait cherché un signe : il était persuadé que, si le Seigneur était toujours avec lui, il aurait été capable d'agir en homme avec elle. Cette fois-ci.

Ce même échec l'avait conduit à se tourner vers Joanne… Et puis d'autres encore.

Oh, mon père, se dit-il, *j'ai tenté de vous servir. Pourquoi m'avez-vous donc abandonné ?*

34

Fitz était assis sur le rebord du lit, contemplant, mal à l'aise, une photo de Joanne Barnes.

C'était ça, ou alors, regarder Panhandle, toujours endormie. Il n'osait pas. Il aurait été trop facile d'être romantique devant cette ample chevelure de cuivre, ces membres d'albâtre… Ou de replonger dans le lit, pour se tenir à ses côtés et oublier tout du sordide travail de police.

Oublier aussi qu'il avait une épouse, une famille et des factures à payer.

Peu importait ce qu'avait dit Bilborough. S'il faisait de nouveau du mal à Panhandle, il se chargerait *lui-même* de se régler son compte.

Les rayons du soleil perçaient dans la chambre. Des oiseaux gazouillaient. Il ne s'était pas senti aussi bien, aussi jeune, depuis des années. Fallait-il encore ajouter quelques clichés à cette liste ? se demanda-t-il. Et puis merde ! Juste ce matin-là, il en avait plus qu'assez du cynisme. Il était heureux et décida de se laisser aller à ce bien-être inaccoutumé.

Il se tourna pour la contempler, se réjouir des faibles traces de veines bleuâtres sur ses poignets retournés, des boucles autour de ses tempes, dorées par la lumière du soleil et pratiquement invisibles. Il se pencha pour la réveiller d'un doux baiser.

La porte s'ouvrit en claquant sur Mark, un café dans une main, le journal dans l'autre, et une expression outrée clouée sur le visage.

Il agita vainement le journal en direction de Panhandle, qui tira le duvet sur elle tout en fixant le sol.

— On n'a encore jamais eu cette discussion, n'est-ce pas ? déclara Fitz.

Comme plaisanterie, c'était plutôt faible, mais c'était tout ce qu'il avait trouvé à dire.

Mark émit un grognement de dégoût puis quitta la pièce.

Panhandle s'assit sur le lit. Le sang, qui lui avait afflué au visage, reprit son chemin vers le bas, où elle agrippait le duvet autour d'elle. Fitz aurait aimé spéculer davantage sur les suites de la trajectoire du flux de rougeur, mais il savait qu'il avait à parler à Mark.

Il trouva le bonhomme dans la salle de bains. Il se lavait les mains, comme si la scène dont il venait d'être témoin l'avait souillé.

— Ecoute, je suis désolé, déclara Fitz à son fils, qui lui tournait le dos.

Il aurait aimé que sa voix exprime davantage de sincérité ; en fait, il était surtout gêné.

— Est-ce que maman est au courant ?

Mark ne se donna pas la peine de se retourner mais, dans le miroir, son reflet laissait voir qu'il bouillonnait de rage.

— Pas encore, répondit Fitz.

A vrai dire, il ne s'était pas encore posé la question. Doux Jésus, il n'avait pas vraiment prévu cela. Mais il devait reconnaître que Mark avait un argument de taille. Leur habitude de se quereller remontait loin, et une bonne discussion sur les origines de l'univers n'avait pas suffi pour enterrer la hache de guerre.

— Ta mère m'a quitté, Mark.

Mark se retourna. Il s'était passé de l'eau dans les cheveux et des traces de gouttelettes scintillaient, à la lumière du soleil, dans sa tignasse. Son visage était crispé de colère.

— Elle ne t'a pas quitté, tu l'as forcée à partir. Parce

que… (Il fit une pause, comme pour chercher ce qui venait ensuite. Ou bien, pour prendre son courage à deux mains.) Parce que t'es un connard !

Fitz contempla ses doigts. Son esprit fut traversé par des images de nuits de beuverie et de sobres scènes de ménage. Des souvenirs de l'argent perdu sur les chevaux, les courses de lévriers, les cartes. Le souvenir des larmes de Judith et de ses trop rares sourires.

— Oui, et bien, c'est probablement un résumé assez honnête de toute l'histoire.

— Je suis plus âgé qu'elle ! hurla Mark.

Il n'était pas encore tout à fait aussi grand que Fitz, bien qu'il ait fêté ses dix-neuf ans au printemps.

Rien de tel que de voir un de vos enfants moralement offusqué pour vous filer un coup de vieux, se dit Fitz. Il pénétra dans la salle de bains dont il referma la porte derrière lui. Il fit un effort manifeste pour baisser le ton de sa voix.

— Ecoute, qu'est-ce que tu attends de moi ? Que je passe le reste de ma vie comme ce putain de Cliff Richard[1] ?

Mark émit un grognement méprisant et quitta la pièce. Fitz lui emboîta le pas, juste à temps pour voir Panhandle sortir de la chambre. Elle portait le kimono, avec des motifs de bambous, que Fitz avait acheté à Judith il y avait deux Noël de cela.

Mark lui lança un regard incendiaire.

— C'est à ma mère ! cracha-t-il, avant de la bousculer pour gravir les escaliers.

Panhandle avança jusqu'à Fitz pour l'enlacer de ses bras, mais rien n'aurait pu rétablir le sentiment prodigieux avec lequel il s'était éveillé.

---

1. Cliff Richard, rock star, prétend n'avoir jamais perdu son pucelage. *(N.d.T.)*.

Penhaligon pénétra dans le commissariat d'Anson Road en compagnie de Fitz. Elle avait l'impression d'avoir de nouveau quinze ans et d'avoir réussi à bluffer à l'entrée d'un cinéma, pour aller voir un film interdit aux moins de dix-huit ans.

Elle avait songé à demander à Fitz s'il lui convenait de descendre deux pâtés de maisons avant le commissariat et d'achever le reste du trajet à pied, mais cette idée lui sembla, après coup, quelque peu saugrenue. Après tout, elle passait régulièrement le prendre et cela n'avait rien d'inhabituel.

Mais tout lui semblait si différent depuis qu'elle avait découvert le grain de beauté sur les fesses de Fitz et caressé du bout des doigts la cicatrice de son opération de l'appendicite... Elle se surprit à sourire.

— Je dois y aller pour taper mon rapport, annonça-t-il.

— Ouais, répondit-elle. A plus tard.

Elle lui fit un grand sourire — Dieu, qu'il était *costaud* — et surmonta l'envie de l'embrasser. Et pour cause, se dit-elle, en se retournant pour apercevoir Harriman et Beck, qui l'observaient à travers la vitre de la salle de la brigade.

Elle pénétra dans la pièce et Harriman murmura quelque chose à Beck, avant que tous deux ne se mettent à rire sous cape. C'était, de loin, la chose la plus désagréable qu'elle avait eu à subir depuis son arrivée au commissariat d'Anson Road, et Dieu sait pourtant si Beck l'avait mise sous pression, chaque jour. Au moins, à l'époque, Giggsy avait été là pour calmer le jeu. En fait, se dit-elle, ses relations avec Beck avaient sérieusement dégénéré depuis la mort de Giggsy. Peut-être parce qu'il avait été tué par une femme... Mais elle ne pouvait se faire à des pensées si morbides. Pas après la nuit exceptionnelle qu'elle venait de passer.

Elle se débarrassa de son sac et de son manteau, tout en

se laissant aller à rêver au torse de Fitz, à ses bourrelets de graisse qu'elle avait trouvés étonnamment excitants.

— Où est le tas de dessins que l'on a trouvé dans le lit de Dean ? demanda-t-elle.

— Dans le meuble de rangement, répondit Beck.

Quelque chose dans sa voix laissait entendre qu'elle avait laissé échapper une bourde, mais elle était incapable de savoir de quoi il s'agissait exactement.

Rien à foutre, se dit-elle. Elle s'empara du dossier dont elle avait besoin et commença à farfouiller à l'intérieur.

— Sauf qu'ils ont été retrouvés dans sa garde-robe, ajouta Beck.

Fitz voulait un dessin en particulier. Lorsqu'on le regardait de près, on s'apercevait qu'il s'agissait d'une camionnette de postier ; rien à voir avec les motifs qui avaient été barbouillés sur le corps de Joanne. Elle ne parvenait pas à mettre la main dessus.

— Ouais, dit-elle avec un certain retard. Qu'est-ce que vous racontez ?

— Vous avez dit : « dans son lit ».

Ce dessin était décidément introuvable.

— Non, répondit-elle d'un ton distrait. Non, je n'ai pas dit ça.

— Si, vous l'avez dit, rétorqua Beck. (Il se tourna vers Harriman.) Pas vrai qu'elle l'a dit ?

Harriman agita sa tasse de café.

— Le lit de Dean, c'est ce que vous avez dit.

Penhaligon abandonna tout espoir de trouver le dessin. Elle se repassa les mots dans sa tête : *Où est le tas de dessins que l'on a trouvé dans le lit de Dean ? Oh, putain de merde,* se dit-elle. *Quelle conne !*

Il ne lui restait plus qu'une option pour se défendre à présent. Elle se tourna vers Beck et Harriman.

— Qu'est-ce que vous tentez d'insinuer par là ?

Beck aspira une longue bouffée de sa cigarette.

— Rien du tout, mais vos paroles en disent bien assez.

Salopard, se dit Penhaligon. Elle se saisit du dossier et le brandit devant elle, comme un bouclier, avant de s'avancer vers eux.

— Pas du tout, déclara-t-elle. Allez les gars. Crachez le morceau.

Mais elle savait bien où ils voulaient en venir. Ça faisait un bout de temps qu'ils attendaient ce moment. Beck, en tous les cas.

Il aspira une autre bouffée de sa cigarette et contempla les volutes de fumée qui s'en dégageaient avant de poursuivre…

— Qui était dessus ? demanda-t-il, comme s'ils partageaient une bonne blague.

Je devrais lui demander de quoi est-ce qu'il veut parler, se dit Penhaligon. *Je devrais lui dire d'aller se faire foutre, puisqu'il est plus qu'improbable que quelqu'un d'autre le fasse à ma place.*

Mais il était trop tard et la salle s'était soudainement remplie d'éclats de rire.

Ce qui était le plus douloureux, c'est qu'un des ricanements au moins était celui d'une femme.

Fitz se rendit compte, dès qu'il pénétra dans le bureau, que Wise était toujours piqué au vif, par rapport à la dispute à propos de Dean Saunders. L'inspecteur principal, évidemment, devait voir cela d'un tout autre œil : il avait donné à Fitz et Penhaligon un avertissement que ces derniers avaient tout simplement choisi d'ignorer.

Panhandle se trouvait déjà dans la pièce. Elle avait l'air sacrément contrarié et Fitz se demanda si Wise lui avait de nouveau passé un savon. Il se sentit pris d'un élan protecteur, et déplacé, envers elle — et se surprit à penser à l'égard de Wise : « Pourquoi est-ce que tu ne t'attaquerais pas plutôt à quelqu'un de ta propre taille ? » C'était très

néanderthalien : il l'avait sautée et donc, elle lui appartenait, ou tout au moins, il se sentait le devoir de la protéger.

Oui, eh bien… Il savait ce qu'elle aurait à dire d'une
telle théorie.

Une grande marguarita, avec ou sans anchois, n'y ferait
rien.

Alors, au lieu de faire quoi que ce soit dans ce style —
au lieu de serrer la main de Penhaligon comme il l'avait
fait la veille —, il tendit à Wise sa facture.

— Voilà mes honoraires, à ce jour, annonça-t-il.

Wise y jeta un rapide coup d'œil.

— Aucun problème, déclara l'inspecteur principal. (*Oh,
bordel que si,* se dit Fitz. *Ce n'est pas même la moitié de ce
que j'aimerais toucher.*) Je suppose que vous préférez du
liquide, poursuivit Wise.

Garde donc tes sarcasmes pour toi, espèce d'enfoiré,
pensa Fitz.

Wise se retourna avant de se pencher pour émarger la
facture. Fitz croisa le regard de Panhandle puis balança la
tête en direction de Wise.

— Fitz voudrait une semaine de plus sur l'affaire
Joanne Barnes, déclara-t-elle à son supérieur, qui lui tournait le dos.

— Pas la moindre chance, rétorqua Wise. (Il se
redressa.) Le dossier sera dans les mains du procureur
demain.

— Dans ce cas, laissez-moi jusque-là.

Fitz prit conscience, avec dégoût, qu'il était pratiquement en train de le supplier. Il y avait quelque chose à
propos de la fragilité de Joanne et de la détresse de Dean
qui était resté incrusté dans sa peau. Il savait que c'était en
relation avec Mark, avec le fait que dans cette affaire, ils
avaient pu avoir une véritable et franche discussion, pour la
première fois depuis des lustres. Mais c'était aussi lié à
Panhandle : finalement, il n'était jamais parti en vacances

avec elle, parce qu'il avait craint que, ayant foiré l'affaire Tim Lang, cela ne foire également avec elle. A présent qu'il avait enfin débuté une relation avec elle, il n'osait pas échouer dans l'affaire Joanne Barnes — car cela risquait de nuire à leur idylle.

Ou quelque chose d'autre, encore. Il n'avait guère le temps de l'analyser. Tout ce qu'il savait, c'était qu'on devait lui laisser le temps de parler aux Trant afin de briser la putain de carapace de pieuse droiture dont ils s'entouraient.

— Beck est en ce moment même en train de boucler l'affaire.

Wise regagna son siège.

Cela avait valeur de refus. Mais ni Panhandle, ni Fitz, n'effectuèrent le moindre mouvement vers la porte.

Au lieu de cela, ils s'approchèrent du bureau de Wise.

— Deux personnes ont trouvé la mort, patron, déclara Panhandle. (Fitz espérait que Wise ne se rendrait pas compte que Panhandle tentait de le soutenir en s'adressant à lui ; en fait, il pensait qu'elle-même ne devait pas vraiment en être consciente. Elle poursuivit :) Ils étaient tous deux membres de la même secte religieuse, dont faisaient partie Kenneth Trant, le directeur de Joanne, et Michael Trant, le patron de Dean. (Wise écarquilla les yeux. Elle était enfin parvenue à capter son attention.) Fitz voudrait interroger les quatre Trant et je pense que nous devrions lui donner notre feu vert.

— Vous me demandez de risquer le temps et l'argent de la police, trancha Wise.

Ouais, se dit Fitz. *Jouons donc avec le système judiciaire : cinq cartes dans la main. La cagnotte : le temps et l'argent de la police. Des aveux douteux : le joker. Et la vérité et la justice ne triomphent qu'avec le carré d'as.*

Je suis prêt à t'affronter et à te plumer de quatre cents sacs.

Il enfonça sa cigarette dans sa bouche, se pencha et se saisit de la facture sur le bureau.

— Quitte ou double : j'obtiens des aveux.

Il déchira le papier en plusieurs morceaux.

Wise avala une longue gorgée de thé, après quoi, il reposa lentement sa tasse avant de déclarer…

— D'accord. Je vous donne jusqu'à demain.

Quitte ou double, se dit Fitz.

— Et aussi Penhaligon, ajouta-t-il.

— Prenez Beck avec vous.

Ses manières s'étaient dégelées. Peut-être était-il persuadé de gagner le pari, à moins qu'il ait été impressionné par le sérieux que Fitz attachait à l'affaire.

Putain de merde, songea Fitz. Autant lui donner deux aces et une reine.

— Beck m'est totalement inutile, déclara Fitz. Panhandle comprend la façon dont je travaille. (Wise avait toujours besoin d'être convaincu. Il fallait le lui reconnaître : il pouvait changer d'avis, à condition que vous lui fournissiez les bons arguments. Le seul ennui, c'était que la plupart du temps, il fallait le mettre au pied du mur avant qu'il ne se décide à en remarquer les briques.) Beck est trop vieille école, trop Starsky et Hutch. Il ne connaît qu'une seule partition. (Il était de nouveau en train de le prier, mais il s'en fichait pas mal.) Je ne tirerai rien de bon sans elle, déclara-t-il. (*Doux Jésus, qu'est-ce que je raconte ?* se dit-il. *Qu'est-ce donc que je ne puis tirer sans elle ?* Mais Wise ne semblait pas avoir relevé. Il se contentait d'observer Fitz, absolument impassible. Une dernière chance, se dit Fitz.) Je monte les enchères, poursuivit-il. Quatre contre six.

— Un contre deux, le reprit aussitôt Wise.

Faites confiance à un gars de Liverpool pour s'y connaître en enchères.

— Vous êtes plus rude que le pire des bookmakers, s'écria Fitz.

— Un contre deux, vous obtenez des aveux.

Wise reprit une gorgée de thé.

— Ça marche, accepta Fitz.

Quelquefois, il fallait simplement se contenter des meilleures enchères que l'on pouvait obtenir.

35

Virginia était au bord de la panique. Le docteur Fitzgerald et l'inspecteur Penhaligon étaient revenus et Kenneth n'était pas là pour la protéger. Ils étaient perchés sur des chaises, de part et d'autre du canapé où elle se trouvait assise, à la croisée de leurs regards inquisiteurs. Elle avait l'impression d'être... une criminelle ou quelque chose dans le genre.

Mais c'est effectivement ce que je suis, se dit-elle. *J'ai contribué à la mort de Joanne.* Elle chassa vivement cette pensée de son esprit. Cette fille était une pécheresse. Virginia n'avait fait que suivre les instructions de Kenneth et fourni son aide afin de renvoyer Joanne au Seigneur, son juge.

Ce n'était peut-être pas en accord avec les lois humaines, mais c'était la volonté de Dieu.

L'inspecteur Penhaligon fit cliqueter sa cuillère contre la tasse de porcelaine du service de Virginia.

Comme s'il s'agissait d'un signal, Fitz prit la parole :

— Saviez-vous que Joanne était catholique ?

Une catholique ? se demanda Virginia. Selon elle, ces gens étaient à peine des chrétiens : tous ces saints et ces effigies peinturlurées et ce culte de Marie. Par ailleurs, ce détail ne lui paraissait pas revêtir la moindre importance — *de toutes les manières, où voulait-il donc en venir ?*

— Non, répondit-elle.

— Une catholique très dévote, d'après le curé de sa paroisse, ajouta le docteur Fitzgerald. (La chaise sur laquelle il se tenait assis était pratiquement dissimulée par sa silhouette imposante. Ses doigts boudinés, gros comme des saucisses, trifouillaient la tresse du reposoir de sa chaise. Virginia remarqua avec un certain dégoût qu'ils étaient tachés de jaune par la nicotine. Sa voix était douce, presque hypnotique : mais Virginia ne s'y laissait pas prendre. Pas une seconde.) Elle appartenait à la légion de Marie, poursuivit-il. Elle faisait assidûment œuvre de charité, se confessait régulièrement, ne manquait jamais la messe du dimanche — jusqu'à Noël dernier…

Il traîna avec hésitation sur ces derniers mots, comme s'il n'était plus si sûr de lui, puis il leva les sourcils en direction de l'inspecteur.

Virginia tourna vivement la tête pour observer Penhaligon. A quoi jouaient-ils donc ? Avait-elle laissé échapper quelque chose ? Ce type était un psychologue. Le bon Dieu seul savait ce qu'il pouvait bien lire dans ses gestes ou ses paroles. Mais Penhaligon se contenta de faire un sourire en signe d'assentiment, avant de reprendre une gorgée de son thé.

Je devrais dire quelque chose, se dit Virginia. Mais que pouvait-elle donc dire… qui ne serait pas ensuite utilisé contre elle ? Elle aurait pu faire plonger Kenneth et les autres. Elle sentait, quelque part dans sa gorge, que son pouls battait trop vite.

Et puis, il fut trop tard pour dire quoi que ce soit, car le docteur Fitzgerald avait de nouveau pris la parole, de sa voix onctueuse, implacable et terrible.

— Celui qui l'a attirée dans votre église devait éprouver un intérêt tout particulier à son égard.

Voilà donc où il voulait en venir, se dit Virginia. Ils tentaient d'insinuer que Kenneth l'avait appâtée vers la congrégation, à seule fin de — le mot était abominable — la séduire. Ils s'imaginaient qu'ils pouvaient utiliser Joanne pour lui arracher son Kenneth, voire même, pour qu'elle le trahisse.

Ils se trompaient lourdement. Elle savait très bien que Joanne n'était qu'une garce lubrique qui avait ensorcelé Kenneth ; certainement pas le contraire. Kenneth l'aimait et n'aimait qu'elle seule. Tant qu'ils ne parleraient que d'une même et seule voix, ils demeureraient invulnérables.

Telle était la volonté du Seigneur. Tout comme l'avait été la venue de Joanne au sein de la congrégation.

— Je pense qu'il devait en effet éprouver un tel sentiment… déclara Virginia. (Le docteur Fitzgerald eut l'air interloqué ; il fallut à Virginia un moment avant d'en saisir la raison. Il s'imaginait qu'elle venait de trahir Kenneth.) Dieu ! Docteur Fitzgerald !

— A travers l'intermédiaire de votre mari ?

Le docteur Fitzgerald sourit, comme s'il pensait avoir dit là quelque chose de particulièrement futé.

Ce type était impossible, songea Virginia. Il était incapable de voir ce qui était aussi évident qu'un nez au milieu de la figure.

— Oui, répondit-elle avec patience. Pour l'amener aux écritures de la Bible.

— Et vous ne pensez pas qu'elle ait pu être davantage attirée par votre mari que par la Bible ?

Le souvenir de ces photographies immondes lui transperça l'esprit comme une flèche. Kenneth touchant Joanne, l'embrassant… Et d'autres choses encore. Elle aurait voulu hurler : « Bien sûr que c'est possible ! C'est pour cela qu'elle a rejoint la congrégation : afin de séduire Kenneth, le corrompre, pour me l'arracher. » Mais ils ne comprendraient jamais. Elle cligna précipitamment des yeux et se mit à rire, pour soulager l'angoisse qui grandissait en elle.

— Docteur Fitzgerald. C'était une jeune fille de dix-sept ans, et mon époux est…

— Un play-boy de quarante-six ans, trancha-t-il, achevant la phrase à sa place.

Quelle idée ridicule, n'est-ce pas ? Mais... pas tant que cela.

— Kenneth ? Un play-boy ? s'exclama Virginia à l'intention du docteur Fitzgerald.

Elle se mit à rire avant de se tourner vers Penhaligon pour rire de plus belle. C'était la terreur qui la faisait rire : elle espérait simplement qu'ils imagineraient qu'elle trouvait l'idée grotesque.

Penhaligon sourit, comme si elles étaient des adolescentes partageant un secret à propos d'un petit ami.

— J'avais le béguin pour mon professeur de musique à son âge, et il n'était pas vraiment né de la dernière pluie, annonça l'inspecteur. (Sa voix était légèrement rauque. Elle souriait, non pas à Virginia mais au docteur.) Vous savez bien comment sont les filles à cet âge.

Elle a une liaison avec lui, se dit Virginia. Cela la rendait furieuse. Ils la terrorisaient, tout en se permettant de flirter !

— Non. Je n'ai pas eu l'occasion de le découvrir, déclara le docteur Fitzgerald.

Le ton de sa voix suggérait des étendues de dépravation.

Virginia sourit avec gêne et se mit à contempler sa tasse de thé. Il était froid, à présent. Quel dommage ! Le boire lui aurait au moins donné quelque chose à faire de ses mains.

— Madame Trant, votre époux est quelqu'un de très séduisant, déclara Penhaligon. (Virginia sourit devant le compliment malgré elle.) Je suppose qu'il est possible que Joanne l'ait — disons — trouvé plutôt mignon ?

Oh, c'était si grossier, si vulgaire, se dit Virginia. Et Penhaligon ne semblait pas le moins du monde gênée d'énoncer de telles choses, assise sur sa chaise, ses mains

serrées avec nonchalance devant elle, comme si elle discutait de la pluie et du beau temps.

— Je n'ai jamais rien remarqué qui puisse apporter
quelque crédit à cela, déclara Virginia. (Avant de poursuivre avec davantage de confiance…) Et je suis convaincue qu'il en a été de même pour Kenneth.

Son élocution était trop précipitée. Norma lui avait toujours répété qu'elle s'exprimait trop vite lorsqu'elle était
contrariée. Elle espérait qu'ils n'auraient rien remarqué.
Puis elle se mit à sourire — d'un sourire trop large, qui
n'avait décidément rien à voir avec le plaisir.

— Il a pourtant bien déclaré qu'elle était une jeune fille
timide, réservée — pas du genre à extérioriser ses sentiments, intervint de nouveau le docteur Fitzgerald.

Il avait lancé cela comme un défi, fourrant son nez dans
ce qui ne le regardait pas, avec ses théories, et refusant de
prendre pour argent comptant la moindre de ses paroles.

— Peut-être, mais cela ne prouve…

Il ne lui laissa pas la chance de finir.

— Madame Trant. Nous n'essayons pas de prouver
quoi que ce soit. (Il donnait l'impression de s'impatienter.
Il avait le culot d'être assis dans son salon, acceptant son
hospitalité, tout en se permettant de lui parler sur ce ton.)
Nous sommes malheureusement dans l'impossibilité de
demander à Joanne ce qu'elle ressentait. Aussi, c'est à vous
que nous posons certaines de ces questions. Nous réfléchissons à haute voix, tout simplement. (Il était de toute évidence à deux doigts de perdre son calme, prit soudainement
conscience Virginia. Elle s'en moquait éperdument. D'ailleurs, elle aussi commençait à s'impatienter.) Je suis simplement en train de me demander s'il existe la moindre
possibilité que Joanne fût éprise de votre mari, même à son
insu ?

Virginia prit une profonde inspiration afin de tenter de

conserver son calme. Si elle se mettait en colère, elle pourrait aussi bien dire n'importe quoi.

— Cela me paraît très improbable…

— Alors, c'est possible ? intervint Fitzgerald.

— Je n'ai pas dit cela.

Virginia commençait à s'énerver sérieusement.

— Donc, vous estimez que c'est absolument impossible ?

Il ne s'arrêtait donc jamais ? Il tronquait la moindre de ses paroles, alors qu'il savait parfaitement ce qu'elle voulait dire.

— Je n'ai pas dit cela, répéta-t-elle. (Encore une fois, elle se rendit compte qu'elle parlait trop vite, mais elle n'y pouvait rien.) Je n'ai pas dit que c'était absolument impossible.

— Je crois qu'il y a un certain nombre de choses que vous ne dites pas, déclara le docteur Fitzgerald. (Sa voix était dure comme l'acier.) Pouvez-vous vivre avec ces choses ?

— Je n'ai rien fait de mal, rétorqua Virginia automatiquement.

Elle avait été une enfant bien comme il faut, une adolescente sans reproche, une épouse exemplaire. Elle n'avait jamais eu de raisons d'éprouver de la culpabilité. *Tu en as de bonnes à présent*, siffla une petite voix ténébreuse, des tréfonds de sa conscience. *Tu as assassiné Joanne Barnes parce que tu avais peur que ton époux t'abandonne pour elle.* Mais elle ne devait pas y prêter la moindre attention. Il fallait qu'elle leur parle par la voix de Kenneth, la voix du vertueux qui avait accompli la volonté du Seigneur. Si elle échouait, ils étaient tous perdus.

— Quelqu'un a commis quelque chose de très grave. Et vous savez qui, annonça le docteur Fitzgerald. (Ses mains étaient désormais immobiles et il ne la quittait plus des yeux.) Ne croyez-vous pas que c'est votre devoir de nous le dire ?

Devoir ? Il osait lui parler, à elle, de devoir ?

— Je sais parfaitement quel est mon devoir, docteur, répliqua-t-elle. (Etre digne de la confiance de Kenneth, de Dieu et des autres. Pas forcément dans cet ordre-là, se dit-elle, après coup, avec quelque remords. Mais elle ne comptait point le leur faire savoir, aussi décida-t-elle de leur déclarer ce qui la soutenait dans ses moments difficiles.) J'ai toujours fait de mon mieux pour mener une honnête existence…

— Joanne Barnes est allongée, sans vie, sur une table de la morgue, l'interrompit le docteur Fitzgerald.

— … de chrétienne.

Certainement que cela lui clouerait le bec ? Aucune chance.

— Son corps était recouvert de motifs issus d'une âme détraquée et torturée…

Il parlait ainsi de Kenneth, son Kenneth.

— Je vous en prie… (Lui, avec son esprit malade et pervers osait dire de telles choses de son mari.) Je ne veux pas entendre ça… déclara-t-elle d'un ton ferme.

— Ses parents s'arrachent les cheveux de souffrance. « Une brave fille, Joanne », ne cessent-ils de répéter…

Elle n'était certainement pas une brave fille, mais une petite traînée corrompue et dépravée, avait envie de hurler Virginia. Mais elle ne pouvait se le permettre et les paroles du docteur lui martelaient la conscience. De désespoir, elle se tourna vers Penhaligon.

— Ne pouvez-vous donc pas l'arrêter ?

Penhaligon se contenta de la regarder d'un air insolent, l'air de dire : « Et pour quelle raison le ferais-je ? » tandis que Fitzgerald repartait à l'assaut, de ses mots perçants.

— … Se demandant quel est le salopard démoniaque responsable de la mort de leur fille chérie. (Virginia se mit précipitamment la main devant la bouche pour ne pas hurler. *Tout ira bien, tout se passera pour le mieux, tout va s'arranger,* se répéta-t-elle, mais en vain, car les terribles paroles du docteur s'insinuaient dans la carapace mentale qu'elle tentait de se forger.) Joanne est morte. Dean est mort. Et vous croyez que votre « honnête existence » pèse lourd dans la balance ?

Virginia était soudainement furieuse. Ils étaient venus chez elle, boire son thé, manger ses gâteaux, calomnier son mari avant de lui jeter au visage qu'elle n'était qu'une menteuse. Et ni l'un, ni l'autre, n'avait fait dans leur vie entière le dixième des bonnes œuvres qu'elle avait accomplies, ne serait-ce que l'année passée.

— Trois cent soixante seize mille quatre cent vingt francs. Pour cet exercice financier, annonça-t-elle.

Qu'ils disent mieux. Qu'ils disent donc que cela n'était rien.

— Tant que ça ? répliqua Fitzgerald, d'une voix lourde de mépris.

Cela ne signifiait absolument rien pour lui, réalisa-t-elle brusquement. Tout ce dur labeur, son amour de Dieu et de la Sainte Bible, le fait qu'elle avait vécu quarante-quatre ans sans briser le moindre des commandements — *sauf,* aiguillonna la petite voix aux tréfonds de son âme, *tu ne tueras point.* Mais elle chassa cette idée, puisque, après tout, ils n'avaient point tué Joanne ; ils l'avaient simplement renvoyée à son Créateur pour qu'elle soit purifiée — et tout cela n'était rien en comparaison des exactions de cette petite garce, malfaisante et ensorceleuse.

— Cent quatre-vingt-quatre mille francs pour la recherche contre le cancer, clama Virginia. (Elle connaissait les chiffres par cœur. Et à présent, elle les récitait telle une litanie, pour faire taire le docteur Fitzgerald, lui et ses mensonges obscènes.) Soixante-neuf mille quarante francs pour la recherche contre la congestion cérébrale ; vingt mille cinquante-deux francs et trente centimes pour les personnes âgées ; onze mille cent soixante francs pour les travaux de rénovation de l'église ; environ dix mille francs pour la myopathie, les chiens guides pour aveugles, les enfants démunis (elle se tourna vers Penhaligon), et les veuves et orphelins de la police. (La jeune femme eut la bienséance d'avoir l'air soudainement consterné. A présent, c'était au tour de Virginia de monopoliser la parole, tandis qu'ils auraient préféré qu'elle se taise.) A ajouter à cela de plus petites sommes versées aux personnes âgées, infirmes et nécessiteux de la commune. (Elle se leva et se saisit de la caisse pour les donations, posée sur le manteau de la cheminée, à côté de la poterie en majolique.) Je fais, en ce moment même, une collecte pour la recherche contre la congestion cérébrale, déclara-t-elle. (Elle fit tinter la boîte sous le nez du docteur Fitzgerald d'un mouvement expert du poignet.) Peut-être qu'une petite donation serait la bienvenue ?

Elle avait réussi à le mettre aussi mal à l'aise qu'elle l'avait été.

— Euh… Je suis un peu dans l'embarras, en ce moment, dit-il.

Penhaligon farfouilla dans son sac avant d'en extraire finalement une pièce de cinq francs qu'elle glissa dans la boîte. Après quoi, il fut aisé pour Virginia de reprendre le contrôle de la situation et quelques minutes plus tard, elle leur suggéra, sur un ton paisible, de partir.

Elle attendit qu'ils quittent sa demeure et, une fois seulement que leur véhicule se fût éloigné, elle s'assit sur le canapé et se mit à sangloter. Elle aurait bien appelé Kenneth au lycée, mais elle était convaincue qu'il considérerait qu'elle avait agi avec sottise.

La voiture était emplie d'odeurs de plastique et de fraises. Ou peut-être bien qu'il imaginait celle des fraises, se dit finalement Fitz. Des réminiscences. Il y avait goûté la nuit dernière et cette pensée fit naturellement glisser son esprit vers d'autres considérations : les ombres sur la peau de Panhandle, de couleur d'ambre sous la lumière tamisée de la lampe de chevet. Et puis, il se laissa aller à rêver à tous ses lieux de délices intimes, qui n'avaient désormais pour lui plus de secret...

— Elle ment, déclara soudainement Panhandle, toujours aussi pragmatique.

— Elle est loyale, répondit Fitz, surpris dans ses pensées.

Panhandle lui jeta un coup d'œil, tandis que défilaient par la fenêtre des paysages de banlieue, vastes pavillons et pelouses impeccables. De toute évidence, elle se rendit immédiatement compte qu'il n'avait pas la tête aux Trant. Peut-être même arrivait-elle à lire dans ses pensées ; mais elle se contenta de dire...

— Prochaine étape : Norma ?

— Non, répondit Fitz, réfléchissant au quart de tour. Prochaine étape : Sarah.

Voilà qui inquiéterait Kenneth bien davantage que leur conversation avec son épouse.

36

Penhaligon et Fitz attendaient, à la sortie du lycée de William Street, le garnement dont ils avaient graissé la patte pour qu'il aille leur chercher Sarah. Penhaligon se sentait vaguement mal à l'aise — pas pour avoir soudoyé le gamin, mais parce qu'ils n'avaient pas averti l'administration du lycée qu'ils désiraient parler à Sarah. Elle était convaincue que c'était totalement contraire aux règles, mais Fitz avait déclaré qu'il était primordial que Kenneth Trant ne soit pas au courant de leur manœuvre.

Et puis merde ! C'était une journée somptueuse et de toutes les manières, ils ne comptaient pas utiliser l'enregistrement qu'ils avaient projeté de faire comme pièce à conviction.

Elle trouverait un moyen de se couvrir. Elle s'en était toujours bien tiré, jusqu'à présent.

Elle sourit en pensant à la nuit dernière, comment, là aussi, elle estimait s'en être bien sortie. Elle chassa rapidement son sourire de ses lèvres et fit en sorte de se tenir à distance respectable de Fitz — ni trop près, ni trop loin, ni trop en face, ni trop de dos — afin que, si Kenneth Trant venait à surgir, il ne puisse soupçonner que quelque chose était changé entre elle et Fitz. Elle avait eu son compte pour la journée.

Le garçon qu'ils avaient envoyé en éclaireur fit son apparition, avec sa chevelure blonde, la cravate de son uniforme défaite, et ses grands yeux pleins d'innocence.

— Elle arrive, annonça-t-il. Dix balles.

— T'avais dit cinq balles, déclara Fitz, légèrement contrarié.

— Pour l'aller et pour le retour, rétorqua le garçon, pareillement mécontent.

Et voilà, c'est reparti pour un tour, se dit Penhaligon ; mais elle se surprit à éprouver un sentiment affectueux — pour ce qui, d'habitude, ne lui inspirait qu'irritation — à l'égard des ennuis d'argent de Fitz. Elle plongea la main dans sa poche, mais à sa profonde stupéfaction, Fitz glissa une pièce de dix francs dans la paluche du garçon, sans plus tergiverser.

Quelques lycéens firent leur apparition à la sortie de l'école ; parmi eux se trouvait Sarah. Elle salua un ami puis, regarda autour d'elle avec nervosité, jusqu'à ce qu'elle les aperçoive.

Elle hésita un instant avant de traverser la chaussée pour venir les rejoindre.

— Merci d'avoir, de nouveau, accepté de nous parler, Sarah, déclara Penhaligon.

La jeune fille sourit. Elle paraissait terriblement anxieuse : elle ne cessait de tirer sur sa jupe et ses yeux furetaient dans tous les sens.

— Connais-tu un endroit où nous pourrions parler ? demanda Fitz. (Sarah jeta un coup d'œil rapide vers le lycée.) Pas là, en tous les cas, dit Fitz. Prenons plutôt l'air…

— D'accord, répondit Sarah.

Elle leur fit faire le tour du bâtiment et ils se retrouvèrent bientôt devant une vaste étendue de verdure envahie d'enfants — pouvait-on vraiment les appeler ainsi, à leur âge ? se demanda Penhaligon — en plein cours de sport.

— Les troisièmes, annonça Sarah pour toute explication.

D'un instant à l'autre, on allait les interpeller, se dit Penhaligon, avant de le faire remarquer à Fitz.

— Mais non. C'est le syndrome de la lettre cachée, rétorqua-t-il. C'est pourtant toi l'inspecteur… Tu devrais bien savoir cela : le meilleur endroit pour se cacher, c'est aux yeux et au nez de tous le monde !

Mais bien sûr, se dit Penhaligon, en dressant la tête dans sa direction. Tu m'as tout à fait l'air de passer inaperçu.

Ils prirent un chemin qui les conduisit jusqu'à une série de bancs, sur le côté le plus éloigné du terrain de jeux. Autour d'eux, certains des troisièmes s'adonnaient à la course de haie, ou bien jouaient au ballon, tandis que d'autres, en groupes, les observaient. Leur conduite était remarquable, se dit Penhaligon. Elle n'en voyait aucun tenter de filer en douce, ou bien parler du programme télévisé de la veille, ou reluquer un individu de l'autre sexe. S'il était vrai que l'atmosphère d'un lycée était redevable à la conduite de son directeur, alors Kenneth Trant devait être un principal hors du commun.

Ce qui ne l'empêchait pas, par ailleurs, de pouvoir être un assassin.

— M. Trant semble bien s'entendre avec les élèves, déclara Fitz.

Sarah opina vigoureusement de la tête. Penhaligon profita de ce que l'attention de la jeune fille était occupée par Fitz pour mettre en marche l'enregistrement sur le dictaphone qu'elle transportait dans son sac à main.

Elle paraissait si jeune et si innocente, songea Penhaligon, soudain prise d'un coup de vieux. C'était étrange car, aux côtés de Fitz — à présent qu'ils avaient une liaison —, elle se sentait comme une enfant. Pendant un instant, elle se demanda si lui aussi la voyait ainsi. Cette pensée ne lui avait encore jamais traversé l'esprit.

— Les seules fois où nos professeurs nous adressaient la parole, c'était pour nous menacer de toutes les flammes de l'enfer, déclara Fitz. Ou bien une colle, ce qui était légèrement pire.

Sarah éclata de rire.

— Monsieur Trant n'est pas comme ça.

Non, se dit Penhaligon, le contraire m'aurait étonnée. Si ce que Fitz soupçonnait était vrai, alors les relations entre Kenneth et Sarah étaient sans doute loin de n'être que scolaires.

Une balle tomba à ses pieds avec un bruit sourd. Elle la ramassa et la lança vigoureusement à un garçon qui lui souriait, à quelque distance de là. Il l'attrapa au vol avant de s'éloigner. Penhaligon aperçut alors Kenneth Trant, en pleine discussion avec quelques personnes, à l'autre bout du terrain de jeux. Il ne semblait pas les avoir vus.

— Tu en as de la chance ? déclara Fitz. Tu trouves que tu peux lui parler, n'est-ce pas ? (Fitz s'était transformé en une véritable crème ; il n'y avait plus rien de dur, de menaçant en lui.) Je veux dire… Ça ne le dérange pas que tu viennes lui faire part de tes soucis ?

— Oh, non ! répliqua Sarah. (La réponse semblait trop précipitée, se dit Penhaligon. Elle était certaine que la jeune fille s'était immédiatement remise sur ses gardes.) Je veux dire… Ça ne le dérange absolument pas. Il aime savoir ce qui se passe. (Elle s'interrompit un instant.) Il aime bien qu'on aille le voir pour lui parler.

J'en fais le pari, se dit Penhaligon. Elle imaginait que l'attrait qu'un professeur tel que Kenneth Trant pouvait exercer sur une jeune fille innocente comme Sarah — ou bien Joanne — devait être du même ordre que celui que… Eh bien, que celui que pouvait inspirer un gros psychologue d'âge mûr, à la vie pleine de déboires, à une jeune et ambitieuse inspecteur de police.

— Monsieur Grogan, annonça Fitz. (Sarah eut l'air interloqué mais Penhaligon savait qu'il ne s'agissait que du début d'un des nombreux soliloques de Fitz ; en apparence, seulement, sans intérêt.) Mon professeur d'histoire. Ils disaient tous, à l'école : « Ses examens sont une traversée du désert. Pas la peine de se faire du mal, alors qu'il ne faut qu'une petite minute pour aller dans le bureau du principal. » (Un sourire amer vint creuser son visage.) Ouais, mais trois heures pour en sortir. On l'appelait l'hydrocéphale car quelqu'un avait dit de lui qu'il avait de l'eau dans la cervelle. (Ses yeux roulèrent dans leurs orbites.) Sans pitié.

Un sourire s'épanouit sur le visage de Sarah.

Penhaligon sourit également, mais son attention était concentrée sur Kenneth Trant. Le professeur avec lequel il discutait s'était écarté. Elle croisa son regard. *Et merde !* se dit-elle. *S'il nous demande de déguerpir, nous n'aurons plus qu'à nous en aller, la queue basse. Mais s'il agit ainsi, cela équivaut à des aveux.*

Mais Trant se contenta de lui lancer un regard noir. Il hocha sèchement la tête avant de s'éloigner.

Penhaligon et les autres étaient pratiquement parvenus jusqu'aux bancs. Fitz continuait à palabrer et Sarah semblait sous le charme.

— Grogan était différent. Il paraissait savoir ce qui nous arrivait sans même que nous n'ayons besoin d'évoquer le sujet, déclara Fitz. (Il agita la main, comme s'il tenait une cigarette, à son habitude. Sarah souriait, attentive. *Je me demande si je fais cette tête lorsque je suis avec lui,* se demanda Penhaligon ; *si c'est ce spectacle qui donne systématiquement envie à Beck de se payer ma poire.*) Il nous faisait du thé dans son petit coin, avant de sortir son cendrier. Tu vois ce que je veux dire ? Il nous mettait à l'aise, tels qu'on était. (Sarah opina de la tête. Penhaligon se surprit soudainement à être jalouse. Elle se moqua d'elle-même en silence. Une façon comme une autre d'y faire face.) C'est ce que j'appelle un professeur, annonça Fitz.

Ils prirent place sur le banc, Sarah au milieu.

— Est-ce que c'est comme cela que tu te sens avec monsieur Trant ? demanda Penhaligon.

— Oh, oui ! répondit la jeune fille. Il est toujours à notre disposition — il vous donne l'impression d'être la seule personne au monde.

Elle sembla soudainement bien plus jeune que ses seize ans et Penhaligon n'était plus si fière d'abuser de sa confiance.

Dans son sac, le dictaphone ronronnait, ronronnait…

37

La salle d'interrogatoire de la police était exactement comme Norma l'avait imaginée : étroite et glaciale, des carreaux disposés sur les murs, garnis d'un enduit décoloré, et le sol parsemé de taches noirâtres, traces de mégots de cigarettes écrasés.

Le café était également un désastre, léger et amer, avec un arrière goût de lait longue conservation. Elle serrait sa tasse dans sa main et regardait dehors, par la fenêtre. Elle pouvait difficilement voir à travers, car celle-ci était constituée de petits carreaux, extrêmement épais, comme s'ils s'étaient imaginé que l'on aurait tenté de se jeter à travers quoi que ce soit d'un poil plus fin.

Eh bien, se dit-elle, cela pouvait être un endroit particulièrement effrayant — si l'on faisait preuve de faiblesse. Mais elle n'était aucunement faible et était d'ailleurs là pour le prouver, venue pour faire face à ce psychologue, Fitzgerald, qui avait inspiré tant de crainte à Virginia et Michael. Non que les effrayer, l'un ou l'autre, ait jamais constitué un exploit.

Elle entendit un bruit et la porte s'ouvrit derrière elle. Elle se retourna pour voir un bonhomme massif, avancer d'un pas traînant : ce ne pouvait être que ce fameux docteur Fitzgerald. La jeune femme qui l'accompagnait était dotée d'une imposante chevelure rousse et son visage trahissait une forte détermination. Il s'agissait très certainement de Penhaligon — elle correspondait en tous points à la description, entrecoupée de sanglots, que lui avait faite Virginia.

Fitzgerald sourit d'un air sec et dur, tandis que Penhaligon se posta dans un coin, près du mur en face.

Ils ont déjà joué cette partition, se dit Norma ; et elle réalisa soudainement qu'ils ne faisaient que leur travail, rien d'inhabituel dans tout cela. Elle fut prise d'une vague inquiétude. Allez donc savoir quels tours de passe-passe ils avaient élaborés au cours de leur travail en équipe ? *Je dois prendre le contrôle de la situation,* se dit-elle. *Prendre l'initiative.* Après tout, c'était la raison pour laquelle elle s'était portée volontaire pour venir les voir, ici même, lorsqu'ils l'avaient appelée pour lui apprendre qu'ils désiraient lui parler.

Elle avala une gorgée de son café et observa Fitz par-dessus le rebord de sa tasse. Elle savait que les hommes trouvaient cela excitant. Elle s'était également habillée pour l'occasion — boucles d'oreilles, vernis à ongles, du maquillage mais pas trop : juste ce qu'il fallait pour bien faire. Ça ne mangeait pas de pain, après tout ?

Elle abaissa doucement sa tasse et déclara...

— Docteur Fitzgerald, je suppose ? J'ai beaucoup entendu parler de vous.

Elle avait eu l'intention d'être spirituelle, mais à l'expression blasée qui apparut sur son visage, elle sut qu'il n'avait retenu que le cliché.

— Je suis surpris que vous ayez préféré nous parler ici, annonça-t-il.

— Pourquoi ? C'est fascinant. (Elle embrassa la pièce du regard, comme s'il s'agissait de la plus grandiose des merveilles architecturales de la planète.) C'est, pour moi, une expérience entièrement nouvelle.

Elle prit une nouvelle gorgée de son café et l'observa de nouveau par-dessus sa tasse.

Elle se demanda ce qu'il faudrait pour qu'il renonce à

ses soupçons à leur égard. Son esprit fut traversé par une étrange pensée : il n'était absolument pas séduisant, selon les critères généralement admis en termes de beauté, mais elle imaginait très bien pourquoi — par exemple — le regard de Penhaligon se posait aussi souvent sur lui que sur elle.

Elle s'attendait à ce qu'il place un quelconque commentaire — une plaisanterie, une anecdote, quelque chose qui la mettrait à son aise. Mais il n'en fit rien.

Au lieu de cela, il porta immédiatement une botte.

— Virginia Trant nous a déclaré qu'elle pensait qu'il était possible que Joanne ait été attirée par son mari. Qu'est-ce que vous en dites ?

Alors, ils savaient.

— Attirée ? rétorqua-t-elle aussitôt, faisant mine d'être surprise. Est-ce que Ginny a vraiment dit ça ?

Norma savait parfaitement que c'était faux — ce n'était tout simplement pas le genre de mots qu'elle utiliserait. Ce qui ne signifiait pas qu'ils mentaient pour autant.

Sois prudente, se dit-elle. *Fais très, très attention.*

— Qu'est-ce que vous en pensez ? demanda Fitz.

Il souriait à présent, comme s'ils partageaient un bon ragot.

Norma laissa échapper une petite exclamation de dérision avant de déclarer…

— Quelle blague !

Elle sourit, comme si l'idée était tout simplement ridicule.

— Je n'en suis pas sûre, intervint Penhaligon, mais lorsque nous l'avons vue, elle avait l'air quelque peu contrarié.

Ça, je vous crois sur parole, se dit Norma. Mais elle savait qu'il ne tenait qu'à elle que cette idée ne prenne pas racine dans leur esprit.

— Contrariée ? répliqua-t-elle à l'adresse de Penhaligon, sur un ton proprement incrédule.

— Tout à fait, déclara l'inspecteur.

Penhaligon la jaugeait de son regard ferme. Elle était, Norma en prit conscience, tout aussi dangereuse que Fitzgerald.

— A propos d'une lycéenne qui aurait eu le béguin pour Kenneth ? (Norma jeta sa tasse dans la poubelle avant de venir s'asseoir à la table. Fitz l'imita.) Il faudrait qu'elle se fasse de sérieux soucis pour être contrariée par une chose pareille, déclara-t-elle, tout en s'installant dans son siège.

Penhaligon s'assit également, mais sur une chaise, près du mur. Elle croisa les cuisses et sa jupe, déjà courte, remonta sensiblement, dévoilant ce qui paraissait être cinq mètres de jambes.

Tout à l'avantage de monsieur Fitzgerald, se dit Norma, mais elle n'eut pas le temps d'aller plus avant dans ce genre de considérations, car le psychologue lui posa aussitôt une autre question.

— En avait-elle ? dit-il. De sérieux soucis ?

Oui, évidemment, se dit Norma ; *et bien avant que Kenneth lui donne de bonnes raisons de s'en faire.* Elle aurait aimé dire quelque chose d'affable, pour faire savoir combien Kenneth était un époux exemplaire. Au lieu de cela, elle laissa échapper :

— Oh, mais vous avez rencontré Kenneth ! Toute femme qui l'aurait épousé aurait pu se faire du mouron. (L'image de Kenneth, contre cet arbre, avec Joanne, lui transperça l'esprit comme un éclair, avant de s'évanouir aussitôt. Elle tendit son doigt vers le bras de Fitzgerald, mais sans le toucher, avant d'ajouter :) Mais il ne lui a jamais donné l'occasion de s'inquiéter.

Qu'il aille donc au diable !

— Comment est-ce que vous pouvez en être aussi sûre ?

Parce que j'ai tout essayé pour avoir une liaison avec

lui et j'ai échoué, se dit-elle, *et j'ai été aussi choquée que Virginia quand j'ai réalisé ce qui s'était passé.*

— Eh bien… dit-elle, s'efforçant de trouver quelque chose de convaincant. Eh bien, parce que Ginny m'en aurait parlé.

— Ne pensez-vous pas que Kenneth aurait pu être flatté par la passion que lui vouait Joanne ? demanda Fitzgerald.

Norma fit un sourire laissant entendre que c'était absolument hors de question. Elle prit conscience, à son étonnement, que cela lui plaisait : elle savourait ce pouvoir qu'elle avait de décevoir, mais par-dessus tout, elle aimait être au centre de l'attention. C'était, à tout prendre, mieux que de voir Michael marcher sur la pointe des pieds, autour d'elle. Cependant, Fitzgerald continuait à parler et elle savait qu'elle devait se concentrer sur ce qu'il disait.

— … Qu'il aurait pu, même, l'encourager ? ajouta-t-il. (Tout juste, songea Norma, et bien plus encore.) Un homme d'âge mûr vénéré par une jeune — et jolie — fille de seize ans ? Ne croyez-vous pas qu'il aurait été tenté de prendre son pied ? En tous les cas, moi… si !

J'en suis convaincue, se dit Norma, fière d'avoir surmonté la tentation de tourner la tête, ne serait-ce qu'une seconde, vers Penhaligon.

— Il n'en savait rien, rétorqua Norma. (Elle secoua la tête.) Et il n'avait pas besoin de ces « frissons ».

— Alors, qui a mis Joanne enceinte ? demanda Fitzgerald.

Un instant, Norma ne sut quoi répondre. La crudité de cette remarque désinvolte la consternait, mais elle l'était plus encore par le fait que Fitzgerald ne voulait décidément pas démordre de ses idées fixes.

— Si ce n'est pas Kenneth ? C'est bien cela que vous voulez dire ? finit-elle par demander.

— Si ce n'est pas Kenneth.

Il sourit, sans la moindre trace d'humour sur le visage.

S'ils avaient été seuls, elle aurait pu être plus directe. Mais, pour le moment, elle ne pouvait que lui suggérer… Après tout, il avait son numéro de téléphone, pour plus tard. Si elle arrivait à l'aguicher suffisamment.

Elle se pencha en avant sur la table ; elle aurait tellement souhaité porter un décolleté.

— Pour un psychologue, votre aptitude à jauger le caractère des gens paraît plutôt maigre.

— Je suis plus doué en ce qui concerne les femmes, lança-t-il. (Il y avait dans sa phrase un ton de confidence, de chaleur, qui donna à Norma l'impression qu'elle gagnait la bataille, mais, à sa grande déception, il se tourna soudainement vers Penhaligon pour demander :) Pas vrai ?

La femme flic sirota une gorgée de son café avant de détourner la tête, l'air de n'apprécier cette sortie qu'à moitié. Ils étaient plus que de simples collègues de travail, Norma en était persuadée.

Non que cela ait vraiment de l'importance. Elle avait peut-être échoué avec Kenneth, mais ce Fitzgerald ne lui arrivait pas à la cheville.

Elle fut enchantée lorsqu'il sortit un paquet de cigarettes et lui en offrit une. Elle s'en saisit avant de jeter un coup d'œil à Penhaligon et surprit de nouveau sur son visage cette expression mi-amusée, mi-dégoûtée.

Eh bien, nous verrons, se dit-elle, tandis que Fitz lui tendait son briquet. Il alluma sa cigarette et elle prit sa main dans la sienne, bien plus longtemps que nécessaire. Ils se regardèrent droit dans les yeux, l'espace d'un battement de cœur, ou deux.

Il avait envie d'elle. Il était incapable de le dissimuler.

Tu m'appartiens, se dit-elle. *A moi. Et Kenneth m'en saura gré.*

Elle recula sur son siège avant de recracher, entre eux, des volutes de fumée. Elle remarqua du coin de l'œil que

Penhaligon avait l'air contrarié. Parfait. Cela confirmait son sentiment de gagner du terrain.

— Dean a tué Joanne, déclara Norma, insistant sur chaque mot, comme si elle essayait de faire passer ce message à Fitz : « Crois-moi, ou fais au moins semblant, et je serai toute à toi. » (Fitz aspira une longue bouffée de sa cigarette. Ses yeux glissèrent brièvement sur Penhaligon avant de revenir se braquer sur Norma.) Il avait le béguin pour elle, ajouta-t-elle. (Elle se souvint brusquement qu'elle avait à convaincre Penhaligon autant que Fitz. Elle se tourna vers la jeune femme.) Vous auriez dû le voir à l'église. Il ne la quittait pas des yeux. (Puis, s'adressant de nouveau à Fitzgerald :) Il la montrait toujours du doigt. Il était fou d'elle. (Elle se pencha un petit peu plus en avant.) Mais vous saviez tout cela, n'est-ce pas ?

Elle avait prononcé ces paroles comme si elle lui avait fait une fleur, en mettant le doigt sur quelque chose de terriblement compliqué et qui aurait pu lui échapper.

— Oh, ça oui, il était fou d'elle, déclara Fitzgerald. Fou d'elle, peut-être bien. Mais fou dans sa tête. Et seulement dans sa tête. (C'était tout à fait ce que l'on pouvait attendre de la part d'un psychologue, se dit Norma : ignorer le bon sens le plus évident pour élaborer une quelconque et ridicule théorie. Mais le pire, c'était qu'il avait parfaitement raison, et à présent, il se mettait à lui faire la morale…) C'est un exemple classique de passion romantique et désespérée. Il l'idéalisait, certes. Mais il ne l'a jamais effleurée. (Fitzgerald prit de nouveau une longue taffe. Il observa la fumée se dissiper avant d'ajouter :) Dean n'a jamais eu de véritable liaison avec Joanne.

Il était on ne peut plus sérieux et dogmatique. Norma comprit qu'elle ne pouvait plus se faire la moindre illusion à son sujet. Eh bien, se dit-elle, aide-toi et le ciel t'aidera… Il lui restait un dernier tour dans son sac, un plan qu'elle avait élaboré sur le chemin du commissariat.

— Il est venu à la maison, un week-end, alors que Michael était en voyage, annonça-t-elle. Dean savait qu'il était absent, évidemment. Quoi qu'il en soit, il m'a bousculée dans le couloir pour se rendre dans le salon, avant de s'asseoir sur le canapé. (Elle avait particulièrement réfléchi à la suite de l'histoire, sachant que des détails donneraient davantage de crédibilité à son histoire.) Il avait de la graisse sur son pantalon — je me suis demandé si cela laisserait des taches sur le sofa. Ses yeux étaient clos et il psalmodiait des extraits de la Bible. (C'était tout à fait plausible : il suffisait de parler un peu sèchement à Dean pour qu'il se mette à débiter un tas de sornettes à propos des quatre cavaliers de l'Apocalypse.) Je n'y ai guère prêté d'attention.

Fitzgerald parut surpris par cette remarque, et telle était exactement l'intention de Norma : si elle reconnaissait honnêtement son intérêt limité pour les Ecritures, alors, il n'y avait pas de raison qu'elle se montre aveuglément loyale envers qui que ce soit ; surtout quand Fitzgerald et Penhaligon réaliseraient qu'elle avait conscience qu'ils pouvaient répéter cela à Michael. Ou même à Kenneth.

— Pour être sincère, tout ça ne signifie pas grand-chose pour moi, ajouta-t-elle. Je ne suis pas certaine de vraiment y croire. (Elle aspira brièvement une bouffée de sa cigarette, juste pour l'effet, puis, appréhendant qu'ils ne changent de sujet, elle poursuivit précipitamment son récit.) J'ai commis une erreur. Je me suis approchée de lui, davantage que ne commande la prudence. Il s'est mis à me toucher. Cela me révulsait. Je lui ai dit d'arrêter et pourtant, ses mains…

Sa voix mourut dans sa gorge, comme si elle répugnait à revenir là-dessus ; elle ne pouvait, cependant, s'empêcher de penser à ce qu'il en aurait été si Kenneth l'avait ainsi touchée, lui avait murmuré ces paroles… Ou même Fitzgerald. Ces choses que personne ne lui avait jamais

vraiment déclarées, et certainement pas cette mijaurée de
Michael. Avec lui, c'était la position standard, dans le noir
— et encore, même ça n'arrivait que trop rarement.

Elle aspira une nouvelle bouffée de sa cigarette. Ses
mains tremblaient, mais elle maîtrisait la situation.

— Je l'ai repoussé, poursuivit Norma, mais il est revenu
à la charge. Il ne voulait pas me lâcher. Il me faisait mal.
(Un frisson lui parcourut l'échine à cette idée : les mains de
Kenneth…) Et pendant tout ce temps, il ne cessait de
déclamer ses litanies bibliques. Puis, soudain, ses paroles
se métamorphosèrent… Pour devenir des choses plus per-
sonnelles. A propos de mon corps… Vous voyez ce que je
veux dire… (Elle jeta un coup d'œil à Penhaligon, qui
opina de la tête.) Des mots crus et vulgaires… (Kenneth les
avait-il employés avec Joanne ? se demanda-t-elle. Elle
s'efforça de se concentrer sur ce qu'elle disait.) J'ai quitté
la pièce et la maison pour me rendre en ville. Je suis revenue dans la soirée. Rien n'avait disparu. Dean n'a jamais
été un voleur, insista-t-elle. (C'était bien vu car elle en res-
sortait non vindicative. D'autre part, cela lui permettait
d'expliquer pourquoi elle n'avait rien dit à la police.) Il
n'avait pas laissé la moindre trace de son passage, conclut-
elle, avant de se rappeler ses paroles sur le pantalon cras-
seux. Enfin… A part un peu de graisse sur le canapé.

Elle tira sur sa cigarette tandis que Fitzgerald l'observait, impassible. Elle savait qu'elle était parvenue à le
convaincre.

— Et Michael — comment a-t-il réagi ? finit-il par dire.
(Norma ne s'attendait pas du tout à une telle réplique de sa
part. Qui se fichait bien de savoir ce que Michael pensait,
de toute manière ? Qu'est-ce donc que le docteur
Fitzgerald s'imaginait de la part de monsieur super-souris ?
Qu'il aurait frappé Dean avec une rose ?) Comment ?
Mais… Vous ne lui avez donc rien dit ?

— Non ! s'écria Norma. Je ne voulais pas causer du tort à Dean.

C'était crédible. D'autre part, elle avait lu plusieurs articles dans la presse qui décrivaient comment un certain nombre d'agressions sexuelles n'étaient pas rapportées à la police.

— Comme c'est aimable de votre part, déclara Fitzgerald, sur un ton qui, lui, l'était fort peu.

— Vous ne me croyez pas, c'est ça ? (Norma se tourna vers Penhaligon ; certainement qu'une autre femme comprendrait.) Et pourquoi donc inventerais-je une histoire pareille ?

— Pour détourner notre attention de Kenneth, trancha Fitzgerald, d'une voix qui laissait clairement entendre qu'il prenait Norma pour une imbécile. (Il tapota du doigt sa cigarette pour faire chuter la cendre de l'extrémité incandescente.) Avez-vous fait sa connaissance par l'intermédiaire de Virginia ?

— Oui. (Où voulait-il donc en venir ? Avait-elle laissé échapper un indice ? Norma se sentait progressivement gagnée par la panique.) Nous étions ensemble dans le même lycée. C'est là que nous nous sommes rencontrés.

— Ah… Elle l'a donc vu en premier, déclara Fitz.

Il la regarda droit dans les yeux pendant un instant.

Alors, c'était cela… Un véritable obsédé !

— Il n'y a jamais rien eu entre Kenneth et moi, s'écria Norma, tout en écrasant le mégot de sa cigarette pour signifier sa fureur.

Elle s'en voulait énormément, car il lisait en elle comme dans un livre et parce qu'elle avait échoué dans sa tentative de faire pencher Fitzgerald de son côté. Mais par-dessus tout, elle était folle de rage parce que ses paroles étaient tristement vraies : il ne s'était jamais rien passé entre Kenneth et elle. Elle s'était toujours imaginé qu'il était passionnément épris de Virginia et que son cœur n'appartenait qu'à elle, à l'exclusion de toute autre femme. Aussi n'avait-elle jamais tenté de le séduire, puisqu'un rejet de la part de Kenneth était de loin la pire chose qu'elle pouvait imaginer. Tout ça pour découvrir par la suite qu'il fautait avec cette petite traînée et qu'elle aurait pu l'avoir tout à elle, si seulement elle s'en était donné les moyens.

— Rien d'accompli, donc. (Fitzgerald la jaugeait du regard comme d'autres hommes auraient pu la déshabiller des yeux.) L'auriez-vous épousé ?

— C'est à Virginia qu'il l'a proposé, pas à moi.

Qu'il aille se faire foutre, se dit-elle, n'étant plus certaine de savoir si elle pensait cela de Kenneth ou de Fitzgerald.

— Et Michael vous a demandé votre main. Ce qui n'était pas ce que vous espériez. (Fitzgerald prit une profonde inspiration.) Vous êtes, de toute évidence, très attirée par Kenneth. Avez-vous déjà imaginé comment la vie serait si vous l'aviez épousé ?

Evidemment que j'y ai pensé ! s'insurgea Norma. Elle avait envie de hurler, de gifler Fitzgerald et refuser de répondre à une quelconque de ses questions, pathétiques et douloureuses comme des piques. Mais il ne lui restait plus guère que sa dignité…

Elle émit un son dédaigneux.

— A quoi cela servirait-il ?

Elle se rendit compte que cette phrase avait valeur d'aveux, aussi ne supporta-t-elle pas davantage d'affronter le regard de Fitzgerald et se mit-elle à contempler ses ongles, rouges du vernis qu'elle avait choisi de porter pour l'occasion.

Mais cela n'empêcha point les paroles de Fitzgerald de revenir la marteler, tel le ressac incessant de l'océan.

— Imaginons un instant, dans ce cas, que Kenneth Trant ait pu ressentir des choses à l'égard de Joanne. (Elle lui jeta un vif coup d'œil. Il tapotait son menton de la tranche de son pouce, tout en la dévisageant, les yeux mi-clos. Elle prit soudainement conscience qu'il la faisait souffrir délibérément : insistant sur le fait que Kenneth avait trompé Virginia avec une jolie adolescente, et le tout, sans daigner accorder le moindre regard à Norma.) C'est une jeune fille qu'il côtoie régulièrement — qui pourrait lui en vouloir d'avoir succombé à ses charmes ?

Moi, je pourrais, se dit Norma. *J'aurais de foutues bonnes raisons.*

Fitz se cala dans sa chaise, avant de poursuivre :

— La question — dont l'enjeu est la perpétuité assortie de vingt ans de peine de sûreté —, la question, donc, est : est-il passé à l'acte ?

De nouveau, Norma fut traversée par une vague de fureur, mais cette fois-ci elle était prête à accuser le choc. Elle contempla, un instant, le plafond, histoire de s'offrir un répit pour réfléchir. *Tu veux me faire du mal ?* se dit-elle. *Je vais t'en faire voir, moi, des dégâts ! Je vais réduire en pièces ta sordide petite histoire de kidnapping de maternelle, et ça ne sera qu'un début...*

— Dites-moi, docteur, commença-t-elle. (Elle se tourna vers Fitzgerald et se pencha vers lui, au-dessus de la table.) Un homme est-il plus heureux s'il donne libre cours à ses instincts ou s'il les refoule ? (Il sourit. Elle avait soudainement captivé son attention. Elle parlait à voix basse, comme s'ils n'étaient plus que tous les deux dans la pièce.) Lorsque vous avez allumé ma cigarette... Je connais bien ce regard-là.

Il sourit largement et elle prit conscience qu'il se gaussait d'elle.

Quelle arrogante ordure !

Penhaligon prit la parole.

— Je ne crois pas que cela ait un quelconque lien avec...

Norma se tourna vers elle, brandissant un doigt menaçant dans sa direction.

— Et vous l'avez très bien remarqué, vous aussi. Et
vous étiez morte de jalousie parce qu'il m'a allumé ma
cigarette.

L'attitude de Norma était triomphale. A présent qu'elle
avait percé à jour leur liaison, ils la laisseraient certainement en paix. Sinon… Il s'agissait peut-être là d'une faute
professionnelle très grave, susceptible de leur faire perdre
leurs postes.

— Je suis convaincue que je n'ai rien à vous apprendre
en matière de jalousie, déclara Penhaligon.

Elle avait, sur le visage, un petit sourire en coin qui laissait entendre qu'elle était fort satisfaite de la façon dont les
choses se déroulaient.

Petite garce, se dit Norma.

— Pourrais-je avoir une autre cigarette ? demanda-t-elle
à Fitzgerald afin de s'offrir un répit.

Il sortit son paquet et tandis qu'elle en prenait une, il lui
murmura…

— Vous êtes amoureuse de lui, n'est-ce pas ?

Prise au dépourvue, Norma ne pouvait que répondre :

— Qui donc ?

— Kenneth.

— Kenneth !

Mon Dieu, se dit-elle, est-ce donc écrit sur mon front ?

— Kenneth, confirma Fitz, comme si c'était de noto-
riété publique. Vous l'aimez et depuis toujours. (Elle l'observait attentivement, espérant peut-être lire autre chose sur
ses lèvres. Mais les mots demeurèrent de la même veine.)
Vous l'aimez depuis que vous l'avez vu pour la première
fois. (Norma ne pouvait affronter son regard. Elle se tourna
de côté sur sa chaise et serra sa cigarette de ses doigts trem-
blants. Fitz la bombardait de ses paroles et elle n'avait
aucun moyen d'y échapper.) Depuis cette première danse.

A la salle des fêtes. Quelle était déjà la musique ? Mungo Jerry ? David Essex ? Vous devez bien vous en souvenir…

Comme si c'était hier, se dit-elle. *Les Beatles : le D.J. venait juste de mettre Penny Lane, et Kenneth avait ensuite demandé qu'il joue Love Me Do, un bon tube rétro. Il s'était avancé vers nous, souriant — son sourire y était pour beaucoup, et sa démarche aussi, sûr de lui — et je m'imaginais qu'il allait me proposer une danse. Mais, au lieu de cela, il invita Virginia et je suis restée plantée là, à les regarder, jusqu'à ce que finalement, Michael se prenne de pitié pour moi.*

— Vous avez eu le coup de foudre, à ce moment là. Vous êtes tombée amoureuse de lui et l'êtes restée depuis ce jour…

— Non, murmura Norma, avant de répéter de nouveau… Non. Non !

Son visage la brûlait.

— Mais il a épousé Virginia. Quel imbécile ! Songez combien il aurait été heureux avec vous…

Il ne m'aurait jamais trompée. J'aurais été tout ce qu'il pouvait désirer.

— Kenneth et Virginia forment un heureux ménage, déclara Norma.

Elle lança un regard sombre à Fitzgerald à travers des volutes de cigarette, essayant de faire croire que la fumée lui picotait les yeux, et non des larmes.

— Est-ce que Kenneth Trant a eu des relations sexuelles avec Joanne Barnes ?

Il criait à présent.

— Non ! hurla-t-elle en réponse.

— Croix de bois, croix de fer, si je mens, je vais en enfer ?

Il la mettait à rude épreuve. Il lui tendait un piège mais elle s'en fichait.

— Je commence à croire que vous êtes jaloux de

Kenneth. (*Oh, oui, il devait l'être ! Un gros bonhomme comme ça ? Il aurait eu bien du mal à se tenir à distance de belles jeunes femmes — et cette Penhaligon devait très certainement le mener par le bout du nez.*) Il n'est tout simplement pas de cette espèce, déclara-t-elle. (Elle en fut convaincue elle-même, tout juste le temps de prononcer la phrase, après quoi, elle se remémora ces moments où elle l'avait vu à l'œuvre, avec Joanne, en plein jour.) Il ne s'est jamais montré infidèle envers Virginia, cracha-t-elle.

Qu'avait donc dit Kenneth ? Tant que nous ne parlons que d'une voix, nous sommes invulnérables. Eh bien, Fitzgerald n'avait qu'à jouer son ridicule petit numéro si cela lui plaisait. Il pouvait bien remuer des souvenirs, ouvrir de vieilles plaies, autant que cela lui chantait, mais il ne parviendrait jamais à la faire trahir Kenneth.

Son Kenneth.

Elle se détourna de la table et se mit à contempler ses mains, feignant l'ennui absolu. En tous les cas, c'était le sentiment qu'elle souhaitait dégager.

— Ou avec une autre fille ?

Il devenait véritablement désespérant et atteignait le summum du ridicule. Norma brandit ses mains en l'air.

— N'importe quelle fille ! N'importe quelle femme ! (Elle était brusquement devenue incapable de contrôler sa colère. Elle jeta sa cigarette, qu'elle n'avait pas encore eu la chance d'allumer, sur la table.) Vous pouvez vous la garder, merci bien.

Elle reposa sa tête contre sa main. Si elle ne pouvait le convaincre, ni le faire taire, elle se réservait au moins le droit de ne pas avoir à le regarder.

— Est-ce que vous connaissez Sarah Jennings ?

Qu'est-ce que c'était encore que cette histoire ? se demanda Norma.

— Sarah… ?

— Une camarade de lycée de Joanne.

La voix de Fitzgerald était étrangement posée.

Un piège ! se dit Norma. *Je m'y attendais depuis un bout de temps.* Elle se mit aussitôt sur ses gardes, afin de défendre de nouveau Kenneth contre la prochaine attaque, mesquine et malveillante, que Fitzgerald se préparait à cracher.

Mais, à sa surprise, il ne dit rien et se contenta plutôt de plonger la main dans sa veste pour en extraire un petit dictaphone, qu'il déposa sur la table.

Norma le regarda fixement. Elle savait ce que ça signifiait.

Oh, mon Dieu, non, je vous en supplie. Il s'agissait de la plus sincère de toutes ses prières depuis des années.

Ses vœux n'en furent pas pour autant exaucés. Fitzgerald pressa la commande de la machine. La bande émit pendant un instant un sifflement, qui laissa bientôt place à une voix de jeune fille.

« De toutes les filles de l'école, c'est moi qu'il a choisie. » (Il ne s'agissait pas de Joanne, ce devait donc être cette Sarah. Norma sentit le sang lui monter au visage tandis que son cœur se mettait à battre la chamade.) « Il a toujours désiré un enfant et elle ne peut pas en avoir. » (Norma parvint enfin à mettre un visage sur cette voix : il s'agissait d'une jeune fille avec laquelle elle avait discuté quelquefois à la congrégation. Elle parlait de Virginia comme s'il s'agissait d'une sorte d'individu de seconde classe.) « Dès que j'aurai fini le lycée, nous allons habiter ensemble… »

Norma fixa Fitzgerald puis, Penhaligon. Ils avaient tous deux la même expression gravé sur le visage : de la pitié. Norma n'en pouvait plus de cette situation. Il n'aurait pas fait une chose pareille — et pourtant, il l'avait déjà fait avec Joanne. Et à présent, avec cette Sarah. Et combien d'autres encore ? Et elle, dans le lot ? Pas une once de chance ! La voix — cette terrible voix — poursuivait :

« C'est un homme merveilleux. Je me sens si particulière en sa présence. » (Et puis, soudain, Norma prit conscience que cette petite garce pouvait parler de n'importe qui. *De n'importe qui !* Pourtant, son pouls continuait à accélérer et des pulsations lui martelaient la gorge. Et Penhaligon et Fitzgerald continuaient à la contempler d'un air condescendant. C'était abominable.) « Il m'aime par-dessus tout. Je ne pourrai jamais rêver de personne d'autre. Oh, Kenneth est si merveilleux… »

Norma n'en pouvait plus. Elle bondit sur ses jambes, renversant sa chaise et se précipita hors de la pièce, sans leur laisser le temps de bouger une oreille.

38

Michael Trant pressa le bouton qui commandait le démarrage de la broyeuse. Le docteur Fitzgerald et l'inspecteur Penhaligon se tenaient près de lui, observant la machine d'un air fasciné.

Il avait espéré qu'il ne les reverrait jamais ; et la dernière chose à laquelle il s'attendait était qu'ils reviennent et demandent qu'il leur montre comment fonctionnait la broyeuse.

Fitzgerald tendit un doigt vers la machine, tandis que les lames rotatives réduisaient en miettes un tas de papier.

— D'accord. Donc, le papier est déchiqueté avant de tomber sur le sol, dit-il. (*Oui,* se dit Michael ; mais dans sa tête, il apercevait des morceaux de chair et des lambeaux de peau, dégoulinant de sang. Et à travers le son strident de la machine, il percevait le cri de terreur et d'agonie de Joanne, tandis que les lames lui plongeaient dans le corps. Droguée ou non, elle se serait réveillée ; la décharge d'adrénaline l'aurait ramenée à la conscience, dans les ténèbres, la souffrance et la mort.) Et puis, le pilon hydraulique compresse le tout. (Michael crut entendre le bruit d'os broyés, ainsi que le gargouillement des organes en train d'exploser. Mais par-dessus tout, il entendait ce cri de souffrance et de terreur.) Cela sort en bottes et que se passe-t-il ensuite ?

Une question. Michael fut soulagé de cette diversion.

— Ça part pour le recyclage.

Il s'éloigna de quelques pas, donnant le spectacle de

quelqu'un plongé dans son porte-papier. Il espérait qu'ils finiraient par se lasser et s'en iraient, mais ils lui collaient aux basques.

— Nous avons rencontré votre épouse ce matin. Elle est passée au commissariat pour bavarder. (Cela sonnait de mauvaise augure aux oreilles de Michael. Il se tourna vers Fitz, espérant ne pas avoir l'air inquiet.) Elle s'occupait de la décoration de la salle de l'église, plus tôt dans la journée, d'après ce qu'elle nous a déclaré, annonça le gros psychologue. Elle avait les doigts recouverts de pollen.

Cela ne ressemblait pas tellement à Norma. Virginia devait d'habitude s'évertuer à la convaincre de donner un coup de main. Enfin, avec tout ce stress, peut-être avait-elle besoin de compagnie.

Michael les conduisit jusqu'à l'endroit où les bottes de papier étaient stockées, en attendant d'être chargées dans des camions. Il s'agissait peut-être bien de rebuts, mais ils rapportaient de l'argent ; il avait donc tout intérêt à tenir les registres à jour. Il ne servait à rien de perdre son temps en attendant que... Il se rendit compte que la suite logique était : *la police ne vienne les arrêter*, mais il chassa précipitamment cette pensée de son esprit.

Fitzgerald lui emboîtait le pas, et derrière lui venait Penhaligon, dans ce qui paraissait être son rôle établi. Un peu comme Kenneth et moi, se dit Michael.

— D'où vient cet engouement pour tous ces nouveaux groupes religieux ? demanda Fitzgerald. (Ils erraient entre de vastes sacs de papier blanc à recycler.) Les quartettes rock qui chantent pour Jésus. Un monde uni d'excentriques. Les cogneurs bibliques... (Michael supposa qu'il aurait dû se sentir offensé mais il n'en avait pas l'énergie.) Je suis moi-même catho — un « ex », quoi, annonça Fitzgerald, comme s'il s'imaginait que cela pouvait être d'un quelconque intérêt pour Michael.

Peut-être qu'il voulait provoquer une controverse théologique, comme il avait tenté de le faire avec Kenneth.

— On ne lisait pas l'Ancien Testament, poursuivit Fitzgerald. (Comment pouvait-on se fourvoyer à ce point ? se demanda Michael. D'après lui, un chrétien qui ne connaissait pas l'Ancien Testament était tel un enfant qui ne connaissait rien de ses grands-parents : coupé de son histoire, il ne savait du monde que le présent et, sans un contexte pour se situer, cela n'avait aucune signification.) Est-ce que vous croyez que toutes ces anciennes histoires hébraïques sont vraies ? demanda Fitzgerald. (Il se curait l'oreille avec son ongle. Virginia avait raison, se dit Michael : ce type n'était pas seulement une brute, il était vulgaire, par-dessus le marché.) Je veux dire… littéralement vraies — au mot près ?

Michael se tourna vers lui.

— Oui, dit-il sobrement, espérant que cette fois-ci, il lâcherait le morceau.

Un gars s'avança avec un courrier recommandé à émarger. Michael y apposa sa signature au bas en y jetant à peine un coup d'œil.

— Votre épouse pense que c'est un ramassis de contes pour enfants, annonça Fitz comme s'il s'agissait d'un scoop. Elle a dit qu'elle allait à la congrégation pour voir des gens — voir des amis, voir Kenneth — comme d'autres gens vont au pub.

Là, il y allait un peu fort, songea Michael ; ceci dit, cela faisait un bon bout de temps qu'il savait que la dévotion de Norma pour Jésus n'était pas des plus ferventes. Il avait toujours espéré qu'il l'aiderait à trouver le droit chemin. Il était sur le point de le leur expliquer — en tous les cas, il aurait bien essayé si seulement Fitzgerald lui permettait d'en placer une — mais le psychologue ne lui en laissa pas la chance :

— Est-ce que vous allez au pub, Michael ? demanda

Fitzgerald, avant d'ajouter aussitôt... Ça ne vous ennuie pas au moins que je vous appelle Michael ?

— Non, siffla Michael, souhaitant de tout son cœur qu'ils s'en aillent sur-le-champ.

Le docteur Fitzgerald sortit un paquet de cigarettes.

— Une clope ? (Il tendit le paquet vers Michael. Michael secoua la tête en signe de dénégation. Fitzgerald alluma une cigarette. *Je devrais lui dire qu'il est interdit de fumer.* L'assurance. Les risques d'incendie. Mais il savait que Fitzgerald trouverait son comportement idiot. Après tout, tout le monde le pensait.) Vous ne fumez pas, ne buvez pas, ne pariez pas — mais c'est quoi votre dada, Michael ? demanda Fitzgerald. (Il tétait sa clope. Michael essaya d'élaborer une réponse. *Je travaille. Je lis la Bible. Le samedi, je vais à la campagne en voiture avant de m'arrêter pour faire une marche à pied.*) Le sexe ? C'est ça votre rayon ? lança Fitzgerald.

Michael sentit une vague de sang lui affluer au visage. Pouvait-on vraiment appeler « son rayon » quelques relations dans le mois avec sa femme, qui considérait ça comme une corvée ? Un instant, il fut tenté de parler à Fitzgerald de sa collection de revues cochonnes qu'il planquait sous les sacs poubelles, dans le hangar du jardin. Peut-être que cela décrocherait de son faciès cette muette expression de mépris. Mais ce serait également lui accorder une victoire. Non pas par rapport à Joanne : de ce côté-là, Michael était convaincu que, tôt ou tard, Fitzgerald finirait par leur mettre le grappin dessus. D'ailleurs, il n'était pas certain que ce serait une mauvaise chose. Mais il s'agissait d'un incident, une parenthèse dans une vie autrement juste. Et cela, il ne voulait pas que Fitzgerald le lui enlève.

— Allez quoi, Michael, s'écria Fitzgerald. Une branlette en cachette devant *Alerte à Malibu* un samedi après-midi, c'est quand même pas un péché mortel ? Je veux dire... Autrement, pourquoi est-ce que le Seigneur aurait-il crée *Alerte à Malibu* ? (Il s'imaginait être drôle. Michael ne pouvait même pas le regarder dans les yeux.) L'église, c'est comme le pressing. Ça ne sert à rien d'y aller à moins d'avoir des taches à faire nettoyer. (Il avait quelque chose à redire, mais cela lui faisait tellement penser à ce que Kenneth pouvait déclarer quelquefois… Et Michael n'était jamais parvenu non plus à lui tenir tête lors d'une discussion.) Mais vous êtes de ceux qui croient au plus blanc que blanc. Moi, je suis un fervent défenseur du « gris torchon » comme couleur universelle.

Il donnait l'impression d'être fier de lui — fier de ses propos blasphématoires et de sa nonchalante immoralité. L'écouter lui retournait l'estomac. Et pourtant, se dit-il, les gens « gris torchon » n'assassinent pas de jeunes filles. Ils ne les droguent pas avant de les emballer pour qu'elles soient réduites en pièces dans une machine. Ils ne laissent pas des personnes innocentes — des personnes bien plus faibles qu'eux — payer à leur place.

Peut-être que Fitzgerald lisait dans les pensées de Michael, peut-être plongeait-il son regard dans son âme car il déclara :

— Vous n'êtes pas un homme bon, Michael — mais vous n'êtes pas non plus quelqu'un de mauvais. (*Vous vous trompez,* se dit Michael. *Je suis aussi mauvais que possible, et si je ne suis pas pire, c'est parce que je suis trop lâche.*) Vous êtes entre deux eaux, comme nous autres. Allez. Reconnaissez-le. Admettez que vous cachez des barres de chocolat sous votre oreiller. Avouez empocher la monnaie lorsqu'on vous rend plus que ce qu'on vous doit. (Soudain, son ton légèrement amusé devint féroce…) Reconnaissez vos penchants pour le désir, la luxure et la convoitise. Moi, je le reconnais, cracha-t-il.

Michael le fixa du regard, soudain effrayé. *Il sait,* se dit-il. *Il sait et il reviendra me tourmenter sans cesse, jusqu'à ce que je craque et avoue. Mais c'est ce que je désire, n'est-ce pas ?* se demanda-t-il. *Pour en finir.* Mais non : il ne voulait pas de ça. Pas quand on l'y aurait forcé, et pour trahir son frère, qui plus est. *Ce que je désire, c'est que Dieu me pardonne. C'est la seule absolution qui compte.*

— Vous devez admettre tout cela, Michael, poursuivit Fitzgerald, toujours aussi furieux. Avant de pouvoir avouer ce que vous avez fait à Joanne.

Et voilà, pensa Michael. *Il l'a dit. A présent, il vient de nous apprendre qu'il sait.* Il sentait que si Fitzgerald revenait à la charge, il cracherait le morceau. Mais il ne le devait pas. Kenneth avait déclaré qu'ils devaient parler d'une seule et même voix. Sa volonté de se justifier n'était rien comparé à cela.

— Poursuivez donc votre soliloque, annonça Michael. Je dois abattre le travail de deux hommes.

Il s'éloigna. C'était d'une telle simplicité. Ils ne pouvaient pas le forcer à parler. Il longea la broyeuse pour se diriger vers le bureau de fortune qu'il avait fait ériger pour remplacer celui dévoré par les flammes. Les lames sifflaient et le pilon s'abattit sur le tas de détritus, mais il ne prêta pas attention à ces bruits. Il s'assit à son bureau pour contempler le tas de paperasses qui s'y étaient amoncelées. *Elle est morte, de toutes les manières,* se dit-il. *Je ne l'ai pas sauvée.* Une autre botte de papier fut engouffrée dans la machine ; il entendait le vrombissement des lames. *Mais au moins, je lui ai épargnée une mort atroce.*

Il pria le ciel que ce fût assez : si ça ne faisait pas de lui un homme bon, qu'au moins il fût — quelle était déjà l'expression utilisée par Fitzgerald ? — « gris torchon ».

Il se pencha sur ses registres avant de réaliser qu'il lui était impossible de se concentrer. Il n'était pas gris, torchon ou non, et quoi qu'en dise Fitzgerald : son âme était noire, noire du péché de la mort de Joanne. Tout ce qu'il lui restait à faire, à présent, était de tenir sa langue, autrement, il risquait d'allier la trahison au meurtre.

Il entendit les pas de personnes qui s'approchaient : deux distincts, un lourd et un plus léger. Fitzgerald et Penhaligon. Il aurait dû se douter qu'il ne se débarrasserait pas d'eux si facilement. Il ne leva pas les yeux. Ce qui constituait déjà une sorte de victoire. Certes… toute relative.

— Depuis combien de temps êtes-vous membre de la congrégation, Michael ? demanda Fitzgerald, prenant place sur le coin le plus éloigné de son bureau, tandis que Penhaligon contournait Michael, pour venir se placer près de son épaule.

— Dix ans, marmonna Michael, ayant l'impression de confesser une faute.

Fitzgerald tira sur sa cigarette.

— Qui vous a introduit ? (Avant même que Michael n'ait le temps de répondre, Fitzgerald se précipita pour déclarer :) Non, non, surtout, ne dites rien. Laissez-moi deviner… Kenneth. Le grand frère. Il a rejoint l'église et donc, vous avez dû en faire autant.

Michael, sourit, mal à l'aise. Il aurait dû dire quelque chose, mais quel intérêt ? Ils savaient tout, de toutes les manières. Penhaligon s'assit et il devait tourner légèrement la tête pour la voir. Mais s'il agissait ainsi, il ne pouvait concentrer son attention sur Fitzgerald et toutes ses questions. Ça l'inquiétait.

— Est-ce que vous faites toujours ce qu'il fait ? demanda Fitzgerald, avant d'enchaîner précipitamment : Petite correction : vous essayez de faire comme lui. Mais vous n'y parvenez pas, n'est-ce pas ? Vous n'avez pas la classe. (Il insista sur le dernier mot, accordant à Michael un long moment pour y réfléchir.) C'était comment de faire la compétition sur le marché du sexe avec un homme comme Kenneth ? Seigneur, j'en ai mal pour vous, ça a dû être terrible.

Faire la compétition sur le marché du sexe ? se répéta Michael, incrédule. L'idée paraissait si sordide ; et de toutes les manières, les choses ne s'étaient pas déroulées ainsi, n'est-ce pas ? Ça remontait à si loin — bien avant Norma — et il ne s'en souvenait que très vaguement. Il lui restait seulement ce sentiment persistant d'avoir manqué quelque chose, ce fantôme de cette autre vie : si les choses avaient été différentes…

— Toujours second, toujours le deuxième cheval. Même à l'égard de votre propre épouse.

Il tente de me faire du mal, se dit Michael. *Il essaye de creuser une brèche entre Norma et moi, entre Kenneth et moi. Mais ce que je sais déjà ne peut point me blesser. Ça ne me fait pas souffrir !* s'écria-t-il avec force pour lui-même. Et pourtant, quelque part en lui, une douleur lancinante le torturait.

Fitzgerald l'observait intensément. Michael ne pouvait affronter son regard.

— Evidemment, vous et Norma, vous vous êtes bien choisis, poursuivit le psychologue. (Il effectua une pause pour tirer sur sa cigarette.) Elle aussi était toujours le second choix, déclara-t-il, tout en recrachant de la fumée. Après Virginia. Sa meilleure amie. Virginia, la belle du bal. Virginia a présenté Norma à Kenneth. Il lui a chaviré le cœur. Elle a eu le coup de foudre pour lui.

Je sais tout cela, se dit Michael. *Je le sais, je le sais, je le sais !* Il pensait être immunisé contre la douleur, après tout ce temps. Et pourtant, il ne parvenait pas à maîtriser le tic nerveux qui était apparu sous son œil droit. Il aurait voulu partir, mais il savait qu'ils ne le lâcheraient pas. Aussi se contenta-t-il d'essuyer leurs regards condescendants, tandis que Fitzgerald continuait à tenir le haut du pavé.

— Et les années n'y ont rien fait. Norma est toujours consumée par sa passion pour Kenneth, elle meurt d'envie de le toucher. Elle est autant obnubilée par lui qu'au premier jour. (Le ton de Fitzgerald changea pour devenir délibérément blessant.) Elle le reconnaît. Elle s'en vante, déclara-t-il. (Il se tourna vers Penhaligon.) Elle nous l'a dit ce matin même, pas vrai ?

— Oui, au point que je me suis sentie désolée pour elle.

Elle ne vaut pas mieux que lui, songea Michael. *Ils essayent de me faire craquer. Ils s'attendent à ce que je perde mon calme, que je commence à les traiter de menteurs. Mais je n'en ferai rien ; je ne leur offrirai pas ce plaisir.*

Il conserva le silence. Qu'aurait-il pu dire ? Il aurait aimé pouvoir en rire, mais ils avaient balancé un pavé dans la mare et toutes ses anciennes souffrances étaient remontées à la surface ; il savait que ça se lisait sur son visage.

— Qu'est-ce que vous ressentez, Michael ? demanda Fitzgerald de son ton tranchant comme l'acier. Votre femme aime quelqu'un d'autre — et il en a toujours été ainsi…

— Je sais, grommela Michael.

Il ne pouvait affronter leurs regards, aussi fixa-t-il plutôt la paperasse sur son bureau. Sa vie se résumait à ça et à contempler Norma le toiser avec mépris, parce qu'il n'était pas Kenneth.

Il avait cru qu'il s'y habituerait. Il s'était trompé. Il s'était seulement engourdi.

— Vous savez ?

Fitzgerald était véritablement stupéfait.

Et, pour une quelconque raison, Michael se sentit enfin le courage d'affronter le regard du gros bonhomme.

— Je le savais lorsque je l'ai épousée, finit par dire Michael, après un long moment.

Ils le regardèrent comme s'il était un bourreau d'enfants ou un meurtrier. Et puis, il sut pourquoi il pouvait de nouveau les regarder dans les yeux : ils s'étaient imaginé utiliser cet argument pour l'arracher à Norma et Kenneth et il les avait dépossédés de cette arme.

Il se sentait terriblement mal, mais au moins, il avait finalement fait ce qu'il fallait.

— Vous m'excuserez mais je dois aller voir le ramassage du papier usagé.

Il se leva de son siège et s'en alla, sans qu'ils tentent, cette fois-ci, de l'en empêcher ou de le suivre.

Je t'aime, Norma, se dit-il. *je t'ai toujours aimé.*

Non que cela ait fait la moindre différence.

— C'est quoi la prochaine étape ? demanda Penhaligon. Il ne nous reste plus beaucoup de temps…

Ils étaient de retour à Anson Road, dans la salle de garde du commissariat. Fitz était étalé contre la vitre. Il se mordit la lèvre.

— Il est temps de passer un coup de fil à Kenneth, dit-il.

Penhaligon composa le numéro du lycée tout en observant Fitz. Toute la journée, elle avait effectué un effort considérable pour ne pas le regarder, pour ne pas le toucher. D'un instant à l'autre, Beck ou Harriman pourraient faire leur apparition, mais pour le moment, ils étaient seuls et elle se laissait aller.

Fitz sortit de sa poche son paquet de cigarettes. Vide. Il l'écrasa avant de le jeter vers la corbeille à papier. Il rebondit sur le mur avant d'atterrir sur le sol.

Penhaligon finit par avoir le lycée au bout du fil. Elle fut étonnée que Kenneth Trant acceptât de lui parler : elle s'était attendue à se faire envoyer paître par la secrétaire. Quelle ne fut pas sa surprise lorsqu'il proposa de venir en personne à Anson Road, pour leur parler.

Elle replaça le combiné avant de mettre Fitz au parfum.

— Il envoie des messages, déclara Fitz.

— Tu veux dire : il nous fait savoir qu'il n'a pas peur de nous ?

— Non, rétorqua Fitz. Ça, c'est simplement ce qu'il

aimerait que l'on pense. Mais ce qu'il veut vraiment nous faire savoir, c'est qu'il désire en finir avec tout cette histoire. (Il tâta ses poches.) Tu crois que quelqu'un ici aurait une clope ? demanda-t-il.

Penhaligon haussa les épaules.

— Tu penses que l'on va obtenir un résultat ?

— Peut-être. Il nous le souhaite, aussi — il n'en sait rien mais il nous le souhaite. (Il fronça les sourcils.) Réfléchis-y : il est chrétien et tout le tra-la-la. Pénitence, rédemption. Le feu de l'enfer. Il ne pourra y échapper à moins de se confesser. De plus, s'il ne se fait pas coincer maintenant, il passera le reste de sa vie à attendre que cela finisse par arriver. A attendre que Virginia ou Michael craque.

— Pas Norma ?

— Non. Elle préférerait qu'on jette son cœur aux loups plutôt que de le trahir. (Il sourit.) C'est le pouvoir de l'amour, Panhandle. Le pouvoir de l'amour.

Une vie entière passée à aimer quelqu'un qui ne vous aimait pas, songeait Fitz, tout en s'avançant vers sa maison d'un pas tranquille. Comment pouvait-on se fourvoyer à ce point ? Il imaginait les jours se transformer en semaines, puis glisser en mois, avant de rouler en années : et puis, il était trop tard, vous aviez trop investi dans la situation pour partir comme ça. Peut-être même pensait-on être trop vieux pour recommencer quelque chose, ou trop lâche pour le tenter.

Mais ciel ! Quel désastre semblait être la vie de Michael Trant, vue de l'extérieur !

Il franchit la barrière du jardin et était déjà à mi-chemin de sa maison, lorsqu'il s'aperçut que la pancarte de l'agence immobilière avait été remplacée.

Quelquefois, recommencer quelque chose était une erreur, évidemment.

Il fit demi-tour et se saisit de la pancarte. Cela lui demanda un certain effort, mais, en secouant le piquet dans tous les sens, il parvint enfin à en arracher le pied du sol. Il le jeta avec vigueur de l'autre côté de la route, comme s'il s'agissait d'un javelot. Le piquet rebondit avant de s'immobiliser d'une façon grotesque sur le bitume.

Fitz sourit avant de rentrer chez lui.

L'endroit lui parut plus en ordre que le souvenir qui lui en restait. De légères effluves de fraises flottaient dans les airs. Une série d'images s'imposa aussitôt dans son esprit : Panhandle, ses lèvres, ses cheveux, ses mains qui se promenaient sur son corps.

D'un autre côté, il se pouvait très bien que ce ne soit rien d'autre que Mark, ayant passé du désodorisant.

La lumière sur le répondeur clignotait. Fitz pressa un bouton et la machine laissa entendre un message de Judith, apparemment de mauvais poil.

« Tu es lamentable, Fitz — passer ta vie ainsi. Tu aurais peut-être mieux à faire que de t'acharner sur ma voiture, effrayer les camarades de ma fille... »

Fitz s'éloigna, laissant la bande tourner. Qu'elle râle donc ! Quand il lui annoncerait la nouvelle à propos de Penhaligon, elle aurait vraiment de bonnes raisons de faire la gueule.

Quelquefois, le temps n'était pas forcément mûr pour changer de vie. Et des fois... Si !

Il jeta un rapide coup d'œil à sa montre. Une bonne heure à tuer avant que Kenneth Trant ne se pointe au commissariat. N'importe qui de sensé en aurait profité pour déjeuner, s'accorder le temps de se relaxer. Mais Fitz ne se sentait pas spécialement sensé : il était plutôt confus.

« Tu crois peut-être que tu peux te permettre de faire tout ce qui te chante, s'exclamait la voix furieuse de Judith. Vivre comme un animal, réclamer plus d'argent que quiconque pourrait en donner. Et que malgré cela, je sois toujours à tes côtés ? Eh bien, je n'en suis pas si sûre… »

Il se versa quelques doigts de whisky dans un gobelet pratiquement propre, avant d'aller prendre place devant le piano. Comment cela commençait-il déjà ? Il essaya les premiers accords, puis se mit à jouer avec davantage d'aisance, tandis que, du répondeur, Judith continuait à l'accabler d'injures.

Ce morceau avait été un des préférés de Judith. Quelquefois, on ne pouvait faire autrement que de se perdre.

Le message fut brusquement interrompu. Mark pénétra dans la pièce.

— Ça fait des lustres que tu ne l'as pas joué celui-là, déclara-t-il.

Il glissa ses doigts dans son dos, dans les boucles réservées à la ceinture de son pantalon.

Son ton laissait supposer qu'il était contrarié, mais au moins, il parlait. Fitz n'en attendait pas tant, compte tenu de ce qui s'était passé cette matinée.

— Ta mère l'aimait beaucoup, dit Fitz, à la fois comme explication et comme excuse.

— Ouais ? Eh bien, je viens juste de la quitter.

Mark s'éloigna sans attendre la moindre question de la part de son père.

Il lui fallut une seconde pour analyser l'information. Fitz se rua alors à sa poursuite.

— Vraiment ? Mais où ? Où donc ? (Et puis, il se dit : *mon Dieu, et s'il lui a raconté à propos de ce matin.*) Quand ? demanda-t-il. (Il suivit Mark dans la cuisine et ajouta :) Tu n'as pas encore passé l'âge de recevoir une bonne fessée déculottée.

— Je crois bien que si, répondit Mark, blasé.

— Oui, c'est vrai, mais bon… acquiesça Fitz. (Il se

donna une gifle du dos de la main.) De toute manière, je ne t'ai jamais frappé.

Mark ouvrit le réfrigérateur. Il fronça le nez de dégoût.

— Tu as la mémoire courte.

Bon, mais il n'avait pas le monopole de la contrariété.

— Ah, oui. Une fois dans ma vie. Une petite gifle de rien du tout, je crois bien.

Il fit le tour de la cuisine des yeux, pris d'une soudaine fringale.

— Tu m'as fait mal, répliqua Mark en se retournant.

— Tu t'étais mal conduit, dit Fitzgerald sur un ton raisonnable.

Mais Mark n'était pas prêt à avaler ça.

— J'étais un gamin. Les gamins ne connaissent rien à rien.

Il replongea la tête dans le frigo.

Ouais, et bien, y'en a d'autres, je crois.

— Où se trouvent ta mère et Katie ? demanda Fitz tandis que Mark fouillait dans le réfrigérateur.

— Qui est-ce qui veut savoir ? Toi ou ta petite amie ?

Enfoiré de rejeton, se dit Fitz. La fessée déculottée venait de chuter considérablement plus bas dans la liste des châtiments qu'il aurait aimé lui infliger. Mais il maîtrisa sa colère. Il y avait une question qui nécessitait une réponse impérieuse.

— Tu lui as dit ?

Mark sortit la tête du frigo, une boîte de conserve dans la main.

— Il y a du moisi dans ces haricots blancs. Comment est-ce que tu fais pour vivre ainsi ? demanda-t-il.

Il jeta la boîte dans la poubelle avant de se diriger vers la porte.

— Je t'ai demandé si...

— Non ! lança Mark par-dessus son épaule.

Il s'attaqua alors au triage d'une pile de tee-shirts.

— Et où est-ce que tu vas comme ça ? demanda Fitz.

Mark pivota sur lui-même.

— Ecoute, il aurait fallu te sentir concerné un peu plus tôt. (Il lui jeta un regard sombre.) Pas la peine de m'attendre.

Où avait-il donc été pêcher autant de cynisme ? se demanda Fitz. Une fois de plus, il se lança à la poursuite de Mark.

— Bon, mais, écoute… (*Bon sang,* se dit-il, *mes aspirations peuvent-elles encore tomber plus bas ?*) Demande au moins à Katie de me passer un coup de fil, ou bien de rester en contact ou quelque chose. (Mark s'arrêta devant la porte où Fitz le rejoignit.) Tu veux bien ? ajouta-t-il.

Mark secoua la tête et sa queue de cheval rebondit de chaque côté. Puis, il sortit de la maison en claquant la porte, qui se referma en faisant trembler le mur.

Et merde ! se dit Fitz. *Ça fait chier, fait chier, fait chier !*

Et il retourna au piano avant de se remettre à jouer.

Du blues.

Quoi d'autre ?

Michael Trant se tenait près de la broyeuse, la commande dans les bras. Il contemplait sa main, son doigt, cet anneau d'or fin, qui avait conditionné sa vie. Il pressa un bouton et les lames jaillirent, avant de se mettre à tournoyer.

Norma ne m'a jamais aimé. Je l'ai toujours su.

Il pressa de nouveau sur la commande. Les lames se figèrent. *Elle crève d'amour pour Kenneth. Ma vie est un désastre.*

Une pression et les lames se mirent à vrombir de nouveau. Joanne serait morte dans d'atroces souffrances, hachée en grumeaux de viande et lambeaux de peau, écrabouillée en poussières d'os et de sang.

Pression. Le sifflement strident s'interrompit. *Elle est morte, de toutes les manières. Dean est mort. Je suis un traître.*

Pression et la machine rugit, tourbillonnant, déchiquetant, pilonnant. *Elle ne m'a jamais aimé. Et tout le monde le sait. Je suis tout juste le bouffon de Norma, le singe de Kenneth. L'assassin de Joanne.*

Il pressa la commande une dernière fois et la broyeuse s'arrêta. Il l'observa un moment, avant de se diriger vers le bureau de fortune. Que pouvait-il faire d'autre ?

39

Penhaligon tendit les bras pour faire signe à Fitz. Tandis qu'il s'approchait, elle posa une jambe sur la table, de façon à rencontrer le contact de sa cuisse.

Ils étaient seuls dans la salle de garde et c'était mieux ainsi, puisqu'elle portait aux poignets une paire de menottes de modèle standard.

— Panhandle en menottes, murmura Fitz.

Il fit glisser sa main sur sa jambe, tout en ne la quittant pas des yeux.

— Pour une fois et cette fois seulement, je te passe l'expression, déclara Penhaligon. (Elle humecta ses lèvres. Lentement.) Mais essaye encore et…

L'inspecteur principal Wise fit son apparition dans la pièce. Il laissa choir une série de dossiers sur un bureau. Penhaligon pivota vivement sur elle-même avant de se dresser maladroitement sur ses jambes. Ses joues avaient tourné au rouge pivoine. Elle dissimula ses mains derrière son dos, tout en tirant nerveusement sur les menottes. De son côté, Fitz tentait en vain d'arborer sur son visage une expression de chérubin.

Wise les regardait fixement. Il avait l'air davantage ébahi que furieux, mais Penhaligon savait que tout pouvait changer d'un instant à l'autre.

Dis quelque chose, songea désespérément Penhaligon. *Mais quoi ? Désolée, patron, c'était juste un petit jeu entre nous ; cela ne se reproduira pas, patron ?*

— Kenneth Trant vient ici, pour une entrevue, finit-elle par lâcher.

— De son plein gré ?

Il avait l'air sceptique. Il retira son pardessus.

Fitz fit quelques pas en avant. Penhaligon observait les deux bonshommes se toisant du regard.

— Entièrement de son plein gré, déclara Fitz. (Penhaligon ne pouvait distinguer, de là où elle était, son expression, mais elle l'imaginait parfaitement : il avait perdu ce côté colérique, ce qui ne pouvait que signifier qu'il perdait également espoir.) Ce lèche-cul de première est aussi coupable que Lucifer en personne. J'ai été aussi loin que possible avec le reste de la famille, mais ils ont tous érigé une barrière autour de Kenneth. (Il fit une pause. Ses épaules s'affalèrent légèrement.) Absolument dociles. (Sa tête fut prise d'un sursaut.) Mais je peux le faire craquer, lui. Je sais que je peux y arriver.

Wise n'avait pas l'air le moins du monde impressionné par sa tirade. Il se saisit de son journal pour le plier.

— Vous m'avez l'air un peu trop sûr de vous à mon goût.

Il se dirigea vers son bureau. Tandis qu'il en refermait la porte derrière lui, il se retourna vers eux et leur lança un regard de braise.

Penhaligon dévisageait Fitz tandis qu'il s'approchait d'elle. Tout cela avait tellement d'importance pour lui ! Tout cet ego viril, cet orgueil. Mais il était doué et Wise le savait.

Il sourit. Elle s'aperçut qu'il regardait ses menottes, qu'elle tenait toujours dans ses mains. *Je dois me retenir de rire,* se dit-elle. *Surtout ne pas rigoler. Wise nous observe :* elle le voyait, à travers la vitre de son bureau. Mais elle s'autorisa un sourire. Après tout, ça ne mangeait pas de pain.

Kenneth Trant toisait le docteur Fitzgerald et l'inspecteur Penhaligon. Il se sentait parfaitement calme, tout à fait maître de la situation et de ses paroles. Il savait, pour commencer, que la police ne mènerait pas indéfiniment une enquête sur cette affaire. Pas avec si peu de preuves déterminantes. Surtout qu'il existait un suspect idéal, mort à souhait, étalé sur une table de la morgue et totalement incapable de se défendre.

Pour poursuivre l'enquête, la police avait besoin d'aveux. Kenneth devait leur résister. Plus encore : il savait que tout cela constituait pour lui une épreuve — peut-être même la plus difficile des épreuves auxquelles l'avait soumis son Créateur. S'il échouait, il glisserait inéluctablement vers les ténèbres et le chaos, qui se trouvaient au-delà des limites de l'univers. Mais, par la grâce de Dieu, il ne faillirait point. Il aurait souhaité pouvoir en penser autant de Norma, Virginia et Michael, mais c'était du ressort du Seigneur, qui les avait en sa garde.

Pour le moment, il devait se contenter d'être assis dans cette petite pièce, plutôt minable, avec la fumée de la cigarette de Fitzgerald qui lui picotait la gorge. Il devait adopter une attitude de sérieux absolu et paraître préoccupé.

— Figurez-vous, commença-t-il, que je me suis rendu compte l'autre jour que, durant mon temps passé au lycée, j'aurai vu défiler sous mes yeux entre trente et quarante mille élèves. (Il prit un ton qui exprimait le regret.) Il y a bien eu des tragédies en chemin. Une leucémie, un accident de voiture, une chute à la suite d'une escalade dans le cadre d'un voyage organisé par le lycée. (Il tapota la table de ses doigts.) Et à présent… Nous avons été frappés par ce terrible malheur. On ne connaît pas toujours très bien les élèves — on ne peut pas les connaître tous. Cependant, vous les considérez toujours comme vos propres enfants.

— Mmm. (Qu'était-ce donc que ce marmonnement ? De la compassion, de la part de Fitzgerald ? Cela paraissait

plus qu'improbable. Ce ne pouvait donc être qu'un stratagème. D'ailleurs, le psychologue ajouta :) Mais dans ce cas
précis, c'était tout différent. En effet, vous connaissiez bien
l'élève en question.

La cigarette de Fitzgerald se consumait sans qu'il y
prête la moindre attention.

— Comme je vous l'ai déjà expliqué…

C'était le premier test : il ne devait pas oublier ce qu'il
leur avait déclaré antérieurement, pas plus qu'il ne devait
perdre son calme.

— Ouais, dit Fitz. Vous deviez la connaître bien mieux
que le reste de vos élèves, puisqu'elle était membre de
votre congrégation.

Il ne pouvait guère contester ces faits.

— En effet.

Il ne se mouillait pas trop. Son regard se fixa successivement sur Fitzgerald et Penhaligon, essayant d'anticiper
leurs prochaines questions ; mais leurs visages restaient
aussi impénétrables que ceux de serpents. *Adam a dû ressentir la même chose dans le jardin d'Eden,* songea
Kenneth ; mais Adam n'avait pas failli. Pas avec le serpent,
en tous les cas. Eve avait causé sa perte, tout comme
Joanne l'avait conduit dans la fange. Mais la police n'avait
pas de pouvoirs divins et était incapable de lire dans son
âme.

— Elle a bien dû se confier à vous ?

Encore une question piège, et facile, de la part de
Fitzgerald.

— Evidemment, déclara Kenneth.

Il leur accorderait cela, mais pas davantage.

— Et à quel propos ?

Voilà qui demandait plus ample réflexion. Il fallait que
cela n'ait pas impliqué entre eux de relations trop intimes ;
plutôt des discussions banales qu'il aurait pu oublier.

— Ohh… commença-t-il par dire pour gagner du temps.

Des choses générales à propos de la vie de l'église, des études de la Bible…

Fitzgerald tira sur sa cigarette. *Un homme faible que ce Fitzgerald,* songea Kenneth : *la proie des vices de la chair — certainement la drogue, une nourriture excessive, l'alcool et bien d'autres choses encore.*

De la fumée planait en volutes, autour d'eux.

— Mais pas au sujet de l'école, ou de sa vie familiale ? demanda le psychologue.

— Non, pas vraiment.

— Pas même lorsque vous la raccompagniez en voiture jusqu'à chez elle ?

Ahh ! se dit Kenneth. *Nous y voilà : le petit piège de Fitzgerald, enfin dévoilé aux yeux de tous.*

— Raccompagner en voiture ? répéta-t-il, tout d'innocence.

— Etes-vous en train de nous affirmer que vous ne l'avez jamais raccompagnée en voiture ?

Fitzgerald souriait, mais sans aucune chaleur.

Etaient-ils au courant des lieux où il l'avait conduite ? Des fois où elle était venue chez lui, lorsque Virginia était partie en tournée pour récolter des fonds pour les œuvres de charité ? De leur cachette, dans les bois ? L'appartement à Harold Street ? Kenneth se pencha en avant.

— De l'église, vous voulez dire ?

Il feignait l'étonnement, tout en tentant de mesurer l'étendue du gouffre que Fitzgerald était en train de creuser dans sa défense. S'il le niait, ils le prendraient au mieux pour un menteur, au pire pour quelqu'un de négligent. Mais s'il l'admettait, peut-être bien qu'il laisserait ainsi les bords du gouffre se refermer sur lui.

— De quel autre endroit ?

Il avait toujours ce sourire en coin. Des volutes de fumée serpentaient autour de la tête de Fitzgerald, comme si lui-même était en flammes. Ce qui finirait certainement par lui arriver un jour, Kenneth en était absolument convaincu.

— J'ai cru pendant un moment que vous parliez du lycée, déclara-t-il, espérant dissimuler à leurs yeux son soulagement. Oui, bien sûr, je l'ai raccompagnée de l'église, de temps à autre.

Le col de sa chemise lui parut brusquement trop serré, mais il résista à l'envie pressante de desserrer légèrement le nœud de sa cravate.

— Les nuits noires ? annonça Fitzgerald, comme s'ils avaient enfin trouvé un terrain pour s'entendre.

— Tout juste.

Il ne devait surtout pas commettre l'erreur de penser, ne serait-ce qu'un instant, qu'ils pouvaient être de son côté, qu'ils comprendraient un iota de ce qu'il avait fait ou ses raisons. Ils niaient l'existence de Dieu. Ils étaient incapables de comprendre.

Fitzgerald jeta un coup d'œil à un calepin. Kenneth soupçonnait que son geste était inutile, qu'il l'effectuait juste pour la forme.

— Vous l'avait introduite dans la congrégation vers Noël ?

— Oui.

— Il y aurait donc eu de nombreuses nuits noires ?

— Oui.

Un nouveau piège, réalisa Kenneth. N'y aurait-il donc jamais de fin aux embûches et illusions du Malin ?

— Vous avez donc dû la raccompagner un certain nombre de fois ?

Inexplicablement, la pièce parut à Kenneth soudainement plus sombre. Il savait de quoi il s'agissait : des ténèbres, tapies là où Dieu n'était pas, fondant sur lui, car il avait été faible et n'avait pu déceler à temps le piège tendu par Fitzgerald. Seulement, s'il faisait preuve de force, il pourrait repousser au loin les légions obscures.

— Oui, déclara-t-il. (Les yeux de Fitzgerald se plissè-rent, comme ceux d'un serpent, pour le fixer. Kenneth se tourna vers Penhaligon.) En y réfléchissant, assez souvent, il me semble. (Cela lui écorcha les oreilles, comme la pire espèce d'obscénité.) Comme vous le dites vous-même... ajouta-t-il. Après tout, c'est bien moi qui l'ai introduite... (Il s'enfonçait sérieusement.) ... dans la congrégation et, en tant que son directeur...

— Oui, trancha Fitzgerald.

— ... Je me sentais responsable...

Il laissa sa voix traîner. Si Dieu pensait qu'il était méri-tant, alors, il lui accorderait un répit, à présent.

Mais il n'en fut rien.

— Est-ce qu'elle parlait dans la voiture ? demanda Fitz.

Que dire ? Que dire, bon sang ? Il laissa son regard glisser sur la table, avant de dresser la tête pour déclarer...

— C'était une enfant très réservée.

— Quel âge avait-elle ? demanda Fitz.

Le brusque changement de sujet interloqua Kenneth, mais au moins, cela lui donnait la chance de récupérer du terrain perdu.

— Vous ignorez son âge ?

Un petit peu agressif, peut-être, mais il leur signifiait ainsi qu'il était loin d'être battu.

— Vous l'avez qualifiée d'enfant, déclara Fitzgerald, comme s'il s'agissait d'un délit aux yeux du code pénal.

— Elle avait dix-sept ans, dit Kenneth. (Elle avait été irrésistiblement jeune et fraîche, tellement innocente...) Elle était en première.

Penhaligon soupira. Elle se mit à contempler le sol, l'air de mortellement s'ennuyer. C'était la première réaction que Kenneth était parvenu à lui soutirer.

— Une jeune femme, aurais-je dit, déclara Fitzgerald. Pas vous ?

— Oui, répondit Kenneth.

Il ne voyait pas où il voulait en venir. Si elle était une jeune femme, plutôt qu'une enfant, alors sûrement que… Sa liaison avec elle était moins anormale, moins condamnable ? Et cependant, il avait du mal à croire qu'ils essayaient de réduire sa culpabilité.

Penhaligon prit la parole. Kenneth fut médusé par sa voix : elle sonnait si jeune et pourtant, si lourde d'expérience.

— A dix-sept ans, j'aurais été des plus outrée si vous m'aviez considérée comme une enfant.

— Oui, évidemment, les filles sont mûres plus tôt que les garçons.

C'était d'une telle banalité ! Mais enfin, mieux valait ça que de ne rien dire.

— Je pense qu'elle a dû se sentir enchantée d'avoir l'opportunité de parler à un homme mûr, poursuivit Penhaligon. (Elle sourit et son visage, déjà joli, devint resplendissant.) Je veux dire, autant parler à une bûche qu'à son père, quant aux garçons de son âge, ils sont proprement bons à rien.

Kenneth ne voyait pas où tout cela les menait mais il sourit, néanmoins. Elle ne devait pas louper la chance d'en placer une lorsqu'elle le pouvait ; il imaginait que ce Fitzgerald devait sérieusement l'écraser de sa personnalité.

— Oui, peut-être bien, mais… (Il prit conscience qu'il était essentiel qu'ils comprennent qu'il ne l'avait jamais approchée de près.) Elle était d'un naturel peu causant.

Penhaligon se mordit la lèvre inférieure. Cela lui donnait un air puéril, surtout avec les rayons du soleil, qui mettaient en relief sa chevelure rousse et donnait une teinte crémeuse à sa peau blanche.

— Je mourais d'envie d'avoir près de moi une personne comme ça… Une sorte d'oncle.

Elle était là bien loin de la vérité. Sa relation avec

Joanne aurait difficilement pu être qualifiée d'avunculaire. Sa peau avait été pâle, elle aussi, mais d'un ton crémeux, tirant sur l'or ; ses cheveux, un halo doux et resplendissant autour de sa tête. Quant à ses « jardins » secrets, plus blancs encore de n'avoir jamais été exposés à la lumière du soleil…

— Et alors ? Pourquoi n'avoir jamais eu d'enfants vous-même ?

La voix de Fitzgerald rappela Kenneth à la réalité. S'ils continuaient ainsi, ils finiraient par le faire tomber dans un des pièges qu'ils lui tendaient, obéissant ainsi aux ordres du Malin.

— J'ai eu, jusqu'à présent, plus de quarante mille enfants, déclara-t-il sèchement.

Penhaligon se permit d'éclater de rire. Elle jeta un vif regard à Fitzgerald avant de poser de nouveau les yeux sur Kenneth, mais ce fut suffisant pour que ce dernier comprenne qu'ils partageaient une relation très particulière. Il se demanda s'il serait capable d'utiliser cet élément à son avantage.

— C'est pas comme d'en avoir vraiment à soi, dit Fitzgerald.

Son ton était légèrement moins sympathique, et Kenneth savait que son répit était fini.

Non, se dit-il. *Non, c'est vrai, ce n'est pas du tout pareil.*

Il n'osait croiser leurs regards.

— J'ai eu une vie remplie — et épanouissante, déclara-t-il.

Ce n'était faux qu'en partie. Et dans ces circonstances précises, il était convaincu que Dieu lui pardonnerait ce tout petit mensonge.

— Et quant à votre épouse ?

Penhaligon ne jouait plus du tout à la petite fille.

Mon épouse est aussi pieuse que la Vierge Marie et son ventre aussi aride que celui de la reine Elisabeth[1]. Si, quelquefois, elle avait pu se montrer froide comme les neiges de l'Himalaya, c'était, somme toute, plutôt prévisible.

— Elle a une vie très chargée — énormément de bénévolat.

— Mais vous le regrettez, pourtant ? déclara Penhaligon.

Sa tête était penchée d'un côté, et elle donnait l'impression d'être pensive. Peut-être regrettait-elle déjà d'avoir préféré une carrière à une famille — car à propos de toutes ces jeunes femmes, qui s'imaginaient pouvoir tout avoir, Kenneth savait qu'elles se fourvoyaient. Ou peut-être qu'elle se doutait qu'il n'y avait rien à espérer de la liaison qu'elle entretenait avec le docteur Fitzgerald. Elle ne pouvait ignorer l'alliance qu'il portait au doigt.

— Non, déclara Kenneth, trop fort, trop vite et trop sur la défensive. Je dirais non, pas vraiment.

Cela ne lui paraissait pas très convaincant, même à ses propres yeux, alors pour eux...

Penhaligon parut réfléchir pendant un instant. C'était étrange la façon dont elle avait soudain pris la discussion en main. D'un autre côté, ils ne faisaient que parler d'enfants, peut-être que cela était tout naturel.

— Non, dit-elle. J'imagine que vous avez la possibilité de vous retrouver... très proche de certains de vos élèves.

L'insinuation était délibérée et évidente. Kenneth aurait préféré qu'ils attaquent le sujet plus franchement.

— Pas de cette manière-là, dit-il sur un ton posé.

Il savait qu'à cet instant précis, il ne devait surtout pas perdre son calme. Ou bien, cela équivaudrait à des aveux en bonne et due forme.

---

1. Elisabeth Ire, (1558-1603), reine d'Angleterre, dernière de la dynastie des Tudor, n'eut jamais de descendance. *(N.d.T)*.

— De quelle manière ? demanda Fitzgerald.

C'est ridicule, se dit Kenneth. Ils avaient dû intercepter sa remarque avec des oreilles attentives. Kenneth ne se serait certainement pas fait surprendre s'ils n'avaient pas préparé leur coup à l'avance.

— Pardon ? déclara-t-il.

— De quelle manière ? répéta Fitzgerald. De quelle manière voulez-vous parler ?

Très bien, il allait rentrer dans leur jeu puéril, juste un moment.

— Il y avait une insinuation…

Il laissa sa voix traîner tout en effectuant un signe de tête en direction de Penhaligon.

— Qu'est-ce que vous avez tenté d'insinuer, inspecteur Penhaligon ? demanda Fitzgerald en se retournant vers elle.

J'en étais sûr, se dit Kenneth. Ils ont répété toute cette mise en scène. Ils devaient toujours opérer ainsi. Piégeant les gens et les jetant au plus bas, comme le ferait le diable en personne.

— Comme un oncle, dit-elle, tout en secouant la tête.

Des reflets de la lumière du soleil scintillèrent dans sa chevelure de braise. Elle dit cela sur un ton des plus innocent, mais ses yeux la trahissaient : elle l'avait pris à l'hameçon.

Sale menteuse, songea Kenneth.

Pendant un moment, le silence fut complet. Et il n'y eut d'autres mouvements dans la pièce que celui des volutes de fumée qui s'élevaient de la cigarette de Fitzgerald, pratiquement délaissée entre ses doigts.

Je dois surtout ne rien dire, se sermonna Kenneth. *Tout ce que je pourrais dire à présent ne pourrait que m'enfoncer et m'enverrait valdinguer au-delà des limites de l'univers, dans ce vide informe qui me paralyse de terreur.*

Aussi n'osa-t-il briser le silence et Fitzgerald prit enfin la parole :

— Joanne m'a parlé avant de mourir. (*Non,* se dit Kenneth. C'était impossible. La boisson, la drogue, le froid — elle n'aurait pu émettre des paroles cohérentes après ça. A moins que… C'était une épreuve que Dieu avait choisi de lui faire endurer et peut-être était-ce là sa volonté. Comment aurait-Il pu éprouver autrement la foi de Kenneth jusqu'à ses dernières limites ?) Elle ne voulait rien dire à ses parents. (Fitzgerald secoua la tête. Son visage était impassible, un roc.) Elle ne pouvait leur faire face — elle avait trop honte.

— Honte de quoi ? demanda Kenneth.

Brusquement, il avait envie d'en finir avec ces simagrées, ces détours. Il souhaitait les entendre appeler les choses par leur nom, qu'ils énoncent les charges. Dieu savait ce qu'il cachait dans son cœur — il avait tué Joanne pour se débarrasser de ce terrible savoir, ce savoir qui lui rongeait l'âme : celui du chaos, au cœur de la création.

Après tout, elle lui avait été envoyé par le diable en personne. Son erreur n'avait pas été de la tuer. Elle était bien antérieure à cela : ne pas l'avoir vue sous son vrai visage.

— Est-ce que c'est moi qui dois vous l'apprendre, ou est-ce que c'est vous qui allez me le dire ?

Kenneth regardait dans le vide.

— Je suis incapable de vous dire pour quelle raison elle avait honte, rétorqua Kenneth. (Et c'était entièrement vrai : comment quelqu'un pouvait-il connaître ce qui se cachait dans le cœur d'une autre personne, surtout lorsque celle-ci était le fruit de la damnation ?) Si tant est qu'elle éprouvait de la honte.

Il entendit le bruit de papiers jetés précipitamment sur la table et se retourna.

Penhaligon exposait une série de photos. Le corps de Joanne, recouvert des motifs qu'il avait dessinés. La configuration de l'univers, sa naissance et sa mort, décrites en des équations mathématiques. Ce chaos sans Dieu, qui

existait en un magma bouillonnant, au-delà des limites de
l'espace, avant le début et la fin des temps. Et Joanne, fille,
chair, damnation incarnée en femme. Il contemplait, horrifié, ce qu'il avait fait. Au grand jour, cela paraissait si différent.

Et cependant, telle avait été la volonté de Dieu. Kenneth
n'était qu'un enfant du Créateur. De quelque façon que cela
puisse apparaître aux yeux de ces mécréants, il savait simplement qu'il avait accompli l'œuvre du Seigneur.

Elle n'était plus. Le chaos n'était plus. Eh bientôt,
l'ordre serait rétabli dans sa vie. Il devait juste tenir le
coup, un petit peu plus longtemps.

Il se prépara à affronter leurs questions. Mais il n'y en
eut point…

— Au début, vous la remarquez de loin, entama Fitz,
arrivant à l'école, dans la queue de la cantine, vous observant durant les meetings.

Kenneth savait ce que le bonhomme tentait de faire :
l'attirer dans la fiction pour qu'il y prenne part, qu'il fasse
part de son assentiment, ou de son désaccord — cela
n'avait pas d'importance —, jusqu'à ce qu'il fasse un faux
pas et se trahisse. Eh bien, il ne serait pas dupe. Et pourtant, il ne pouvait s'empêcher de penser à la première fois
où il l'avait remarquée : il remplaçait son professeur d'anglais, malade. Elle avait lu le discours sur la « Valeur du
pardon », tiré du *Marchand*. Il avait alors trouvé sa voix si
somptueuse…

La voix de Fitzgerald, elle, tonna, s'abattant sur lui
comme une lame de fond s'écrasant sur des rochers.

— Elle a quelque chose de différent des autres filles —
elle n'a pas l'air d'appartenir à un groupe. Il y a quelque
chose de vulnérable en elle. Peut-être même est-elle mise à
l'écart, maltraitée. Et puis, un jour, vous la croisez dans le
couloir. Elle pleure. Elle devrait être en cours. (*Non,* se dit
Kenneth. *Elle errait, à l'écart du terrain de jeux. Ils s'étaient*

moqués d'elle parce qu'elle allait à l'église.) Vous lui
demandez ce qui ne va pas. Vous lui dites de venir vous
voir après les cours. Jusque-là, rien d'étrange, d'anormal
ou de fâcheux. Vous ne faîtes que votre travail — en fait,
un peu plus même. Vous éprouvez une responsabilité
paternelle à l'égard de vos élèves. Elle reste en votre compagnie pendant une heure — dans votre bureau.

Ça, au moins, c'était juste. C'était arrivé un mercredi.
Elle s'était inquiétée de manquer les bénédictions, et ils
avaient parlé de la Bible.

— Une longue discussion, poursuivit Fitz : la pression à
la maison, ses difficultés à s'insérer dans la vie du lycée. Il
y a des larmes, mais aussi des sourires. (*Oh, oui !* Ce sourire, cet artifice du démon qui avait mis sa volonté à
genoux… Tout comme cette petite discussion avec le docteur Fitzgerald risquait de le faire à nouveau. *Eh bien, non,
plus maintenant !*) Votre cœur fond devant elle. Vous la
réconfortez. Un bras amical passé au-dessus de son épaule,
une chaleureuse poignée de main, une gentille tape sur son
genou…

— Je vous vois dériver, docteur, trancha Kenneth.

Ça suffisait comme ça. Il dissipa toute pensée à propos
de Joanne.

— Bien.

Le ton de Fitzgerald était dur, à présent ; sa voix n'avait
plus rien de séduisant.

— Vous êtes malade !

Kenneth laissa échapper dans ces mots tout son dégoût
pour cette parabole sordide. Il avait accompli son devoir —
le commandement du Seigneur. Mais Fitzgerald —
Fitzgerald se vautrait dans cette fange comme un sanglier
dans la boue.

Et, comme s'il avait encore à le prouver, il sourit.

— Pas plus malade que mon prochain, monsieur Trant.
(Leurs regards s'entrechoquèrent, tels des fleurets. Puis

Fitzgerald poursuivit :) J'ai passé une journée en compagnie de Joanne. Je n'ai pas été insensible à sa douceur, sa fragilité, sa détresse.

— Je refuse de prendre davantage part à tout ceci, s'écria Kenneth.

Il fit mine de se lever de son siège.

Fitzgerald effectua un geste en direction de Penhaligon. Elle sortit un dictaphone de son sac avant de le placer sur la table. Puis, elle pressa la commande.

La voix de Sarah se mit à retentir dans la pièce. Sarah, à qui il avait accordé sa confiance, afin qu'elle lui vienne en aide.

« C'est un homme merveilleux. Je me sens si particulière lorsqu'il est près de moi ! » déclarait-elle à travers le sifflement de la bande.

— Tout cela est absurde, déclara Kenneth.

« Il m'aime par-dessus tout. Je ne rêverai jamais de personne d'autre. Oh, Kenneth est formidable… »

Penhaligon interrompit le déroulement de la cassette.

— Eh bien, monsieur Trant ? demanda-t-elle.

Il n'y avait qu'une défense et c'était l'attaque.

— J'ignore par quels moyens vous êtes parvenus à terroriser ou à soudoyer cette pauvre enfant pour qu'elle se parjure ainsi, s'écria Kenneth, mais attendez-vous à une plainte en bonne et due forme.

Fitzgerald se mit à rire.

— Voilà une façon comme une autre de prendre la chose. (Puis, son expression se métamorphosa pour laisser la place à une moue sévère.) Mais vous pourriez également admettre que Sarah, comme Joanne, est tombée entre vos griffes de manipulateur ; la proie de vos mensonges et de votre lubricité.

Kenneth prit une profonde inspiration.

— Supposons, un instant, docteur, que ces grotesques allégations aient la moindre part de vérité. (Il lança un regard noir à Penhaligon, dans l'espoir de l'intimider, mais elle se contenta de le dévisager pareillement.) Ce qui, évidemment, n'est nullement le cas, mais pour le moment, et simplement pour le moment, réfléchissons à ce cas « d'école », auquel vous semblez tant attachés. Supposons que j'aie eu une liaison avec Sarah. Quel serait alors le rapport avec Joanne ? (Il balaya les photos et le dictaphone sur la table d'un revers de la main.) Non, docteur. Vous devriez admettre que ce que vous avancez n'est rien d'autre qu'un tas de mensonges et un méli-mélo d'événements, sans aucun lien avec la réalité. (Fitzgerald se renfrogna. Kenneth avait raison et le docteur le savait. Le pasteur se leva.) Je refuse de participer davantage à cette comédie.

— Partez et nos suspicions deviendront conviction, déclara Fitzgerald.

— Tout juste, ajouta Penhaligon.

— Eh bien, pensez donc ce qui vous chante, rétorqua Kenneth.

Il quitta la pièce, prenant bien soin de ne pas claquer la porte derrière lui. Ils ne le laisseraient jamais en paix à présent, jamais. Mais, il n'avait fait qu'accomplir la volonté du Seigneur. Il n'échouerait que s'il manquait de foi.

— Mon Dieu, je crois en vous, murmura-t-il en grimpant dans sa voiture. Guidez-moi à travers les faiblesses de ma foi.

Jimmy Beck acheva d'un trait sa seconde pinte de la journée ; il se fichait bien de l'heure. Il reposa avec fracas son verre sur le comptoir, tout en se demandant si Harriman allait remettre une tournée. Il pouvait être lent à la détente, ce Harriman, quelquefois. C'était ça, ou alors, il avait peut-être des bras trop courts pour des poches trop profondes.

Qu'importe ! Ce gros enfoiré de fils de pute avait perdu

son pari et Beck allait enfin recevoir les lauriers de son arrestation.

Ce petit pervers de Saunders, il avait fait le coup. Qui se fichait bien s'il était mort ou non ? De toute façon, un mois ou deux passés à Parkhurst [1], et on lui aurait fait la peau.

Il y avait des gens bourrés de principes, même au sein de la lie de l'humanité.

Harriman mit sa tournée — une petite, juste pour eux trois : Beck, Harriman et le patron. Un peu étonnant de voir le patron là, en fait ; mais quand le moment était venu, les gars de Liverpool se révélaient les rois de la terre et une célébration se devait d'être digne de ce nom, peu importait votre accent.

Juste au moment où il était en train de songer à leur suggérer d'aller s'asseoir, avant que le pub ne soit bondé de monde, Harriman pivota sur lui-même, désignant la porte du doigt.

Fitz et cette pétasse de Penhaligon venaient juste de faire leur entrée. Beck déposa brusquement sa pinte sur la table pour se joindre aux vociférations de Harriman.

— Et… au fait, merci, Fitz ! s'écria le patron au-dessus des braillements.

— Pourquoi ? rétorqua sèchement Fitz.

— Pour les tournées, répondit Beck tout en levant son verre.

Wise tapota sa montre.

— Deux contre un, vous avez perdu votre pari, déclarat-il. Venez donc m'aider à claquer mes gains.

— Sans rancune, ajouta Beck, mais on a commencé à fêter ça dès hier.

Ce qui souleva une vague de rires, particulièrement énergique en ce qui concernait le patron. Avec tous ses diplômes et toutes ses conneries, Fitz ne saurait jamais ce

---

1. Nom d'un pénitencier en Angleterre. *(N.d.T.)*.

que c'était de boire un bon coup avec des gars convenables.

Fitz leur lança un regard sombre. Il ricana un instant avec eux, mais ils ne furent pas impressionnés et, comme les rires ne cessaient point, il quitta le pub comme une tornade. Penhaligon fit volte-face et le suivit. Ils n'en attendaient pas moins d'elle.

— Lâcheurs ! s'écria Beck à leur attention. Eh ! Poupée, reviens !

Elle se retourna, juste devant la porte, et leur « fit un doigt ». *Eh bien, dites donc ! En voilà une attitude pour une fille !*

— Oh, Janie, s'écria Harriman, imitant une voix de bébé.

— Laissez tomber, déclara Wise. Laissez tomber ! Lui, c'est plus que mérité mais laissez-la en dehors de ça.

C'est foutrement typique, se dit Beck. *Elle veut être comme nous autres les gars et elle est même pas fichue d'essuyer une vanne.*

40

Fitz sortit du véhicule de Panhandle. Il contempla l'église où la congrégation d'âmes dévouées à Kenneth Trant se réunissait. Il s'agissait d'un bâtiment quelconque, un pâté de briques rouges et de vitres, comme il en existait des milliers.

Sauf que tous les autres lieux de culte n'avaient pas forcément à leur tête un enfoiré, manipulateur et assassin, songea-t-il, tout en entamant son chemin vers l'église. Panhandle se précipita à sa suite. A travers l'air chaud du soir, l'écho de chants leur parvenait distinctement. *Louanges à lui, en une sereine adoration*, en effet, se dit Fitz. Le seul ennui était que la moitié, à peine, des gens dans cet endroit chantait à la gloire de Dieu. L'autre moitié célébrait le culte de Kenneth Trant.

Nous verrons bien, se dit Fitz. *Nous verrons foutrement bien !*

Il se précipita en haut des escaliers, avant de faire une pause sous le porche d'entrée.

— Tu as bien la cassette, n'est-ce pas ? demanda-t-il à Panhandle.

Elle opina de la tête tout en tâtant la poche de son manteau.

— Est-ce que tu penses vraiment que ce sera d'une quelconque utilité ? demanda-t-elle.

Fitz se mordit la lèvre.

— Peut-être. Au pire, cela donnera à ce troupeau de quoi

réfléchir. (Il ouvrit la porte et les chants s'amplifièrent.) De toute manière, c'est notre plus gros atout, déclara-t-il.

Ils pénétrèrent dans l'église. Le hall d'entrée, aseptisé, aux murs d'une blancheur immaculée, était baigné par la lumière du soleil. Dans un coin, une affiche était posée sur un chevalet. *Le message du jour,* se dit Fitz. Sous une photographie de vitraux, apparaissait la phrase suivante : « *Vous êtes nés de la poussière et vous retournerez à la poussière.* »

Ce n'était pas du tout le message du jour, mais le message tout court, songea Fitz après coup. Craignez la mort. Là résidait toute la substance du culte de Kenneth Trant. Que disait donc Dean Saunders ? *Toute chair est de l'herbe.* Les mots étaient différents, mais l'idée était bien la même.

Puis, Fitz remarqua une inscription de taille plus réduite au bas de l'affiche. Il la montra du doigt.

— Genèse, chapitre trois, verset dix-neuf. (Panhandle le dévisagea, interloquée.) Bon sang, mais c'est bien sûr ! déclara-t-il, exaspéré par sa propre lenteur à comprendre.

Il tira d'un coup sec la poignée de la porte intérieure et pénétra dans la salle principale de l'église ; Panhandle lui emboîta le pas. Les fidèles, assis sur des rangées successives de bancs, chantaient à la gloire de Dieu. Fitz devait au moins reconnaître cela à Kenneth : il était parvenu à tisser un réseau étendu qui regroupait des gens très divers. La congrégation comprenait des personnes âgées et des plus jeunes, des femmes vêtues de robes à fleurs et d'autres en jeans, des hommes en costume et d'autres en bleus de travail. Tous étaient venus en masse trouver refuge auprès de Kenneth Trant — y compris, comme l'avait fait si bien remarquer le père O'Ryan, un nombre important de très jeunes femmes. Sarah, aussi, était là, au premier rang, s'époumonant pour l'homme qui lui avait annoncé qu'elle était si particulière.

Les Trant étaient perchés sur une estrade, tout devant, autour d'une table recouverte d'un drap de couleur criarde. Kenneth se tenait de façon à ce que les vastes vitraux derrière lui donnent l'impression de constituer une auréole autour de sa tête. C'était une ruse habile, concéda Fitz, car cela lui donnait des airs de saint médiéval ; cependant, ce tour de passe-passe perdait son pouvoir dès que l'on prenait conscience de la supercherie.

Il était grand temps de mettre un terme à toute cette mystification, et une bonne fois pour toutes.

Une antique et large Bible était disposée sur un lutrin, près de la porte. Fitz s'en approcha à grands pas. Il se mit à feuilleter le livre, sachant que Kenneth avait déjà pris conscience de sa présence. Mais il n'en était pas de même de la congrégation, qui continuait à chanter avec entrain.

Les Révélations, les Corinthiens, Job… Isaïe. Il parcourut des yeux le texte, ardu et aux caractères d'imprimerie archaïques, avant de prendre la parole.

— Isaïe, chapitre quarante, verset six… commença-t-il sur un ton délaissé dans les combles de sa mémoire depuis qu'il avait échappé à la messe, à l'âge d'homme.

Les chants cessèrent brusquement. La plupart des gens se tournèrent vers lui, perplexes. Lorsqu'il fut certain d'avoir captivé leur attention, il poursuivit…

— Qu'est-ce donc, Kenneth ? Que vais-je y trouver ? (Mais il ne lui laissa pas la chance de répondre.) « Et la voix lui commanda de pleurer. Il répondit : « Pourquoi devrais-je verser des larmes ? » », commença à lire Fitz. « Toute chair est de l'herbe et, dès lors, la bonté est…

— … telle la fleur dans les prés », acheva Kenneth. (Il jeta un bref coup d'œil au livre de prières qu'il tenait dans la main. Tandis qu'il commençait à parler, la plupart des membres de la congrégation reprirent place sur leurs sièges.) Félicitations, docteur Fitzgerald. A présent, comment pouvons-nous vous être utiles ?

Sa voix était calme, comme s'il estimait avoir la situation en main.

Eh bien, cela pourrait brusquement basculer, se dit Fitz.

Quelques personnes étaient toujours debout, mais la majorité des gens le regardaient. Certains échangeaient même des murmures avec leurs voisins. Cela commençait à devenir véritablement spectaculaire.

— Elle vous a cru lorsque vous lui avez dit qu'elle était spéciale, n'est-ce pas ?

Il plongea ses mains dans ses poches et se mit à déambuler avec nonchalance le long du couloir central de l'église.

— Je ne vous suis pas, docteur, déclara Kenneth, l'air confus.

Très bien, se dit Fitz. *Ça vaut bien une nomination aux oscars, voire le prix lui-même.*

— Vous avez toujours su y faire avec les femmes, pas vrai ? demanda Fitz. Qu'en pensez-vous, Norma ? Mmmm ? (Il fit un signe de tête en direction de l'épouse de Michael, tout en continuant à s'adresser à Kenneth.) Pourquoi donc n'avez-vous pas eu de liaison avec elle ? Elle est folle amoureuse de vous — et ce, depuis plus de vingt ans.

Une clameur sourde se fit entendre au sein de la congrégation — les gens se retournaient, échangeaient des murmures.

C'était cruel pour Norma, mais certainement pas autant que ce qu'ils avaient fait à Joanne. Il n'arriverait peut-être pas à faire craquer Kenneth, mais il comptait bien creuser une faille entre lui et les autres, qui finirait par les déchirer. Et alors, ils verraient bien qui resterait toujours fidèle, aux côtés de leur Kenneth vénéré.

Fitz, en s'avançant, passa près de Sarah, pâle ; deux taches pourpres se dessinaient sur ses pommettes. Elle serrait le dos du siège devant elle avec une telle force que les articulations de ses mains en étaient devenues blanches.

Il se figea à côté d'elle.

— Mais non, pas Norma, pas une femme — certainement pas une femme mûre. (Il ne s'embarrassait pas de tenter de dissimuler son mépris.) Vous ne vous sentiriez pas de taille devant une *femme*. (Il jeta un coup d'œil à Sarah, puis, pour ne pas lui rendre la situation trop pénible, il regarda une autre fille — encore plus jeune.) Vous désirez de la jeunesse, de la chair fraîche.

Fitz s'interrompit, pour permettre à Kenneth de répondre.

Lui fournir la corde pour qu'il se pende ? Il lui en procurerait une de la longueur de la muraille de Chine si c'était ce qu'il fallait pour étrangler ce salaud.

Kenneth dirigea son regard au-dessus de Fitz, vers Panhandle.

— C'est un scandale ! Comment peut-il faire une chose pareille ici ? (Il avait l'air proprement outré. La congrégation fut parcourue par une onde de murmures. Virginia s'effondra sur son siège. Michael en fit autant.) Ceci est un lieu de culte.

Si je ne peux pas te coincer — te mettre la main au collet, comme dirait notre cher Jimmy Beck —, je vais au moins m'assurer que tu ne sauteras pas d'autres jeunes filles, songea Fitz. Il jeta de nouveau un regard vers Sarah. Elle fixait le sol des yeux.

Mais je vais te coincer, se dit-il. *Fais le moindre faux pas et je ne te louperai pas.*

Il était temps de brusquer les choses.

— Est-ce que vous avez attendu qu'elle ait seize ans ? demanda-t-il. (Norma prit place sur son siège, aux côtés de Michael. *Une sacrée bonne femme, cette Norma, pour être parvenue à rester debout jusqu'à présent,* se dit Fitz. Mais cette pensée ne devait pas lui faire oublier qu'il était en train de porter une botte.) J'en suis persuadé. Avec vos conceptions tordues de la vertu, je parie que vous ne l'avez pas touchée avant l'âge légal.

Quel soulagement de ne plus être obligé d'y aller avec des gants, de pouvoir faire éclater au grand jour toute sa rage refoulée.

Cela aurait pu arriver à Katie, avec cinq ans de plus. A Panhandle, avec dix de moins. Sauf, évidemment, qu'elles étaient toutes deux bien trop intelligentes — même davantage : bien trop rusées — pour avoir quoi que ce soit à faire avec cette ordure visqueuse de Kenneth Trant. Au moins, il l'espérait.

Ahh ! se dit-il, sans pour autant s'accorder le temps d'analyser plus en profondeur sa pensée : *ce bon vieil instinct de possession de l'homme, qui se cache sous des dehors protecteurs.*

Mais bon, quelquefois, on avait besoin de ça.

— Je vous traînerai en justice ! Et à présent, fichez-le camp ! Laissez-nous en paix ou je vous poursuivrai jusqu'à votre dernier centime.

Fitz sourit. C'était la seule façon sensée de réagir. *Essaye donc,* pensa-t-il en se réjouissant d'avance à l'idée, *encore faudrait-il qu'il m'en reste un dernier !*

Virginia leva les yeux vers Kenneth. Elle se passa la langue sur les lèvres et elle se mit à faire pivoter inlassablement son alliance autour de son doigt. Norma regardait droit devant elle, dans le vide, ébahie. Quant à Michael, il lisait la Bible.

— Elle pensait que vous faisiez ainsi preuve de respect et, pour elle, c'était tout à votre honneur. (Après cela, il fallait sortir quelque chose de cru, quelque chose qui allait choquer la soi-disant bonne conscience de ces prétendus chrétiens.) Elle s'imaginait que vous *chiiez* des œufs en or.

Il avait insisté sur le mot ordurier et fut enchanté d'entendre un sursaut de consternation parcourir l'assemblée.

— Cela peut malheureusement arriver à tout professeur, n'importe qui vous le dira : il s'agit des hasards du métier. (Ce sempiternel discours : de l'autosuggestion... Il avait dû se le répéter à plusieurs reprises pour apaiser sa conscience, voire pour se justifier. Kenneth jeta un regard à Panhandle avant de poursuivre :) De la même manière, docteur, qu'un patient peut se retrouver, sur un plan émotionnel, attaché à son psychologue, qu'il peut s'imaginer que leurs relations dépassent le simple domaine de la thérapie, en projetant ses fantasmes sur celui qui est censé l'aider.

Va te faire foutre ! se dit Fitz. *Laisse-la donc en dehors de tout ça !*

Norma fixait Kenneth du regard, avec des yeux voilés par la peine. Mais il contemplait la congrégation.

— Joanne Barnes était une enfant qui se sentait seule, continua le prêcheur, s'adressant à la foule et non plus à Fitz. Peut-être était-elle en quête d'une relation particulière. (Norma détourna les yeux. Elle s'était reconnue dans cette description, et ne pouvait le supporter, songea Fitz.) Peut-être même l'a-t-elle trouvée, ajouta Kenneth. Mais certainement pas avec moi.

Très bien, se dit Fitz. *Si tu t'imagines vraiment que leur opinion est plus importante que la mienne, alors voyons voir ce qu'ils vont penser de ceci.*

Durant une fraction de seconde, il songea à demander à Panhandle de leur faire entendre le contenu de la cassette, ce qui anéantirait probablement la fascination exercée par Kenneth sur la congrégation. Hélas, Sarah en serait certainement meurtrie par la même occasion. Elle y survivrait, sans doute, mais peut-être profondément ébranlée pour quelques années. Et Kenneth avait déjà fait assez de dégâts ainsi. Fitz n'allait pas lui donner la chance d'en commettre davantage.

Par ailleurs, Fitz pensait parvenir à le mettre en pièces par un autre moyen et il comptait en tirer ainsi plus de satisfaction encore.

— Vous avez eu des relations sexuelles avec Joanne, annonça-t-il.

Cette fois-ci, la foule ne fut pas traversée de murmures mais par une vive clameur et une vague de consternation. Virginia donnait l'impression d'avoir reçu une vigoureuse gifle. Puis, doucement, la congrégation fut de nouveau gagnée par le silence, attentive. Kenneth tentait de sourire maladroitement. Fitz poursuivit :

— Elle est tombée enceinte. Est-ce cela qui a posé un problème ? Est-ce la raison pour laquelle vous vous êtes attaqué à elle ? Est-ce à cause de cela que vous l'avez bourrée de médicaments, gavée de gin, que vous avez souillé son corps ? C'est pour ça ?

Michael remua sur sa chaise, attirant ainsi sur lui l'attention de Fitz. Il n'avait pas simplement l'air mal à l'aise, il était hanté, comme si des souvenirs insupportables venaient torturer sa conscience. A ce moment-là, Fitz prit conscience qu'il n'avait pas entièrement soupçonné l'étendue de leur méfait. Les autres membres de la famille Trant n'avaient pas simplement découvert que Kenneth avait tenté de supprimer Joanne. Ils y avaient tous participé activement. *Doux Jésus,* se dit-il : *une réédition du Meurtre de l'Orient-Express. Ne lâche pas l'affaire ! Continue à leur mettre la pression.*

— Parce qu'elle représentait un danger pour tout ceci ? Votre église ? Votre pouvoir ? demanda-t-il.

Kenneth s'adressa à l'assemblée.

— J'ai bien raccompagné Joanne Barnes jusqu'à chez elle de temps en temps. (Du coin de l'œil, Fitz aperçut Sarah, s'efforçant de croire l'homme qui représentait pour elle plus qu'un pasteur, lui trouvant la moindre excuse que son cerveau juvénile pouvait lui accorder.) S'appuyant sur ces faits, voilà que l'on m'accuse de viol et de meurtre, acheva Kenneth, la voix emplie d'une innocence indignée.

— Je n'ai jamais entendu personne faire la moindre mention de viol, que je sache, déclara Panhandle.

Elle se trouvait derrière Fitz et il ne pouvait ainsi aperce-

voir l'expression de son visage, mais sa voix laissait clairement transparaître une profonde contrariété. Sans doute
était-elle encore sous le coup des pointes acerbes lancées
auparavant par Kenneth. *Fatale erreur, mon vieux,* se dit
Fitz.

— Je n'ai pas eu de liaison avec Joanne Barnes.

— Mais, de qui est-elle tombée enceinte, alors ?
demanda Panhandle.

Fitz pivota sur lui-même pour la regarder.

— Vous savez très bien qui — il était en garde-à-vue
dans vos bureaux. (Panhandle croisa les bras puis, se
détourna avant de regarder le plafond, une expression du
plus profond ennui figée sur son visage. Michael se mit à
observer son frère. Il donnait l'impression d'avoir reçu un
coup de quelqu'un en qui il avait confiance — ses yeux trahissaient souffrance et stupéfaction, tout à la fois. Kenneth
poursuivit :) Dean Saunders. Ce petit vicieux de psycho-
pathe.

Michael se dressa d'un bond. Il descendit en trébuchant
de l'estrade avant de gagner l'aile latérale de la chapelle.
Kenneth dardait un doigt tremblant — *peur ou colère ?* se
demandait Fitz — vers la congrégation.

— Cet homme… commença le prêcheur. (Il jeta un bref
coup d'œil à Michael qui s'éloignait, mais il parlait de Fitz,
de toute évidence.) … cet homme se sent désespéré. Et tout
cela parce qu'il avait le véritable assassin entre ses mains,
en garde-à-vue, et qu'il n'en a fait qu'un lamentable
gâchis. (Sa voix recommençait seulement à retrouver des
intonations plus calmes.) N'est-ce pas là la vérité ? (Il
s'adressait de nouveau directement à Fitz, à présent. Peur
et colère croissaient en lui comme boule de neige.) Vous
l'avez conduit à sa mort, dans une cellule de la police. Ne
projetez donc pas votre culpabilité sur moi. Je n'ai rien à
cacher.

Chapeau bas pour ce qui est de la rhétorique, se dit

Fitz. *Mais je ferais davantage confiance à une hyène affamée.*

Le psychologue sourit.

— Dean Saunders n'a pas dessiné ces motifs sur son corps. C'est votre œuvre, dit-il d'une voix calme. Quel est donc le sens de tous ces gribouillis ? (Il s'approcha du dais, d'où il pouvait souffler à l'oreille de Kenneth...) Mmmm ? (Il entendit un bruissement sur le côté, mais il n'y prêta pas attention. A vrai dire, rien, à moins d'une irruption volcanique sous ses pieds, n'aurait pu le distraire à pareil moment.) A quoi pensez-vous donc lorsque vous dessiniez toutes ces inscriptions sur son corps ?

Kenneth se contentait de le fixer d'un regard froid. Norma en faisait autant. Quant à Virginia, elle n'avait, pas même une fraction de seconde, quitté son époux des yeux.

— A l'instant qui précède la création de l'univers, déclara Fitz. (Kenneth contemplait le vide, quelque part au-delà de Fitz. Il avait, dans les yeux, une terreur muette, difficilement contenue, comme si, en évoquant ses démons cachés, Fitz les avait fait apparaître devant lui. Aussi, le psychologue en profita pour faire tonner sa voix, pour faire plonger Kenneth dans ses fantasmes et le subjuguer.) Le chaos qui se trouve au-delà du mur de Planck — ce magma bouillonnant d'espace et de temps : pas de loi, pas de sens, ni passé, ni futur.

Les yeux de Kenneth se braquèrent vers le côté de la chapelle, dilatés par une peur à l'état pur.

Faut plus le lâcher, maintenant, se dit Fitz.

— Le Big Bang, déclara-t-il, invoquant de nouveau les démons. La création de l'univers. Le début et la fin de la vie. Le sexe et la mort — votre obsession. Vous voyez le sexe dans la mort et la mort dans le sexe et au-delà, plus rien... (Norma écarquillait les yeux. Virginia tendit la main pour saisir celle de Kenneth mais il resta de marbre. Décidément, il devait se passer quelque chose de sérieux derrière Fitz, mais il n'osait se retourner pour voir de quoi il s'agissait.) C'est ce que je comprends de vos équations, Kenneth. (Il était temps de passer à la caisse.) Vous ne croyez pas en Dieu.

— Merci, docteur Fitzgerald, souffla Kenneth d'une voix rauque.

Il avait davantage l'air absent que reconnaissant.

Fitz entendait, derrière lui, des pas dans l'allée centrale de l'église. Les visages de Norma et Virginia étaient déformés par des expressions d'horreur, tandis que des bruits de stupeur et de désolation s'élevaient du sein de la congrégation. Fitz était rongé par la curiosité mais il s'efforça de ne pas quitter les Trant du regard. Il s'avança jusqu'au dais et se pencha sur la table, tête à tête avec Kenneth.

— A présent, nous allons reprendre notre lecture, annonça Kenneth. (Il feuilleta sa Bible et se mit à lire.) « Et alors, il adviendra que… »

— Vous êtes victime d'une crise de doutes théologiques, Kenneth… Un siècle trop tard ! s'exclama Fitz, par-dessus la lecture.

Mais Kenneth poursuivait, comme si de rien n'était.

— « … que lui, resté à Zion, et lui qui demeure à Jérusalem… »

Derrière, la salle était soudain en proie à un sacré remue-ménage : des gens se levaient, parlaient ; mais, de toute évidence, personne n'écoutait plus Kenneth.

— C'est Dieu ou le néant, mais vous ne pouvez avoir les deux…

— « … sera frappé par l'esprit de Sainteté, ainsi que ceux qui sont inscrits parmi les âmes en vie à Jérusalem… » (Il écarta les bras dans un large mouvement, comme s'il implorait le Seigneur de le délivrer.) J'ai la foi. J'ai la foi. J'ai la foi.

Virginia se joignit à la litanie, puis Norma. Fitz se retourna enfin, juste à temps pour voir certains membres de la congrégation se lever de leurs sièges pour se joindre, eux aussi, au chant.

— J'ai la foi. J'ai la foi. J'ai la foi, se mettaient-ils à psalmodier en cœur.

Comme des gosses en train d'applaudir pour empêcher la fée Clochette de disparaître, se dit Fitz.

Mais cela n'était vrai que pour une partie d'entre eux. Les autres contemplaient de quelconques papiers… Ou bien était-ce des photos. Panhandle en faisait autant. Michael se frayait un chemin à travers la congrégation en les distribuant.

— Je vais faire entendre ta voix, oh, Seigneur, s'écria Kenneth, entraînant avec lui les quelques personnes de la congrégation qui lui étaient restées fidèles.

Mais tandis qu'il parlait, les quelques voix qui l'accompagnaient se turent une à une, jusqu'à ce que, finalement, on n'entendît que lui. Même Virginia et Norma, paralysées par la peur, étaient devenues muettes.

Panhandle s'approcha lentement de Fitz. Elle lui tendit les clichés : par une journée éclatante d'été, Kenneth était en train de tringler Joanne Barnes contre un arbre, quelque part dans une quelconque forêt. Pauvre petite Joanne, songea Fitz ; elle avait sa culotte baissée jusqu'aux chevilles et troquait sa vie contre quelques minutes d'extase avec un homme qui la méprisait.

Il espérait qu'elle avait, alors, vraiment été heureuse. Ça n'en valait pas la chandelle et ne justifiait rien. Mais au moins, cela signifiait qu'elle avait eu droit à quelques instants de joie dans sa courte vie.

Kenneth avait l'air anéanti. Les gens commençaient à quitter l'église, par deux ou trois, échangeant des ragots, ou seuls, s'éloignant à grands pas, l'air furieux.

— Michael ! s'écria Norma.

Il se retourna tout en poursuivant sa distribution de photographies.

Un autre morceau de l'histoire venait s'emboîter dans le puzzle : Norma avait pris les clichés, espérant ainsi provoquer la séparation de Kenneth et Virginia. Fitz en était convaincu, bien qu'à présent cela ne présente plus vraiment beaucoup d'importance.

Il fallait néanmoins qu'il entende toute l'histoire de la bouche de Kenneth, pour qu'il ne demeure, là-dessus, plus aucun doute pour personne.

Il déposa une des photos sur la table, sous le nez de Kenneth.

— Votre culte est une imposture, annonça-t-il. Une comédie où se réalisent vos rêves de pouvoir… (Il déposa devant Kenneth un autre cliché) … jusqu'à ce qu'un jour vous commenciez à perdre les pédales et que cette prétendue foi en Dieu commence à s'effondrer. (Et un autre encore.) Que vous reste-t-il alors ? Tâtonner sans espoir dans les ténèbres et puis, tirer un coup sans lendemain, dans un univers sans Dieu.

Fitz abattit brusquement la série de photos sur la table, avant de les disposer en éventail.

Les trois autres Trant le regardaient, abattus, tandis que l'église continuait à se vider comme une baudruche crevée.

Le visage de Kenneth n'était plus qu'un masque de désolation.

— « Et la voix lui commanda de pleurer. Et il répondit : « Pourquoi devrais-je verser des larmes ? » » murmura Kenneth. (Il ferma les paupières.) Oh, Dieu, le juste et le miséricordieux, pardonnez-nous nos péchés. Votre Sainteté en sera glorifiée si vous daignez m'accorder votre absolution. (*Et voilà qu'il remet ça*, se dit Fitz : *le syndrome du lavomatique religieux — peu importe ce que je fais du moment que je me repentes haut et fort par la suite. Ou encore, du moment que je parviens à convaincre les autres que je suis désolé.* Ceci dit, la contrition de Kenneth paraissait sincère. Il parlait comme si les mots lui rongeaient la gorge, lui brûlaient les lèvres.) Faites preuve de votre grâce et pardonnez, pardonnez, pardonnez…

— Vous ne pourrez être absous avant de vous être confessé, trancha Fitz. (Il effectua un pas de côté, de façon à ce que Kenneth puisse voir que quelques membres de la congrégation étaient demeurés à leur place.) Confessez-vous à moi, poursuivit-il. (Une pointe acerbe flottait dans sa voix.) Je vous pardonnerai.

Un instant, l'église fut envahie par le silence.

Allez, vas-y, se dit Fitz. *Vas-y, espèce de salopard.* Mais il prit garde à ce que son visage n'exprime que de la compassion. Kenneth Trant l'observait avec des yeux craintifs ; toute sa prétention au calme et à la maîtrise de soi avait disparu.

Et puis, soudain, la voix de Michael Trant tonna derrière Fitz.

— C'est moi qui l'ai fait !

Fitz fit volte-face, aussitôt imité par Panhandle.

Michael trébucha maladroitement près de son siège, sur le côté. Il resta dressé là, un moment, figure pathétique dans un costume fripé, entourée d'un halo de lumière, perçant à travers la porte de l'église.

— Je l'ai soumise aux tourments, poursuivit Michael. (Sa voix était entrecoupée de sanglots.) Je l'ai déshonorée, puis lavée de ses impuretés avant de la renvoyer à son Créateur.

— Et Norma ? demanda Fitz.

Il se retourna pour la dévisager. Elle paraissait paralysée de terreur.

— Michael, dit-elle d'une voix suppliante et désespérée.

— Elle aussi, répondit Michael.

— Et Virginia ?

Fitz ne regardait plus Michael. Il savait qu'il avait gagné la partie avec le plus jeune frère Trant. Mais les autres…

Virginia avait été frappée par un sentiment qui allait bien au-delà de la peur, et qui n'avait rien à lui envier.

— Elle aussi.

— Et Kenneth ?

Fitz avait prononcé ces mots en hurlant. Si Michael faisait marche arrière maintenant, lui et Panhandle pouvaient encore perdre la partie.

— Lui aussi.

Soyez béni, mon Dieu, songea Fitz, bien qu'il ne se soit jamais autant senti athée de toute son existence.

— Cet homme n'est qu'un menteur ! beugla Kenneth Trant. Mais ce n'était que du bluff et tout le monde le savait parfaitement.

Fitz lui rendit un sourire.

— Et Dean ? demanda Panhandle.

— Non ! s'écria Michael.

Une fois de plus, Fitz eut la sensation qu'une nouvelle pièce venait de s'imbriquer dans le puzzle qu'il avait dans la tête. Michael s'était attaché au garçon, peut-être plus qu'il ne le soupçonnait lui-même. Avait-il perçu dans le personnage maladroit et bon de Dean, dans sa détresse, une version extrapolée de son propre désespoir ? Il avait pu vivre, non sans mal, avec la culpabilité de la mort de Joanne. Mais lorsque Dean s'était donné la mort, quelque chose, aux tréfonds de l'âme de Michael, s'en était allé avec lui. Après tout, le garçon dépendait en majeure partie de lui. Et lorsque Kenneth s'était adressé à la congrégation à propos de Dean avec un tel mépris... Michael avait dû ressentir cela comme des coups de couteau dans le cœur : comme si son frère parlait de lui-même, le traitant de perdant, sans espoir, comme un homme qui n'avait jamais pu partager l'amour de la femme qu'il désirait par-dessus tout. Et qui pouvait en vouloir à Michael d'avoir mené des représailles avec les meilleures armes à sa disposition ?

— Ils attendaient de moi que je me débarrasse du corps

de Joanne, poursuivit Michael. Que je la mette en paquet. (La mettre en paquet ? se demanda Fitz. Puis, effaré : Mon Dieu… Dans la broyeuse ! Ces lames vrombissantes, ce pilon hydraulique… Ils l'auraient déchiquetée, et vive par-dessus le marché ! Pas étonnant que Michael ait été si mal à l'aise lorsqu'ils étaient allés l'interroger à l'usine. Je lui ai parlé d'une chose sur laquelle il ne supportait plus de lever les yeux.) J'ai demandé à Dean de le faire et il l'a laissée partir… ajouta Michael. (Instinctivement, Fitz se tourna vers Norma. Elle bouillonnait de rage.) Je savais bien qu'il ferait une chose pareille. Il n'aurait fait de mal à personne et encore moins à Joanne. Dean était absolument innocent. Il en a toujours été ainsi.

Il acheva ces mots en balbutiant, avant de contempler les membres de sa famille. De toute évidence, il se demandait ce qui allait se passer par la suite.

Valait-il mieux que les autres, ou était-il simplement plus faible ? songea Fitz. Peut-être avait-il vraiment espéré qu'elle aurait une chance de s'en tirer.

— Et serez-vous prêt à faire une déposition dans ce sens ? demanda Panhandle.

Michael lança un regard noir à Kenneth, qui lui rendit la pareille. *Ne perds pas ton aplomb, à présent,* se dit Fitz. *Nous te ferons grâce de tous les bénéfices du doute, mais ne laisse pas tomber surtout.*

Les yeux de Michael se fixèrent ensuite sur Norma — qui le contemplait avec dégoût — avant de revenir se poser sur Kenneth.

— Oh, oui… annonça-t-il.

Tout ce merdier méritait bien de voir la tête que ferait Jimmy Beck, se dit Fitz, un peu plus tard, tandis qu'il quittait l'église en compagnie de Penhaligon.

Les Trant étaient conduits jusqu'à un fourgon de la police, à travers une foule de journalistes et de curieux.

Sarah s'était discrètement éclipsée, depuis un moment déjà. Fitz se fit la promesse de veiller à ce qu'elle soit suivie psychologiquement, ainsi que de découvrir combien d'autres jeunes filles avaient été les proies de la convoitise de Kenneth Trant.

— Comment as-tu pu être aussi sûr de toi ? demanda Panhandle, tandis que le soleil venait les baigner de sa vive lumière.

— A quel propos ? répliqua Fitz.

Ils s'arrêtèrent afin d'observer les Trant, embarqués dans le fourgon de la police.

— Etre sûr qu'il craquerait ?

Pendant un instant, Fitz fut tenté de feindre de comprendre qu'elle parlait de Michael, et de déclarer qu'il avait concentré ses attaques sur lui. Mais au bout du compte, il avait suffisamment de sujets sur lesquels il aurait à se montrer de mauvaise foi pour pouvoir se permettre d'en rajouter.

— Je ne l'étais pas du tout, avoua-t-il. Et il n'a pas craqué. (Kenneth se retourna juste avant de s'engouffrer dans le fourgon. Il lança à Fitz un regard hargneux et plein de haine.) D'ailleurs, il ne craquera pas, déclara Fitz pour conclure. On n'obtiendra pas ses aveux.

Ils s'avancèrent en direction du véhicule de Panhandle.

— Mais… A présent que nous avons une déposition… objecta-t-elle.

Pour un flic dur à cuire, elle avait des moments passagers de naïveté.

— Non, rétorqua-t-il. Il niera tout en bloc. Il va déclarer que Dean et Michael ont fait le coup et qu'il n'a rien à voir dans cette histoire. (Il ouvrit la portière de la voiture.) Les femmes témoigneront en sa faveur.

Panhandle s'appuya contre la voiture pour observer le fourgon de la police s'éloigner.

— Elles ne pourront pas faire une chose pareille.

Elle paraissait incrédule.

Fitz la contemplait, sans qu'elle en ait conscience. A la vive lumière de cette journée d'été, elle rayonnait d'une beauté délicate. Il ne pouvait s'attendre à la conserver long-temps encore — certainement pas sans lui faire du mal.

— Elles le feront, insista-t-il. Elles le feront, car tel est le pouvoir de la foi. (Il songea à cette pauvre Joanne, se fai-sant sauter par Kenneth, contre un arbre, parce qu'il était parvenu à lui faire croire que c'était ainsi que faisaient les amoureux. Et puis, il se mit à penser à Panhandle, à la lumière de sa lampe de chevet, douce créature entre ses bras. Il était peut-être temps de changer de sujet.) Ou du sexe…

— Ou de l'instinct de conservation, répondit-elle, se refusant à laisser la conversation dévier vers d'autres hori-zons. Michael témoignera à charge contre eux. Ce sera leur parole contre la sienne.

L'instinct de conservation, songea Fitz. Il se demanda combien de temps il faudrait avant que l'instinct de survie de Panhandle ne la décide à l'abandonner. Vingt ans, dans le cas de Judith. Il aurait été étonné qu'il en faille autant à Panhandle.

— Tu sais ce qu'il nous faut ? demanda-t-il, sachant d'avance qu'il serait mal compris.

— Quoi ? rétorqua-t-elle.

— Un miracle.

Cela la fit rire et il rit aussi, par contagion.

— Il faudra que tu en sois le propre dispensateur, Fitz, déclara-t-elle.

Il se demanda si elle avait saisi, car il n'était pas dans son intention de l'éclairer sur le sujet.

— Non, répondit-il. Pas moi. Je connais mes propres limites. Ce que tu as sous tes yeux est aussi ce à quoi tu as droit : quelqu'un d'imparfait. (Il la regarda d'un air modeste.) Une bête de sexe, mais… imparfaite.

Elle lui sourit et Fitz trouva soudainement l'univers resplendissant. Et ce pour... tout le temps que cela pourrait durer !

Achevé d'imprimer en août 1999
sur les presses de l'imprimerie Cox & Wyman Ltd
(Angleterre)

FLEUVE NOIR – 12, avenue d'Italie
75627 PARIS – CEDEX 13
Tél. 01 44 16 05 00

Dépôt légal : septembre 1999
Imprimé en Angleterre